マイ・ファーストラブ

★　★　★

シャロン・サラ
新井ひろみ　訳

ハーレクイン®
MIRA文庫

* * *

'TIL DEATH

by Sharon Sala

Published by Harlequin K.K., Tokyo, 2014

〝どんな犠牲も厭《いと》わない〟と人は簡単に口にする。しかしそれが、命をかけるのと同義であることは忘れられがちだ。

失敗するとしか思えないようなことに、命をかけて挑む人がいる。

あきらめたくない一心で、身体能力の限界を超える人がいる。

死者が出る場面で、生き残る人がいる。

死がふたりを分かつまで……という結婚式での重要な誓いの言葉も、突き詰めればこれと同じだ。あっけなく破られがちな誓いである一方で、命をかけて愛をまっとうする人たちもいる。

永遠に続く愛はある、とわたしは思う。死後も消えない愛。別れを決して認めず、愛する者とつながる手段を必ず見つけだす、強い思い。

そういうものの存在を、わたしは信じる。

本書を、永遠の愛を抱く人々に捧《ささ》げます。それから、願いを実現するためならどんな犠牲も厭わない人々に。

マイ・ファーストラブ

★ 主要登場人物

マーガレット（メグ）・アン・ルイス……キルト作家。
ライアル・ウォーカー……メグの長弟。家具職人。
ベス・ウォーカー……ライアルの妻。
ジェイムズ・ウォーカー……メグの次弟。郵便配達員。
クィン・ウォーカー……メグの末弟。パークレンジャー。
マライア・ウォーカー……クィンの妻。
ドリー・ドゥーレン……メグの母親。
ジェイク・ドゥーレン……ドリーの夫。
ボビー・ルイス……メグの元夫。
リンカーン（リンク）・フォックス……メグの元恋人。建設会社社長。
マーカス・フォックス……リンクの父親。故人。
ルーシー・ダガン……マーカスの元妻。
ウェスリー（ウェス）・ダガン……ルーシーの再婚相手。マーカスの親友。
ウェンデル・ホワイト……ルーシーの長弟。故人。
プリンス・ホワイト……ルーシーの次弟。
フェイガン・ホワイト……ルーシーの末弟。
メル・マーロウ……保安官。
ハニー……メグの愛犬。

1

十月
ケンタッキー州レベルリッジ

愁いに満ちた歌声がラジオから流れてきた。報われない積年の愛を切々と訴える、ブルースだ。

〝あなたに愛してもらえない……〟

メグは裁断していた生地から顔をあげ、作業台の向こうの鏡を見た。つかの間、他人の目でわが身を観察する。長身。三十代半ば。髪は焦げ茶色で肩下までのセミロング。顎のほっそりした小さな顔。瞳の色は新緑の緑。

メグは眉をひそめ、作業台へ目を戻した。

愛だの恋だの、もうメグには関係のない話だった。高校時代の恋人が父親を殺して刑務所へ送られ、その後、別の人と縁あって結婚した。しかし二年もしないうちに夫が麻薬絡みの殺人事件を起こし、終身刑に処せられた。やがて離婚が成立したものの、メグにはレベルリッジの人々の視線が痛かった。

救いは、身内の誰も彼女を見捨てなかったことだった。老人ホームで晩年を過ごしていた祖父は、自分の家をメグに譲ってくれた。住むところがあり、何があっても助けてくれる家族がいる。強い絆《きずな》で結ばれた家族のなかでも、とりわけ弟たちの存在はありがたかった。腕利きの家具職人、ライアル。畑作のかたわら郵便配達をしているジェイムズ。軍を退役したあと、ダニエル・ブーン国立森林公園のレンジャーになったクィン。

離婚直後の失意の時期、メグの支えになったのは、唯一の特技であるキルト作りだった。みずからを罰するかのように家にこもって、ひたすら針を動かした。やがて最初の一枚が完成するころには、結婚の挫折を嘆く気持ちにもある程度けりがついていた。

それからしばらくして父が他界すると、母ドリーは長男であるライアルに家を譲ってメグのところへやってきた。母と娘の同居生活は十年あまり続いたが、一年と少し前に母は再婚し、新しい伴侶の家へ移っていった。

いまでは、恋の歌を聞いてもメグの心にはなんの感慨も湧いてはこない。ひとり暮らしの寂しさがときおり身に染みるものの、誰かに恋い焦がれているわけでもなく、新しい恋をしたいとも思わない。やがてラジオの曲が終わり、それと同時に強い風が吹いて、外の網戸を揺るがした。

ブラインドもカーテンも閉めてあったが、メグはとっさに窓のほうを見た。外に人がいるはずもないのに、確かめないことには安心できなかった。鋏《はさみ》を置いたメグは、新たな明かりはつけずに暗がりへ進みながら、このところ何度か遭遇した不可解な出来事を思いだしていた。

何かおかしいと最初に感じたのは、鶏に餌をやりに出て、餌のバケツがいつもの場所になかったときだった。はじめは、自分のうかつさを責めた。ぼんやりしていてどこかに置き忘れたのだろう、と。しかし、水道の蛇口の下にあるのを見つけて驚いた。底に小さな穴が開いているために、これで水を汲《く》んだことは一度もないのだ。

次の異変はその数日後に起きた。明け方、窓に何かが激しくぶつかる音がしてメグは目を覚ました。起きあがって外へ目をやると、飼っている乳牛が草を食《は》んでいるのが見えた。メグはバスローブと懐中電灯をつかんで靴をつっかけると、ぶつぶつ言いながらそこへ向かった。

メグの声に気づいた牛はいったん顔をあげたが、またすぐに、古タイヤのぶらんこの下に生える草を食べはじめた。

「デイジー、戻りなさい！」

牛は低くひと声鳴いてから、メグの言葉に従った。のんびりとした足取りで放牧場へ向かうデイジーを、メグは早く早くと追いたてた。

納屋の前の小さな放牧場の入口で、メグはどきりとした。門の柵を縛ってあったロープは、ちぎれてはいなかった。何者かの手によってきれいに切断されていた。それを見て思いだしたのが、バケツの一件だ。呆然《ぼうぜん》とロープを見つめたあと、慌てて懐中電灯であたりを照らしてみたが、いつもと違うものは目につかなかったし、おかしな物音が聞こえるわけでもなかった。

震える手でバスローブのベルトをはずして柵を縛り、急いで家へ戻った。父が遺《のこ》したライフルと弾をひとつかみ持ってポーチへ出ると、銃に弾をこめ、ぶらんこに座って日が昇るまで警戒を続けた。老犬ブルーが生きていてくれたらどんなに心強かっただろうと、メグは思った。

明るくなると着替えをして朝食を作り、ライフルを携えたまま外へ出て、侵入者の痕跡を探しはじめた。

やがて、メグは靴跡を発見した。納屋の裏の森から現れて、またそこへ戻っている。大きさからだけでは、ティーンエイジャーのものか小柄な大人のものなのか、判断がつかない。少年がふざけて、ひとり暮らしの女を驚かせようとしたのだと思いたかった。

問題は、半径七キロ以内に住む少年がひとりもいないことだった。単なる悪ふざけのために、七キロ先まで真っ暗な森のなかを歩こうとする子がいるとも思えない。車でならまだしも、徒歩でなど考えられない。

その後メグは、納屋で朝の日課をこなすあいだも、これからどうするべきか考えつづけた。家族に話したら最後、弟たちは張りきって解決してくれようとするだろう。おそらくはなんでもないことのために彼らを煩わせるのは、気が引ける。そうかといって、自分の家で心安らかに過ごせないのもつらい。メグは逡巡《しゅんじゅん》したが、搾ったミルクを漉《こ》すために家へ運びこむころにはだいぶ気持ちも落ち着いて、人に話すほどのことではないと思えるようになっていた。

それでも夜には、念のためベッドのそばにライフルを置いて眠ったが、何事も起きずに四日が過ぎた。あれがなんだったにしろ、もう終わったのだと、メグは自分自身を納得させようとした。

でも確信は持てなかった。風の音にもぎくりとする自分が情けない。家じゅう、どの窓から外を確かめても、不安をあおるようなものは何もないというのに。

庭も空も真っ暗だった。月も星も見えない。遠くでときおり光が閃《ひらめ》いている。嵐が近づいているしるしだった。メグがポーチにたたずんでいると、フクロネズミがちょろちょろと階段をあがってきて植木鉢の周囲を嗅ぎまわり、ぶらんこの下をのぞきこんで、また地面へおりていった。

メグは微笑《ほほえ》んだ。仕事に疲れたときの休憩場所で彼女がいちばん気に入っているのが、このぶらんこだった。よくここでアイスティー片手にクッキーを食べるから、あのフクロネズミはクッキーのかけらを探していたのに違いない。メグは最後にもう一度あたりを見まわして異状のないことを確かめると、いくらか明るい心持ちになって仕事部屋へ戻った。やりかけていた作業を、寝る前に終わらせてしまいたかった。

数日前のことだった。祖母の遺した型紙を物色していたメグは、海の嵐と呼ばれるキルトパターンを発見した。有名な図柄だが、キルトになった実物は見たことがない。これが連なった大きな一枚の布は、どんなにすてきだろう。

生地は、洗濯に耐えるコットンを選んだ。真っ白いのと、微妙にニュアンスの異なるブルーの無地を二種類。それから、波のイメージを表すのに必要なブルー系のプリントを三種類。そのなかからまず、淡いブルーに濃紺の小花が散っている一枚を作業台に広げた。

布を手にすると、宝石に触れているような幸せな気分になれる。きれいな色や、布の手触りに魅了されてキルト作りに励むうち、いつしかキルト作家と呼ばれるようになり、すぐれた作品の作り手として愛好家のあいだではすっかり有名になった。注文を受けて仕上げた作品がいまは四点、発送するばかりになっており、枠に張って制作中のものも一点ある。

風がまた網戸を鳴らした。メグはぞくりと身震いしつつも、手元に意識を集中させた。いままでひとりきりでも平気だったのだから、これからだって大丈夫に決まっている。小花柄の生地から最後のピースを切り取ってしまうと、戸締まりをしてシャワーを浴び、べッドに潜りこんだ。

夜が明けてまもなく眠りから覚めたが、目を閉じたまま今日一日の過ごし方を考えた。あと一時間ほど眠ろうか、と思ったとき、木の板のきしむ音が聞こえた。長年、暮らしてきた家だ。いまのが、キッチンのテーブルの向こう側を歩いたときだけに出る音だというのはわかっている。

誰かが家のなかにいる。

息が止まるほど驚いて上掛けをはねのけると、メグはライフルをつかんだ。それを腰の高さで構え、寝間着のまま裸足《はだし》で廊下へ走りでる。突然、ガラスの割れる音がした。続いて、勝手口のドアが閉まる音。

こちらに気づいて逃げようとしている！

メグは走った。リビングルームを抜け、キッチンへ駆けこみ、勝手口から飛びだした。森へ消える人影が見えたので、撃った。ポーチから飛びおりて追いかけながらさらに撃った。撃ちつづけて弾が空になったときには、心臓の鼓動が激しすぎて気絶するかと思った。

朝の静けさを破る銃声に牛が驚いて走りだし、鶏たちは小屋のなかを飛びまわった。

「逃げたらいいわ、臆病者！」メグは叫んだが、放牧場の柵の近くで立ち止まると体が震えだした。

痛みを覚えて初めて足元へ目をやると、指のあいだから血が流れていた。

「踏んだり蹴ったりね」メグはつぶやくと、最後にもう一度森を見やってから、痛む足を引きずるようにして家へ戻った。

ポーチへあがってすぐにわかったが、ドアの鍵がこじ開けられていた。なかへ入ったメグはまずノブの下に椅子を押しつけてからキッチンを振り返り、侵入者が残していった惨状を見渡した。テーブル近くの床が水浸しで、野の花とガラスの破片が散乱している。

どういうこと？　人の家に忍びこんで花を置いていった？　次は、何？　わたしのベッドに入ってくるの？

散乱したガラスのまっただなかを走っていながら、さっきは何も感じなかった。アドレナリンが出すぎると、かえって感覚は麻痺《まひ》するのかもしれない。しかし、もう助けを求めるのに躊躇《ちゅうちょ》している場合ではなかった。床に赤い足跡を残しつつ、なんとか電話のところまで行くと、メグは震える手で受話器を持ちあげた。母とジェイク・ドゥーレンの住まいは、すぐ来てもらうには遠すぎる。ジェイムズとクィンはもう仕事に出かけてしまっただろう。残るは、自宅で仕事をしているライアルだけだ。

ボタンを押したメグは、目を閉じて深呼吸をした。泣いてはだめと自分に言い聞かせたが、弟の声を聞いたら、くじけそうになった。

「もしもし」

「ライアル、わたしだけど……お願いがあるの。すぐこっちへ来られる？」

やけに心細げな声だとライアルは気づいたらしい。「どうした？」

「ちょっと怪我《けが》をしてしまって」

「病院へ行く必要があるぐらい？」

「わからないけど……たぶん」

「すぐ行く。待っててくれ」

「あ、それから」

「何？」

「銃を持ってきてほしいの」

ライアルが息をのむ気配がした。続いて、メグのうなじがざわりとするようなうなり声も。

「いったい何があった？」

「会ってから話すわ」メグは受話器を置いた。

電話が切れると、ライアルの心臓はますます高鳴った。「ベス！　ベス！」

妻は手を拭きながらキッチンから出てきた。「どうしたの？」

「姉さんが怪我をしたらしい。救急箱を持って、サラと一緒についてきてくれ」

「まあ、大変。お母さんたちに知らせなくていいの？」

「詳しいことがわかってから連絡する」ライアルは部屋を出ていこうとした。

「どこへ行くの？」

「銃を持ってくるよう言われたんだ」

ベスは青ざめたが、それでも機敏に動きはじめた。マザーズバッグに必要になりそうなものを詰め、ベビーチェアに座って朝食を食べていたサラを抱きあげ、出がけに救急箱を手に取った。

ライアルが、娘を車のチャイルドシートに座らせベルトを締める。ベスが荷物を運びこむ。食べ物から引き離されたサラは泣き、母からクッキーを与えられてようやくおとなしくなった。

ライアルはぎりぎりまでスピードをあげた。何が起きたのかわからないが、深刻な事態に違いなかった。きょうだいのなかでいちばん年上のメグは、ちょっとやそっとでは動揺しない。

彼はちらりと妻を見た。ベスは唇を引き結んで前方を見据えている。きっと、彼女自身が危険にさらされた逃亡劇を思いだしているのだろう。あのときはライアルの一族が総出で彼女を救った。今度も、メグに何が起きようともみんなが一致団結すればいい。

「ほんとにまだお母さんに知らせなくていいの？」

「事情がわかってからにしよう。母さんより、クィンに連絡するのが先だ」

「ジェイムズには？」

「郵便配達中は携帯電話がつながりにくい。あいつもあとだ」

「わかったわ」ベスはクィンの番号を押した。

すぐに応答があった。

「はい」

「クィン、ベスよ。いまライアルに代わるわ」

ベスは夫に携帯電話を渡すと、後ろにいる娘の様子を見た。

「クィン、いまどこにいる？」

「本部を出たところだが。どうかしたのか？」

「さっき姉さんが電話してきて、怪我をしたというんだ。いま、ベスと一緒に向かってる。詳しいことはわからないが、ずいぶん焦っていた。知ってのとおり、よほどのことじゃないかぎり姉さんはあんなふうにならない」

「こっちはトラックだ。すぐ向かうよ」

「それと……」

「うん？」

「銃を持ってきてくれと言われた」

クィンがうめき、電話はぷつりと切れた。ライアルは携帯電話をコンソールボックスに入れるとアクセルを踏みこんだ。しかし、大切なものを乗せている上に、レベルリッジの道は狭くて曲がりくねっている。スピードの出しすぎは禁物だ。

途方もなく長い時間に感じられたが、実際には十五分もかかっていなかった。私道に入った車は、ポーチの数メートル手前で急停止した。

「サラはわたしが連れていくわ。あなたは救急箱と銃を持って先に行って。すぐ追いつくから」

うなずいた数秒後にはライアルは走っていた。玄関には鍵がかかっていたが、家族はみな合い鍵を持っている。急いでそれを差しこみ、ドアを開けたまま、なかへ飛びこんで姉の名を呼んだ。

痛みのせいで目が回り、吐き気もしはじめた。寝間着の裾は血まみれだ。メグは椅子からおりて床に座り、壁にもたれていた。気を失うかもしれない。血も、体の震えも止まらない。ショックのせいだとわかっているが、原因がわかったところで、止まらないものは止まらないのだ。

弟の声が聞こえたとたん、視界が涙でくもった。助かった！　これでもう、大丈夫。

「ここよ！」メグは叫んだ。

キッチンへ駆けつけたライアルの目に、散乱したガラスと血が飛びこんできた。彼は床にひざまずいて姉の肩を押さえた。

「いったい何があったんだ?」

「誰かが家に忍びこんだの。気配がしたから銃を持って様子を見に来ようとしたんだけど、気づかれて逃げられたわ」

「そいつの姿を見た? 誰なのか、わかったか?」

メグはかぶりを振った。「ポーチへ出たときにはもう、森へ紛れこむところだった。でもわたし、撃ちながら柵のところまで追いかけたわ。弾がなくなるまで撃ちつづけた」

「くそっ、なんてやつだ。許せない」

メグも最初のうちはそう思っていた。腹が立ってしかたがなかった。でも、いまは違う。とにかく怖い。そして、傷ついた足が痛い。メグは額に血がつくのにも気づかず、髪をかきあげた。

そこへベスが急ぎ足でやってきた。「ベビーサークルを奥のベッドルームからリビングルームに運んでサラを入れてきたわ」ガラスと血を目にするなり、ベスはメグに駆け寄った。「ガラスは刺さってない?」

「わからない……追いかけるのと撃つのとで精いっぱいだったから、弾がなくなるまで自分が怪我をしてるのにも気づかなくて」

膝をついたまま、ベスはさっと上体を起こした。「なんですって？　誰かがここへ入ってきたの？」

「話せば長いの」

「クィンが来てから詳しく聞くよ」と、ライアル。「まずは傷の具合を見て、病院へ行くかどうか決めないと」

メグはうめくように言った。「クィンに知らせたの？」

「ああ。母さんとジェイクにもこれから知らせる」

「みんなに迷惑をかけることになるわ」

「みんなで力を合わせないと、いつまでたっても終わらないわ」ベスがメグの腕をぎゅっとつかんだ。「水を汲んでくる。傷の状態を確かめるのよ。いいわね？」

メグはうなずき、頭を壁に預けて目を閉じた。もう、怖がらなくていい。家族が来てくれたのだ。これで何もかも解決する。

ほどなくベスが、湯を張った洗面器とタオルを持って戻ってきた。ライアルは床の血とガラスを掃除している。ベスはメグのかたわらに膝をついて傷口を洗いはじめた。

「痛かったらごめんなさいね」と、そっと言う。

「大丈夫。ふたりが来てくれて本当に助かったわ」

床を拭いていたライアルが、クィンのトラックの音を聞きつけた。クィンはライアルを呼びながら家のなかへ駆けこんできた。

「キッチンだ！」ライアルは大声を返した。

クィンはレンジャーのユニフォームを着て、銃を携えていた。一瞥《いちべつ》しただけで兄のしていることを理解すると、メグのそばにひざまずいてベスの肩に手を置いた。

メグが足に傷を負っているのは明らかだが、事情はまったくわからなかった。焦るあまりに口調が荒々しくなる。

「いったい何があった？」

メグはため息をついた。クィンは元軍人だが、いまは、戦士に戻る気満々といった目をしている。

「誰かがうちへ忍びこんだの」

「正体はわからずじまいだが、姉さんは弾が尽きるまでライフルを撃ちつづけたそうだ」

ライアルがつけ加えた。

「そいつはどっちへ逃げた？」

クィンの口調は穏やかだが、これにだまされてはいけないのだ。静かであればあるほど内で怒りをたぎらせているのがクィンだということは、家族ならみな知っている。

「一度目は納屋の裏から出入りしたみたいだったけど、今回は左手の森のほうへ逃げていったわ」

「今回は？」ライアルが聞きとがめた。「前にもあったなんて聞いてないぞ」

メグの目に涙があふれた。「あのときはたいしたことなかったから……足跡の大きさからして、子どものいたずらだと思ったの」

「大きな声を出してすまなかった。泣かないでくれ。そのときのこと、詳しく聞かせてほしい」

ベスがメグの足の下にタオルをあてがい、血に染まった洗面器の湯を捨てに立った。メグは話しはじめた。バケツが納屋から消えたこと。牛が外へ出ていたこと。柵を縛るロープが切断されていたこと。話が今朝の一件に及ぶと、また体の震えが止まらなくなった。

「よほどショックだったんだな。ベス、毛布を持ってきてくれないか？」クィンはそう言うと、姉の足の傷を子細に調べはじめた。「これは縫わないとだめだ。母さんに連絡はしたのか？」

「おまえが来るのを待ってたんだ。今後のことを相談しようと思って」ライアルが答えた。

「母さんに知らせてくれ。これから兄さんがマウント・スターリング病院へ姉さんを連れていくと」クィンはそう言った。

「おまえはどうするんだ？」

「逃げたやつを追いかける」クィンはいきなり立ちあがった。「心配いらないよ、姉さん。必ず見つけだして、とっちめてやるから」

「気をつけて」

ベスが持ってきてくれた古いキルトに顎の下まですっぽりくるまると、温かさよりもまず、深い安心感がメグを満たした。

兄弟で目配せをしあったあと、クィンは勝手口へ向かった。こじ開けられた鍵をしばらく見てから、彼は出ていった。

隣の部屋でサラが泣きだした。

メグも一緒になって泣きたい気分だった。だが、泣いたところでなんの解決にもならないのだ。

ベスが手当てに使ったものを集めて救急箱にしまった。「ライアル、あなたは早くメグを病院へ連れていって。サラとわたしはここでお母さんたちを待ってるわ。悪者はクィンが追ってくれてるんだから、もう大丈夫よ。あなたたちが帰ってくるまでにここをきれいにしておくわ」

ライアルは少しためらい、メグのライフルを手に取った。

「弾はどこにある？」

「廊下の物入れよ。棚のいちばん上」

「すぐ戻る」ライアルは弾を取りに行き、ライフルにこめた。侵入者のあった家に妻子を残していくのは気が進まないが、姉はすでにかなりの出血をしている。それに、ベスの言うとおりだ。追われている人間がここへ舞い戻ってくるとは思えない。それでも、無防備なまま二人を置いていくわけにはいかない。

ライアルはライフルをガンラックに掛け、キッチンへ戻った。

「ライフルに弾をこめておいた。サラがいなければここに置いておくんだが、廊下のガンラックに掛けてある。いいね？」

ベスはうなずいた。「わたしたちのことは心配しないで」

「わかった」ライアルは静かに言うと、メグをそっと立たせてベスの先導で玄関へ向かった。ふたりがかりでメグを車の助手席に座らせ、シートベルトを締める。

ライアルは妻のほうへ振り向いてキスをした。「できるだけ早く戻る。くれぐれも気をつけるんだよ」

「ええ。このあとすぐお母さんに電話するわ。ここまで来てくれるのにそう長くはかからないはずよ。あなたのほうこそ、気をつけて運転して」

急いでサラのもとへ戻ったベスは、ベビーサークルのなかでふたたび眠りについた娘に毛布をかけてやると、義母に連絡するため電話に手をのばした。

靴跡は容易に見つかり、メグの言ったとおりだとクィンは思った。成人男性にしては小さい。しかし、だからといって追跡の手をゆるめるわけにはいかない。女だとしても油断はできないし、世の中の男が全員、ウォーカー一族のように大柄なわけでもない。それからもうひとつ、気づいたことがあった。この人物は自分の痕跡を消そうとしていない。そして、歩幅から推測するに、かなりのスピードで移動している。クィンはにやりとした。メグがライフルを空にしたのは無駄ではなかったということだ。弾が命中しなかったのは残念だが。

岩がちな場所で二度、靴跡を見失ったものの、いずれの場合もほどなくまた見つかった。依然としてそれは山の上へ向かっていたが、逃げるスピードは明らかに落ちていた。そうするうちに、最初の血痕が現れた。結局、弾はどこかには当たっていたらしい。

山道を一キロあまりのぼって開けた場所に出たとき、クィンは思いだした。このあたりはかつてフォックス家の敷地だったのだ。母屋も離れもいまはなく、煙突が一本と、朽ちた建材の山だけが残っている。主《あるじ》が亡くなったあと、ある年の大嵐の直撃を受けたと聞いた。当時クィンは遠い国にいたのだが、あの話は本当だったらしい。屋根を飛ばされ崩壊した建物が、さらに数年、風雨にさらされて朽ち果てたのだ。クィンは雑草に覆われた一帯を見まわして、靴跡の続きを探した。

すぐに奇妙なものが目に留まった。山肌に、古びた鉄の扉がついているのだ。嵐に備えたシェルターのようなものかと思い、開けてみようとしたが、開かなかった。鍵がかかっているか、錆《さ》びついてしまっているのだろう。それに、周辺の雑草が踏まれた形跡もない。

逃げた人物がこの扉の向こうにひそんでいる可能性はなさそうだ。

あたりを一周し、ダートバイクのものらしきタイヤ痕を発見したクィンは、追跡失敗を認めざるを得なかった。吉報を持ち帰れないのは無念だが、姉の安全を守るためにできることはまだほかにもある。クィンは上司に電話をかけて事情を話し、山道を下りはじめた。


上着に穴が開いている。やっと脱げたときには、その上着もシャツも血だらけだった。あの女が放った一発目が当たったのだ。痛みに跳びあがったが、おかげで逃げるスピードがあがった。まさか、追いかけてきてあそこまで撃ちつづけるとは思わなかった。メグ・ルイスにあれほどの度胸があったとは。

会う前に少しからかってやろうなどと考えたのが間違いだった。こっちには大事な質問があり、彼女はその答えを知っている。さっさとドアをノックして、答えを引きだせばよかったのだ。つまらない思いつきを実行に移したばかりに、危うく命を落とすところだった。もう二度とこんな間違いは犯すまい。

体をひねってバスルームの鏡に傷を映し、彼は顔をしかめた。傷は浅く、出血もほぼ止まっているのが不幸中の幸いだ。棚にあったアルコールの瓶をつかんで傷口に盛大にふりかけると、大きなうめき声が漏れた。ガーゼや包帯はなかったから、下着のシャツを裂いて折りたたみ、それを何枚もの絆創膏《ばんそうこう》で傷口に貼りつけた。

間に合わせの処置でもなんとかもちそうだとわかると、クローゼットから長袖のシャツを取りだした。怪我をしているのを人に知られてあれこれ訊《き》かれると面倒なことになる。眠りこけている犬たちをよけながら、彼は家のなかを忍び足で歩いた。弟は、ちょっとやそっとでは目を覚まさないタイプだから助かった。戸棚から痛み止めを、冷蔵庫からビールを出して、薬をのむ。

午前十時になるところだった。家のなかに食べ物はない。ブーンズ・ギャップへ買い出しに行って、ついでにフランキーズ・イーツで腹ごしらえをするとしよう。

2

クィンが戻ったときには、母とその連れ合いのジェイクだけでなく、彼の妻マライアも来ていた。母はキッチンの床を磨いており、ベスはサラにおやつを与えていた。血痕やメグの青ざめた顔を思いださなければ、まるで昔に戻ったかのようだった。けれどクィンが家へ入ったとたん、四方八方から質問の矢が飛んできた。

「みんな、そう急《せ》かさないでくれ」クィンは妻の体にそっと腕を回した。マライアは夫を気遣わしげに見つめている。イラクとアフガニスタンで戦ったふたりは、それぞれを苦しめたPTSDの経過を観察しあう関係でもあった。クィンがウィンクをすると、マライアはほっとした顔になった。

「モーゼを連れてきたわ。表のポーチにつないである」マライアはジェイクの指導のもと、愛犬モーゼを追跡犬として育てようとしていた。「追跡させてみましょうか？」

「そうだな。だがまずは、みんなで相談しよう」

裏のポーチへモップを干しに行っていた母が、戻ってきて会話に加わった。

「教えてちょうだい、クィン。誰の仕業だったの？」

「残念ながらわからない。フォックスの家があったあたりで跡を見失った。ダートバイクで逃げられたんだ。でも血痕が残っていた。メグが撃った弾が当たったんだ」

「どうせなら頭に当たってりゃよかったのに」ジェイクがつぶやいた。

クィンも内心で同意した。「ライアルかメグから連絡は？」

「あったわ」と、ベス。「三十分ぐらい前にライアルから。こっちへ向かってるって。右足は六針、左は三針、縫ったんですって」

クィンが忌々しげに目をすぼめた。「最初に異変を感じた時点で、メグがぼくたちに知らせてくれていれば」

ドリーの顔がくしゃりとなって、その頬を新たな涙が伝った。「ひとり暮らしは無理だと思われたくなかったのよ」

マライアが眉間にしわを寄せた。「メグほどしっかりしてる女性はいないわ。何もなければじゅうぶんひとりで暮らしていける人よ」

「そのとおりだ」クィンがうなずく。「ボスに電話して今日は休みにしてもらった。これからマウント・スターリングへ行って、人感センサーのついた防犯システムを揃《そろ》えてくる。壊された鍵もすぐに直す。ストーカー野郎が性懲りもなくまたやってきても、暗がりに隠れて鍵をこじ開けるなんてことはもうできない。最大音量のアラームをつけてやる。それで心臓麻痺《まひ》でも起こして死んでくれれば手間が省ける」

マライアが苦笑した。「ほんとに血の気が多いんだから」

ベスも笑った。「家族のためとなるとね」

クィンは妻を見た。「マライア、モーゼに追跡させてもいいが、きみひとりで森へ入るのはだめだ」

ジェイクが口を開いた。「おれが一緒に行くよ。ライフルも持ってきてる。モーゼのお手並み拝見といこうじゃないか」

ベスは床が乾いているのを確かめてからサラをおろした。「お母さんとわたしはここでメグたちの帰りを待つわ。クィンと入れ違いに帰ってくるでしょうから」

「わかった」と、クィンはうなずいた。「そうだ、誰かジェイムズに知らせたか？　このことを他人の口から聞かされたりしたら、そうとう気を悪くするだろう」

ベスがうなずいた。「何度か電話したんだけど、留守番電話になってたの。だから自宅にかけてジュリーと話したわ。ジェイムズが帰りしだい伝えてくれるでしょう」

「じゃあ、ぼくは行くよ。何かあったら連絡してくれ。と言っても、できるだけ急いで帰ってくるが。今日の日暮れまでには、刑務所並みのセキュリティシステムをこの家に張り巡らせてみせる」

「ジェイクとわたしは今夜ここに泊まるから」ドリーが言った。「もう決めたの。そしてわたしは、抜糸がすんであの子が普通に動けるようになるまで残るわ」

「おれも残る。うちのほうは息子たちに任せておけばいいんだ」

「メグは喜ばないかもしれないわ」と、ベス。「危なっかしくてひとりにしておけないとわたしたちが思ってるみたいじゃない？」

「母親の言うことは聞いてもらいます」ドリーの口調は決然としていた。

「いくつになっても子は子だね」クィンは母にウィンクをした。

その数分後にはクィンの車は山道を下り、マライアとジェイクはモーゼを連れて追跡を始めていた。


マウント・スターリングの病院を出たメグの頭は、薬のためか、ぼんやりしていた。胃が空っぽだからかもしれない。でも、家へ帰り着くまではしかたない。とりあえず傷の痛みが治まったのだから、よしとしなければ。

メグはライアルをちらりと見た。弟の存在が心からありがたかった。けれど、これからのことが心配だ。抜糸までは極力歩かないようにと医者から言われたが、鶏に餌をやり、牛の乳を搾り、キルトを作らなければならないのだ。キルト作りだけは座ってできるにしても。

いったいどうすればいいのか考えあぐねていると、ライアルがこちらを向いてにっこりした。

「まあね。だけどこんな大事《おおごと》になってしまって、みんなに申し訳ないわ。わたしが床のガラスを見落としたばっかりに」

「大丈夫?」

ライアルが眉をひそめた。「姉さんは何も悪くないよ。悪いのは家に忍びこんだやつだ。いったい、どこのどいつなんだ……心当たりはある?」

メグは首を横に振った。「ないわ。だけど歩いてきたんだから、かなり近くに住んでるわけよね。近所の人たちはみんな顔見知りだけど、あのなかにこんなことをする人がいるなんて考えたこともなかった」

「必ずしも近所に住んでるとはかぎらないよ。どこかに乗り物を隠してあったとも考えられる。それで思ったんだけど、たとえば同じ教会に通う誰かに口説かれたとか、ブーンズ・ギャップあたりで男に声をかけられて断ったとか、そういうことはなかった?」

メグは小さく笑った。「男の人に声をかけられたのなんて、最後はいつだったか思いだせないぐらい昔のことだわ」

「そうか。残念だな」

「ちっとも残念じゃないわ。レベルリッジの男の人には全然惹《ひ》かれないもの。ほんとよ。なにしろ、初めてつきあった人も結婚相手も、刑務所に入ってしまったんだから。最初の彼はどう考えても冤罪《えんざい》だけど……とにかく、また同じことを繰り返す勇気はわたしにはないわ」

淡々と話す姉の顔をライアルは、見やった。「リンカーン・フォックスのことは忘れてた」

メグは肩をすくめた。彼の名前を聞くたびに胸をよぎるかすかな痛みには、気づかなか気づかなかったふりをした。「彼もわたしもまだ子どもだった。はるか昔の話だわ」

「元の旦那だって、姉さんと結婚した当時は悪いやつじゃなかった」

「そうかもしれないけど、もともと弱い人ではあったのよ。鼻先にお金をちらつかせられたら、すぐさまなびいて覚醒剤を作りはじめたんだから。いくら自分のお祖父《じい》さんが山奥で密造酒を作ってたからって。そのうち取り引きでずるをするようになって、しまいには、文句をつけてきたお客を殺してしまった。ああ、思いだすのもいや……ボビーが刑務所へ入ってまもなく離婚したけれど、肩身が狭くてつらい思いをしたことはそう簡単に忘れられるものじゃないわ」

「姉さんが肩身の狭い思いをする必要なんてないんだ。悪いのはボビーなんだから」

「亡くなったミセス・ホワイトはそうは思っていなかったはずよ。息子を殺された母親としては」

「ウェンデルは、ろくでなし三兄弟の長男だった。麻薬中毒で、母親の年金までくすねて麻薬に注ぎこんでいた。家族の食べ物を買うための金をだ。ぼくに言わせれば、ボビーはミセス・ホワイトのためになることをしたんだ」

ぎょっとするべきなのはわかっていたが、ライアルのにやにや笑いにつられてメグも肩の力を抜いた。

ライアルはふと真顔になって続けた。「だけど確か、事件が起きる少し前からあの家の様子は違ってきていた。急に暮らし向きがよくなったみたいだった。ミセス・ホワイトが亡くなったときには、庭には色とりどりの花が咲いて、新しい納屋も建って、小型トラクターまであったじゃないか。プリンスとフェイガンだけになったら、また急激に荒れはじめたけれど。とにかく、ミセス・ホワイトは最後にはいい暮らしができたんだ」

「ありがとう、わたしの気持ちを楽にしてくれて」

「だから肩身が狭いなんて、もう言わないでくれよ。姉さんに非はまったくないんだから、苦しまないで。わかったね？」

「よくわかったわ」

「だったらよかった。さあ、着いた」庭には車が何台もとまっていた。「ジェイムズとジュリー以外、全員集合しているようだな」

メグが指をさした。「母さんよ。どうしよう、泣かせちゃった」

「もしサラが同じ目に遭ったとしたら、ぼくだって泣く。親とはそういうものだ」

「確かにね」メグは助手席のドアを開けた。

「ちょっと待って。ひとりじゃ歩けないんだよ」

メグは吐息をついた。「忘れてたわ」

「鎮痛剤の効果が切れたら、いやでも思いだすさ」

涙にくれる母に抱きしめられたあと、メグはライアルに支えられて家のなかへ入った。母は、どうして何も教えてくれなかったのかとメグを責めた。メグが言い訳を思いつくより先に、ライアルが話しかけてきたので叱責は途絶えた。ドリーは、あなたがひとりで歩けるようになるまでここで寝泊まりする、もう決めたのだから反対しても無駄だ、と言った。

「反対なんてするものですか。ありがたいわ」涙をこらえるメグをライアルがリクライニングチェアに座らせ、フットレストを引きだした。車のなかにいるときからメグをすっぽり包んでくれていたキルトは、腰のあたりまでずり落ちた。

娘が寝間着姿だったと知って、ドリーはぎょっとした顔になった。

「なんてことなの、マーガレット・アン。あなた、本当にその格好で病院へ行ったの？お医者様たちにどう思われたことか」

「心配しないで、母さん。服を脱がされなかっただけ、まだましよ。だって、この下には何も着てないの」

ドリーが目をむき、ほかのみんなはどっと笑った。

マウント・スターリングから戻ったクィンがドアの修理を終え、外でひとつ目の防犯ライトを取りつけているとき、森からモーゼが走りでてきた。その後ろからマライアとジェイクも。モーゼは梯子《はしご》の上のクィンを見つけると、ただいまというように鳴いた。クィンは彼らに手を振り、作業を続行した。ポーチへ駆けあがったモーゼは、日陰にぺたりと座って舌を出し、荒い呼吸をしている。

マライアとジェイクが足を止めた。

「どうだった？」クィンはふたりに尋ねた。

マライアの表情は暗かった。「あなたが靴跡を見失ったのと同じ場所で、臭跡も消えてしまったわ」

ジェイクが帽子を脱ぎ、ふさふさしたグレーの髪をかきあげた。「きみが言ってたとおり、バイクのタイヤ痕があった。それに乗って逃げたんだな」

「たぶんね。いずれにしろこれだけライトを取りつけておけば、もし次があっても、姿は確認できるでしょう」

「メグは病院から戻ったの？」

「うん。なかにいる」

「会ってくるわ」マライアはモーゼを柱につないで家へ入っていった。

「手伝おうか？」ジェイクが言った。

「いや、大丈夫。戦地で通信機器の設営なんかもやったから、こういうのは慣れてるんです」

最初のライトをつけ終わると、クィンはモーゼに水を与えてから梯子をかついで表へ回り、玄関ポーチにも取りつけはじめた。作業が終盤にさしかかったころ、ウォーカー兄弟の最後のひとりが登場した。

妻のジュリーは一緒ではなかった。ということは、帰宅する前に彼女から連絡を受けたのだろう。車から飛びだしてきた兄のジェイムズは、いつもの笑顔ではなかった。クィンの心情と同じぐらい切羽詰まった表情をしている。

「姉さんがどうしたって？」

「ストーカーに狙われたんだ。詳しいことは本人から聞いたほうがいい。みんな、なかにいるよ」

ジェイムズは階段を駆けあがった。力任せにドアが閉められる寸前、クィンはフライドチキンとコーンブレッドの匂いを感知した。そろそろ昼時だ。母が張りきっているのだろう。起きてしまったことについてはどうしようもない、けれど家族においしいものを食べさせることはできる、というわけだ。

ライトの設置が終わると、次は屋内のアラームシステムだった。クィンは玄関と勝手口、両方のドアの内側にアラームを取りつけた。セットしておけば、どちらのドアが開いてもアラームが鳴り響く。できるなら家の周囲に濠《ほり》を巡らせて跳ね橋でも渡したいところだが、現実にはこれが精いっぱいだった。

手を洗いにバスルームへ行こうとしていると、パトカーが私道へ入ってくるのが見えた。ライアルはいまジェイムズと話しこんでいるが、その前に連絡を入れたのだろう。

「ライアル、マーロウ保安官が来てくれたぞ」クィンはドアのほうを指し示して、そのままバスルームへ向かった。

ライアルは娘をジェイムズに託し、保安官を迎えに出た。

足早に階段をあがったマーロウは、ライアルと握手した。「大変だったようだな。メグの様子は？」

「いまは落ち着いています。かなり怖い思いをしたみたいですが」

「会えるかな？　被害届を出してもらうにあたって、話を聞かなきゃならないんだが」

「もちろんです。どうぞ」ライアルはマーロウをリビングルームへ案内した。「ほら、みんな、キッチンへ行って母さんを手伝ったらどうだ？　保安官がメグと話したいそうだ」

一同が出ていくと、マーロウはリクライニングチェアのそばの椅子に腰をおろした。

「わたしの格好は見なかったことにしてくださいね」メグが言った。「これで病院へ行ったんですけど、母にはずいぶんあきれられました。警察の調べにも寝間着姿で応じたと知ったら、何を言われるか」

マーロウは笑った。「わたしは全然気にしないよ、メグ」だが彼はすぐに真顔に戻って手帳を取りだした。「では、話してもらおうか。ライアルからの電話によると、不審者がここへ侵入したということだが、詳しく教えてほしい」

メグはうなずき、ことの発端から話しはじめた。餌を入れたバケツがなくなっていたこと。キッチンの床のきしみを聞いたこと。そしてライフルを持って相手を追いかけたことを話しているとき、クィンが戻ってきた。

「それには続きがあるんです。ぼくが思うに、メグが撃った弾はそいつに当たってますよ。血痕を見つけましたから。あと、逃走用のバイクを隠してあったようです。フォックス家の土地だったところに」

メグが驚いた顔になった。「本当？　お尻に命中していたら嬉《うれ》しいけど」

弟たちがにやりとした。

マーロウもくすりと笑った。「さすがはウォーカー家のお嬢さんだ。そいつが持ちこんだガラスの花瓶というのは、いまどこに？」

ライアルが無念そうに答えた。「粉々になっていたので片付けました。ゴミ箱のなかです。すみません」

「それで、これからどうなるんですか?」メグが訊《き》いた。

「きみはその男の顔を見ていないし目撃者もいないとなると、わたしにできることはかぎられてくる。花瓶の残骸から指紋を採るのも難しいだろう。だが、被害届は確かに受理した。どんな捜査もこれが第一歩だ。まずは近隣の医療機関に通知を出す。銃創の治療で受診する患者がいたら警察に知らせるようにとね。その患者がレベルリッジ近辺に居住しているようなら、事情聴取だ」

「やはり地元の人間でしょうか?」ライアルが訊いた。

マーロウは肩をすくめた。「メグがひとりで暮らしているのを知っている者となると、おそらく。むろん、ひとり暮らしが悪いわけじゃない。しかし、その点は考えに入れる必要がありそうだ」

そこへドリーが入ってきた。キッチンの熱気に頬を上気させたドリーは保安官を見た。

「ああ、マーロウ。すぐに来てもらえてよかったわ」

「仕事なんだから当然だよ、ドリー。新婚生活はどうだい?」

ドリーは顔を赤らめた。「楽しいわよ。ほらほら、みんな、話が終わったのなら食事にしましょう。準備はできてるわ。マーロウ、あなたも食べていって。たくさん作ったから」

マーロウは辞退しないわけにいかなかった。「実にうまそうな匂いがしているね。ところがわたしは急いでブーンズ・ギャップへ戻らなくてはならないんだ。この件についての報告書を提出しないと」彼は立ちあがり、メグを見おろした。「今度、同じようなことがあったら、まずわたしに連絡するんだよ」

「はい」

「そこまで送りますよ」ライアルが保安官と一緒に出ていった。

ドリーはメグの格好を見たが、何も言わなかった。「食事の前にトイレへ行っておく？」

「ええ。それからね、母さん、何か着るものを持ってきてもらえると嬉しいんだけど。血のついた寝間着には、もううんざり」

ほっとしたような笑みを浮かべて、ドリーは娘の部屋へ向かった。

クィンがメグを支えて立たせ、バスルームへ連れていった。

「どこかで車椅子を調達してこないとな」

彼がそう言うのを、廊下まで戻ってきていたドリーが耳にした。「心当たりがあるから、食事がすんだら電話してみるわ」

衝撃的な始まり方をした一日は静かに終わろうとしていた。借りてきた車椅子でメグを部屋へ送り届けたジェイクは、ゆっくりおやすみと言って立ち去った。

メグは枠に張った完成間近のキルトのことを思ったが、作業できるほどの気力はとうてい残っていなかった。だから鎮痛剤を二錠口に入れ、サイドテーブルのグラスに手を伸ばした。痛みは相変わらずだが、日ごとに傷が癒えていくのを待つしかないのだろう。

薬をのみ、ベッドに潜りこんで目を閉じると、ドア越しにみんなの話し声が低く聞こえた。認めたくはなかったが、今夜は誰かがそばにいてくれなければきっと眠れなかった。窓の外でコオロギが鳴き、高い尾根のどこかでコヨーテが遠吠《とおぼ》えを響かせている。それらに耳を傾けながら、メグはいつしか眠りに落ちていった。


腕の傷が化膿《かのう》して熱も出てきたが、医者にかかるのは論外だった。撃たれた傷だとひと目で見抜かれ、警察に通報されるに決まっている。薬が必要だが、それを手に入れるには嘘《うそ》をつかなければならない。幸い、どこへ行けばいいか彼は知っていた。ティルディ・ベネットばあさんなら、ありとあらゆる薬草や軟膏《なんこう》で、ありとあらゆる症状を治してくれる。ばあさんといっても彼の実の祖母ではない。レベルリッジの誰もが彼女のことをそう呼んでいる。怪我《けが》については彼はすでに作り話を用意してあった。ティルディがそれ以上追及してこないのもわかっている。弟がマリファナの取り引きに出かけてしまうと、彼は服を着替えて家を出た。

三十分後、彼の車はティルディ・ベネットの家の前にとまった。風に飛ばされそうになる帽子を手で押さえて、玄関へ急ぐ。ひどい寒さだが、熱っぽい顔を風が冷やしてくれるのはよかった。

ノックして、ティルディが出てくるのを待った。ドアが開くと同時に帽子を取って、精いっぱい礼儀正しく挨拶をした。

「こんにちは、ティルディ。割れた水道パイプが腕に刺さって、化膿しちまったんだ。ちょっと見てもらえるかな」

ポーチにたたずむ相手を、ティルディは目をすぼめて見た。評判のよくない男だが、彼女は偏見を持たない質《たち》だった。

「お入り、外は寒いだろう。傷を見せてごらん」

「助かるよ」彼はドアをくぐり、ティルディについてキッチンへ入った。

「コートはその椅子に掛けておくといい。シャツは脱がなくていいよ。怪我しているほうの袖だけめくれば」

彼は言われたとおりにしてティルディの反応をうかがった。

傷を見たティルディが目を険しく細めた。「パイプと言ったかね?」

「ああ。給水用の細いやつ……割れて、先が尖《とが》ってた。で、そのときおれはぐでんぐでんに酔っていたもんで、そいつの上にもろに倒れこんだんだ。肉がえぐれて、ばい菌が入ったみたいで、往生してるんだ」

ティルディが傷口に目を移した。「確かに膿《う》んでるね。でも敗血症まではいってない。

破傷風の予防接種は受けてるかい？　もしもそのパイプが錆《さ》びてたら、破傷風に罹《かか》るかもしれない。死んでしまうことだってあるんだよ」

彼は不安に駆られたが、これが作り話だったのを思いだした。本当は錆びたパイプなんかじゃない。強烈な弾丸だ。

「ああ、予防接種はやった。去年、釣り針が足に引っかかったときに」

ティルディは戸棚のほうへ向くと、瓶や缶をごそごそ動かして目的のものを見つけだした。それから湯と石鹸《せっけん》を用意した。

「ちょっと染みるよ」そう言って、手早く傷を洗いはじめる。

「くそっ……いや、口が悪くてすまない」彼の目に涙がこみあげた。「たまらないな、これは」

「だから言っただろう」ティルディは手を休めない。

三十分後、熱をさげるという薬草茶と、日に三回、傷に塗る軟膏を持たされて、彼はティルディの家を出た。二十ドルの出費だったが、それだけの値打ちはあった。そう思いながらトラックに乗りこみ、家路についた。

その週は何事もなく過ぎた。メグは枠に張ってあったキルトを仕上げ、縁をバイアステープでくるんだ。これを含めて五点の発送準備が整った。ジェイクにブーンズ・ギャップへ持っていってもらい、宅配便の手配が完了すると、少し気が楽になった。急ぎの注文は入っていないから、これでしばらくはゆっくりできる。

メグ・ルイスが狙われたという話がレベルリッジに広まると、ひとり暮らしの女性はみな、ベッドの脇に銃を置いて寝るようになった。クィンがセキュリティシステムを張り巡らせたとはいえ、ジェイクは自分たちがいなくなったあとのことが心配でならなかった。解決策として、彼はメグに一匹の子犬を贈ることにした。

名前はハニー。赤茶色の毛並みをした、一歳になる雌のハウンドで、生まれつき片方の前脚が不自由だった。茶色い目は大きくて脚も長いが、肉付きはまだ成犬のそれにはほど遠い。猟犬としては使えなくても血統は確かであり、自分がつけた名前どおり、実に愛らしい犬なのだとジェイクは言った。

メグとハニーは、互いにひと目惚《めぼ》れだった。メグはジェイクに何度も礼を言った。これで、不届き者は家に近づくことさえ不可能になったのだと思うと、大いに安心できた。フクロネズミやアライグマが庭を横切っても同じように反応するライトには、慣れるまでしばらくかかりそうだが、ハニーなら、人が近づけばそういう吠え方をしてくれるはずだ。

ジェイクと母が帰ってからが本番だ。それでもすでにメグは、平穏な日常を取り戻す自信を持ちはじめていた。明日の抜糸が終われば、自力で動けるようになるのだし。

昼食を終えると、メグたち三人はすぐにマウント・スターリングの病院へ向けて出発した。メグが後部座席に座り、前にはジェイクとドリーが乗りこんだ。ふたりは抑えた声で言葉を交わしているが、母の口調は弾み、笑い声が華やいでいる。本当に幸せそうだ。そんな新婚ふたりの姿を嬉しく思いながらも、心のどこかで、自分自身の人生に欠けているものを意識しないわけにいかなかった。それとも母の口癖どおり、この寂しさも〝いつまでも続くわけじゃない〟のだろうか。

家の外へ出るのは気持ちがよかった。木々の葉が色づきはじめ、太陽は毎日、輝いている。けれど気温が急にさがることもあり、今日はちょうどそんな日だった。ブーンズ・ギャップまで来ると、ジェイクはガソリンスタンドに車を入れた。

「ガソリンを入れるけど、何か欲しいものはある？」

「ないわ、ありがとう」と、メグは答えた。

「わたしは何か冷たいものでも飲もうかしら。だけど自分で買うから、あなたは給油して」ドリーは車から降りた。

店へ入っていく母を見送ったメグは、シートにもたれて行き交う車をぼんやり眺めながら、中断を余儀なくされたキルトのことを考えた。早く海の嵐のブロックを縫いあわせて一枚の布にしたいと強く思った。

赤ちゃんを抱いた知り合いの女性が店から出てきた。幼児もふたり連れている。彼女はメグを見て手を振り、メグもすぐに振り返したが、このときもまた、自分が後れを取っているのを痛感させられた。夫もいない。子どももいない。明るい未来もない。どこまでも惨めな気がした。

一台のピックアップトラックが入ってきて、給油機の向こう側にとまった。運転していた男性が降りてきて、ジェイクに話しかけた。息子たちはいっぺんも結婚していないのに親父《おやじ》が二度目か、と言ってからかっている。ジェイクが声をたてて笑った。メグはその光景から目をそらした。

不意に誰かが窓をたたいた。見ると、別れた夫の弟、クロードの笑顔があった。メグが窓をおろすとクロードは身を乗りだしてきて、さりげなく彼女の全身に視線を走らせた。「やあ、メグ。なんか大変だったんだって？　うちでもみんな心配していたんだ。もう元気になった？」

かつての義理の兄弟たちをメグはあまり好きではなかった。とはいえ、彼らがメグに何かしたわけではないし、兄と別れたからといって、メグにわだかまりを抱いている様子もなかった。

「もう大丈夫。心配かけてごめんなさいって、みなさんに伝えて」

「じゃあ、押し入った男には何もされなかったのかい？」

「ええ。ガラスの破片を踏んで怪我をしただけ」

クロード・ルイスは眉根を寄せた。もともと狭い左右の目の間隔がますます狭まる。

「とにかく、なんともなくてよかった。早くそいつが捕まるといいな」

ちょうどそのときドリーが戻り、ジェイクがノズルを給油機に戻した。クロードとの会話はそこで終わったが、メグは自分が噂《うわさ》の的になっているのを思い知った。元気になって出歩くようになれば、何度もこういう目に遭うのだろう。

最後にまた窓をたたいて、クロードが大きな笑みを浮かべた。

「じゃあ、また。元気でな」

「あ、ええ……ありがとう」メグが言ったときにはもう彼は歩きだしていた。

マウンテン・デューのボトルを手にしたドリーが助手席に座った。「珍しいわね。クロードが声をかけてくるなんて」そう言って、運転席とのあいだのカップホルダーにボトルを入れた。

「そうね……このところ、なんだかおかしなことばかり」そこへジェイクが戻ってきて、三人はガソリンスタンドをあとにした。

それきりメグはクロード・ルイスのことを忘れていたが、夜になり、ルームシューズのままポーチからジェイクと母を見送っているとき、ふと彼のことが頭をよぎった。けれどすぐに、打ち消した。クロードは誰かに危害を加えるような人じゃない。それは確かだ。

考えこんでいると、ハニーがふくらはぎに鼻をすりつけてきた。メグは手を伸ばしてその体を撫《な》でた。

「さあ、いよいよわたしとあなただけになったわね。大丈夫？　悪い人が来ないようにちゃんと見張っててね。動物は追いかけなくていいのよ」

子犬はわんとひと声鳴いた。

メグはにっこりした。「任せて、って聞こえたわよ。じゃあ、なかへ入りましょう。わたしは足を休めなくちゃいけないし、あなたはおなかが空《す》いたでしょう？　違う？」

まつわりつくハニーと一緒に、メグは家のなかへ入っていった。


撃たれた夜以来、彼はメグ・ルイスの土地に足を踏み入れていなかった。このままでは気がすまないが、向こうの家族が続々と集まってきたのもジェイクとドリーが泊まりこんでいるのもわかっていたから、しばらくは我慢していた。

ところが今日、メグが抜糸に行くところだというのをガソリンスタンドで聞きこんだ。ということは、ドゥーレン夫婦が近いうちに帰っていくのは間違いない。

彼は腕時計を見た。日はとっくに沈んで、時刻は十時近くになっていた。またあそこへ行きたくてたまらない――想像しただけで興奮する。だが、前回は気が急いていた。今度は失敗できない。彼女がひとりきりなのをよくよく確かめておかなければ。そして、脅して震えあがらせるのだ。少々、痛い目に遭ってもらうかもしれない。

そうやって目的のもののありかを白状させたら、次は男として楽しませてもらって、最後にあのきれいな喉を掻き切ってやろう。だが、まだだめだ。明日か、明後日か……とにかく、今日のところは辛抱だ。

3

メグが目を覚ますとカーテンの隙間から光が差しこんでいた。寝返りを打って時計を見ると――八時に近い。

「大変、鶏たちが心配するわ。忘れられたんじゃないかって」メグは寝具をはねのけて廊下へ出た。ベッドのかたわらのマットからハニーが飛び起き、とことことついてくる。メグはハニーを外へ出してやると、着替えるために部屋へ戻った。どの靴がいちばん楽だろうかと考えていると、電話が鳴った。ベッドに腰をおろして応答した。

「もしもし？」

「ライアルだけど、いまそっちへ向かってる。もうすぐ着くってことを知らせておこうと思ってね。鶏に餌をやりに行って銃撃されたんじゃたまらないから。ちなみに、夜の乳搾りはジェイムズが来ることになってる」

メグはほっと息を吐いた。「わざわざそのために来てくれなくてもよかったのに。だけど、すごく助かるわ。ありがとう」

「母さんからそれぞれに指令が出てるんだ。姉さんへの指令は、傷が完治するまで納屋に足を踏み入れないこと」

メグは笑った。「母さんがわたしたちを子ども扱いしなくなる日は来るのかしら?」

「たぶん、来ないね。だけどこれはぼくがやりたくてやってるんだから、いいんだ。さて、着いたぞ。コーヒーをいれるぐらいはしてもかまわないよ。ぼくが許可する。もしもまだいれてなければね。アラームを切っておいてくれないか。餌をやり終わったら一杯ごちそうになりに行くよ」

ハニーが吠《ほ》えはじめたので、それを止めるためにメグは表へ向かったが、裸足《はだし》で歩くのは苦痛だった。体重をのせると傷口が開きそうな気がする。母が早々と車椅子を返却してしまったのが、ほんのちょっと恨めしい。

ドアを開けてライアルを招き入れると、彼はたちまちハニーを手なずけた。「先にこっちへ寄ることにしたよ。そうしておけば、納屋へ行く途中でがぶりとやられずにすむだろう?」

メグは微笑《ほほえ》んだが、その目がつらそうなのをライアルはすぐに見抜いた。

「大丈夫か? 昨夜《ゆうべ》、何かあった?」

「全然」

「不安で眠れなかったとか?」

「眠れたわ、予想に反してね。朝ごはんは食べた?」

「今朝はベスがパンケーキを焼いたんだ。おいしくて食べすぎたよ。でも、あとでコーヒーは飲みたいな」

「終わったら、どれぐらい餌が残ったか教えて。いつ買い足せばいいか知りたいの」

「わかった」ライアルはハニーを従えて勝手口のあるキッチンへ向かい、メグはゆっくりとあとからついていった。


ストーカー騒ぎは繰り返されることなく、二週間が過ぎた。さすがに家族も引きさがり、メグ自身に身のまわりのことをさせるようになった。撃たれて負傷したためにストーカーもあきらめた……そう考えるのが妥当だった。

事件は少しずつ過去のものになっていき、キルト作りに打ちこむ日々が戻ってきた。海の嵐の表地は仕上がった。あとは綿を挟んで裏打ちをすれば完成だ。

ずいぶん冷えこんだその日、メグは午前中のほとんどを費やして薪《まき》を家のなかへ運びこんだ。プロパンを使った暖房はあるのだが、長い冬の夜、昔ながらの暖炉のぬくもりは捨てがたい。早めの夕食を終えて後片付けをすませるともうくたくただったが、それは心地いい疲れだった。テレビを観《み》る前に、少し外の空気を吸ってひと息入れることにした。

廊下の物入れから上着を出し、ガンラックからライフルをおろして弾が入っているのを確かめると、メグはポーチへ出てぶらんこに座り、山に夜の帳《とばり》がおりるのを眺めた。誰かが近づけばライトが光るし、膝の上にはライフルもある。暗がりにひとりでいても怖くはない。ちょうど、昼の生き物と夜の生き物が交代するころだった。夜の鳥たちが鳴きはじめ、フクロウが飛びたった。コヨーテが一頭、近くの尾根に現れて高く吠え、群れの仲間が遠吠えでこたえる。コオロギたちはまだ鳴いているが、夜が更けて気温がさがれば、この歌声もやむはずだ。

ポーチの端で寝そべっていたハニーが起きあがり、足元へやってきた。メグは身を乗りだして撫《な》でてやりながら、この子と会話ができたらどんなに楽しいだろうと思った。

「ハニー、あなたはほんとにいい子ね。今日も一生懸命わたしとこの家を守ってくれたわね。ご褒美、欲しい？」

笑顔にも見える顔をして、ハニーがいきなり立ちあがった。メグの手を食い入るように見つめている。その手がポケットに入ると、とたんに尻尾を振りはじめた。床の小さな一画がきれいに掃除されそうなほどの勢いだ。

犬用のおやつをもらったハニーは、一度だけ噛《か》んですぐにのみこんでしまった。

メグは笑った。「そんなにあっという間に食べちゃったら、味なんかわからないでしょう」

けれどハニーは満足そうだ。階段近くで伏せ、森のどこか一点を見つめている。

ぶらんこの背もたれに体を預けたメグは庭を眺め、さらにその先に広がる森へ目をやった。少し緊張はするけれど、もう恐れずにひとりで暮らしていくと決めたのだ。だから、あの事件などなかったような顔をして、逃げずにポーチにとどまった。

この時期、夜はかなりの寒さになる。初霜もすでにおりた。それでもメグは、松の香りを帯びた冷気や、暗くなってから聞こえてくるさまざまな音が好きだった。そんななかでぶらんこを漕《こ》いでいると、不安や恐れがきれいに消えていくようだった。

山の上のほうから猟犬の吠える声が聞こえてくる。ハンターたちが獲物を追っているのだ。門のそばの木で鳴くフクロウの声は、メグにとっては鏡で見る自分の顔と同じぐらいなじみあるものだった。それでもやはり、誰かが木の陰からこちらをうかがっているのではないかと、森へ視線を走らせずにはいられなかった。

しばらくすると寒さがこたえはじめた。そろそろなかへ入ろうと腰を浮かせたとき、大型車両のエンジン音が聞こえてきた。何かを引っ張りながら山道をのぼってくる音だった。いったいどんな車なのか見てみたかったが、ここは道路から五百メートルも奥まっている上、あいだには森がある。見られるわけはない。

数分後、電話が鳴ってハニーと一緒に家へ駆けこんだときには、もう車のことは忘れていた。それでもドアに鍵をかけるのは忘れなかった。

限界まで待った彼は、今夜こそ決着をつけてやるつもりでいた。この前はメグ・ルイスに撃たれる一方だったが、今回はこっちも銃を用意している。あれを聞きだすまでは絶対に帰るものか。そう心に誓って道路際の木立の陰を歩いているときだった。山道をのぼってくるヘッドライトが見えたので、慌てて森のなかへ駆け戻った。現れたのは知らないトラックで、それが牽引《けんいん》する豪華なキャンピングトレーラーを見て、彼は持ち主を羨んだ。トラックが行ってしまってから、ふたたび歩きだした。メグ・ルイスの家に近づくにつれ、興奮はどんどん高まっていった。

いよいよ家の外観が見えてくると、暗視ゴーグルをかけてあたりを見まわした。ポーチの暗がりにメグが座っているのがすぐにわかったが、膝の上にライフルがあり、足元には犬が寝そべっている。厄介なことになったと思いながら、彼は風下へ移動した。

もちろん犬を撃ち殺してもいいが、そんなことをすればすぐさま撃ち返されるに決まっている。彼女がこっちを殺す技量も意欲も持ちあわせているのは疑いようがない。拳銃を持ってはきたものの、あのライフルに狙われるのはごめんだ。

メグ・ルイスが上体をかがめて犬を撫で、服の下で乳房が揺れた。裸の彼女を組み敷くことを想像すると、彼のものがまた硬くなった。

興奮は最高潮に達していたが、彼は踏みとどまって偵察を続けた。しばらくそうしていると、急にメグが立ちあがって家のなかへ引っこんだ。犬も一緒に。

彼の脈が速くなった。チャンスだ！　犬さえいなければポーチへは簡単にあがれる。そこまで近づけば、身を隠したまま窓越しに犬を撃てる。そして飛びだしてきた彼女を引き倒せばいい。彼は森から飛びだすと、拳銃を構えて全速力で庭を突っ切った。

自分の心臓の音がうるさいほどだ。と思った次の瞬間、鋭い光に目がくらんだ。驚きのあまり足がもつれ、彼は転んだ。拳銃が手から離れたが、すぐには起きあがれなかった。

犬が家のなかで激しく吠えはじめた。大慌てで身を起こして森めがけて走りだすと、とたんに背後で大きなアラーム音が鳴り響いた。

くそっ！　センサー付きのライトだけでなく、アラームまでつけたのか！　犬が放たれたらしく、吠え声が大きくなった。

アラームの大音響にメグの叫び声が重なった。犬に攻撃を命じている。そして一発目がやってきた。弾は彼の頭ぎりぎりのところをかすめた。風を切る音が聞こえたほどだ。やっと森へ逃げこんだときには、犬はすぐそこまで迫っていた。

二発目が頭の真横の木に当たると、彼は急いで方向転換をした。向こうは気づかないはずだ。三発目は数メートル離れたところへ飛んできた。作戦成功。おかげで犬を撃つ余裕ができた。

結局、犬に弾は当たらなかったが、発砲したのは正解だった。メグが犬を呼び戻しはじめたのだ。おかげで彼はなんとか逃げおおせた。

メグはハニーを引きずるようにして家へ入れ、アラームのスイッチを切った。ショックと怒りで震えが止まらなかった。ストーカー騒ぎは終わっただなんて、幻想だった。もしもハニーがいてくれなかったら、もしもクィンがライトやアラームをつけてくれていなかったら……事件はふたたび起きていた。そしてもっと悲惨な結果になっていただろう。メグはハニーの前に膝をつき、頭を何度も撫でてやった。

「あなたはなんて勇敢な女の子なの」ハニーはメグの顔をしきりに舐《な》めてきた。「ええ、わかってる。あなたはあいつを最後まで追いかけたかったのよね。だけどあいつは新たな手を使ってきたの。銃を持ってたのよ。あなたには無事でいてもらわないと困るの。わかってくれるわね?」

ハニーは小さく鳴いて、またメグの顔を舐めた。

「わかってくれたのね」メグは立ちあがった。「さあ、一緒に来て。電話をかけないといけないわ」

リンカーン・フォックスが故郷レベルリッジへ帰ってくるまで、十八年という歳月を必要とした。しかもそれは、夜の闇に紛れての帰郷だった。

リンクことリンカーンは十八年前、味方だったはずの人々に裏切られ、無実の罪を着せられた。親子喧嘩《げんか》の果てに父親を殺して自宅に火をつけたとされ、少年刑務所に四年間服役した。二十一歳で釈放されてからは、自分だけの力で道を切り開いてきた。後ろは決して振り返らなかった。

運命を呪い、裏切り者たちへの恨みを抱えて、最初の二、三年はあちこちを放浪した。さまざまな仕事をしたが、体格がよく、力も人一倍ある彼には、建設業がいちばん向いていた。テキサス州ダラスで毎日材木を運び、釘《くぎ》を打った。そうして十四年後には自分の会社を持つまでになった。仕事ひと筋の生活のなかで、故郷に置いてきた彼女に匹敵する女性と出会うことはなかったが、それでも彼は納得して日々を送っていた。

ところがイースターのひと月ほど前に、すべてが変わった。いつものように現場を視察しているときだった。感電事故が起きて彼は心肺停止に陥った。救急隊の処置によりまもなく蘇生《そせい》し病院へ搬送されたが、入院中、繰り返し父が夢に出てきて言うのだった。レベルリッジへ帰れ、と。

何か意味があってこんな夢を見るのか、それとも単に薬の副作用なのか——いずれにしても、死の淵《ふち》を垣間見た体験はリンクの生き方を変えた。もう、逃げるのはやめようと心に決めた。

誰かがあの家に火をつけ、父を殺したのは間違いないのだ。親子双方のために、真犯人を突き止めるのが自分の義務ではないのか。わが身の汚名をすすぎ、父の死の真相を明らかにしなければ、自分が生き返った意味はないのではないか。強くそう思った。

レベルリッジにある祖父の家はいま、唯一の相続人であるリンクのものになっているとはいえ、どんな状態なのかはわからない。しかし、いったん帰郷を決めたあとの彼の行動は早かった。身のまわりのものをキャンピングトレーラーに積みこむと、ピックアップトラックに連結し、ダラスの喧噪《けんそう》に別れを告げて東へ向かった。

こんなに長いあいだ離れていたのだから、生まれ育った土地の変貌ぶりを見せつけられるに違いないと思っていた。ところが、片側一車線の山道を走りながらリンクは驚いていた。昔と何も変わっていなかった。夜の闇にぽつりぽつりと浮かぶ人家の明かり。あの住人たちは、リンクが帰ってきたと知ったらどんな反応を示すだろうか。

物思いにふけっていたのと長旅の疲れとで、彼は曲がるべき角を見落としていた。中央にFの飾り文字がついた鉄の門が目に入らなければ、通り過ぎてしまうところだった。

門の前でリンクはトラックを降り、荷台の工具箱からボルトカッターを出してきた。チェーンを切断すると門扉は子豚の藁《わら》の家のように呆気《あっけ》なく倒れた。それを道ばたへ引きずっていき、雑草に覆われた私道へトラックを乗り入れると、五世代にわたるフォックスたちが暮らし、死んでいった家を目指した。

ヘッドライトにその光景が浮かびあがった瞬間、リンクはブレーキを踏みこみ、呆然《ぼうぜん》と見つめた。何を期待していたのか自分でもわからないが、明らかにこれではなかった。家がない。残っているのは煙突と、朽ち果てた木ぎれのみ。崩れた屋根とおぼしき瓦礫《がれき》のあいだから、草が伸び放題に伸びている。

誰のせいでもない。自分のせいだ。祖父が亡くなって何年にもなるというのに、そのあいだまったく自分が顧みなかったために、ここまで荒れ果てたのだ。

しかしこれほど無惨な光景を前にしても、彼の帰郷の意思は揺るがなかった。家はまた建てればいい。土地はあるのだ。自分の土地だ。ここを自分のすみかにする。そう決意しながらも、すぐにはトラックから降りられなかった。この一歩を踏みだせば、もう後戻りはできない。古い揉《も》め事が蒸し返される。心の傷や、恨みつらみもよみがえる。

当時のリンクは、父の死を悲しむばかりの十七歳だった。罪を逃れようとした何者かはそこにつけこんだ。しかし、いまは違う。リンカーン・フォックスは三十五歳、身の丈二メートル近い大人の男だ。もう、誰かに無実の罪を着せられることはない。誰かが泣くことになるとしても、リンクは泣かせるほうだ。

住む家がないとなると、どこかにトレーラーを据えてそのなかで寝起きしなければならない。適当な場所を求めてあたりを見まわしたリンクは、曾祖父《そうそふ》が一九五〇年代に作ったシェルターの存在を思いだした。山腹に穿《うが》たれたほら穴のようなそこは、幼いリンクの遊び場になり、嵐のときには避難所になった。同時に、予備の倉庫でもあった。

あそこが使えるかもしれない。見てみるだけでも見てみよう。リンクは、草の陰に隠れているかもしれない生き物のことを考えて慎重にトラックを後退させると、家が立っていた場所を迂回《うかい》して、少し先のシェルターを目指した。

鬱蒼《うっそう》と茂る草木に覆われていたために最初は入口がわからなかったが、錆《さ》びた鉄の扉をヘッドライトがちらりととらえた。リンクはブレーキを踏んだ。奥行きの深い、がらんとした空間だったはずだけれど、湿気にやられてさえいなければ、冬場はトレーラーで過ごすよりも快適だろう。こっちはプロだ。家を建てるあいだの仮住まいを作るのはお手の物だ。そう思ったものの、やはり懐中電灯を持って車を降りるときには背筋がぞくりとした。外は冬のような寒さで、すぐに懐かしい松の香りが漂ってきた。懐中電灯を藪《やぶ》に向けると、フクロネズミが慌てて逃げていった。

ほかに驚かされるものはないかと、光を別の茂みに向けたときだった。一発の銃声が静寂を破り、けたたましい防犯アラームがそれに続いた。かなり近いところで鳴っている。これがダラスならば放っておくが、こんな山の上でアラームとは……。音のするほうへ体を向けたリンクは、銃声がさらに何発か続いたのでますます驚いた。

「いったいなんなんだ？」

視界の隅で動くものがあった。流れ星だ。煌《きら》めきは暗い空から森の陰へ一直線に落ちて消えた。リンクの信用が呆気なく地に落ちたのを思わせる光景だった。

防犯アラーム、銃声、流れ星。奇妙な現象が立てつづけに起きたのは、何かの前兆か？

だとすれば、吉兆なのか凶兆なのか？　ばかげたことを考えた自分にリンクは顔をしかめた。運命だの縁起だの、信じてたまるものか。彼は回れ右をして扉を照らすと、シェルターの状態を確かめるために歩を進めた。

生い茂る草を足でかき分けて入口にたどり着いたが、扉は頑として開かない。かろうじてノブは回るから、鍵がかかっているわけではなく、錆びついてしまっているのだろう。リンクはわずかに後ろへさがると、満身の力をこめ、サイズ三十数センチのブーツで扉を蹴りつけた。蝶番《ちょうつがい》がぐらついた。もう一度ノブを引いてみると、金属のきしみを大きく響かせながら扉は開いた。だが懐中電灯で内部を照らしたときの彼の気持ちは、がっかりしたなどというものではなかった。そこにあるのは、がらくたの山だった。まさにゴミ屋敷だ。

無理だ――まず、そう思った。ここを住めるように整えるなんて、無理だ。しかし突っ立ったまま眺めているうちに、可能性が見えてきた。すべてを焼き払い、そのあと消毒剤を噴霧すればなんとかなるのではないか。いずれにしろ、今夜はどうすることもできない。シェルターの扉を閉めてトラックへ戻ったリンクは、トレーラーをもう少し木立の奥へ移動することにした。あんな銃声を聞いてしまった以上、用心するに越したことはない。駐車し終えると、携帯電話と財布を持ってトラックからトレーラーに移った。周囲の注意を引かないよう、発電機を使うのは控えた。

電源がないので、蝋燭《ろうそく》二本に火を灯《とも》してサンドイッチを作った。ポテトチップスもひと袋見つかり、さて食事にするかとテーブルについたとき、外でかすかな物音がした。銃声を思いだしたリンクは、物入れからライフルを出して窓に近づいた。暗さに目が慣れると、淡い月明かりでも数頭の鹿が判別できた。夜に溶けこむようにゆったりとそぞろ歩いている。さっきの物音はこれだったのだ。

窓から離れかけたときだった。急に群れが走りだした。リンクはライフルをつかむ手に力をこめ、敷地の先へ目をやった。クーガーか、あるいは冬眠前にもう少し食っておこうという熊か。そう当たりをつけていたため、男が森から飛びだしてきたときには驚いた。

革のライダースジャケットらしきものを着た、中肉中背の男だった。弾む髪が見えるから、帽子はかぶっていないのだろう。だが遠すぎて顔はわからない。男はフォックスの敷地を横切り、ふたたび森のなかへ姿を消した。

リンクはトレーラーのドアへ向かった。外へ出ようとしたとき、ダートバイクのエンジン音がして、瞬く間に遠ざかっていった。

さっきの銃声とアラームに関係があるのではないか。タイミングがぴったり合っている。リンクは眉をひそめ、早急に草を刈ろうと心に決めた。ここに住みはじめた者がいることを、周囲にわからせるためだ。何が起きているのか知らないが、巻きこまれるのは避けたかった。

なかへ戻ったリンクはドアをロックして手探りで奥へ進み、暗がりで服を脱いだ。ライフルを寝床のそばに置いて、寝具に潜りこむ。長旅の疲れからか彼はすぐに寝ついたが、眠りは忌まわしい記憶を連れてやってきた。

リンクは十七歳だった。祖父の家の近くにある池にいた。昼から祖父とふたりで釣りをしているのだ。夕方になり、祖父が片付けに取りかかった。竿《さお》やら、釣った魚を引っかけたストリンガーやらが取りこまれる。

「今日はこのへんにしておこう。暗くなる前に、こいつを全部さばかなきゃならないからな」

リンクはにやりとした。「どうせぼくがやるんでしょ？　お祖父《じい》さんはもう何年も魚をさばいていないじゃないか。ぼくにやり方を伝授してくれてからは」

ウェイン・フォックスも笑った。「当たり前だ。なんのためにおまえに教えたと思ってる？」

ふたりは大笑いをして池をあとにした。

さばいた魚の一部を祖父のために残し、持ち帰る分を包んで、リンクは自分のピックアップトラックに乗りこんだ。継母のルーシーは今夜は留守だから、この魚をフライにして父さんとふたりの夕飯にしよう。ルーシーは家に匂いがつくと言って魚を嫌うけど、黙っていればいいだけだ。そんなことを考えるうちに、自宅まであと数百メートルのところまで来た。

メグ・ウォーカーの顔がふと頭に浮かんだ。静かにしているときはたいていこうなる。メグのことが好きでたまらない。リンクはふたりの未来へ思いを馳《は》せた。来年のいまごろ、卒業したぼくたちはどうしているだろう。夢見心地で空を見あげたときだった。森の上あたりがオレンジ色に染まっていた。自宅へ続く道へ折れて初めて、それが炎の色だとわかった。

リンクはアクセルを踏みこんだ。慌てるなと自分に言い聞かせても、不安と恐れはどんどん大きくなる。そしてやはり、燃えているのは彼の家だった。窓からも、屋根に開いた大きな穴からも、炎が激しく噴きだしている。リンクは父の姿を捜した。そのあたりで、火を消そうと必死になっているはずだ。しかし父はいなかった。それが意味するものに気づいて、リンクはおののいた。急ブレーキをかけてトラックから飛びおりると、父さんと叫びながら走った。

家まであと数メートルというところで、突然、爆発が起きた。リンクはトラックの陰へ吹き飛ばされて意識を失った。気がついたときには誰かに名を呼ばれ、顔に水をかけられていた。体を起こすと、炎の明るさに大勢のシルエットが浮かびあがっていた。彼らはバケツリレーをしていた。家が焼け落ちるのは阻止できなかったが、いまは懸命に森への延焼を食い止めようとしているのだった。

リンクはうなされ、シーツを蹴飛ばした。空気は冷たいのに、全身、汗びっしょりだった。そうして彼は、ふたたび過去へと吸いこまれていった。


救急車でマウント・スターリングの病院へ運ばれるあいだの記憶はほとんどない。病室のベッドでは泣いてばかりいた。伯母のティルディと祖父がいたのはうっすら覚えている。祖父はリンクをのぞきこむように身を乗りだし、伯母は悲しげな表情を浮かべてベッドの足元に立っていた。

その後、父の遺体の損傷がずいぶん激しかったと知らされたときもショックだったが、マーカス・フォックスの死亡が火事発生以前だったという事実には、家族の誰もが唖然《あぜん》とするしかなかった。

退院後、祖父の家で療養していたリンクのもとへ保安官がやってきて、根掘り葉掘り質問をした。リンクの頭は混乱した。焦ると言葉がうまく出てこなかった。荒い息をしながら、ぎこちなく答えるしかなかった。

「喧嘩なんか……していません。父さんとぼくが……揉めてたなんて……ないです。あの日は……お祖父さんとずっと……釣りをしてました」

それを裏付ける証言を祖父がしても、無意味だった。

翌日の朝、父の再婚相手であるルーシーが事情聴取を受けたが、あの日、遠くで営まれた身内の葬儀に列席していた彼女には、鉄壁のアリバイがあった。

リンクの運命を決定的にしたのは、父マーカスの親友であり、リンクにとって家族も同然だったウェスリー・ダガンの証言だった。ウェスリーの証言によってリンクの立場は、悲しみに暮れる息子から有力な容疑者へと激変した。ぼくが父さんを殺したりするわけがない、父さんを心から愛していたんだといくら主張しても聞き入れられず、裁判が始まった。最後には、検視報告書がリンクの希望を打ち砕いた。マーカス・フォックスの頭蓋骨は後頭部が陥没しており、その特徴的な形から、凶器は野球用のバットであると断定された。

リンクは高校の野球チームに所属していて、主力選手のひとりだった。ワンストライク。彼と父親が激しく言い争っているのを見た、とウェスリーが証言した。ツーストライク。あの親子喧嘩がこんな結果になるとわかっていれば、自分は家を空けたりしなかったのに、とルーシーが証言台で泣き崩れた。

ストライクアウト。

殺人罪を宣告されたとき、これは夢だとリンクは思った。最後に覚えているのは、友だちや近所の人たちの蔑むようなまなざしと、メグ・ウォーカーの泣き顔だった。彼女との未来は、もうやってこないのだと思い知った瞬間だった。
そうしてリンクは刑務所へと送られた。

夢とは不可解な展開を見せるものだ。今夜の夢では、刑務所にいたリンクが、いつしか彼のピックアップトラックの荷台でメグと愛を交わしていた。運転台のラジオからカントリーミュージックが流れている。甘く美しい場面にもかかわらず、過去の記憶にがんじがらめにされたリンクの眠りは浅く、その口からはときおり苦しげなうめきが漏れた。

4

メグは保安官のマーロウの車を待って私道を見つめていたが、先にハニーがそのエンジン音を聞きつけてうなりだしたので、玄関へ向かった。

「違うのよ、ハニー。今度は悪い人じゃないの」

保安官が近づいたためにポーチの防犯ライトが点灯した。メグはドアを開け、階段をあがってくる彼を出迎えた。

「無事かね？」

「ええ、クインがつけてくれたセキュリティシステムと、この子のおかげで」

マーロウをなかへ入れてドアを閉めると、メグは彼に続いてソファのところへ行った。

「では、詳しく話を聞かせてもらおうか」保安官が手帳とペンを取りだした。

「ポーチのぶらんこに座っていたら、電話が鳴ったんです。ハニーと一緒に急いで家に入ったんですけど、間に合わなくて出られませんでした。そのあと防犯アラームをセットしてキッチンへ行きかけたら、銃声が聞こえました。もちろんハニーは吠《ほ》えました。ライトがついているのに気づいて窓から外を見ると、男が庭に這《は》いつくばっていました。転んでしょう……たぶん、ライトに驚いて。転んだ拍子に銃が暴発したんだと思います」

「男の顔を見た？」

「いいえ。帽子はかぶっていませんでしたけど……長めの茶色っぽい髪が顔に落ちかかっていて、顔は見えませんでした。そんなに背は高くなくて……百七十四、五センチでしょうか。ジーンズを穿《は》いて、黒い革のジャンパーを着ていました。あの、バイクに乗る人が着るみたいな。あ、待って！　いま思いだしたわ……ジャンパーの袖にワッペンがついていました。拳銃を持ってるのを確かめたときに、見たんです」

「どんなワッペンだった？」

メグは目を閉じて脳裏にイメージをよみがえらせた。「南部連合旗……そう、南部連合旗です」

マーロウはその情報をメモに加えた。「残念ながら、このあたりじゃ珍しいものじゃないな。もう一度その男を見たら、そいつだとわかりそうかい？」

「さあ……どうでしょう」

「いや、かまわない。で、さっきの話の続きだが、窓からそいつを見て、それからどうした？」

「玄関にライフルを置いてあったんです。ポーチに持って出ていましたから。ドアを開けてハニーを出してやると、すさまじい声で吠えながら追いかけていきました。そのあいだずっとアラームも鳴っていて……わたしは二発、いえ、三発撃ったけれど、男は森へ逃げこみました。ハニーが追いかけたんですが、男が発砲したのがわかったので、慌てて呼び戻したんです。この子は足が悪いので、ほかの犬みたいに速くは走れませんから」

メモを取るマーロウの表情は険しい。「今度は武装してきたか」

メグはうなずき、肩を落とした。「なぜわたしがこんな目に遭うんでしょう?」

「それをきみに考えてもらいたいんだ。知りあいのなかに、こんなことをしでかしそうな人間はいない?」

「前回の事件から、そればかり考えてます。だけど本当に思いつかないんです」

「立ち入った質問をして申し訳ないが、いま誰かとつきあっているかい?」

「ライアルも同じ線を考えているみたいでした。でも、わたしの答えは正真正銘、ノー。弟にも言ったんです。男の人から最後にデートに誘われたのなんて、思いだせないぐらい昔の話だって」

「最近、誰かと揉《も》めたことは?」

「ありません」

「わかった。じゃあ、別の角度から考えてみよう。きみの身内の誰かが何者かに恨まれていたりはしないかな?」

メグは目を見開いた。「想像もしませんでしたけど、みんなに訊《き》いてみます」

マーロウはうなずいた。「わかりしだい知らせてほしい。なにしろ、現段階では何も手がかりがないからね。それでいて事態は深刻になってきている。そうだろう？」

「ええ」

「きみにしてみれば不本意かもしれないが、ストーカーの素性が明らかになるまで、ご家族のところで世話になることを考えてみるべきだとわたしは思うね」

かっとなってメグの声は震えた。「いやです、絶対に。みんなを巻きこむつもりはありません。ライアルにもジェイムズにも奥さんと子どもがいます。クィンとマライアにいたっては、血なまぐさい事件をわたしから持ちこむなんて論外です。兵士だったあのふたりはいまもPTSDに苦しんでいるんですから」

マーロウは表情を引きしめた。確かに、そういった点を自分は考えていなかった。「では、ジェイクとドリーのところは？」

「母たちは新婚なんです。それにわたしは三十五歳で、背丈は百八十センチ近くあります。つまり、あのふたりより若くて体力も勝っているということです。あ、これは母たちには内緒ですよ。あと、射撃の腕にも少々覚えがあります。そんなわたしと、セキュリティシステムと、ハニーが揃《そろ》っているんですから、わたしはここから離れません」

「ご家族に今回のことを話すつもりかい？」

「そのうちに」

マーロウはため息をついた。「きみも頑固だね」

「自立心旺盛、と言ってください」

マーロウは笑った。「わかったよ。きっとそうなんだろうね。では最後に、ストーカーがどっちへ逃げたか教えてもらっておしまいにしよう。あとはゆっくり休んでくれ」

保安官のあとについて外へ出たメグは、男が倒れていた場所や、逃げていった方角を指し示した。庭もその周辺も防犯ライトのおかげでじゅうぶん明るいが、マーロウはパトカーから懐中電灯を取ってきて念入りに検分した。

「倒れていたのはこのあたり？」マーロウは地面に光を向けた。

メグは、ポーチとその地点とのあいだを歩いてみた。草には霜がおりていて、ルームシューズがしだいに湿り気を帯びてきた。

「ここですね」メグは保安官が示した地点の数十センチ脇を指差した。

懐中電灯の光がそこへ振られると、何かが草のあいだで光った。

「何かしら？」

マーロウがかがみこんでそれを拾いあげた。「おもちゃの車だ。車体に数字が書かれているからレーシングカーだな。いや、待てよ……おもちゃじゃない。キーホルダーなんかについてるやつじゃないかな。ああ、そうだ、こいつはあれだ。レーサーのデイル・アーンハートが事故死したときに乗ってた車だ。きみのかい？　それとも弟さんたちのうちの誰かのもの？」

　メグのうなじがざわりとした。「初めて見ました」

　マーロウはポケットから透明の保存袋を出すと、黒い車のミニチュアを入れてファスナーを閉じた。

「奇妙なことに、わたしはこれを見た覚えがあるんだ。だがどこでだったか思いだせない。それでも、第一の手がかりを発見したのは間違いなさそうだ」

「一歩前進ってわけですね？」

　マーロウはにっこり笑った。「うん、一歩前進だ。それで、男はここから森へ入って右手のほうへ移動したんだね？」

「ええ」

「わかった。ここは寒いから、もうなかへ入ってくれてかまわない。あまり期待はできないが、わたしは表の道路まで出て周辺を調べてみるよ」

「ありがとうございます。こんなにすぐに駆けつけてくださって」

「これがわたしの仕事なんだよ、メグ。だから、何度でも遠慮なく電話をかけてきてくれ」

「はい。さっきの質問の件で弟たちと話をしたら、またお電話します」

じゃあ、とマーロウは手を振り、メグと犬が家へ入るのを見届けてからパトカーに乗りこんだ。サーチライトを点灯し低速で走行しながら、路肩や木々のあいだに目を凝らした。鹿とアライグマの姿がちらりと見え、フクロウが一羽飛んでいったが、人影はない。

町へ戻るべく方向転換をしたとき、フォックス家の門がはずれているのが目についた。マーロウはブレーキを踏み、本部に無線を入れて行き先を告げた。ホルスターにおさまっている拳銃に手を触れてから、サーチライトを真正面へ向け、草の生い茂る私道を進みはじめた。


何かがトレーラーの屋根の上に落ちた。高校生に戻って小川の土手でメグと踊っていたリンクは、その音で目を覚ました。なんの音だろうと訝《いぶか》しんでいると、今度は屋根の上を何かが走った。リスだ。リスが木の枝からトレーラーの屋根へ飛び移り、どこかへの近道として使っているのだ。

リンクは寝返りを打ち、うめきながら体を起こした。目が覚めてしまったついでに用を足しに行き、バスルームから出たあとキッチンへ入って水を飲んだ。

空になったグラスをシンクに置こうとしたときだった。強い光が窓から差しこんできて、床から反対側の壁までを照らしだした。ヘッドライトだ！　リンクはベッドルームへ走ってライフルをつかみ、窓へ駆け寄った。車は急停止し、赤と青のライトが光りはじめた。

さらにはサイレンまでが短く鳴った。信じられない。自分がこの地を離れているあいだに田舎警察の機動力は大進化を遂げていたのか？　それとも、やはりあの流れ星は悪いことが起きるしるしだったのか？　リンクはがくりとうなだれた。

「くそっ、静かな暮らしは無理なのか」そうつぶやいてライフルを壁に立てかけると、彼はドアを開けた。

マーロウはひどく驚いた。見たことのないピックアップトラックとトレーラーだ。これがストーカーのねぐらならラッキーだが、そう都合よくいくだろうか。

彼はまずサーチライトでトレーラーのドアを照らし、パトカーの二色灯をつけ、なかの人間を呼びだすためにサイレンを短く鳴らした。トレーラーの内部に明かりが灯《とも》り、ドアが開いて男の影が現れたが、それがストーカーでないのは一目瞭然だった。マーロウが探しているのは身長が百八十センチに満たない男で、足のサイズは小さく、髪は長めで茶色いはずだ。

この男は背が高い。トレーラーから外をのぞくのにも頭を低くしないといけないほど高く、髪も短くて黒い。裸足《はだし》で半裸だから判別できるが、手足はマーロウがこれまで見たこともないほどの大きさだ。いったい何者なんだ。

マーロウはサーチライトを消し、ヘッドライトだけを点灯したままパトカーから降りたった。念のために拳銃に手を添えて、ゆっくりとトレーラーへ近づいていった。

「不法侵入だよ、きみ。名前は？」

「いや、不法侵入じゃありませんよ。そちらのほうこそ、ぼくの土地になんの用ですか？」

マーロウの動きがぴたりと止まった。ウェイン・フォックスが死亡した時点で、レベルリッジにいたフォックスの人間はティルディだけだったはずだ。いや、待て――もうひとりいた。だが最後にマーロウが見たのは、そのフォックスが警察へ連行される姿だった。

「リンカーン・フォックス……そうなのか？」

「申し訳ないが、保安官、ぼくはあなたの名前を教えてもらっていない」

「マーロウだ。メル・マーロウ。いや、ここから少し下ったところの家に不審者が侵入してね。いま調べているところなんだ」

リンクの態度が変化した。「ああ……ぼくがここへ来た直後にアラームが鳴りだしました。シェルターの様子を見ていたんですが、銃声が聞こえて、アラームが鳴り響いて、さらに銃声が何発か。みんな無事でしたか？」

「ミセス・ルイスは無事だった。ストーカーがこのあたりで血を流してひっくり返っていてくれたらよかったんだが」

ルイスという一家がいたのはリンクも覚えていたが、もっと上のほうの森の奥に住んでいたはずだ。そう思ったものの、深く突っこんで質問をする気にはなれなかった。

「外は寒いでしょう。入ってください」

マーロウは拳銃から手を離してトレーラーへ向かった。彼を通すために脇へ寄ってもなお、リンカーンの体の大きさは圧倒的だった。

「座ってください」彼はそう言ってドアを閉めた。

ささやかなリビングスペースのソファにマーロウが帽子を置いて腰をおろすと、リンクが蝋燭《ろうそく》に火を灯し、ダイニングコーナーの椅子を引っ張ってきて彼と向きあった。その胸に残る火傷《やけど》の痕に、マーロウはこのとき初めて気づいた。

「それは？」

リンクが傷跡に手を触れた。「仕事中の事故で、ちょっと」

マーロウはうなずいた。なるほど、あまり話し好きではないらしい。それならそれでかまわない。「正直言って驚いたよ。戻ってきたのは、どうしてだい？」

リンクはもう一度傷を触った。「人生観が変わるような出来事があったから、とでも言っておきます」

「なぜ、いまになって？」

リンクは目を険しく細め、顎をぴくつかせた。「警察というのはいつも細かいことを知りたがる。いいでしょう、お話ししますよ。ぼくは建築業をやっています。今年に入ってからですが、仕事中に感電してしまったんです。この傷はそのときのものです。心肺停止に陥ったあと息を吹き返したんですが、その後、しきりに父の声が聞こえるようになりました」

マーロウは眉間にしわを寄せた。リンカーン・フォックスは父親殺しで有罪になったのだ。

「お父さんは、なんと？」

「レベルリッジへ帰れ、そしてわたしを殺したやつを見つけてくれ、と。そういうわけで、いまぼくはここにいるんです。それからもうひとつ、これもお知らせしておいたほうがいいかもしれない」

「なんだろう？」

「銃声を聞いたあとトレーラーをここまで移動して、寝床に入りました。物音がしたので外を見たら、鹿の群れがねぐらへ帰っていくところでした。そのまま窓から眺めていると、急に群れが走りだしたんです。何かの動物に驚いたんだと思ったんですが、人間でした。その男は猛スピードで西のほうへ走っていきました」

マーロウの胸が高鳴った。ひょっとして、この男は貴重な目撃者か？「どんなやつだった？」

「遠くて顔は見えませんでしたが、中肉中背だというのは月明かりだけでもわかりました。

身長は百七十四、五。ぼさぼさの頭でしたね。バイク乗りが着るような、黒っぽい革のジャンパーを着ていました。向こうはこのトレーラーには気づかなかったらしく、そこを一直線に突っ切って森へ入っていきました。少ししてバイクのエンジンがかかる音がして、遠ざかっていきました。ダートバイクの音だったと思います。これでもう今夜のお客さんはおしまいだろうと思いながら寝床へ戻ったんですが、まさかレベルリッジを代表する方の公式訪問を受けるとは」

メモを取るマーロウの手が勢いづいた。「ほかに何かないかね？」

リンクは立ちあがった。「あります。ぼくがなんのために戻ってきたかは口外しないでいただきたい。ぼくが戻ってきたというだけでも、敵味方関係なく騒ぎだすでしょうから。もっとも、味方は最初から祖父とティルディ伯母以外いなかったようですが。その祖父は亡くなり、伯母にも何年も会っていません。生きているのか死んでいるのかもわかりません」

「当時わたしはまだこの仕事をしていなかったが、参考までに知らせておくと、伯母さんはまだまだ現役で、求められれば誰にでも分け隔てなく薬草や軟膏《なんこう》を分けてあげているよ」そう言ってマーロウは椅子から立ちあがった。リンクの大きな体に威圧されるようで、これ以上座っていられなかった。「そろそろおいとましましょう。情報を提供してくれてありがとう。また何か見聞きするようなことがあれば、連絡してほしい。名刺を渡しておくから、自宅と事務所のどちらにかけてくれてもかまわない。わたしの仕事は年中無休、二十四時間営業だ。こちらからきみに聞きたいことが出てきたら……」

「そのときは、また来てください。ぼくはどこへも行きませんから」リンクは穏やかに言い、ドアを開けた。

階段をおりたマーロウはおやすみと言おうとして振り向いたが、すでにリンクの姿はなく、トレーラーのドアは閉まっていた。

その場にたたずんでいると、早々と蝋燭の火が吹き消され、自分が招かれざる客だったことを思い知らされた。リンカーン・フォックスが帰郷した理由についてどう考えればいいのかわからない。しかしひょっとすると、メグ・ルイスのストーカー事件など二の次になってしまうような事態が持ちあがるかもしれない。そんなことを思いながらマーロウはパトカーに乗りこみ、走り去った。

リンクは暗がりに立ったまま保安官がいなくなるのを待ち、そのあとドアを開けて外へ出た。なぜか無性に苛々《いらいら》するが、こんなことではだめだ。誰かと出会うたびにこんな反応をしていたら、真犯人捜しなどとうていおぼつかない。

吹きつける寒風が苛立ちを静めてくれるのを感じながら、リンクは家の残骸を眺めた。こんな有様になってしまったのは残念だが、無理に修復しようとするより新たなスタートを切ったほうがいい場合だってある。それが家のことなのか自分自身のことなのかリンクにもよくわからなかったが、いずれにしても、これからここで暮らしていくのだと心に決めていた。

草におりた霜が月光を浴びて銀の煌《きら》めきを放っている。さきほどの鹿たちは戻ってこない。静かだ。ダラスと違い、この地には神聖なまでの静寂がある。街灯はなく、サイレンも鳴らない。リンクの住むアパートメントのそばには高速道路が走っているが、ここは車の騒音とも無縁だ。彼は空を仰いだ。しばし呆然《ぼうぜん》となるほどの星空だった。ひとつ、忘れていたことを思いだした。下界に比べてレベルリッジはずいぶん天国に近いのだ。リンクは深呼吸をした。その息が震え、自分が泣きそうになっていることに少し驚いた。

あの男が戻ってくるような気がして、メグはほとんど眠れなかった。朝になってもどんよりした気分だった。鶏の世話をし、デイジーに餌をやるあいだも、いつものように軽やかに動くことができない。ハニーさえ、飼い主の異変を察知していつになくおとなしかった。

家族にはまだ知らせていなかったが、たまたまクインが出勤途中に立ち寄った。

表でハニーが鳴くので見に行ってみると、クインが車から降りてくるところだった。メグはすぐさま走り寄った。

姉の顔をひと目見たクィンは、それまで浮かべていた笑みを引っこめた。

「どうした？　ストーカー野郎がまた来たのか？」

メグはうなずいた。

「姉さん！　なんで知らせてくれなかった？」

「そのうち知らせようと思ってたわ」

クィンはメグに続いて家へ入りながら、ドアのセンサーを確かめた。

メグは話しはじめた。

「ドアまでは来なかったの。ライトがついたのに驚いて、庭で転んだのよ。男の持ってた銃がはずみで暴発して、それを聞いたハニーが騒ぎだしたの。外を見たらちょうど起きあがろうとしてたから、ハニーをけしかけてわたしはライフルを撃った。残念ながら、命中しなかったけど」

クィンが苛立たしげに髪をかきあげた。「銃を持ってたのか。なぜすぐに電話しなかった？」

「したわ、警察に。こういうことは警察の仕事でしょう。あなたじゃなくて」

「しかし――」

「黙って、クィン」

彼は不満げに目をすぼめたが、それ以上言わなかった。「じゃあ、顔を見たんだな。正体はわかった？」

「いいえ。わかったのは、中肉中背で髪は茶色くてぼさぼさ、黒い革のジャンパーを着てたってことだけ。ジャンパーの袖には南部連合旗のワッペンがついていた。それから、マーロウ保安官が見つけたんだけど、小さなレーシングカーが庭に落ちてたわ。黒くて、数字の三が描いてあるの。ほら、よくキーホルダーについてるような」

「デイル・アーンハートがレース中に事故を起こした車だな」クィンは独り言のようにつぶやいた。「ほかには？」

「ハニーが森のなかまで追いかけたんだけど、発砲されたのよ」

クィンの顔が青ざめた。「なんてやつだ」

「それから、マーロウ保安官にこんなことを訊かれたわ。わたしの身内の誰かがその男に恨まれている可能性はないかって。わたしを狙うことで仕返しをしようとしているんじゃないかって」

クィンは目を見開いた。

「家族に訊いておきますって答えたんだけど……」

「その線は考えてみないといけないな。みんなにも訊いて返事をするよ」

「もしも具体的な名前が挙がるようだったら、直接マーロウ保安官に連絡して。そのほうが話が早いから」

クィンは、姉の右目のこめかみがぴくつくのを見つめた。「しばらく、うちで一緒に暮らそう」

メグは顎をつんとあげた。「お断りよ」

一緒に育ってきたのだからクィンにはわかっていた。姉がこの顔をすれば、話は終わりなのだ。

クィンはメグを抱きしめた。「姉さんのことが心配なんだ」

ダウンジャケットの柔らかさに一瞬だけ頬を預けて、メグも弟を抱きしめた。

「ありがとう。優しい弟を持って幸せだわ。でも、心配しないで。あれが誰なのか、きっとすぐにはっきりする。そうしたら、この件はおしまい」

「これからどうするつもり？」

「次に向こうがどう出てくるか、様子を見るわ。そうだ、クィン、母さんには内緒よ。またジェイクとふたりして泊まりこむなんて言いだしたら困るから」

クィンは肩をすくめた。「わかったよ、姉さんがそう言うなら。じゃあ、何か必要なものはない？」

メグは目をぐるりと回して、おどけた顔を作った。「そうねえ……すごく大きな体をしたヒーロータイプの男の人が森林公園でふらふらしていたら、連れてきて。お近づきになりたいわ」

クィンは笑った。「心に留めておくよ」

メグは弟を戸口へ押しやった。「早く仕事に行きなさい。わたしは大丈夫だから。なんにも問題ないわ」

頭を振り、まったく頑固なんだからとぶつぶつ言いながらクィンが去っていくのを、メグは見送った。心はだいぶ軽くなっていた。起きたことを話しただけなのに、重荷を分かちあえたような気分だった。これは、のちのちのために覚えておいたほうがよさそうだ。

ブーンズ・ギャップの娼婦《しょうふ》のベッドで目を覚ました彼は、昨夜の大失敗のあと、しこたま飲んだのをうっすら思いだした。それから隣で眠りこけている女をひと目見て、顔をしかめた。明るいところであらためて見ると、きれいでもなんでもない。彼はブーツに手を伸ばした。

ベッドからおりるときにマットレスがきしみ、それで女が目を覚ました。

「あら、ねえ、帰る前にもう一回、どう？　なんならただでもいいけど？」

「いや、行くとこがあるんだ」

女が仰向けになった。足を開いて乳房を自分の手で包みこむ。誘っているつもりか、乳首を指でつまんで転がしている。

彼はジャンパーをつかむと黙って部屋を出た。ドアを閉めるとき、女の罵りが聞こえた。

「こっちの台詞《せりふ》だ、このブス」彼はつぶやき、トラックに乗りこんだ。イグニッションにキーを差そうとして気がついた。キーホルダーにつけてあったデイル・アーンハートの車がない。

「くそっ」

ポケットに入っていることを願いつつ手を入れた。なかった。シートと床のあいだを探ってみたものの、やはりない。なくしてしまったとしか考えられない。どうということのない安物だが、気に入っていたのだ。しかたない。たぶん、またレース場へ行けば手に入るだろう。そのとき腹が鳴って、自分がどこへ行こうとしていたかを思いだした。彼はトラックのエンジンをかけ、町はずれにあるフランキーズ・イーツへ向けて出発した。ひとつ、はっきりしているのは、メグ・ルイスに近づく計画を考え直さなければいけないということだった。

シェルターの現状を早く把握したくて、リンクは日の出とともに起床した。扉の前の草を刈り、まず内部のがらくたをすべて運びだした。真っ先に必要なのは電力だ。手持ちの発電機だけでは作業ができない。元の家が立っていたところに電柱はまだ残っている。シェルターの近くに電柱をもう一本立てて電線を引きこみ、メーターを増設すればいいのだ。

リンクは携帯電話を出して地元の電力会社の番号を調べ、電話をかけた。一時間後には、工事の日取りが決まっていた。

それから数日かけてゴミを焼却した。古い井戸から水を引くパイプを埋設するため、溝を掘り、ポンプを新しいものに交換した。リンクは山をおりるたびに、ルイスという女性は無事だろうかと考えた。彼女を狙うストーカーを目撃していながら彼女本人を知らないというのは妙な感じだったが、自分の存在を周囲に知らせる心の準備はまだできていなかった。

給油や食料品の買い出しのためにブーンズ・ギャップへ行くときは、帽子とサングラスが必需品だった。変装にしてはずいぶんお粗末だが、体の大きさや容貌の変化と相まって、誰にもリンカーン・フォックスだとは気づかれないはずだった。当分は、冬のすみかを作りあげることに専念したかった。

その後リンクは新しいプロパンボンベを据えつけて、暖房と料理に使うためのパイプを通した。マウント・スターリングでトラクターと芝刈り機をレンタルし、藪《やぶ》や雑草も一掃した。それから電力会社がやってきて、新しい電柱を立て、電線を張り、メーターを取りつけた。これで電気と水が使えるようになった。あとは壁と床を整えれば、住まい作りの下地は完成する。

進捗状況に満足して寝床に入ったリンクは、ダートバイクのエンジン音に眠りを破られた。あいつか？　リンクは寝床を飛びだし、ズボンと上着とブーツをつかんで走った。数秒後にはライフルを手にして外にいた。もしもまた人の土地を近道に使おうという魂胆なら、考え直させてやらないといけない。

暗い夜だった。三日月の淡い光に木々がうっすら影を落とすなか、リンクは森へ向かって走った。直後に、駆け足で近づいてくる足音が聞こえてきた。これが例のストーカーだとしたら、前回は銃を持っていた。銃撃戦は望まないが、この土地を道路代わりに使わせるわけにはいかない。ひと目、顔を見てやろうと、リンクは相手がそばまで来るのを待った。

そしてついにそれが見えた瞬間、愕然《がくぜん》とした。彼の知っている人間だった。三本並んだ松の陰に身を隠したまま、リンクは空へ向けてライフルを撃った。プリンス・ホワイトがぎょっとするのが痛快だった。

「ここは私有地だぞ！」リンクは叫んだ。「今度、許可なく足を踏み入れたら、警告のための発砲ではすまないからな」

プリンスが、木立に視線を走らせながらジャンパーのポケットに手を入れようとしている。拳銃が入っているのだろう。しかし考え直したらしく、両手をあげると大声でしゃべりはじめた。「あんたが誰だか知らないが、悪気はなかったんだ。ここは長いこと誰も住んでなかった。けど、いつの間にか買い手がついていたんだな。すまなかった。な？　だから手荒な真似《まね》はやめてくれ。おれはただ——」

「ただ、なんだ？　ミセス・ルイスにもういっぺんちょっかいを出しに行こうとしていただけか？　もしそうなら、やめておいたほうが身のためだ。わかったか？」

プリンスはいきなり回れ右をして、来たほうへ走りだした。これで、プリンスがあのストーカーだということがはっきりした。リンクが再度、発砲して耳をそばだてていると、バイクのエンジン音がしてすぐに遠ざかった。

「ばかなやつだ」吐き捨てるように言って、リンクはトレーラーへ戻った。寝床に入ろうとしたが、ここからほど近い家で怯《おび》えているであろう女性のことが頭をよぎった。またストーカーがやってくるのではないかと、不安で眠れずにいるかもしれない。そう思うと、放っておくわけにはいかなくなった。リンクは携帯電話を手にすると、マーロウに渡された名刺を引っ張りだして番号を押した。

「保安官事務所です」通信係が応答した。

「マーロウ保安官と話したいんですが」

「バーの近くで衝突事故が起きたので、そちらへ行っていますが。お急ぎですか？」

「いや、保安官に直接、知らせたいことがあって」

「では、携帯電話のほうにかけてみてください。番号を言います」

「知っています」リンクはいったん電話を切って、名刺にあるもうひとつの番号にかけ直した。

ずいぶんたってからマーロウが出たが、何かほかのことに気を取られている口調だった。

「リンカーン・フォックスです。ストーカーの正体がわかりましたよ」

マーロウは驚いた。「なぜわかった？」

「今夜、またバイクの音が聞こえたんです。それでこっちから出ていってやりました。ここは私有地だからおまえは不法侵入している、二度と繰り返すな、と言い渡しておきました。顔を見たら知っている人間でしたが、ミセス・ルイスにつきまとっているのがそいつかどうかははっきりしなかった。だから、鎌をかけたんです。彼女にちょっかいを出しに行くためにこの土地を通り道にするんじゃない、と。そのとたん、やつは回れ右をして逃げだした。念のため、空へ向かって一発、撃ってやりました。結局、バイクに乗って逃げていきました」

「こいつは驚いたな。で、正体は？」

「プリンス・ホワイトです」

「プリンス・ホワイト。そうか……いや、待てよ。彼はきみの義理のお母さんの弟だったね？」

「ルーシーはもうぼくの母親じゃありませんが、それが何か？」

「いや、プリンス・ホワイトだったというのは確かかね？　もし彼を逮捕すれば、きみに面通しをしてもらうことになる。つまり、きみの存在が公になるんだよ。そうなると、いろいろなことを言う連中が現れる。当時のことを根に持つきみが、仕返しのためにプリンスを犯人にしようとしているとか」

「いったいなんの話ですか？　ぼくとホワイト家のあいだには何もありませんよ」

「あそこの兄弟はルーシーの弟たちで、そのルーシーは裁判のときにきみに不利な証言をした」

リンクは腹が立ってきた。「いいですか、保安官。あのとき証言台に立ったなかで、ぼくに不利な証言をしなかった証人はひとりもいなかった。家に火をつける時間はぼくにはなかった、昼からずっと自分と一緒だった、と祖父が証言しているにもかかわらずです。ぼくが仕返しをするなら、プリンス・ホワイトではなくて、あのときの証人の誰かをストーカーに仕立てあげるはずでしょう？」

「ウェイン・フォックスがきみのアリバイを主張するのは当然だと考える向きもあった。彼にとって、きみはかわいい孫なんだから」

「そして父は彼のかわいい息子です」リンクはぴしゃりと言った。「その息子を殺した犯人を、祖父が嘘《うそ》をついてまでかばったというんですか？　あなたは本気でそう思っているんですか？」

「いや、わたしは――」

リンクは腹が立ってしかたなかった。「ぼくがこの目で何を見ようが、あなたはその事実を無視して、ミセス・ルイスにいつまでも不安な日々を送らせようというわけですね?」

「とんでもない。そういう意味で言ったんじゃない。わたしは——」

電話はマーロウの耳元でぷつりと切れた。

「なんてことだ」マーロウはつぶやくと、衝突事故を起こした酔っ払い、ボーとピートをにらみつけ、ふたりを留置所へと引きずっていった。

調書を取ってオフィスへ戻ったマーロウは、リンカーン・フォックスからの電話の内容をまとめはじめた。もちろん調べは進めるが、慎重にやらなければならない。もしフォックスの言うとおりならば、メグ・ルイスに災厄が降りかかりかねない。レベルリッジにはいろいろな男がいるが、ホワイト兄弟ほどのろくでなしをマーロウはほかに知らなかった。

確かに、リンカーン・フォックスとあいうやり取りをしたのは間違いだった。彼の言い分に疑問を抱いても、直接ぶつけるのではなく、自分の胸におさめておけばよかったのだ。少なくとも、プリンス・ホワイトから話を聞くまでは。しかし、もう遅い。言ってしまったことは取り消せない。

メグに電話をかけて、ホワイト家との関係を探ってみるか。家同士で何かあったか、あるいは彼女とプリンスが揉めでもしたか。いや、今夜はやめておこう。

明日の朝いちばんでホワイトの家へ行こう。リンカーン・フォックスの話はたぶん本当だ。目撃者がいると告げられたときのプリンスの顔が見ものだ。

プリンス・ホワイトは焦っていた。彼をとがめた男が何者なのかはわからないが、あのことがばれていた。急いでレベルリッジを離れないと、このままでは警察に捕まってしまう。三十分近くかかって家へ帰り着くころには、プリンスの頭には計画ができあがっていた。

家の裏に弟フェイガンのトラックがとまっている。部屋の明かりがついているから、まだ起きているだろう。プリンスはバイクを納屋に乗り入れて自分のトラックの隣にとめると、急いで降りて家へ走った。弟はリビングルームのテレビの前で居眠りをしていた。膝にはポップコーンの入った器がのっている。「フェイガン！」

フェイガンが飛び起きて、ポップコーンが散らばった。

「なんなんだよ、いきなり」弟は口を尖《とが》らせて器を脇へ置き、床の惨状を見おろした。

「おれはしばらくのあいだマウント・スターリングで暮らす。おまえ、いま金はいくら持ってる？」

フェイガンは眉をひそめた。「今度は何をやった？」

「何も」

「質問を変えるけど、今度はなんの罪で告発される？」

「まずは家宅侵入、それからメグ・ルイスに対するストーカー行為だな」

フェイガンが目をむいた。「なんだって？　彼女の家に忍びこんで怪我《けが》をさせたやつって、兄貴だったのか？」

「おれは指一本触れてない。あの女が自分でガラスの破片を踏んだんだ」

フェイガンはうめいた。「なんでだ？　なんでそんなばかなことしたんだよ？　二十ドル札一枚でやれる女がいくらでもいるじゃないか。何もあんなお上品な女に手を出さなくても。しかも彼女には手強《てごわ》い弟が三人もついてるんだぞ」

プリンスは悔しさに目をすぼめて顎を突きだした。メグのところへ行くきっかけになったあの情報を弟に明かすつもりはなかった。そんなことをしたら、金は山分けということになるのが落ちだ。

「おまえには関係ない」

「兄貴はばかだよ。ウェンデルと一緒だな」

プリンスは彼をにらみつけた。「死んだ人間を悪く言うな。だいたい、おまえはおれのボスでもなんでもないんだ。いいから、質問に答えろ。金はいくらある？」

フェイガンはため息をついた。「二百ドル弱」

「よこせ」プリンスは手を突きだした。

フェイガンはポケットから財布を引っ張りだして兄に現金を渡した。「警察が来たらなんて言っておく？」

「黙って出ていった、行き先は知らないと言え」

「はいはい、わかりましたよ」フェイガンはぶつぶつつぶやいた。「おれももういい年なんだから、いい加減こういうのからは卒業したいよ。ほら、さっさと行ってくれ。おれまで彼女の弟にとっちめられるのはごめんだからな。なんせ向こうは三人、こっちはひとりだ」

プリンスはせせら笑った。「あんなやつら、おれは怖くない」

「だろうな、兄貴は怖がっていない。ただ尻尾を巻いて逃げるだけだ。尻尾がタマにこすれる感じが好きなんだよな」

「うるさい、ばか野郎」プリンスはポケットに金を突っこむと、荷造りのために自室へ向かった。

リンクは腹が立って眠れなかった。こんなときテレビで気晴らしができないのが残念だ。電気が通ってトレーラー暮らしに発電機は不要になったが、手持ちのテレビを見るにはパラボラアンテナを設置しないと電波を受信できない。だからリンクは冷蔵庫からビールを出すと、クッキーひとつかみとメモパッドを用意して、真犯人探しに必要になりそうなものをリストアップしていった。火事に関する警察の報告書のコピー。裁判記録のコピー。リンクを名指しして逮捕へと導いた者たちの宣誓供述書。シェルターのリフォームが終わったら、真っ先にこの連中を見つけだして話を聞かなければならない。

ビールを飲み干しクッキーを食べ終えるころには、だいぶ気持ちがすっきりしていた。リンクは靴を脱ぎ捨てたが、服は着たまま寝床に入った。忌々しいが、このぶんだと脱いでもまた、朝にならないうちに着る羽目になるかもしれないのだ。

しかし、そうはならなかった。次にノックの音が響いたとき、すでに太陽は昇っていた。リンクはうめき、眠い目をこすりながら寝床から出た。朝にはなっているが、やはり服を着たまま寝たのは正解だった。

ドアへ行く途中、窓から外を見たリンクは、車がないのに気づいた。この訪問者は歩いてきたのだ。頭にプリンス・ホワイトが浮かび、無防備なままドアを開ける気になれず、部屋へ戻ってライフルを手に取った。

訪問者がふたたびノックをして、今度は大きな声を出した。「ちょっと、トレーラーのなかにいる人！　ドアを開けなさい！」

女性の声だった。プリンス・ホワイトではなかったのだ。リンクはライフルを壁際に戻し、いちかばちか手ぶらで応対しようと決めた。

ドアを開けると、すぐ目の前に老女がいた。両腕でライフルを抱えている。ところどころにつぎはぎのある茶色いウールのコートと、膝の出たオーバーオールを着ている。グレーの髪は長い三つ編みに編まれて両肩に垂れているものの、くたびれた帽子を目深にかぶっているために顔はよく見えない。

「あんた、これは不法侵入だよ。さっさと荷物をまとめて出ていかないと、警察に通報するよ」

「久しぶりだね、ティルディ伯母さん。ぼくだよ。リンカーンだ。不法侵入じゃない。やっと帰ってきたんだよ」

険しかった老女の顔が、たちまち驚きの表情に変わった。リンクはドアの外へ出た。どんな受け入れ方をされるか定かではなかったが、それでも両手を広げずにいられなかった。

「ハグしてもいいかな？」

ティルディ・ベネットは幽霊でも見るような目で彼を見つめた。「リンカーン、ほんとにあんたなの？」

「そうだよ」

ライフルを取り落として、ティルディはリンクの腕のなかへ歩を進めた。

「ああ、ああ……ありがたい。生きてるあいだにまた会えるとは、思っていなかったよ」

「ごめん、ずいぶん長く待たせてしまったね」リンクは伯母をきつく抱きしめた。「さあ、入って。凍えてるじゃないか。こんな遠くまでよく歩いてこられたね」

「近道をすればさほど遠くないよ。畑の朝鮮人参《にんじん》を見に来たついでに寄ったんだ。あれには目を光らせていないと、勝手にとっていく不届き者がいるからね」

朝鮮人参に高い値がつくことはリンクも知っていた。野生のものはとくに貴重だ。

ステップをあがるのに手を貸していると、伯母が言った。「ライフルを拾わないと」

「ぼくが拾うよ」リンクはそれをすぐに実行し、伯母に続いてトレーラーのなかへ入っていった。

伯母をソファに座らせてコーヒーメーカーのスイッチを入れると、リンクは彼女の隣に腰をおろした。

「どんな魔法を使ってるのか知らないけど、伯母さんはちっとも変わらないね」

ティルディ・ベネットはしげしげと甥《おい》を眺めた。「おまえはすごく変わったね。きっと道で会ってもわからなかったよ。ほんとに、なんて大きくなったんだろう」

シャツのボタンを留めていなかったため、リンクの胸の傷はあらわになっていた。

「それは、どうしたんだい？」

「話せば長いんだけど、ぼくがここへ帰ってこようと思ったのはこれのおかげなんだ」

「ずっとここにいるの？」

「うん」

「いままで、どうやって暮らしてたんだい？」

「ずっと建設関係で働いていた。いまはダラスに自分の会社を持ってる」

「このあたりにそういう働き口はないけど」

「それはかまわない。仕事をするために帰ってきたんじゃないから。目的は、父さんを殺した犯人を見つけることなんだ」

ティルディは息をのんだ。「だけど……ずいぶん時間がたってるんだよ。どうやったらそんなことができるんだろうか」

「それはまだわからないけど、とにかくそのために帰ってきたんだ。ぼくの身の潔白が証明されるまでは、あきらめない」

香《かぐわ》しいコーヒーの香りがトレーラー全体に広がるころ、ティルディが帽子を脱いだ。

「わたしにできることがあればなんでも手伝うよ。レベルリッジの住人のことならすべて知っていると言っていいぐらいだ。何か知りたければわたしにお訊き。わたしにわからないことでも、調べる方法は教えてあげられる」

リンクはにっこりして言った。「コーヒーでも飲む？」

目尻をしわくちゃにしてティルディが笑った。「悪くないねえ。わたしはブラックがいいね」

「ぼくと同じだ」リンクはふたつのカップにコーヒーを満たしてソファへ戻った。

厚手の陶器で暖を取ろうとするかのように、ティルディは両手でゆっくりとカップを取りあげた。「いい香りだ」

リンクは自分のカップを掲げた。「再会に乾杯……それと、正義に」

「乾杯」ひと口すすったティルディは、少し冷ますためにカップを脇へ置いた。「それで、住まいはどうするつもり?」

「ここにまた家を建てるよ。でも、それには時間がかかる。だからシェルターに手を入れて冬はあそこで過ごそうと思ってるんだ。このトレーラーよりは暖かいはずだよ」

「うちへ来ればいいじゃないか」

「ありがとう。でも、それはできない。ぼくが帰ってきた目的を知ったら、レベルリッジの人たちの反感を買うだろうから。すでにひとり目の敵を作ってしまったし」

ティルディが眉をひそめた。「どういうこと?」

「ここに着いた晩、たまたまストーカー事件の犯人の目撃者になってしまったんだ。この近くに住む女性を狙っていた男らしい。ミセス・ルイスという名前だと保安官は言っていた。ぼくが覚えているルイスと言えば、山のずっと上のほうに住んでいた家族だけど……とにかく、その女性を困らせている男をぼくが見たというわけだ」

ティルディは首を横に振った。「おまえは彼女を知ってる。メグ・ウォーカーだよ。高校を出てしばらくしてボビー・ルイスと一緒になったんだけど、二、三年で別れた。旦那が刑務所に入ったあとにね。いまはお祖父《じい》さんの家だったところに住んでるよ。ここからだと直線距離にして一キロちょっとかね。お祖父さんは、亡くなる少し前にあの家をメグに譲ったんだ。去年までは母と娘で暮らしてたけど、ドリーが再婚して、いまは彼女ひとりだよ」

「ストーカーの被害に遭ってるのは、メグ・ウォーカー？」

「ああ。レベルリッジはいまこの話で持ちきりだよ。ひとり暮らしの女はみんな落ち着かなくて、枕元に銃を置いて寝てるんだ。おまえがその犯人を見たって？　知りたいねえ。誰にも言わないから教えておくれよ」

「プリンス・ホワイトだ」

ティルディがはっとした顔になった。「どうりで」

「え？」

「ちょっと前におかしな傷を負ってうちへ来たんだ。銃創のように見えたけど、本人の説明は違っていた」

「あいつは何を企《たくら》んでるんだろう？　なぜメグをつけ狙う？　ふたりは恋人同士か何かだったのか？」

ティルディがあきれたように目を回した。「とんでもない。プリンスやフェイガンを好きになる女なんているもんか。あんなろくでもない兄弟。そもそもメグには男っ気がまるでないんだ。刑務所にいる元旦那が殺した相手っていうのが、プリンスの兄のウェンデルだったけどね。あれからもう何年もたつ。いまさら復讐《ふくしゅう》もないだろう。しかもボビーとメグはとっくに別れてるんだ」

自分にとって特別な存在であるメグが幸せではないと知って、リンクの胸は痛んだ。最初にリンク、そして結婚した相手――もう男は懲り懲りだと思うのも当然だ。好きになった相手にことごとく失望させられてきたのだから。

伯母のおしゃべりを上の空で聞きながら、リンクは最後に見たメグ・ウォーカーの姿を思いだしていた。裁判が終わり、リンクは係員に連れられて裁判所を出ていくところだった。メグは泣いていた。彼が初めて愛した女性。初めてキスをした女性。初めてセックスをした女性。

その大切なメグが、いままた泣いている。プリンス・ホワイトのせいで。もしもマーロウ保安官がいつまでも手をこまねいているようなら、この自分がホワイトのところへ乗りこんでやる。

しばらくしてティルディが帰らなければいけなくなると、リンクがトラックで送っていった。干し杏のパイとフライドチキンを半分持たされて戻ってきた彼は、とりあえずそれらをトレーラーに置き、シェルターでの作業に取りかかった。残るはバスルームと洗濯機置き場だけだった。それを作ってしまえば冬に向けての準備は完了だ。

難題だったが、リンクは夕方には結論を出した。入口の扉の手前に、小部屋を増築するしかなさそうだ。ただでさえ狭いシェルターに、風呂と洗濯機のために割けるスペースはなかった。小さな建物を建てて水道と換気の設備を整えればいいのだから、難しい話ではない。

この新たな計画に沿って作業を進めるあいだも、リンクの頭からはメグのことが離れなかった。彼女がすぐ近くにいるのだと思うと、いても立ってもいられないような気持ちになる。しかしいまは、やるべきことがたくさんありすぎて、彼女に会うための心の準備はできなかった。会って、つらい思いをする覚悟ができない。いや、会うことすら拒まれるかもしれないのだ。

ふたりの住まいがどれほど近づいたとしても、彼女の心までの距離は何千キロもあるのだとリンクは思っていた。

5

ロジャー・エディが保安官補となって十年あまり。その初日から今日にいたるまで、パトカーでどこへ赴くにも、マーロウは彼の果てしないおしゃべりにつきあわなくてはならないのだった。ホワイトの家までの道のりも果てしなく遠く感じられ、ようやく到着したときには開放感がこみあげた。

「うわ、荒れ放題ですね！　まるで幽霊屋敷だ」庭先に転がる大きな岩や、傾いた玄関ポーチを見てエディが声をあげた。「これで、がりがりの鶏がそこらへんをうろついていたら完璧ですよ」

彼らがパトカーから降りる前に玄関のドアが開き、フェイガン・ホワイトが現れた。続いてハウンドが二頭出てきて、彼の足元にぺたりと座った。

フェイガンの体つきは兄のプリンスによく似ている。背丈は平均的で、痩せ型だ。しかし兄とは違い、髪は短いブロンドだった。ジーンズもシャツも染みだらけだが、本人はいっこうに気にしていないようだった。

エディがそれを見て顔をしかめた。「なかへ入るんですか?」

「わたしだって、できることなら入りたくないさ」マーロウは小声で答えると、ポケットから黒い車のミニチュアを取りだして握りしめた。「よし、行こう」

「おはようございます、保安官。今日はどうしたんです?」と、フェイガン。

マーロウは挨拶代わりにうなずいて、いきなり本題に入った。「プリンスに話があるんだ」

フェイガンは肩をすくめた。「昨夜《ゆうべ》は帰ってこなかったな。居場所は知りませんよ。話って、どんな?」

マーロウの目がすぼまった。「家のなかのどこかに隠れてるんじゃないのか?」

フェイガンは両手を宙へ投げあげた。「自分で確かめればいいでしょう。トラックもないし、兄貴はここにはいませんって」

ミニチュアがフェイガンによく見えるよう、マーロウは手のなかでそれを転がした。案の定、相手は食いついてきた。腹を空《す》かせた魚がトンボに飛びつくように。

「あ、それ、どこにありました?」そう言ってミニチュアを指さした。「兄貴がキーホルダーにつけていたやつだ。そのへんに落っこっていたとか?」

ビンゴ――マーロウは心のなかでつぶやいた。

「いいや、ある犯行現場に落ちていたんだ。保安官補に家のなかを調べさせてもかまわないかな？」

「だめだとは言えないんでしょ？」フェイガンはしぶしぶ脇へ寄った。

ロジャー・エディがぎょっとした顔で上司を見た。マーロウがうなずくと、彼は歯ぎしりしながら戸口へ進んだ。犬の片割れが立ちあがってうなる。

「うるさいぞ！」フェイガンが怒鳴った。

犬は脚のあいだに尻尾を巻きこみ、ポーチからおりていった。

「もう大丈夫」エディにそう言ってから、フェイガンはマーロウのほうを見た。「保安官は入らないんですか？」

「先に外まわりを見せてもらおう。いいね？」

「どうぞ、ご自由に」フェイガンはドアを閉めた。

マーロウは家のまわりを歩いた。雑草が生い茂り、ところどころに鉄屑《てつくず》の山があるだけで、とくに目につくものはない。納屋に入ってみたが、そこもがらんどうだった。干し草もなければ、馬や牛が近年、飼われた形跡もなかった。そして、冗談としか思えないメンテナンスが施されていた。屋根や壁の穴が、種々雑多なものでふさがれているのだ。空き缶の破片、ベニヤの切れ端、果てはウィスコンシン州のナンバープレートまである。マーロウはその数字を見た。この山の住民なら、誰も自分の車に六六六などという数字はつけない。悪魔のしるしなのだから。

地面にタイヤの跡はついているものの、トラックはなかった。そのときマーロウの目が、離れたところの壁際に置かれているものをとらえた。ダートバイクだった。

「これは、これは」

マーロウは玄関へ戻ってドアをノックし、なかをのぞいた。

「なあ、フェイガン、納屋にあるダートバイクは誰のだ？」

「おれのだけど、もう乗ってませんよ。去年、脚を二箇所も骨折してね。治るまで女の子といいことができなくて、懲りたんですよ。いまはたまに兄貴が乗ってるけど……それが何か？」

「メグ・ルイスのところに不審者が現れたのは聞いているか？」

フェイガンは目をぱちくりさせた。こんなにはっきり訊《き》かれるとは予想していなかった。

「もちろん、聞きましたよ。ここらで知らないやつはいないでしょう。なんでおれにそんなこと訊くんですか？」

「きみは銃を所持しているかね？」

フェイガンはげらげら笑った。「ちょっと、保安官。そんなの誰だって持ってるに決まってるじゃないですか」

「見せてもらえるかな？」

「いいですけど、なかへ入ったらちゃんとドアを閉めてくださいよ。この家、寒いから」

マーロウはため息をついた。やはり、入ることは避けられないか。いざ足を踏み入れてみると、外に負けず劣らずなかも汚かった。匂いは二倍ひどい。エディがリビングルームへ戻ってくるのと入れ違いにフェイガンが銃を取りに行った。エディは、ゴミためのなかを捜索させた上司をにらんだ。

マーロウはにやりとした。人に命令できるのがこの仕事の役得だ。「どうやらプリンスは隠れていないようだな?」

「ええ。フェイガンと犬しかいませんね」

マーロウはうなずき、壁に掛かった狩りの戦利品をしげしげと見つめた。牡鹿《おじか》の見事な枝角から女性用の小さなパンティがぶらさがっている。壁には写真も飾ってあり、マーロウはそれに目を留めた。近寄ってみると、写っているのはプリンスだった。仕留めた七面鳥を掲げている。だが彼の目が釘付《くぎづ》けになったのはプリンスの誇らしげな顔にではなかった。彼が着ている黒い革のジャンパーだ。袖には南部連合旗のワッペンがついている。

第一に、ミニチュアの車。

そして、ダートバイク。

さらに、このジャンパー。

プリンス・ホワイトを指し示す証拠が次々に挙がってくる。

フェイガンが銃を三丁抱えて戻ってきた。すべてライフルだった。

「拳銃はないのか？」

「あんまり好きじゃないんで」

「兄貴はどうだ？　プリンスは銃を持ってるか？」

嘘《うそ》をつこうかと、フェイガンは一瞬、考えた。だが、ここは正直に言っておいたほうが後々ややこしいことにならないような気がした。

「ええ、ライフル二丁と拳銃を一丁」

「見せてもらえるかい？」

フェイガンは肩をすくめた。「ライフルはほら、保安官の後ろのラックに掛かってますよ。拳銃はたいていトラックにのっけているみたいです」

「プリンスは許可証を持ってたかな？」

フェイガンはだんだん苛々《いらいら》しはじめた。まるで、レベルリッジで自分たち兄弟だけが不法に銃を所持しているような言い方ではないか。

「ねえ、保安官、このあたりじゃ誰だって車に銃をのっけてるでしょ。だけど許可証を持ってるやつなんてひとりもいませんよ。なんでおれたちにだけ、そうねちねち絡むんです？」

司法に対する侮辱とも取れる発言だったが、マーロウは反論しなかった。なぜなら、彼の言うとおりだったからだ。

「プリンスの行き先に心当たりは?」

「ありませんね。兄貴は兄貴、おれはおれだから。いったいなんなんですか、これ?」

「メグ・ルイスに対してストーカー行為を行っていた人物が特定されたんだ。証人もいる」

フェイガンはぎくりとした。「へえ……そりゃよかった。彼女みたいにいい人がつらい目に遭うのは気の毒でしたもんね」

「いいか、フェイガン。お互い、持ってまわった言い方はやめよう。きみの兄貴がそのストーカーだと判明した。これからわたしは彼を告発する。つまり、プリンスに対する逮捕状が発布されるんだ。だから、もし兄貴と話す機会があったら、出頭したほうが身のためだと伝えてくれないか」

フェイガンは言い返したかったが、自分まで騒動に巻きこまれるのはいやだったから、驚いたふりをすることにした。

「全然知らなかった。びっくりですよ。なんで兄貴はそんなことしたんだろう。本人の口から聞くまではとうてい信じられないな」

マーロウはフェイガンを見据えた。「これだけは言っておく。もし兄貴をどこかに匿《かくま》っていると判明したら、犯人蔵匿の罪できみも逮捕される。だから、鉄格子のなかに入りたくないなら、わたしに協力することだ。プリンスが戻ったら、ただちに知らせてほしい」

フェイガンはマーロウをにらみ返した。「兄貴を警察に売れって？　そういう頼みですよね？」

「いいや、頼みじゃない。アドバイスだ。逮捕状にきみの名前が加わるのがいやならそうしたほうがいいぞと、教えてやっているんだ。いま、メグ・ルイスは非常につらい思いをしている。そして彼女には屈強な弟たちがついている。姉さんを悲しませているやつの素性がわかったら、怒り狂うに違いない。むろんわたしからも、すべて警察に任せるよう重々言ってはおくが……犯人がなかなか捕まらないとなると、あの三人のことだ、どんな手段に訴えるかわからない」

フェイガンは自分の顔から血の気が引くのをはっきり感じた。まさにその事態を、彼は恐れているのだ。

「兄貴から連絡があったらすぐ知らせますよ。出頭しろって言います。それでいいですよね？　おれ、逮捕されませんよね？」

「約束はできない。きみがわたしに嘘をついていた場合はまずいことになる。ロジャー、行くぞ。ここは終わりだ」マーロウは保安官補を従えて外へ出た。

「あいつの話、どう思います？」ブーンズ・ギャップへ戻る車中でエディが訊いた。

「賭けてもいい。いまごろ大慌てでプリンスに電話してるよ。いいんだ、それで。事務所へ戻ったらすぐに逮捕状を取るんだからな。だがその前に、メグ・ルイスのところへ寄って、捜査が順調に進んでいることを知らせてあげよう」

メグは朝早くから仕事部屋にこもって、海の嵐の表地と裏地を縫いあわせる作業に没頭していた。ボリュームを絞ったラジオの音楽をBGMに、頭を空っぽにして黙々と手を動かしていると心が落ち着くのだった。

針に新しい糸を通すために手を止めたとき、時計を見るとすでに正午近くになっていた。午後から母とジェイクのところへ行く予定にしているので、そろそろ切りあげたほうがよさそうだ。メグは針をピンクッションに刺して立ちあがると伸びをして、長時間の座業で凝り固まった節々をほぐした。

廊下へ出るとずいぶんひんやりしていた。朝方よりもさらに気温がさがったようだ。きっと外はもっと寒いのだろう。メグはリビングルームのガスストーブをつけ、正午のニュースと天気予報を見るためにテレビのスイッチを入れた。それからキッチンのコンロにも点火した。

時計を横目で見ながらスープを温め直し、戸棚からクラッカーの箱を引っ張りだしてテーブルについた。案の定、天候は急激に変化するだろうと天気予報士が言っている。季節はずれの北極気団が北からおりてきて、標高の高いところでは雪になる可能性があるという。

メグは慌てることなく食事を続けた。外に蓄えてある薪《まき》と、タンクにほぼ満杯のプロパンとで、じゅうぶん暖かく過ごせるはずだった。キッチンで後片付けをしているとハニーが鳴きだしたので、窓辺へ急いだ。ストーカーがまたやってきたかと思ったが、見えたのは保安官と保安官補の姿だった。メグはドアを開け、彼らが近づいてこられるようハニーを呼び戻した。足元に冷たい風が吹きつけてくる。

「突然ですまないが、知らせておきたいことがあってね」マーロウ保安官が言った。「お邪魔してもいいかな？」

「ええ、もちろん。ずいぶん寒くなりましたね。どうぞかけてください。コーヒーはいかが？」

「いただきます。ぼくはブラックで」エディがすぐさま言った。

「面倒をかけるね。わたしもブラックでいただこう」

「新しくいれたところなんです。すぐ持ってきますね」

メグはコーヒーのほかに、クッキーをのせた皿も持ってきてテーブルに置いた。

「どうぞ」声をかけ自分も腰をおろし、話を聞く体勢に入った。

「いい知らせだよ」マーロウはまずクッキーをかじり、それからコーヒーを飲んだ。「ストーカーの正体がわかった」

メグはどきりとした。信用できると思っていた誰かの名前が出てきたらどうしよう。

「誰ですか?」

「プリンス・ホワイトだ」

唖然《あぜん》としてメグは聞き返した。「プリンス・ホワイト? いったい、どうして……」だが、不意に思い当たった。息をのみそうになり慌てて口に手を当てたが、その手はすぐ膝に落ちた。「ああ、そうだったのね」

「え?」

声に出してしまうと、忘れたい過去がまざまざとよみがえってくる。「別れた夫は……プリンスのお兄さんのウェンデルを殺しました」

マーロウは眉根を寄せた。本当にそれがこの事件の鍵なのだろうか? 「それはずいぶん昔の話だ。なぜいまになって動きだす? その件とは別に、きみ自身に関するなんらかの狙いがあるんじゃないだろうか」

「このあたりでは、些細《ささい》な諍《いさか》いが何世代もあとまで尾を引いたりするんです。だって、プリンスがこんなことをするのにほかに理由があるとは思えません。わたしはずっとここで暮らしてきたけれど、彼がわたしに関心を示したことなんてただの一度もありませんでした。何かきっかけになるようなことがあったんだわ、きっと。逮捕されたとき、彼はなんと言っていました?」

マーロウは渋い顔で答えた。「まだ逮捕はしていないんだ。いまは所在がわからない。

だが、これからすぐに逮捕状を取る。きみには一応、知らせておきたかった。どこかできみがあいつにでくわさないともかぎらないからね」マーロウはクッキーをかじってから、またメグのほうを見た。「ボビー・ルイスとはいまも連絡を取りあっているのかい？」

メグは顔をしかめた。「いいえ。人生のうち、彼とかかわった部分は切り捨てました。そしてできるだけ振り返らないよう努めてきたんです。振り返らなければいけない理由もなかったし」

「彼はいまもケンタッキーの刑務所に？」

「わたしが知るかぎりは」

「ふうん……ひょっとすると……」

「ひょっとすると、なんですか？」

マーロウは保安官補を指さした。「ロジャー、パトカーのコンソールボックスに黒いノートが入ってる。取ってきてくれ」

保安官補は皿からクッキーを一枚つまみ、駆け足で玄関へ向かった。

「何を考えてらっしゃるんですか？」

「うん……第六感が働いたとでもいうか。ルイスのフルネームはなんだったかな？」

「ボビー・レイ・ルイス」

その名前をマーロウが頭に刻みこんでいるところへ、エディが冷たい空気を連れて戻ってきた。彼はノートを保安官に渡すと、またしてもクッキーを取った。

ノートに記された名前と電話番号をざっと見てから、マーロウは携帯電話を取りだした。

メグは気が気でなかった。ボビー・ルイスとのことは人生の汚点だった。それをなんとか消したいと思いながらいままで生きてきたのに、ここへ来て、元夫が起こした事件と今回のことが関係しているかもしれないなんて。

お待ちくださいとふたりの相手がマーロウに言ったあと、ようやく刑務所長が電話に出た。

「ブリストル所長ですね。マウント・スターリングの北隣のブーンズ・ギャップという町で保安官をしているメル・マーロウといいます。実は、そちらに収監されている囚人のことで、ちょっとお尋ねしたいことがあるんですが。名前はボビー・レイ・ルイス。終身刑です……はい、恐れ入ります」マーロウはメグに目を向けた。「いま調べてくれている」

所長が電話口に戻ってきた。メグはマーロウの顔をじっと見ていたが、彼の眉がぐいとあがると、無意識のうちにこぶしを握りしめていた。

「もうひとつ、よろしいですか？　最近、ルイスに面会者はありましたかね？」しばらくして、彼の目がすっとすぼまった。「なるほど、わかりました。ご協力、感謝します」マーロウはそう言って電話を切った。

「どうでした？」メグは尋ねた。

「ボビー・ルイスはもう長くない。末期の肺癌《はいがん》だそうだ。二カ月ほど前に家族に連絡したところ、弟のクロードが面会に来た。さらに数日後、別の面会者があった。プリンス・ホワイトだ」

メグは愕然《がくぜん》とした。「いまさらボビーがプリンスにどんな話があるというんですか?」

「わからない。ボビーは許しを請おうとしたのかもしれない。死を目前にした人間がどんな行動を取ってもおかしくはない。クロードに聞いてみるよ。今回の事件に関連するような何かをボビーが言っていなかったか」

メグにはなかなかのみこめなかった。「そもそも、どうしてストーカーがプリンスだとわかったんですか? 手がかりなんてほとんどなかったのに……あのキーホルダーからはずれた車のミニチュアぐらいしか。あとは、おおまかな体格とか着ているものとか。それだけで、どうして?」

マーロウはためらった。フォックスからは、自分の存在を公にしてくれるなと言われている。それならば、名前を出さなければいいのだ。

「目撃者から通報があったんだよ。きみはまだ知らないかもしれないが、昔、フォックスのじいさんが住んでいたところに新たな住人が越してきたんだ」

メグは眉をひそめた。「その人がストーカーじゃないって、なぜわかるんですか?」

「彼が越してきたのは、ここに泊まりこんでいたきみのお母さんとジェイクが帰ったあとだ。そして、体がとてつもなく大きい。きみは言っていたね？　ストーカーの銃が暴発し、防犯アラームが作動し、そのあときみも向こうも発砲したと。そのご近所さんは全部聞いていたんだ。それからしばらくして、敷地内を男が慌てた様子で横切っていったそうだ。そしてダートバイクのエンジンがかかり、走り去っていった。そのころわたしは、ここを出たあと山の上のほうをパトロールしていた。フォックスの敷地を通りかかると門が壊れていたので、調べるために奥へ進んだ。すると、キャンピングトレーラーがとまっていて、なかから男が現れた。ストーカーじゃないのはひと目でわかった。なぜならさっきも言ったように、体格が全然違ったからだ。こちらから質問すると、銃声や男のことを話してくれた。それでわたしは、こういう事件があったのだと明かした。そして、昨夜のことだ。ふたたびバイクの音を聞いた彼は、自分から出ていってストーカーに立ち向かった」

フォックスの土地に誰かが住みはじめていたとは知らなかった。縁もゆかりもない人が自分のためにそんなことをしてくれたのだと思うと、メグの胸は熱くなった。

「それで、どうなったんですか？」

「彼は相手がプリンス・ホワイトであることを見てとった。そして、ミセス・ルイスにちょっかいを出しに行くのかと鎌をかけ、威嚇した。プリンスは縮みあがり、バイクで逃走した。彼がすぐ知らせてくれたので、わたしとロジャーで今朝、ホワイトのところへ行き、弟のフェイガンから話を聞いた。プリンスはいなかったのでね。兄の居場所は知らないとフェイガンは言い張ったが、隠しだてをしたら逮捕状におまえの名前も加わるんだぞと釘を刺しておいたよ」

メグはかぶりを振った。「そんな騒ぎになっていたなんて。わたしは何も知らずに暢気《のんき》に寝ていました」

「それでいいんだよ。本当に安心して眠れる日々がじきに戻ってくる」マーロウは言い、眉をひそめてロジャーを見た。彼は、皿に残った最後のクッキーを取ったところだった。

上司の視線に気づいた保安官補は、にんまり笑い返した。プリンスを捜してゴミためのなかをひとりで這《は》いずりまわったのだから、これぐらい当然だとでもいうように。

「その人はあそこに定住するんでしょうか？」メグが尋ねた。

「そのようだ」深く詮索されないうちにと、マーロウは立ちあがった。「そろそろ戻らないといけない。コーヒーとクッキーをごちそうさま。引きつづき身辺に気をつけるんだよ。ホワイトの身柄が確保されたらすぐに知らせる」

メグは彼らと一緒に玄関まで行った。「ありがとうございました、保安官。それからロジャーも。相手の素性がわかっただけでも、ほっとしました」

マーロウはにっこりした。メグにいい知らせを持ってくることができて、自分も嬉《うれ》しかった。

保安官たちが帰っていくと、メグは急いで温かい服に着替えた。驚きの事実を一刻も早く母に知らせたいが、電話でするような話ではない。それに、天気が崩れるのであれば、雪になる前に帰ってきたい。

メグはハニーを呼び入れた。雪が降るほど寒くなるなら、自分が帰ってくるまでずっと外に出しておくわけにはいかない。メグはキッチンに餌と水を置くと、ハニーの耳の後ろを掻《か》いてやった。

「いい子でお留守番していてね。お願いよ」

ハニーはメグの指を舐《な》めると、ストーブのそばにうずくまって目を閉じた。微笑《ほほえ》みを浮かべたまま、メグは車に乗りこんで出発した。フォックス家の前を通過するとき、新しい住人のことが頭に浮かんだ。そして、ふと思いだした。

その人は、ストーカーがプリンス・ホワイトであることをひと目で見てとったと保安官は言っていた。つまり、よそから来た人ではないということだ。いったい誰だろう？　あの場で尋ねればよかった。

突然やってきた娘をドリーは大歓迎し、キッチンへ引っ張っていった。夕飯のためのパイができあがりつつあった。裏庭で薪を積みあげる作業をしていたサイラスとエイヴリも、揃《そろ》って入ってきた。ふたりの大きな体と髪の色は父親譲りだ。いまはすっかり白くなったジェイクの頭だが、彼も昔は赤毛だったのだ。

サイラスがメグを軽く抱きしめた。「いらっしゃい」

エイヴリは笑顔でウィンクをした。「足は治ったんだね」

「ええ、おかげさまで。ジェイクは？」

「ここだ」ジェイクはメグの背後から近づいてきた。「きみの歩く姿を見られて嬉しいよ」

「ニュースがあるの」

最後のパイをオーブンに入れてしまうと、ドリーは手を拭き、娘が座るテーブルに歩み寄った。

「何があったの？」

「保安官がストーカーの正体を教えてくれたわ。なんと、プリンス・ホワイトだったの」

ドリーが息をのんだ。「なんですって？」

ジェイクには、ドリーの反応が単純な驚き以上のものに感じられた。「どうかしたのか？」

「あなたは覚えていないかもしれないけど……メグの元夫が殺したのは、プリンスとフェイガンのお兄さんよ。ホワイト家の長男だったウェンデル」

全員が勢いこんでいっせいにしゃべりはじめた。

「待って」メグがそれを止めた。「まだあるの。保安官が刑務所に問いあわせてわかったんだけど、ボビーは末期癌で、もう長くないんですって。刑務所側が家族に連絡したらクロードが面会に来て、その数日後にプリンスも現れている。それがわたしに関係あるのかどうかが問題なんだけど、プリンスの居場所がわからないから、どうしようもないの。保安官が自宅へ行ったときには、もういなかったそうよ」

ドリーがうめくように言った。「マーロウはどうやってプリンスの仕業だと突き止めたのかしら?」

メグは、マーロウから聞いた新しい住人の話を披露した。

ジェイクが訝《いぶか》しげな顔になった。「その人物が、ストーカーはプリンスだったと証言したのか?」

メグはうなずいた。「保安官はそう言ってたわ」

「じゃあ、フォックスのところの土地を買ったのが誰であれ、よそ者じゃないってことだな。プリンス・ホワイトを知ってるんだから」

「わたしもそう思った。でも、保安官が帰ったあとで気づいたから、名前を聞いていないのよ」

「平気だよ」サイラスが言った。「じきにわかるさ。とりあえず、あの札付きが逃げまわってるのはいい気味だ」

「早く捕まってほしいけど、まあ、そうね、あなたの言うとおりだわ」メグは言った。

娘の手をぎゅっと握って、ドリーが立ちあがった。「捕まるのは時間の問題よ。嬉しいニュースが聞けてよかったわ」

メグは微笑んだ。「きっと喜んでもらえると思ってた」

「これはお祝いをしないとね。ちょうどいまチキンを煮こんでるのよ。これからダンプリングも作るつもり。早めの夕飯にしたら、あなたも食べていけるでしょう?」

「もちろん。母さんの手料理、久しぶりだわ。何よりのごちそうよ」

話の尽きない女ふたりを残して、ジェイクは席を立った。雪になる前にすませておくべきことがいろいろあるのだ。彼が犬たちを囲いに入れて新しい藁《わら》を敷いてやる横で、息子たちは薪運びの続きに取りかかった。作業が終わるころには料理もできあがった。テーブルについた一同は、笑ったりしゃべったり、数週間後に迫ったサンクスギビングの計画を立てたりしながら、早い夕食を楽しんだ。

ドリーがデザートのパイを切り分けていると、エイヴリが窓の外を見て声をあげた。

「ほら、雪だ!」

メグの表情が曇った。当初の予定では、雪になる前に家に帰り着いているはずだった。もうじき日も暮れる。ただでさえ一時間近い道のりだが、雪のなかならもっとかかるだろう。懸念を顔に表さないよう気をつけたが、ドリーはちゃんと見抜いていた。

「メグ、雪の夜に運転はしないほうがいいわ。今夜は泊まっていきなさい。部屋はいくらでもあるんだし、寝間着だって貸してあげるから」

「平気よ。たいした雪じゃないし、吹雪になると決まったわけでもないでしょう。どっちにしろ、ハニーを置いてきてるもの。鶏に餌をやって、ミルクも搾らなきゃ」

それでもドリーは心配だった。「明日、送っていってあげるわよ。ジェイクに――」

「ありがとう。でも、大丈夫。ひとりで帰れるわ。道に雪が積もる前に帰り着くわよ。だけど、パイを食べないうちは帰るつもりはありませんから」

サイラスが笑い声をたてた。「ぼくが代わりに食べておいてあげるよ」

「絶対だめ」

メグは空模様を気にしながらパイを食べ終えると、不作法にならない最低限の時間をおいて、立ちあがった。

「そろそろ行くわ、母さん。後片付けはわたしの代わりにサイラスとエイヴリにやらせてあげる」

エイヴリが鼻を鳴らした。「それはそれは、ありがたき幸せ」

メグは笑いながら荷物をまとめたが、ドリーは相変わらず気を揉《も》んでいた。

「着いたらすぐに電話をちょうだいよ。あなたの声を聞くまでは安心できないから」

「わかったわ、必ず電話する」

さらに五分ほど、抱きあったりおやすみを言い交わしたりしてからメグは車に乗りこんだ。ワイパーを最速で作動させ、みぞれと雪の渦をヘッドライトで切り裂きながら、山を下りはじめる。

狭くて曲がりくねった山道での運転は、夜間はとくに危険を伴う。冬の夜は足早で、雪は予想以上の激しさだった。

五キロほど走ったところで、ひやりとさせられた。路面は厚い雪で覆われ、めまぐるしいワイパーの動きも吹雪には追いつかず、行く手はぼんやりとしか見えない。ハンドルをきつく握りしめているために、指の感覚がなくなってきた。両側に立ち並ぶ木々がなければ、どこが道なのかもわからなかったかもしれない。

突然、後部を左右に振って車体が横滑りした。一瞬焦ったが、滑ったほうへすぐハンドルを切り、ゆっくりと道路の中央へ車を戻す。

ルームミラーに映った自分の顔が目に入った。ひどく怯《おび》えた顔をしている。もしも時間を巻き戻せたら、今度はきっと母の家に泊まるだろう。

ダッシュボードの時計をちらりと見て、メグは驚いた。知らないあいだに二時間近くも走っていた。距離の目安になる目印が消えてしまっているために、どこまで来たのかわからなかった。見えるのは、ヘッドライトに浮かぶ横なぐりの雪だけだ。自宅へ続く曲がり角をすでに通り過ぎてしまったかもしれない。

そのときだった。突風に巻きあげられた雪の塊がフロントガラスを直撃した。遮られた視界が元へ戻った瞬間、道の真ん中にたたずむ大きな鹿が目に飛びこんできた。

メグは左へ急ハンドルを切った。

鹿が路肩へ飛びのき、車は反対側の溝を跳び越えた。その先には木が立ち並んでいる。

メグは悲鳴をあげた。そして……。

激しい衝撃。

金属がつぶれる音。ボンネットから噴きだす蒸気。鳴りやまないクラクション。右目の上の激痛。ワイパーはまだ動いている。ゴムの焼ける匂いがする。このままでは車が炎上してしまう。

メグは夢中でドアの取っ手を探った。逃げないと――でも、シートベルトが締まっている。ギアも入ったままでタイヤが空回りしている。なんとかニュートラルに切り替えて、次にエンジンを切ろうとした。そのとき何か大きなものが屋根をつぶした。

そして、すべてが闇に沈んだ。

6

食器を洗い終えたリンクは、早めにシャワーを浴びて床につこうと考えていた。今日は薪割《まきわ》りに精を出した一日だった。トラックの荷台に薪を満載してティルディ伯母の家とのあいだを二往復したあと、残りをシェルターに運び入れた。くたくたに疲れたが、達成感を伴う疲れだった。伯母がなんのわだかまりもなく自分を受け入れてくれるとは思っていなかっただけに、なおさら嬉《うれ》しかった。

フォックス家の人間はもう自分たちふたりしかいない。十八年ぶりに会った伯母は、ずいぶん年をとっていた。下手をすれば、唯一の身内と永遠に再会できないままだったのだ。伯母のところへ運ぶ薪の最後のひと束を積みこんでいるときにちらつきはじめた雪は、こちらへ戻ってくるころには激しい降りになっていた。凍えるような寒さだが、真っ白な雪がしんしんと舞い降りてくるのは心静まる光景でもあった。深い静寂のなかにたたずんでいると、自分の息遣いさえ場違いに思えてくる。

寝るためにトレーラーへ向かって歩いているときだった。突然、金属が何かにぶつかってつぶれる音がした。直後にクラクションが鳴り響き、大きな音をたてて木が倒れた。事故だ！　まだ他人とかかわる心の準備はできていないが、怪我人《けがにん》が出ているかもしれないのだ。知らん顔はできない。

裏が毛皮になった厚手のパーカーを着て手袋もはめていたので、すぐさまトレーラーへ走って携帯電話と懐中電灯だけ持ちだすと、トラックに飛び乗った。工具箱の中身に不足はないはずだ。荷台に材木用のチェーンも積んである。これ以上の道具が必要にならないことを祈るしかなかった。

表の道路へ出たところで、右へ行くか左へ行くか決めなければならなかった。事故の現場はここより上か、それとも下か？　雪にタイヤの跡はない。クラクションは上のほうで鳴っている。リンクは右へ向けてハンドルを切り、山道をのぼりはじめた。しかしヘッドライトのなかで乱舞する雪以外、何も見えない。とうとう彼は窓を開け、クラクションの音だけを頼りに前進した。しだいに音は大きくなっていく。

カーブを曲がるとヘッドライトの光が見えた。さらに近づくと、赤いＳＵＶが木立に突っこむ形で止まっていた。屋根に落ちた大枝が、ドアや窓をふさいでいる。リンクはぎりぎりまでトラックを寄せ、ヘッドライトとエンジンを切らずに外へ出た。とたんに寒風が肌を刺し、急いでフードをかぶると懐中電灯とバールを手にして溝を跳び越えた。

フロント部分は木にめりこみ大破していた。ボンネットが開いて横へ曲がっていたために、エンジンルームのヒューズを抜くのは簡単だった。クラクションは鳴りやんだ。急に静かになると、自分の心臓の鼓動がやけに大きく感じられた。運転席へ回ったリンクは、枝を払いドアを開けようとしたが、開かなかった。ワイパーが動いているのにフロントガラスは真っ白で、車内に何人いるのか判別できない。とにかく屋根の上の太い枝を取り除かなければ救助はできないだろう。

車の左右から枝を引っ張ったが、びくともしない。最後には屋根にあがって押しのけた。運転席のそばへ戻ったときには、窓はすっかり雪に覆われていた。それを払いのけ、懐中電灯で車内を照らした。

クラクションが鳴りやみ、急に静かになったことでメグはうっすら意識を取り戻した。お酒を飲みすぎたときのように朦朧《もうろう》としていて、自分がどこにいるのかわからなかった。頭が痛い。額を触ると、手にべったり血がついた。ヘッドライトに目の焦点を合わせようとしても、フロントガラスの雪が視界を妨げる。車が道からそれて木に突っこんだのは覚えている。それ以外、何がどうなっているのか、まるでわからない。

「助けを呼ばないと……助けを」ぶつぶつつぶやきながらメグは携帯電話を捜しはじめた。そのとき、何やら大きな影がヘッドライトの光のなかを横切った。メグは目を瞬かせた。毛に覆われた頭と分厚い胸、がっしりした肩。

いまのは何？　もしかして、未確認動物《ビッグフット》？

メグはうろたえ、それから息をひそめた。気づかれてはいけない。すぐそばを歩きまわっている。と思った次の瞬間、何かが屋根に飛び乗った。

ビッグフットは実在したんだ……心のなかで最後にそうつぶやいて、メグはふたたび気を失った。

リンクは素早く判断を下した。乗っているのはドライバーひとり――長い髪の女性だ。顔の、見えている部分は血で真っ赤だった。リンクはますます焦った。もう一度ドアを開けようと試みたが、衝撃でゆがんでしまっている上にロックされている。リンクは窓を強くたたいて叫んだ。

「聞こえますか？　しっかりしてください！　ドアのロックを解除して！」

反応はなかった。リンクは祈った。頼む、死なないでくれ。

不意に彼女の頭ががくりと前へ倒れ、顎が胸について弾んだ。それで意識が戻ったようだった。目にかかる髪を彼女がかきあげたので、初めて顔がはっきり見えた。

激しい衝撃にリンクは声を失った。十八年会っていなくても、すぐわかった。メグだ。

こぶしを握りしめて、リンクは窓をたたいた。

「メグ！　メグ！　ドアを開けるんだ！」

彼女はまぶたを震わせた。が、すぐに頭が肩のほうへ倒れた。戻りかけた意識がまた遠のいたのだ。

リンクはためらうことなくバールを振りあげ、窓のガラスをたたき割った。そこから腕を突っこんでロックを解除すると、取っ手をつかんで引っ張った。強い力に屈してドアが開くと、すぐさま車内へ身をこじ入れてメグの首の脈を取った。

「メグ、メグ！　聞こえるか？」

彼女はうめきを漏らしたが、それ以上の反応はない。

脈が速い。頭に負った傷から出血している。かなりの量だ。シートベルトを締めてはいるが、内臓にもダメージを受けているかもしれない。

リンクは携帯電話をつかんで保安官事務所にかけた。呼びだし音は二度鳴ったあと、それきり無音になった。さらに何度か試したものの、この天候では通じそうになかった。メグを動かすのはためらわれるが、このままにしておくのはもっと危険だ。後部座席に毛布と懐中電灯があるのを見ると、リンクは毛布をつかんでガラスの破片を振り払い、慎重に彼女の体を包んで抱きあげた。

溝をまたいだときにメグがうめいた。顔のまわりの毛布を押しやるような仕草をしている。トラックまで来ると、リンクは助手席の背もたれを最大限まで倒して彼女を横たえ、シートベルトで固定した。

そうして運転席に乗りこんだ。ほとばしるアドレナリンのせいで手が震えたが、すぐさま方向転換をして麓を目指した。頭はめまぐるしく回転していた。どれが最善の策なのか。ブーンズ・ギャップの保安官事務所へ運ぶのがいいのか。あそこならそう遠くない。だがその場合も、結局はマウント・スターリングから救急車を呼ぶことになる。時間の無駄だ。だからリンクは、このままマウント・スターリングの病院へ行くことに決めた。運転中も数分ごとに彼女が息をしていることを確かめた。そして祈った。どうか目を覚ましてくれ、と。

どこがどう傷ついているかわからないのが不安をあおった。もしも肋骨《ろっこつ》が折れているなら、動かしたことで肺に穴が開いたかもしれない。脊髄を損傷していたら、この自分のせいで一生、歩けない体になるかもしれない。脳震盪《のうしんとう》の程度が重ければ、病院へ着く前に脳出血を起こして死んでしまう可能性だってある。幹線道路に出るころには、リンクの不安は頂点に達していた。

途中でメグは吐息をついてうめきを漏らしたが、声らしきものを発したのはその一度だけだった。

こうしてまたメグのそばにいると、ふたりの思い出が次々によみがえってくる。フットボールの応援席の陰で交わした初めてのキス。初めてのセックス。そして、裁判所から移送されるリンクを見つめるメグの表情。刑期を終えてもレベルリッジへ戻らなかったのは、ひとつには彼女のあの表情が脳裏を離れなかったからだ。メグとの関係が壊れてしまった以上、故郷へ帰る意味はないと思っていた。この先どうなっていくのかわからないが、帰ってきたことを秘密にしておくことはもうできなくなった。

リンクは時計を見た。彼女を救出してから四十五分たっていた。気ばかり焦る。交通量が多いおかげで道路に雪は積もっておらず、支障なく走れるのが救いだった。

やがて、ヘッドライトが路肩の標識をとらえた。

マウント・スターリングまであと一キロ。

リンクは小さく吐息をつくと、まっしぐらに病院を目指した。

メグが診察ブースへ運ばれていくあいだも、リンクはストレッチャーのそばを離れなかった。リンクは病院側に、レベルリッジの山道で事故を起こしている彼女を発見したが、携帯電話が通じなかったために自分がここへ運んできたと説明した。患者の身元について尋ねられても、リンクに答えられるのは彼女の名前ぐらいだった。だが看護師のひとりが、その名前から彼女に受診歴があることに気づいた。カルテの記載どおり足の裏に治療跡が認められ、患者はメグ・ルイスであると確認された。

生々しい傷の跡にリンクはショックを受けた。まさにプリンス・ホワイトに苦しめられた証《あかし》ではないか。メグの頭からつま先までのレントゲン写真が撮られ、頭皮の傷が消毒され縫合されるのを、彼は重苦しいものを胸に抱えたままじっと座って見守った。

　メグがベッドに横たえられてからも、リンクはかたわらにつき添っていた。反対側では看護師がバイタルサインをチェックしている。

「家族に連絡は？」リンクは看護師に訊《き》いた。

「以前こちらにかかられたときに緊急連絡先は弟さんのところだとおっしゃっていたので、そちらに電話してあります」

　リンクは、メグが目を覚ましたときにここにいたくなかった。彼だとわかったときメグの顔に表れる驚きと嫌悪の表情に、自分が耐えられるとは思えない。それなら立ち去るべきなのに、それができない。メグをひとりで苦しませたくない。だからリンクはとどまった。次は何が起きるのかと身構えながら。


　二時間半もたったのに、メグからは依然として電話がないし、こちらからかけても応答しない。溝にはまって立ち往生しているに違いないと確信したドリーは、すぐにジェイクと息子たちを起こして救援に向かった。シボレー・サバーバンは大人数を収容できるし、車を牽引《けんいん》するためのロープやチェーンも積んである。

　雪がやんでも路面の状態は最悪だったが、車は順調に進んだ。しかしいくら走ってもメグのSUVは見つからず、ドリーはいてもたってもいられなくなった。

事故現場が見えたときには、半狂乱で叫んだ。

「ああ、メグ……！　止めて、ジェイク！　ねえ、止めて！」

ジェイクがブレーキを踏みこんだ。メグのSUVが木立に突っこんで止まっている。ヘッドライトはついたままで、運転席のドアは大きく開いている。けれどメグの姿は見えない。

「いないわ！」不安に駆られたドリーは夢中でドアの取っ手を探った。

ジェイクと息子たちが先に出て走った。事故車から脱出したメグが森へ迷いこみ、雪のなかで倒れているのではないかと誰もが考えた。

ドリーも車から降りたが、足に力が入らずその場にくずおれた。息もできないほど激しく体が震え、それでも必死に立ちあがって前へ進んだ。

「いた？　見つかった？」

「いや、いないな。ここにはいないようだ」ジェイクが答えた。

「森の奥まで入りこんだのかな」と、サイラス。

「だったら足跡があるはずよ」ドリーは運転席側から反対側へと走って確かめた。だが雪はきれいなままだった。しかしたとえ足跡がついていたとしても、そこへ雪が降り積もればわからなくなる。

みんなが恐れつつも口に出せなかったことを、エイヴリが言った。「プリンス・ホワイトの仕業かもしれない。車を脱輪させて、メグを連れ去ったのかも」

唐突にカントリー歌手の歌声が流れだした。

「ドリー、きみの携帯電話だ」ジェイクが言った。

「そうよね！」ドリーは走りだした。

息を切らして電話に出た。「もしもし？　メグ？　あなたなの？」

電話はライアルからだった。

「母さん、ぼくだ。たったいまマウント・スターリング病院から連絡があった。メグが運びこまれたそうだ。事故を起こしていたのを誰かが見つけて、病院へ運んでくれたらしい」

「ああ、神様……メグ……」ドリーは車のステップに座りこんで泣きだした。

ジェイクが妻の手から携帯電話を取った。「もしもし？　誰だ？」

「ライアルです。母さんは大丈夫ですか？」

「泣いてるよ。いったい、どうした？」

「メグが事故を起こしました。発見して病院へ運んでくれた人がいたそうです。容態はまだわかりません。ぼくはこれからマウント・スターリングへ向かいます。お宅に電話したけど誰も出ないから母の携帯電話にかけたんです。ジュリーがインフルエンザで寝こんでるんで、ジェイムズは子どもを置いて出られないし、クィンとマライアの家はいちばん高いところにあるから、おそらく道は大変なことになってるでしょう。そんなわけで、みんなに知らせるのは詳しい状況がわかってからでいいと思うんです」

「そうだな。おれたちはメグを捜していたんだ。車は見つかったんだが、本人がいない。森のどこかで雪に埋もれてるんじゃないかって心配してた。それでドリーは泣いてるんだ。ほっとしたものだから」

「そうだったんですか！」

「こっちはもう山の中腹までおりてきてる。病院で会おう」ジェイクは電話を切ると、まだ森のなかにいるエイヴリとサイラスを呼んだ。

「メグは病院に運ばれたそうだ、行くぞ！」それからジェイクは腰をかがめてドリーを抱きしめた。「ハニー、さあ、乗るんだ。メグに会いに行こう。メグはきっと大丈夫だ。信じよう」

ジェイクの落ち着いた声を聞いて、ようやくドリーはわれに返った。座席に座って涙を拭う妻の頬に、ジェイクがキスをしてドアを閉めた。

メグのSUVはもはや使い物にはならないが、サイラスが機転を利かせてキーを抜いた。ライトも消し、閉まるところまでドアを閉めた。それから彼は溝を跳び越え、兄に続いてサバーバンに乗りこんだ。

ジェイクがギアを入れる。タイヤが少し空回りしたものの、ほどなく車は動きはじめた。

山道を下る途中、後部座席のサイラスが運転席へ身を乗りだした。「父さん、メグが言ってただろう？　ハニーを置いてきてるって。彼女の車のキーを抜いてきたんだけど、一緒についてる鍵のなかに家のがあれば、ぼくとエイヴリを途中で降ろしてよ。父さんたちが病院へ行ってるあいだハニーの世話をしてるから」

「見せて」ドリーは言い、鍵束を渡されると「これよ」と、なかの一本を指差してサイラスに返した。

「よく思いついたな」ジェイクは息子に言い、ドリーの腕をそっとたたいた。「メグの家へ曲がる角が近づいたら教えてくれ。いまどのあたりなのか、よくわからないんだ」

「黒い大きな郵便受けが目印よ」

一キロあまり走ると、それが見えてきた。ジェイクは一時停止して息子たちを降ろした。ふたりは懐中電灯を持った手を父親たちに振ると、車の前を横切って暗がりへ消えていった。

ドリーが頭を振った。「家まであと少しのところまで来て、事故に遭ったのね」ふたたび涙を流しはじめた妻の隣で、ジェイクはアクセルを踏んだ。

「うん、つらいな。きみの気持ちはよくわかるよ。こんなことになって、おれも残念だ。けど、神様を信じないとだめだ。メグは絶対、なんともない」

ドリーは目元を拭い、鼻をかんだ。「あなたの言うとおりね。あなたがいなかったら、いまごろわたし、どうなっていたかわからないわ」

救急治療室から病室へメグが移されるときも、リンクはついていった。彼女の腕の片方には点滴が、もう片方には十五分ごとに自動計測される血圧計がつながれている。無言でじっと見守るリンクに、担当看護師は好奇の目を向けたものの何も言わなかった。患者さんが目を覚ましたら知らせてくださいと言い残して、看護師は立ち去った。

あとは機械に委ねられてしまうのか。リンクは不安になったが、考えてみれば、彼自身が感電したときも同じだったのだ。人の命の危うさをあらためて突きつけられ、リンクは慄然とした。

小さな照明が灯《とも》っているだけだったが、メグさえ見えればいいリンクにとって、それはスポットライトも同然だった。彼はベッドのそばに椅子を寄せると、歳月が彼女の顔にもたらした変化を見て取ろうとした。腫れていても青痣《あおあざ》があっても、いちだんときれいになっているのは間違いなかった。

いまのメグはどんなときに笑うのだろう。どんな音楽に涙するのだろう。何をして暮らしているのだろう。どんな夜を過ごしているのだろう。男っ気はまったくないとティルディ伯母が言っていたが、この女性を孤独にした責任の一端は自分にもあるのだと思うと、リンクの胸は痛んだ。

メグの意識が戻るのを待つあいだ、いくつもの問いがリンクの頭をよぎった。メグは目を覚ましたらぼくに気づくだろうか？　気づいたら、背を向けるだろうか？

何かがすぐそばで鳴っている。きっと目覚まし時計だ。もう起きないと。メグは目を開けた。起きあがろうとしたとたん、全身に激痛が走って息が止まりそうになった。腕に点滴の針が刺さっている。ここは病院だ。横なぐりの雪と、ヘッドライトに照らされた大きな鹿が脳裏に浮かんだ。続いて事故の記憶がよみがえった。それにしても、どうやってここまで来たのだろう？

窓のほうを向こうとすると頭が激しく痛んだ。知らない人が窓辺に立って外を眺めている。並はずれて広い肩。頭が窓枠の上に出るほど高い背丈。メグは、事故現場で見かけた大きな生き物のことを思いだした。あれは、この人だったのだ。

「ビッグフットじゃなかった」

リンクはぎくりとした。メグの第一声をあれこれ想像していたが、いま聞こえたのは思ってもみない台詞《せりふ》だった。リンクは両手をポケットに入れ、彼女のほうを向いた。

「生物学的には、違うね。気分はどう？」

「頭が痛みます。それから胸も。骨が折れてるのかしら？」

「頭は何針か縫ったんだ。あとは脳震盪と胸部打撲。骨は折れていないよ。車は大破したけれど」

メグは眉をひそめた。「雪が降っていて……鹿がいて……よけようとして急ハンドルを切ったんです」

これでリンクにも事故の原因がわかった。

「あなたがわたしを助けてくれたんですか？」

「ああ」

「命の恩人ですね。ありがとうございます」

「どういたしまして」

眉間のしわをいっそう深くして、メグは記憶をたぐった。この声はどこかで聞いたことがある。

「前にお会いしたかしら？」

リンクは吐息をついた。ついに、来た。自己紹介をするのにこれほど緊張したことはない。

「何度もね」そっと言って、暗がりから明るいところへと歩を進めた。

メグは目を瞬かせている。

「そんなに変わったかな？」

メグの息が止まった。次の瞬間には、心臓がすさまじい速さで鼓動しはじめた。

「リンク？」

「そう」

彼の手を求めてメグは腕を伸ばした。そして、差しだされた手を夢中で握った。がっしりした、大きな手だった。

「お祖父《じい》さんの土地の新しい住人というのは、あなただったのね。あなたがプリンス・ホワイトを目撃してマーロウ保安官に知らせてくれたんでしょう？」

リンクは肩をすくめた。「帰ってきた早々あの騒ぎで、驚いた」

答えを聞くのが怖いような気もしたが、メグは尋ねた。「これからずっとこっちにいるの？」

「ああ、そのつもりだよ」

嬉しい知らせを聞いた気分になったのはなぜなのか、深く考えている暇はなかった。ほかにも訊きたいことは山ほどあるのだから。

「どうして急に帰ってきたの？　こんなに何年もたってから」

リンクはベッドのそばの椅子に腰をおろした。

「何も悪いことをしていないのに負い目を感じて故郷に背を向けるのは、もうやめようと思ったんだ。父を殺した真犯人を突き止めて、冤罪《えんざい》を晴らすために帰ってきた」

「でも、どうやって？　もう古い事件よ」

「方法はこれから考える」

メグは彼を見つめずにいられなかった。もう二度と会えないと思っていた人と、こうして言葉を交わしているなんて、まるで夢のようだった。

「帰ってきたこと、どうして誰にも知らせずにいたの？」

「そのうち知らせるつもりだった。新しい家が完成するまでの仮住まいにしようと思って、シェルターに手を入れてるんだ。それが終わったら、真犯人探しに取りかかる予定にしている」

メグの頭痛が激しくなり、気が遠くなりかけた。けれど意識を失うのはいやだった。彼とのあいだには、答えの出ていない疑問がいくつも残っているのだ。

「わたしのせいで予定が狂ったわね」

「予定は変わるものだよ。ときにはいい方向へね」

「念のために言っておくけど、わたしはあなたが犯人だと思ったことは一度もないわ」

こんな言葉が聞けるとはリンクは思っていなかった。何より嬉しい言葉だった。それでもやはり、自分は彼女に謝らなければならないと感じていた。

「きみが結婚した相手のこと、ティルディから聞いたよ。かかわった男にことごとく絶望させられてさぞつらかっただろう。ごめんよ」

メグの両の目尻から涙がこぼれ落ちた。孤独な暮らしはみずから選び取ったわけでなく、自分以外の人の行いに左右された結果なのだと、初めて認めてもらえた気がした。十八年も会っていなかった相手の言葉に感激して泣くなんて、わたしらしくない。そう思うものの、涙は止まらなかった。

「ああ、メグ、泣かないで。すまなかった」

メグはまぶたを閉じた。心の弱い部分を彼に見せたくなかった。高校生のリンクなら知っているけれど、この男性のことは何も知らないのだ。いくら命の恩人だからといって、すべてをさらけだしてかまわないわけがない。

メグを落ち着かせようと、リンクは急《せ》きこんで話しはじめた。「わかってるんだ。ぼくはここにいないほうがいい。もっと早くに帰るつもりだったんだが、意識が戻ったときひとりきりだと、きみが寂しいだろうと思ったんだ。病院からライアルに連絡が入っているから、きっともうすぐ彼が来る」

わかったというしるしに、メグはリンクの手を強く握った。涙は止まらず、声はまだ出なかった。

リンクの手はメグの手首まで包みこんだ。「泣かないでくれ、メグ。頼むから泣かないで」

その声に滲《にじ》む苦悩がメグの胸を刺したが、何も言えずにいるうちに看護師がやってきた。

「あら、よかった、気がつかれましたね。もうじきご家族がお見えになりますよ。何かお持ちましょうか？」

リンクの手をしっかり握ったままメグは言った。「頭が痛いんですが、お薬をいただけませんか？」

「大丈夫だと思いますよ。ちょっと待っていてくださいね」

リンクはあたりを見まわしてパーカーを捜した。「そろそろ行くよ」

メグは手にいっそう力をこめた。「待って、みんなあなたにお礼を言いたいはずよ」

リンクはそっと手を離すと、メグの頬の涙を拭った。「それはない、絶対に。きみのご家族はそうは思わない」

あふれる涙にメグは声を詰まらせた。

言葉を継ごうとリンクは口を開きかけたが、首を横に振ると、病室をあとにした。エレベーターから降りてくるメグの家族と顔を合わせないよう、階段を使って出口へ向かった。

7

リンクはまたいなくなってしまった。

泣いているところを家族に見られて理由を訊《き》かれるのはいやだったから、メグは涙を拭い、懸命に気持ちを落ち着けようとした。どうにか間に合った。すぐにドアが開いて、母が静かに入ってきた。後ろにはジェイクとライアルもいる。

メグは弱々しい深呼吸をひとつして、笑顔を作った。その笑みも、口から出た声も、どこかうつろだった。

「母さん」

「ああ、メグ、具合はどう?」ドリーはベッドに駆け寄った。

「頭をちょっと切って、胸を打っただけ。骨折はしてないわ」

ベッドの足元に立ったライアルが、シーツ越しに姉の足をぽんぽんとたたいた。

「どういう状況だったんだ?」

「道の真ん中に鹿がいたのよ。撥《は》ねそうになる寸前まで見えなくて、慌ててハンドルを切ったら、その先に木があって」

ジェイクがかぶりを振った。「おれも何べんひやっとさせられたか。山の暮らしに危険はつきものだが、あれもそのひとつだ。メグが無事で、こうして話ができてるのはほんとによかった」

「気が気じゃなかったのよ。もしかするとあなたが……」ドリーは言いよどんで頭を振り、鼻をかんだ。その先は、口にするのも恐ろしかった。

「姉さんを見つけて運んでくれたのは、誰？」

ごまかそうとしている自分に、メグは驚いた。「事故現場で、一瞬意識が戻ったときに見たの。ヘッドライトの光のなかで毛むくじゃらの大きな生き物が動きまわっていたわ。ビッグフットだ、とぼんやり思って、それからまたすぐに気を失って、気がついたら病院だったの」

嘘《うそ》じゃない。ちょっと省略しただけだ――目覚めたら病室にビッグフットがいたことを。

ジェイクが笑った。「ビッグフットはいいやつだったんだな」

ドリーがメグの頬を包みこむように手を当てた。そして、額に落ちた髪をそっと払った。

「どこの誰だか知らないけれど、心から感謝するわ」

「わたしもよ」メグは言い、すぐに母から目をそらした。

ライアルは訝《いぶか》しく思った。姉のことはよくわかっている。理由はわからないが、いま姉は嘘をついている。何かあったのだ。

メグはライアルの表情に気づいた。そうだった、この弟はだませないのだ。ライアルは明らかに疑っている。ここは疑ったままでいてもらおう。プリンス・ホワイトの一件と、今度の事故。リンクには二度までも助けてもらった。できる恩返しといえば、彼の存在を明かさずにいることぐらいだ。いまは話題を変えるのが得策だろう。

「お願いがあるの。明日には帰れると思うけど、ハニーを家のなかに入れたままなの。誰かうちまで行って、外へ出してやってもらえないかしら」

ジェイクがメグの肩に手を置いた。「もうサイラスとエイヴリが行っているよ。きみは何も心配することはない。いいね？」

メグは安堵《あんど》の息を吐いた。「ありがとう。ふたりにお礼を言っておいてね」

「退院すれば自分でも言えるじゃないの」ドリーは時計を見た。「もう休んだほうがいいわ。ライアルは帰るけど、ジェイクとわたしはまだ面会者用の待合室にいるから」

「ごめんなさい。最近、みんなに面倒をかけてばかりね」

「そのどれもが、姉さんにはまったく責任がない」と、ライアル。「何か困ってることはない？」

「ないわ。傷は痛むけど、よくお祖母《ばあ》ちゃんが言ってたじゃない。〝この痛みもいつかは終わる〟って」

ドリーが身をかがめてメグの頬にキスをした。「たいしたことがなくてほんとによかった。じゃあ、おやすみなさい」

「おやすみなさい、みんな」メグは目を閉じた。

病室を出て行く足音。ドアが閉まる音。それらを聞いてからメグは目を開けた。

すると、ライアルがまだベッドの足元にいた。

「何を隠してる？」

メグは顔をしかめた。とたんに痛みが走ったのでたじろいだ。「なんの話？」

「しらばっくれていればいいさ。でも、わかってるだろうけど、ぼくは信じてないから」

「わかってるだろうけど、あなたがどう思おうとわたしは気にしないわ」

看護師が鎮痛剤を入れた注射器を持って入ってきた。メグの腕に注射をしたあと、彼女はライアルのほうを見た。お引き取りくださいと言われているのだと解釈した彼は、それに従った。ベスが心配しているだろうから、病院を出る前に電話してメグの容態を知らせるつもりだった。

ライアルの後ろでドアが閉まると、メグはやっとほっとした。外の廊下も静かだ。薬が効いて痛みが和らぐにつれて心配事も消えていった。

最後に頭に浮かんだのは、暗がりから現れたときのリンクの顔だった。ハンドルを切る直前に見た鹿も、似たような表情をしていた。どちらも、これから起きることを恐れていた。

姉は眠り、母と継父は待合室にいる。この隙にライアルは偵察に出かけた。救急の窓口へ行き、受付担当の看護師に姉を運んでくれた人物の名を尋ねた。すると、想像もしなかった答えが返ってきた。

そうか、リンカーン・フォックスが戻ってきたのか。フォックスじいさんの土地に誰かが越してきたと聞いた時点で気づくべきだった。隠しだてした姉を責めたいところだが、事情が明らかになるまでは判断を控えておこう。ストーカーの正体を見破り、事故現場から姉を救出してくれた人物はリンカーン・フォックスだった——とりあえずその事実がわかればじゅうぶんだ。

メグは翌日の昼前に退院した。しばらくは胸と頭の痛みを抱えたまま車なしで生活しなければならないが、母とジェイクが何くれとなく世話を焼いてくれた。病院を出たその足で買い出しのためスーパーマーケットへ寄ったときも、メグを車に残してふたりで店へ入っていった。

マウント・スターリングあたりの積雪はさほどでもなく、すでに解けはじめており、道路はどこもぬかるんでいた。子どもたちが雪玉を投げあい、凍った路面で車が横滑りしている。パトカーがサイレンを鳴らして通っていった。続いて救急車と消防車も。何があったのかわからなくても、メグは人々の無事を祈らずにいられなかった。昨夜、リンカーン・フォックスに助けだされなければ、自分も同じような状況に陥っていただろう。リンクが病室を去ってから、メグはずっと彼のことを考えていた。過去のさまざまな思いがよみがえった。彼をどんなに愛していたか。彼が連れ去られるとき、どんなに悲しかったか。

友だちはみんな彼をあっさり見捨てたけれど、あのリンクが人を殺したなどとなぜ信じられるのか、当時からメグにはまったく理解できなかった。彼がすぐ近くに住むようになれば、この先また悲しい思いをすることがあるかもしれない。それでもメグは、すぐにでも彼に会いに行くつもりだった。

先週降り積もった雪はすっかり消えた。土が湿って軟らかくなっているおかげで、最後の工程のための足場も組みやすい。リンクの毎日は忙しかった。日があるうちにできるかぎり作業を進め、夜には電話やスカイプでダラスの会社と連絡を取りあった。何か問題が発生すれば、現地にいるときと同じように彼が手際よく解決した。だが床に入ると昔のことを夢に見て苦しみ、朝にはぐったり疲れていた。メグがすぐ近くにいると知ってしまったためだろうか、同じ夢を繰り返し見た。

ブーンズ・ギャップ高校は、ルーイビルの陸上競技場で開かれている州大会に参加していた。リンクが売店へ向かって歩いていると、次の競技を知らせるアナウンスがあった。女子百メートル走。リンクは腹がぺこぺこだったが、あっという間に終わる競技だから見ていこうと立ち止まった。

ピストルの合図で選手たちはいっせいに飛びだした。大接戦のまま中盤にさしかかる。と、長身で脚の長い選手がすっと前へ出た。ギアをトップに切り替えたのがはっきりわかった。もちろん彼の知っている生徒だったが、これまでとくに気にしたことはなかった。リンクは無意識のうちに息を詰めていた。ほかの選手を何メートルも引き離して疾走する彼女。力強いストライド。ゴールラインを越えた瞬間、彼女は両手を高く掲げて喜びを爆発させた。それからくるりとスタンドのほうを向き、チームメイトに手を振った。なんてすてきな笑顔だろう。リンクの胸が高鳴った。

その次の週、リンクは彼女をデートに誘った。以後、メグ・ウォーカーとリンクは誰もが認める恋人同士になった。初体験の場所は彼のピックアップトラックの荷台だった。頭上でレベルリッジの星々が煌《きら》めいていた。それからは、チャンスが来るたび抱きあった。

卒業が近づくと、自分たちの未来図をふたりで描いた。若者らしい無邪気な夢物語だったが、リンクの世界が崩壊したとき、その夢も音をたてて崩れた。

　ここへ戻ってからというもの、つらい記憶が日ごと鮮明によみがえるようになり、リンクは必死に感情をコントロールしなければならなかった。いまも必要以上に力をこめて釘《くぎ》を打っていたが、携帯電話が着信を告げたのでわれに返った。発信元を確かめると、彼はハンマーを置いて電話に出た。

「やあ、伯母さん」

「リンク、元気にやってるかい？」

「元気だよ。そっちこそ、寒くない？　もっと薪《まき》を持っていこうか？」

「わたしは大丈夫だよ。ただ、おまえがそう訊いてくれたから言うわけじゃないけど、ちょっと頼まれてもらえないだろうか」

　リンクは真顔になった。「何かあった？」

「近所に住んでる友だちのことなんだよ。ベウラ・ジャスティスという人なんだけど、身内は孫ひとりでね。その孫もいまは軍隊に入ってる。その彼女が今朝、リウマチに効く軟《なん》膏《こう》が欲しいと言って訪ねてきたんだよ。それでわかったんだけど、勝手口のドアが蝶番《ちょうつがい》のところからはずれてしまったらしいんだ。家のなかが寒くて寒くて、それでリウマチの痛みもひどくなったんだね。もしもあんたがドアを直してくれたら、わたしとしてもこんなに嬉《うれ》しいことはないんだけどね。もちろん、わたしも一緒に行くよ。知らない人間を家に入れるのを不安がるといけないから。とにかく、彼女ひとりじゃどうしようもないんだよ。気にかける人がいないから、彼女が困ってるという話が広まることもないし、本人も人を頼るタイプじゃないからね」

リンクは驚いた。雪が降った先週など、ドアのない家はどれほど寒かっただろう。あの冷たい風がまともに吹きこんでくるのだ。

「十五分で行く。急いで工具を揃《そろ》えるよ」

「ありがとう。きっとあんたには神様のご加護がある」

「じゃあ、あとで」

リンクは必要になりそうな工具をトラックに積みこんだ。新しい木材数本と蝶番も念のために積み、さらにコーキング剤と、隙間をふさぐテープふた巻きを加えた。そして、ドアそのものがまだ使える状態であることを祈った。戸締まりをして出発し、途中でティルディを拾い、伯母の道案内に従ってベウラ・ジャスティスの家を目指した。

「面倒かけてすまないね」

「伯母さんはまわりの人たちに本当に親切だね」

「聖書に書かれているとおりにしているだけだよ。己の欲するところを人に施せ、ってね。ところで、そっちはどんな具合？　そろそろ落ち着いたかい？」

リンクはため息をついた。「いや、いろんなことに振りまわされてるよ」

「たとえば？」

「ひと言では言えないな。とにかく、ぼくが帰ってきたって噂《うわさ》はそろそろ広まりそうだ。当初の予定よりも早く」

「それは悪いことじゃないかもしれないよ。わたしたちが立てる予定というのは、往々にして神様の思惑とは違っている。わたしだったら、成り行きに任せてみるね」

リンクは微笑《ほほえ》んだ。「いいアドバイスだね。覚えておくよ」

ティルディが行く手を指さした。「あのカーブを越えたら、最初の角を左へ曲がっておくれ。あとは簡単。道沿いにある家だから見落としようがないよ」

その家が見えてくると、リンクは暗い気持ちになった。掘っ立て小屋同然の古びた家だった。煙突から細い煙が立ちのぼっている。

「ぼくたちが来ること、彼女は知ってるのかな？」リンクは前庭へトラックを乗り入れてエンジンを切った。

「まだ知らせていないんだ。話してくるよ」ティルディはトラックから降りたつと、戦いにでも赴くかのような足取りでずんずん玄関へ向かっていった。

世話好きなティルディを見ていると、リンクは父や祖父を思いだした。フォックス家にはそういう血が脈々と流れているらしい。残念ながら彼自身の場合、その血が目覚めたのはつい最近だったが。

玄関のドアが細く開いた。ティルディが話しはじめたようだ。トラックのほうを指さしている。受け入れてもらえたらしく、ティルディが小走りで戻ってくる。

「トラックを裏へ回して。そのほうが勝手口に近いから」それだけ言うと伯母はまた玄関へ向かい、家のなかへ入っていった。

裏へ回る途中に枯れ枝の小さな山があった。そばに手斧《ておの》が落ちているということは、これがここの住人の薪なのだろう。さらに、傾いた裏のポーチを目の当たりにすると、リンクの表情はますます暗くなった。ドア代わりに垂らされた布の向こうから、老女と痩せた灰色の猫が現れた。リンクはトラックを降り、握手をした。百五十センチそこそこの老女の前に立ったリンクは、まるで巨人だった。

「こんにちは、ミセス・ジャスティス」

小柄な老女は頭をのけぞらせて彼を見あげた。「あれまあ。こんなに大きな人、見たことがないわ」それから彼女は顔じゅうにしわを寄せ、真っ白な入れ歯をあらわにして笑った。「うちのドアを直してくれるんですって？　本当にありがたいわ。冬が来たらどうなることかと、びくびくしていたのよ」

「お役に立てて光栄です」リンクはドア枠の状態を見るためにポーチへあがった。はずれたドアはそばの壁に立てかけられている。「この布をはずすことになりますが」

「いくらでもはずしてくれてかまわないわ。ドアさえ元どおりになれば、ほかはなんにも気にしないから」

ティルディがキッチンに立っていた。「ねえ、ベウラ、わたしと一緒にリビングルームで待っていようよ。ここは甥《おい》っ子に任せて」

ベウラはもう一度リンクを見あげたが、ちゃんとやってくれそうだと確信したのか、そのまま奥へ引っこんだ。

どんなキッチンなのだろうと、リンクは視線を巡らせた。コンロの燃料はプロパンガス。これはレベルリッジでは普通のことだ。冷蔵庫は黄色い。もともとの色ではなく、古びて黄ばんでいるのだ。二十年前にはこれが最新型だったのだろう。リノリウムの床は古い上に磨かれすぎて色が褪《あ》せている。しかしドアがないわりには、思いのほかきれいに保たれているキッチンだった。

布をはずすと明るくなった。リンクはすぐに問題点を突き止めた。蝶番がついていた枠が腐っているのだ。木材は手元にあるから、マウント・スターリングまで行かずにすみそうだ。リンクは工具を手にすると、まず腐敗した部分を取り除き、次にソーホースを据えて新しい木材の加工に取りかかった。

電動工具の音に驚いた猫が威嚇の声をあげ、ポーチの柱を駆けあがって屋根の上へ姿を消した。リンクはにやりとした。もしも自分があんなにすばしこかったら、さぞかし有能な屋根職人になっていただろう。

ドア枠を新しくしたあとは、なくなってしまっていた敷居を作り、それからドア本体の状態を調べた。

板そのものはじゅうぶん使えるが、蝶番はだめになっていた。上下とも錆《さ》びついており、ひとつは完全に壊れている。新しいものを出してきてつけ替えるあいだも冷たい風が吹きつけて、首筋が寒くてたまらなかった。ドアを取りつけ、長いボルトを使って蝶番を固定する。試しに開閉してみると、なめらかに動いた。鍵もきちんとかかる。成功だ。

さっきまでキッチンは凍えるような寒さだったが、風を遮れるようになっただけでずいぶん違った。しかしドアが閉まると、今度は別のところから入りこむ隙間風が気になりだして、リンクは窓をチェックした。

風は、ゆるんだ枠とガラスの隙間から入ってきていた。リンクはトラックからコーキングガンと隙間テープを取ってくると、コーキング剤で隙間を埋め、枠の周囲にテープを貼りつけた。

キッチンでの作業を終えてリビングルームへ移ったリンクは、ここでも精いっぱい住まいを整えようとしているベウラの努力に胸を打たれた。うっすら埃《ほこり》が積もっているのは、勝手口のドアがなかったのだからしかたない。調度品の類は古びているが、どれも大切に扱われているのがよくわかる。ソファはすり切れていても、そこに置かれた小さな青いクッションはふかふかだ。電気スタンドの下にも、コーヒーテーブルに置かれた聖書の下にも、レース編みのマットが敷いてある。壁の写真はどれも年季が入っていた。ベウラその人と同様に。

暖炉の前で、ベウラとティルディが寄り添うようにして座っていた。似た境遇のふたりだった。身寄りはたったひとりだけ。それも遠いところにいて、日ごろは縁がない。やはり帰ってきてよかったとリンクは思い、感電事故に感謝した。

「ミセス・ジャスティス、コーキング剤と隙間テープがあまっているんです。家じゅうの窓の隙間をふさぎましょうか?」

ベウラは顔を輝かせた。「そうしてもらえると助かるわ」彼女はティルディの手をぽんぽんとたたいた。「こんなに器用な甥御さんがいて、あなた、ほんとに幸せね」

小さな家のなかをリンクは動きまわった。ひび割れや隙間を埋める作業を終えてリビングルームへ戻ると、ティルディが暖炉に木ぎれを投げこんでいた。忘れずに薪を運んでこなければ、とリンクは頭のなかにメモをした。しかし部屋の隅には、ガスストーブもある。

「終わりました。家全体が暖まるまで少し時間がかかるでしょうけど、いったん暖まったら、いままでよりずっと長続きするはずですよ」リンクはストーブを指さした。「あれ、つけましょうか?」

「それは使えないのよ。プロパンタンクが空っぽだから。暖炉だけで大丈夫よ。でも、お気遣いどうもありがとう」

リンクは、はっとした。やかんやシチュー鍋が暖炉のそばに置かれている理由が、これでわかった。キッチンのコンロも燃料はプロパンだ。彼女は吹きこむ冷たい風に耐えていただけでなく、料理もまともに作れずにいたのだ。いったい、いつからだろう。こんな気の毒な話があるだろうか。

ベウラが立ちあがり、涙をこらえようとするかのように両手を前で握りあわせた。「本当にありがとう。言葉にできないぐらい嬉しいわ」

大きな家を何軒も建ててきたリンクだが、これほどの達成感を味わったのは初めてだった。

「ぼくのほうこそ、お役に立てて嬉しいです」彼は言い、伯母のほうを向いた。「こっちは終わったから、いつでもいいよ」

ティルディが立ちあがった。「じゃあ、そろそろ行こうかね」伯母は上着のポケットから軟膏を取りだしてベウラに手渡した。「昼間はこれ。こないだのは夜だけだよ。関節の痛みによく効くから」

「いつも悪いわね、ティルディ」

「何を言ってるんだい。お孫さんに手紙を書くことがあれば、わたしからもよろしく伝えておいて。無事の帰国を心から祈っているってね」

「わかったわ」キッチンへ移ったベウラは、ドアと窓を見て大喜びした。「なんてすばらしい出来映えなの。おかげでこの冬はぬくぬくと過ごせるわ」

リンクがトラックに荷物を積みこんでいるあいだに、ティルディが助手席に座った。表へ回って道へ出るとき、嬉しそうに窓を開け閉めするベウラの姿が見えた。

「ありがとうね」ティルディがリンクに言った。

「おかしいかもしれないけど、こっちがありがとうと言いたい気分だよ」

ティルディは微笑んだ。「人に喜んでもらうって、なかなかいいものだろう?」

リンクは深くうなずいた。「うん、そうだね」

家に着いてティルディが降りようとすると、リンクはその手を握った。

「何か用はない?」

にっこりしてティルディは答えた。「今日はもうじゅうぶん働いてもらったよ」

リンクはうなずいたが、手は離さなかった。

甥の真剣な表情に気づいたティルディは、そのまま黙って待った。いったいどんな話が始まるのだろうか。

「実は、前から伯母さんに訊きたいことがあったんだ」

「なんだい?」

「最後に誰かと日曜のディナーに出かけたのは、いつだった?」

ティルディは目をぱちくりさせた。思ってもみない問いだった。

「それはもう、はるか昔だよ。思いだせないぐらい昔」

「ぼくにごちそうさせてもらえないかな？　フランキーズ・イーツは洒落《しゃれ》た店でもなんでもないけど、日曜日はチキン・アンド・ダンプリングを出すらしいんだ。看板に書いてあった」

「ほかの人たちに会うよ。おまえが帰ってきたことを知られてしまう」

「わかってる」

ティルディは甥の手をぎゅっと握った。「なら、遠慮なくごちそうになろう。外で食事するなんて、いつ以来かね。たらふく食べてしまいそうだよ」

「教会へは行ってる？」

「もう行ってないよ。教会へ行かなくても、神様とわたしはツーカーの仲だから。畑で薬草を摘んでいるときが、いちばん話が弾むね」

「じゃあ、十一時ごろ迎えに来るよ。いいかな？」

ティルディは嬉しそうに笑った。「一張羅がまだ着られるかどうか、試してみないといけないね。亭主の葬式に着たきりだから、何年ぶりだろう」

「お互い、久しぶりに楽しもう」リンクは身を乗りだして伯母の頬にキスをした。「伯母さんには感謝してるよ。ありがとう。最高の伯母さんだ」

ティルディは泣きそうになりながらトラックを降りたが、玄関へ向かう足取りは軽やかだった。

伯母が家に入るのを見届けると、リンクは出発した。ある意味、ほっとしていた。ついに隠遁《いんとん》生活にピリオドを打つ決心がついたのだ。そして不思議なことに、あれほど波立っていた心が、ベウラを助けてからすっかり安らかになっていた。

リンクは祖父の声が聞こえたような気がした。〝己の欲するところを人に施せと言うじゃないか〟

「これからはそれを忘れないようにするよ、お祖父《じい》さん。ありがとう」

帰り着くとリンクはすぐにプロパン業者に電話をかけ、ベウラ・ジャスティスの家への配達を依頼した。満タンにしたあとストーブとコンロが使えるのを確認した上で、請求書は自分のほうへ送ってくれと言い添えた。それからまた外へ出て、自分で使うつもりだった薪をトラックに積みこむと、ふたたび山の上を目指した。

ベウラの家に着いて薪をおろしていると、顔にエプロンを当てたベウラが泣きながら出てきた。

「情けないけれど、ご親切に甘えさえてもらうわね」ベウラはエプロンの裾で涙を拭いた。「その代わり、今夜のお祈りではあなたの幸せを一生懸命、神様にお願いするわ」

リンクは手を休めた。「ありがとう。嬉しいです」彼は薪を家へ運び入れ、暖炉の火に何本か投入し、残りをかたわらに置いた。「節約しようなんて考えずに、どんどん使ってください。いくらでも持ってきますから」

「ああ……ありがたいこと」リンクが帰っていくときもまだ、ベウラは涙を流していた。

その夜、暖かいトレーラーのなかで床についてからも、リンクの頭からは哀れなベウラのことが離れなかった。彼女のようにひとり暮らしで不自由を強いられている女性が、このレベルリッジにはほかにもいるのだろうか。


保安官が帰っていってからフェイガンは何度も兄に連絡を取ろうとしたが、電話はまったくつながらなかった。飲んだくれて商売女とどこかへしけこんでいるのか、それとももとうとう携帯電話をぶち壊したのか。とにかく、フェイガンが渡した二百ドルが底をついているのは間違いなかった。それで強盗でもやらかして捕まったのかもしれない。しかし、もしもそうなら、保安官を通じて知らせが来るはずだ。フェイガンが気を揉《も》んでいると、ようやくプリンスから電話がかかってきた。

携帯電話の発信元が兄だとわかると、フェイガンはあきれたように目を回した。

「遅いじゃないか。いままで何してたんだよ」

「久しぶりだな、愛《いと》しの弟くん。何かあったか？」

「兄貴が出ていった朝、保安官が来た。逮捕状を取るってさ」

「くそっ、彼女に顔は見られなかったはずなんだがな」

「メグじゃない。別の目撃者が兄貴だったと証言したんだ」

プリンスはどきりとした。「フォックスのじいさんのとこに住み着いたやつか。おれを呼び止めて脅しやがった」

「あそこに誰かが越してきたなんて、知らなかったよ。知ってたら、どんなやつなのか見に行ってたのに」

「おれの顔と名前を知ってるってことは、よそ者じゃないな」プリンスはつぶやいた。

「しかし、いったい……ああ、そうか、くそう」

「どうした？」

「フォックスの土地に住んでいて、おれを知ってるやつだぞ？」

フェイガンは鼻で笑った。「レベルリッジの人間ならみんな兄貴を知ってる」

「けど、あそこには住まない。ティルディ・ベネットが生きているうちは人手に渡るはずがないだろ」

「だったら、いったい――」不意にフェイガンは思い当たった。「まさか……？」

「そうと決まったわけじゃないが、ほかに誰がいる？」

「だけど、なんでいまになって？」

「知るか。しかし気になるな。いまさらなんのために戻ってきたんだ？」

「探ってみるよ。だから今度おれが電話したら、ちゃんと出てくれよ」

「ああ、ああ、わかってる。それはそうと、金欠なんだ」

「そんなのこっちだって同じさ。兄貴のおかげで警察に目をつけられてるんだ。マリファナなんて売れるわけない」

「じゃあ、どうすりゃいいんだよ、金は？」

「そんなの自分で考えてくれ。ばかな真似《まね》をしたのは自分だろ？　そういや……そもそも、なんであんなことをしたんだ？」

プリンスはため息をついた。早急に金が必要なのだ。フェイガンに尻拭いさせれば、たとえ山分けになるにしても、大金が手に入る。

「ちょっと前にクロード・ルイスがおれのところに来た。ボビーがおれに会いたがってるって言うんだ。冗談じゃないって怒鳴りつけてやったら、ボビーは癌《がん》で死にかけてるって言うんだ。死ぬ前におれに話しておきたいことがあるんだと。こっちの得になる話だっていうから、面会に行った」

フェイガンは眉をひそめた。「なんでいままで黙ってた？」

「それは——」

「嘘をついても無駄だぞ」フェイガンはぴしゃりと言った。「全部お見通しだからな。金が入ったらまんまと独り占めするつもりだったんだろう」

「おいおい、そんなことあるもんか」

「とぼけるな。それで、その話とメグ・ルイスがどう関係してくるんだ？」

「ボビーが言うには、ウェンデルは死んだときに二万ドルほどの現金を持ってた。ボビーはそれを、自分の犬と同じ場所に埋めたんだと。アイクって名前の犬だ。で、その場所を知るただひとりの人物が、元のかみさん、メグってわけだ」

「けど、なんでボビーはその場所をはっきり言わなかったんだ？　それに兄貴だって、直接メグに訊けばよかったじゃないか……もちろん、遠まわしにだけど」

プリンスはぐずぐずと返事を引き延ばした。これを言えば弟は激怒するに決まってる。だがしかたない。人生とはままならないものだ。

「ボビーの理由は知らないが、おれのははっきりしてる。一度、あの女をひいひい言わせたかったんだ。お高くとまってるから」

「お高くとまってる？」

「ああ。あんだけ長いこと独り身でいるくせに、ちっとも男とかかわらない。〝わたしはあんたたちにはもったいないわ〟ってわけだ」

フェイガンはため息をついた。「それは違うんじゃないか？　かかわったふたりがどっちもムショ行きになって、きっと男そのものに懲りたんだ」

プリンスは顔をしかめた。「どうだっていいけどな、おれはやるぞ。やってから喉を切り裂いてやる。だがその前に、おまえが金のありかを突き止めるんだ」

「おれが？　メグにしろ彼女の家族にしろ、おれを近づけさせると思うのか？　兄貴があんなことをしたあとだぞ。冗談じゃない。自分の尻は自分で拭いてくれ」

「つべこべ言うな！　もうじき金が底をつくんだ。こないだ、酔いつぶれていたやつから財布をちょうだいしたけど」

「おれはいやだからな」

兄の命令に逆らうのは難しい。だからフェイガンは、さらに強要される前に電話を切った。


夜明けから日没まで働きつづけて、あっという間に二日が過ぎた。日曜が近づくにつれてリンクは緊張しはじめた。たった一度、食事をすることによって、事態が大きく動きだすのだ。リンクの望みは、昔のように故郷で幸せに暮らしていくことだった。できれば、メグとの関係を修復して。その彼女がすぐ近くにいるとわかったときから、身の潔白を証明するのだという決意はますます固いものになった。

金曜日になった。新しい住まいは完成間近だ。

シェルターの鉄の扉を撤去して、手前に小部屋を増築した。そこにシャワーブースとトイレを設け、洗濯機と乾燥機を設置する。その小部屋の西側に取りつけたドアが、この家の出入口になる。キッチンの棚に最後の釘を打ち終わったリンクは、水平になっているかどうかあらためて眺めてみた。わずかな数の食器が落ちさえしなければ、それでじゅうぶんなのだが。

小型の冷蔵庫とガスコンロは、今日、買ってきた。元の扉があったところに薪ストーブを置き、マウント・スターリングの中古家具屋で見つけたキャビネットをキッチンまわりの収納用にした。細長いテーブルは、テーブルとキッチンカウンター、両方の役目を果たしてくれる。こうして短期間のうちに、暗くて汚いシェルターは、暖かくて快適な住まいに変貌を遂げたのだった。

部屋の突き当たりがベッドスペースになっている。自作のフレームに、レギュラーサイズのマットレスをふたつ縦に並べてベッドを作った。そばには古い鏡とキャスター付きの洋服ラック。くつろぐための一画にはリクライニングチェアとフロアランプを置き、椅子とテレビのあいだの床には赤と茶の編み込みラグを敷いた。

大柄なリンクにはやや窮屈な空間だったが、五世代にわたってフォックスの人間が暮らしてきた土地についに自分も落ち着けるのだと思うと、心はたかぶった。

腹が鳴ったので思いだした。そういえば、早い朝食をとっただけで、今日は何も食べていなかった。冷蔵庫内が冷えるのにひと晩かかるから、トレーラーの食料品をこちらへ移すのは明日になるが、食事をしたり寝たりするのは、今日からできる。

薪ストーブの暖かさはこの空間にちょうどよかった。キッチンで手を洗えば、水は滞りなく排水管に流れこんでいく。リンクは満足して外へ出た。食べるものを取りにトレーラーへ向かって歩いていると、近づいてくる車が見えた。

メグは事故の翌日、帰宅した。一歩間違えれば命を落としていたかもしれない事故だったが、軽い怪我《けが》だけですんだのは幸いだった。ひとりでやっていけるという彼女に、今回は家族も反対しなかった。

ライアルは明らかに口数が少なかった。メグは内心ほっとしていたものの、わかってもいた。助けてくれた人物の素性をみんなが知ることになる日が、必ず来ると。

保険金がおりるまでは、日々の買い物や用足しは家族に頼んだが、そのお金が入ると、メグは車を購入するために母の運転でマウント・スターリングまで出かけていった。何が必要か、いくら払えるか、そのふたつが決まっているのだから話は早かった。商談が成立して販売員が書類を作りはじめるとドリーは帰っていき、メグは買ったばかりの車を運転して帰路についた。

家へ帰り着くと、完成したキルトが何点あるのか数えてみた。サンクスギビングの翌日から始まるキルト展示会にメグは毎年出品しており、一年の収入のうち多くをここで稼ぐのだ。

夜が来てメグはベッドに入り、ハニーはそのそばのラグに寝そべった。クィンが整えてくれたセキュリティシステムがあり、近くにはリンクがいる。それだけで安心して眠りにつけた。

翌朝、目覚めたときには心に決めていた。リンカーン・フォックスに会いに行こう。あれだけのことをしてもらったのだから、きちんと礼を述べるのは隣人として当然のマナーだ。

そうはいっても、なかなか踏みきることはできなかった。さらに一日たってからようやく実行できたが、それも手ぶらでは行けなかった。

吐きそうになるほど緊張しながら、メグはフォックス家の土地まで来た。新しい住まいとおぼしきシェルターからリンクが出てくるのを見たとたん、心臓が激しく鼓動しはじめた。

夜の森で、毛皮付きのフードをかぶった彼を見た。病室の暗がりにたたずむ彼も見たけれど、明るい昼間に見るのは初めてだった。この姿形をどう表現すればいいのか……息が止まりそうなほどメグは驚嘆していた。

メグの知っている、背ばかりひょろ高い少年は、見あげるほどの大男に成長していた。それも、ひときわ見目麗しい大男だ。たくましい腕。長い脚。ふたり分はあろうかという肩の幅。焦げ茶色の豊かな髪には、わずかに銀色の筋が見え隠れする。リンクが大きくてたくましい人でよかった。メグはそう思った。きっと、とても重い荷物を背負って生きてきただろうから。その荷をおろすために、彼はここへ帰ってきたのだ。

メグは深呼吸をひとつしてからエンジンを切り、車から降りたった。

「新しい車を買ったんだね」リンクはシルバーの光沢を放つSUVに目をやった。

メグはうなずいた。「二〇〇七年式だけど、わたしにとってはじゅうぶん新しいわ。エンジンの調子もいいの。それがいちばん大事じゃない？」

リンクはメグの髪の生え際を見た。傷は治りつつあった。

「頭痛のほうはどう？」

メグはそわそわと足を踏み替えて、冷たくなった両手をコートのポケットに入れた。

「もう大丈夫。急にお邪魔してごめんなさい」

メグのこめかみが引きつっているのに気づくと、リンクの表情は険しくなった。なんてことだ。メグは怯《おび》えている。その事実に自分が傷ついているのか腹を立てているのか、リンクはわからなかった。いずれにしても、そんな感情は表には出せない。

「ちっともかまわないさ。きれいな女性はいつでも大歓迎だ」

戸惑いながらメグは微笑んだが、ここへ来た目的を思いだして車へ戻り、後部座席の大きな袋を手に取った。

「これ、あなたに」と、リンクに手渡した。「助けてもらったお礼と、引っ越しのお祝いを兼ねて」

リンクはにっこり笑った。「誰かからプレゼントをもらうのなんていつ以来だろう。思いだせないぐらい久しぶりだよ。早速開けさせてもらうから、きみもなかへ入って。シェルターがどう変わったか見てもらいたいな」

メグはためらっている。リンクは、いましがた見た彼女の怯えた顔を思いだした。そうか、自分と部屋でふたりきりにはなりたくないのだ。

「すまなかった。ぼくはべつに――」

「謝らないで、わたしがばかなの。うまくできないんだから」

「え？」

「あなたのことをもうなんとも思っていないふりが、うまくできないの」

リンクは、自分たちが失ったものの大きさを突きつけられた気がした。無念さがひたひたと波のように胸に迫った。

「それは……ぼくだって同じだ。だからもう、ふりをするのはやめにしないか？　お互い、あのころの気持ちと変わっていないことを認めた上で、成り行きに任せるんだ。その気持ちが深まるにしろ、消えていくにしろ」

メグはほっとしてうなずいた。

「ほら、なかを見て」リンクは先に立ってシェルターへ入っていった。

8

メグはまず驚き、それからリンクの着想と手腕に感服した。単なる小屋に見えた部分は、実はきわめて機能的なユーティリティールームであり、居住空間への導入部分でもあった。彼に続いて奥へ進むと、薪《まき》ストーブが穏やかな熱を放っていた。そこへ両手をかざして暖を取りながら、メグは室内を見まわした。

「リンク、すごいわ！　こんなことが自分でできるなんて！」

彼は肩をすくめた。「これが仕事だから」

「建築関係？　確かにこのあたりにはリフォームや建て替えの必要な家は多いわ。でも、みんなそこまでの余裕はないの。あなたの仕事の需要はあまり見込めないかも」

「それはかまわない。ダラスに自分の会社を持ってるんだ。スタッフに恵まれていれば、社長が遠いところにいても会社はうまく回っていくものだよ」

メグは不思議そうにリンクを見た。「そこまで成功していながら、あなたはこっちへ帰ってきた。いまになって、なぜなの？」

理由を説明しても、実際にその目で見ないことにはメグは信じないだろう。リンクは手にしていた袋を置くと、コートを脱ぎ、シャツのボタンをはずしはじめた。

「待って！　わたし——」

「そうじゃないんだ」リンクは最後のボタンをはずすと、シャツをテーブルの上へ放った。

メグは息をのんだ。彼の胸には、あまりにも無惨な傷跡がくっきりと刻まれていた。

「足の裏にもある」

「リンク！　ねえ、いったい何があったの？」

「感電したんだ。仕事中の事故で。心肺停止状態が四分続いた。気がついたら病院のベッドの上だった。ひどい火傷《やけど》を負って」

うろたえ、メグの目に涙があふれた。「いつ？」

「半年ほど前。その後、療養中に夢を見たんだ。父が出てきて、レベルリッジへ帰れと言うんだけど、同じ夢を何度も何度も見るものだから、そのために自分は生き返ったんだと考えざるを得なくなった。父を殺した真犯人を突き止めて、身の潔白を証明しなければいけないと思った。回復するのにしばらくかかったし、そのあとも会社の体制を整える時間が必要だったが、それが終わるとすぐにケンタッキーを目指した。そして……そう、いまぼくはここにいる」

メグは傷跡を凝視しつづけた。いったいどれほどの苦痛に彼は耐えたのだろう。「なんと言えばいいのかわからないわ。言葉が出ない」

リンクがシャツを手に取った。「〝おかえり〟とだけ言ってもらえれば、それでじゅうぶんだ」

メグは震える息を吸いこんだ。

「おかえりなさい、リンク」

「ただいま」彼は袋に視線を移した。「開けてもいいかな?」

メグはうなずいた。

結び目をほどいて袋の口を開けたリンクは、中身をそっと取りだした。出てきたのは、青と白の二色だけが使われたキルトだった。彼は手のひらで表面を撫《な》で、細かいステッチを指先でなぞった。

「メグ! すごくきれいだ!」

「ありがとう。作りたてのほやほやよ」

リンクは驚いた顔になった。「きみが作ったの?」

「あなたが家を建てるように、わたしはキルトを作るのよ」

「売るために?」

メグは肩をすくめた。「たいしたお金にはならないけど、大金が必要なわけじゃないから。自分ひとり食べていけるぐらいの収入にはなるわ」

「これはすばらしいよ。ベッドカバーとして使わせてもらいたいな。常に目に入るように。ちょうど新しいのが欲しかったんだ」

リンクはキルトをベッドのところへ持っていき、シーツと毛布の上に広げた。彼がその図柄の醍醐味《だいごみ》に気づいたのは、初めて全体像を見たこのときだった。

「すごいじゃないか！　まるで本当に波がうねっているみたいだ」

メグは微笑《ほほえ》んだ。そこが苦労した点だったから、わかってもらえて嬉《うれ》しかった。

「祖母の遺品のなかから見つけたパターンなの。初めて作ったわ。海の嵐、という名前なのよ」

リンクはキルトに目を戻した。逆巻く波が見事に布の上に再現されている。「なるほど、確かに」彼は口元に皮肉っぽい笑いを浮かべた。「ぼくの行く手に待ち受けているものを考えれば、これは最適な選択だ」

メグは眉をひそめた。「そんなつもりじゃないわ。もしほかのがよければ――」

リンクがメグの腕に手を触れて遮った。「いや、これがいい。いちばんいい。それに……驚くなかれ、このベッドのサイズにぴったりだ」

あらためてベッドを見たメグは、その大きさにぎょっとした。「わたしの作るキルトはだいたいが大きめなんだけど、それが功を奏したのね。こんなサイズのベッド、どこで手に入れたの？」

リンクはにやりとした。「ここまで大きな既製品はないよ。フレームを自分で作って、市販のマットレスをふたつつなげたんだ」

「まあ！　うちも、母がよくこぼしてたわ。大柄な子どもたちを育てるのは大変だって。普通のサイズじゃ間に合わないものがたくさんあるからよ。あなたの子どもを育てるとなったら、さぞかし――」

自分が何を言っているかに気づいてはっとしたが、もう遅い。メグはうつむいた。彼との距離が近すぎる。ふたりとベッドの距離が近すぎる。自分が何を望んでいるのかわからない。服を脱ぎたいのか、それとも逃げだしたいのか。

リンクはメグを抱きしめたかった。だが、思いとどまった。いまはどんな言葉を口にしても、逆効果になるだろう。

「そろそろ帰るわ。長居しすぎてしまったみたい」メグは出口へ向かって歩きだした。

「メグ！」

メグは足を止めたが、振り向かなかった。

「違う、長居なんかじゃない。ぼくのそばに、いつまでだっていてくれていいんだ」

振り向きたい。メグは強くそう思い、身を震わせた。でも、歩きつづけた。外へ出るころには小走りになっていた。車に飛び乗り、急いでその場を去った。しかしどれほど急ごうと、どれほど遠く離れようと、この欲求を振り払えないのはわかっていた。

プリンスは怪しげなモーテルを転々としていた。警察に見つかるのを恐れてひとところに長くはいなかったが、避けがたい壁がついに目の前に立ちはだかった。持ち金がわずか三十ドルになってしまったのだ。フェイガンには協力を拒まれたし、拳銃は質に入れてしまったから強盗はできない。そこでプリンスは、もうひとりのきょうだいを訪ねていくことにした。

夜が明けるとすぐにモーテルの部屋を出た。空はどんよりして、寒かった。これから気温はさらにさがりそうだ。雪だけはもう勘弁してくれとプリンスは思った。何度目かでようやくトラックのエンジンがかかったときには、安堵《あんど》の息をついた。金はないわ、足はないわでは、たちまち警察に捕まってしまうに決まっている。

一度も訪ねたことはないが、姉の住所は知っている。何か腹に入れたら、すぐにも向かうつもりだった。

コンビニエンスストアでソーセージエッグビスケットとラージサイズのコーヒーを買い、トラックのなかで食べた。時計を気にしつつ、店に出入りする客を横目で見ながら食べ終えかけたとき、パトカーが近づいてきた。黒と白の車体を見ただけで吐きそうになったので、急いで口のなかのものをコーヒーで流しこんで退散した。

姉のルーシーが住んでいるのは、排他的な高級住宅地だった。入口にはゲートがある。

そこまで来るのに十五分かかり、さらに彼女の家を捜すのに五分かかった。プリンスは少し離れた場所にトラックをとめ、姉の夫、ウェスが仕事に出かけてしまうのを待った。待ちながら、どこかに埋まっている金のことや、メグにその場所を吐かせる方法について、考えを巡らせた。

そもそも、目的を果たす前にメグの家で余計なことをしたのが間違いだったのだ。外のいろいろなものを移動させたり、牛を放牧場から出したり、キッチンに花を置こうとしたり。床板のきしみごときで侵入がばれるなどと、誰が考える？　あるいは、彼女が弟たちに負けないぐらい射撃がうまいなどと。いまから思えば、さっさと会いに行くべきだった。ボビー・ルイスが迷惑をかけてすまなかったと言ってた、とかなんとか、話を作ればよかった。和やかに会話しつつ、例の場所をうまいこと聞きだせばよかったのだ。

しかし、どうしても彼女と一発やりたかった。父親によく言われたものだ。おまえはその女好きのせいで災難に見舞われるぞ、と。ただし父親の頭にあったのは、どこかの女の子の父親を激怒させてプリンスが逃げまわるという事態であって、警察から逃げる息子は想像していなかったに違いない。

プリンスは暖房を強くした。コーヒーがもっとあれば腹を温められたのに。そう思ったとき、ルーシーの家のガレージが開きはじめた。やっとウェスのお出ましだ。黒光りするリンカーンが私道から通りへ出るのを、プリンスは険しい目つきで眺めた。マウント・スターリングで自動車屋を営むウェスリー・ダガン様は最高級車にしか乗らないというわけか。だったら姉貴にはたんまり融通してもらわないと。プリンスは体を低くしてウェスの車をやり過ごし、それが見えなくなるとすぐさま姉の家にトラックを乗りつけた。何度かドアベルを鳴らしたあと、力をこめてノックしつづけた。

ようやく玄関に出てきた姉の顔は見ものだった。呆《ほう》けたようにぽかんとしている。待った甲斐《かい》があったというものだ。プリンスはにんまり笑った。ルーシーは寝間着の上にローブを羽織っただけという格好だった。起き抜けなのか、頭の片側の髪がぺたんこだ。いまにも気を失うんじゃないかと思うほど真っ青な顔をしている。

「久しぶりだな、姉さん。どうした？　弟をなかへ入れてくれないのか？」

ルーシーはローブの襟元をかきあわせた。

「何しに来たのよ？」

「おやおや？　ちょっと通りかかったからご機嫌伺いに寄ったんじゃないか」

ルーシーは素早く通りの左右に視線を走らせると、弟の腕をつかんで玄関へ引き入れた。

「コーヒーのいい匂いがするな。一杯もらおうか。そいつを飲みながら久しぶりに語りあおう」

「こっちは臭くてたまんないわ。今度からは汚いものを踏んだ靴でうちに近寄らないでちょうだい」

プリンスは姉をねめつけた。「おい、ルーシー・ホワイト、おれたちは、おんなじ腹から生まれてきたんだ。何様のつもりだ？　おれとはかかわりあいになりたくないって？　わかったよ、消えてやる。ただしそれには、五千かかるぞ」

ルーシーはぎょっとした。「五千ドルってこと？」

プリンスは姉の鼻先で親指と人差し指をこすりあわせ、札束を数える仕草をした。ルーシーがその手を払いのけると、彼はげらげら笑いだした。

「おれは金がいるんだ、姉さん。いますぐ、いるんだ」

ルーシーが目をすぼめた。「何をやったの？」

「そっちには関係ないだろ」

ルーシーが腕を振りあげ、プリンスの頬をぶった。ぐいぐいと詰め寄られて、彼はドアまで後ずさりした。

「まともな男といい家に住んでるからって、わたしがヤワになったと思ったら大間違いだよ。わたしを脅そうったって、そうはいかない。あんたを追い払うために金なんか出すもんか。ほんとに消えてほしかったら、この場で撃ち殺す。警察には、あんたが押し入ってきたって言うわ。弟だとわかる前に撃ってしまったってね。だいたい、そこまで金に困ってるってことは、あんた警察に追われてるんでしょう。そんなあんたを撃ち殺したんだから、警察はわたしに感謝するかもね」

プリンスの胃がうねった。これこそ彼が覚えているルーシーだった。ただの脅しではない。この女なら本当にやりかねないのだ。このへんで出方を変えたほうがいい。

「おいおい、姉さん、落ち着けよ。身を隠すのに金が必要だったから、頼んでみたんだ。姉さんならちょっとは都合してくれると思ってさ。けど、いいんだ、忘れてくれ。そこいらの酒屋でも襲って金を奪うことにするよ。捕まんなきゃいいけどな。じゃないと、弟が強盗だなんてご近所に知れたら、姉さんもここにいられなくなっちまうだろ?」

ルーシーは叫びだしたかった。弱点を突かれた。卑しい生まれ育ちを消し去ろうと、いままで必死にがんばってきたのに。たった一度弟が現れただけで、何もかも壊れてしまうなんて。

「手元にある現金、全部あげるわ。それで我慢しなさい」

「金額しだいだが、まあ、いいさ。足りなかったら強盗するまでだ」

「財布を取ってくるわ」その姉にプリンスがついていこうとすると、彼女はくるりと振り向き、人差し指を突きつけた。「そこにいて。なんにも手を触れないで。わかった?」

プリンスはにやりと笑った。「はいはい、わかりました」

ルーシーはすぐに戻ってきた。大きな茶色のバッグを持っている。

それを見てプリンスは顔をしかめた。「コーチのバッグだろ。高いやつだ。それに見あっただけの中身が入ってるんだろうな。さもなきゃ、一緒に銀行まで行かなきゃならない」

ルーシーは財布を出すと、入っていた紙幣を全部つかんでプリンスの顔に投げつけた。「ほら」彼女は叫んだ。「六百ドル以上あるわ。それで手を打たないんなら警察を呼ぶからね。あんた、ひどいことになるわよ」

プリンスはまた顔をしかめた。ちょっとやりすぎたかもしれない。彼は床に這《は》いつくばって札をかき集めると、全部をポケットに突っこんで姉に背を向けた。

「二度と来ないで！」

外へ出たプリンスはドアをたたきつけ、歩きだした。

なかではルーシー・ダガンががくりと膝を折り、天井を仰いで叫んでいた。がんばってきたのに。必死にがんばって、惨めな生い立ちから抜けだせたはずだったのに。でも、そうじゃなかった。家族の誰かひとりでも生きているかぎり、この暮らしはいつ終わってもおかしくないのだ。

立ちあがろうとしたとき、物陰に落ちている一ドル札が目に入った。這っていって拾い、体を起こして財布に戻した。たった一ドルだが、プリンスが取りこぼしていったのはいい気味だった。

ルーシーはキッチンへ向かった。コーヒーを飲むつもりだったが気が変わり、酒の並ぶカウンターでウィスキーをグラスに注《つ》いだ。生のままをひと口であおる。心地いい熱が喉を滑り落ちていく。

一杯では心許《こころもと》ない。念のためにもう一杯注いで、今度もあっという間に飲み干した。

父が犯人の名を耳元でささやきかけたそのとき、目が覚めた。リンクはうめきを漏らして起きあがった。父の姿はどこにもない。

リモコンをつかんでテレビをつけると、枕にもたれて天気予報にチャンネルを合わせた。雪は降らないものの、また暴風雨前線が近づいているらしい。シェルターのリフォームが終わっていてよかった。そうでなければ、トレーラー暮らしでどんなに寒い思いをしなければならなかったか。寝具をめくろうとしたリンクは、その手を止めた。メグから贈られたキルトをそっと撫でてみる。彼女が作ったものに包まれて眠ったのだと思うと、いつか彼女とともに眠れる日さえも来るような気がした。

リモコンを画面に向けて音声を消し、リンクはベッドから出た。ダラスのスタッフに確認しなければならない案件がいくつかあり、現場監督が自宅を出る前につかまえたかった。

ふた部屋しかない空間はストーブを消してもひと晩じゅう暖かかったが、それでも朝になれば薪を足して新たな火をおこす必要がある。スウェットパンツは穿《は》いたまま寝ていたから、スウェットシャツに頭を通しながらリンクは足早にストーブのそばへ行った。

火がつくとコーヒーを沸かし、パンを二枚トースターに入れた。ピーナツバターとジェリーを出し、ノートパソコンを開いてパンが焼けるのを待った。今日は大事な予定がある。波乱の水門が開く日だ。ほかのことに煩わされている暇はない。

パンが焼きあがるとサンドイッチを作り、二杯のコーヒーで流しこむようにして食べた。食べながらメールを読み、現場監督のひとりに電話をかけた。四十をいくつか過ぎたトビー・シェフィールドには二度の離婚歴があり、子どもが四人いる。養育費はきちんと払っているし、フォックス建設での仕事ぶりも真面目な、責任感ある男だった。

「やあ、トビー。リンクだ」

「どうしてますか、社長？」

「やっと落ち着いたが、天気がまた荒れそうだ。プロジェクトの進捗状況を詳しく聞こうと思ってね」

「順調ですよ。ただ、オルティスはクビにしました」

リンクは眉をひそめた。「どうして？」

「盗みをやらかしたんです」

「そうか……逆恨みして、またやりに来るかもしれないから気をつけたほうがいい」

「わかってます。現場のほうは、昨日一日かけてコンクリートを打ちました。明後日《あさって》には乾いて、足場を組みはじめられるでしょう」

「もう一箇所のほうはどうなってる？　ジェラルドと話をしたのか？」

「ええ、昨夜《ゆうべ》。地質報告書があがってきたそうです。問題ありません。うるさく言ってきていた役所の調査官も、これで引きさがりますよ」

「よかった。今日はずっと外にいる予定だが、何かあれば携帯電話のほうに連絡してくれ」

「了解しました」トビーはさらに言った。「あの、社長、本当にこれからもずっとそちらに？」

「こっちでやり遂げないといけないことがあるんだ。だが、地の果てというわけじゃない。ときどきはそっちの様子も見に行くさ。心配しなくていい」

「わかりました……では、成功を祈ってます」

「ありがとう。それじゃ」

電話を切ると、リンクはもうひとつサンドイッチを作って急いで食べた。自分の気が変わる前にブーンズ・ギャップへ行ってしまいたかった。それでも、家を出る前にソファに座り、ティルディに電話をかけるのは忘れなかった。呼びだし音が一度鳴っただけで応答があった。

「はいはい」

リンクはにやりとした。「ぼくだよ。電話の上にでも座ってた？」

「廊下を歩いていたんだよ。洗いあがったタオルの山を抱えてね。いきなりすぐそばで電話が鳴りだしてびっくりしたよ」

「それは悪かった。あれからベウラと話したかどうか聞きたかっただけなんだ。プロパンは届いたかな?」

「ああ、昨日、様子を見に行ってきたよ。家のなかが暖かくなったおかげで関節の痛みも和らいだみたいだ。暖炉の火は勢いがいいし、キッチンのコンロではシチューが煮えていた。ガスストーブもついていたよ。こんな贅沢《ぜいたく》ができるなんて大富豪になった気分だわ、なんて言ってたね」

「よかった、ずっと気にかかっていたんだ。あんなに小さな人だから」

ティルディが笑い声をたてた。「おまえに比べたら、世の中の人はみんな小さいだろうに」

つられてリンクも笑った。「確かにね。そうだ……もうひとつあった。一応、伯母さんには知らせておくけれど、これからマーロウ保安官のところへ行って、父さんの事件に関する記録の写しをもらってくるつもりなんだ。家が爆発したあとのことはほとんど覚えていないから」

ティルディのため息が聞こえた。

「じゃあ、いよいよ取りかかるんだね?」

「うん、準備は整った」

「いつだってわたしがついてるからね。何か必要になったら、わたしにお言い。マーカスはわたしの大事な弟だったんだ。わたしだって、あの子を手にかけた犯人たちは許せないよ」

リンクは怪訝《けげん》な顔になった。「犯人たち？　複数犯の可能性は考えたことがなかったけど、どうして伯母さんはそう思うんだ？」

「いまのおまえみたいに、マーカスも大柄だった。あんな大きな男を倒そうと思えば、ひとりじゃ無理だ」

新たな怒りがリンクの胸に湧いた。「警察はぼくを逮捕する前に伯母さんから話を聞くべきだった」

「いや、わたしはちゃんと保安官に話したよ。お祖父《じい》さんはお祖父さんで、おまえは昼からずっと自分と一緒だったと証言した。だけど保安官は、身内の証言は信憑性《しんぴょうせい》に欠けると言ったんだ。おまえをかばおうとして嘘《うそ》をついてる可能性があると。大事なマーカスを殺した人間をかばうわけないと、いくらわたしたちが言っても聞き入れてもらえなかった」

リンクの表情が険しくなった。やはり自分は陥れられたのだ。いったい誰が、なんのために？

「裁判が始まる前から、ぼくの有罪は決まっていたんだな」

「まったく、どうしてあんなことになったんだか……だけど、いいかい、これだけは覚えておくんだよ。パンドラの箱を開けたあとは、よくよく身辺に気をつけること。真犯人がまだ生きているなら、あの事件を蒸し返されたくないだろうからね」

「わかった、気をつけるよ。伯母さんも、何かあったらすぐぼくに知らせるんだよ」

「それはこっちの台詞《せりふ》だよ」

通話を終えるとリンクは携帯電話をポケットにおさめ、コートを持って外へ出た。もちろんドアにはしっかり鍵をかけた。


メグはなんとなくむなしい気分だった。制作中のキルトが二点あり、ひとつはすでに綿と裏布がついた状態で枠に張られている。そのため、もう一枚のほうのモチーフを継ぎあわせるのに飽きたらこちらのキルティングをする、という作業の進め方ができた。けれど今朝、起きたときにふと思ったのだった。なんだか堂々巡りの人生だ。毎日毎日、同じことの繰り返し。鶏に餌をやり、キルトを作り、ハニーの世話をして、寝て、起きて、次の日も同じことをする。

手のこんだ料理を作ってひとりで食べるなんて論外だった。母がいなくなってからの食事は、あっという間に食べ終わるようなものばかりだし、その時間もばらばらだ。朝食が昼近くになったり、夕食のメニューがおやつ同然だったり。

これではいけない。マンネリから脱して、もっと有意義な日々を送らなければ。それにはまず、身近な習慣から変えていくしかない。メグは食料品の在庫をひととおり確かめたが、缶詰のスープとパック入りのツナだけでまともなものが作れないのは明らかだった。

メグが家のなかをうろつくあいだ、ハニーはぴたりと後ろについて離れなかった。頭を垂れ、悲しげな目をしている。飼い主の気分を察知しているのだと思うと、メグは深い罪悪感を覚えた。彼女がベッドに腰をおろすと、即座にハニーも床に伏せた。

メグは笑い、ハニーの頭をぽんとたたいて耳の後ろを掻《か》いてやった。

「あなたも落ちこんでるのね。わたしとおんなじね」

ハニーは大きな茶色い瞳でメグを見あげ、彼女の手を舐《な》めた。

「ありがとう。朝のキスね。わたしにはこれが必要だったわ。あとね、食料品の買い出しに行く必要もあるの。一緒に行く？」

いきなりハニーは体を起こし、尻尾を振りながら廊下のほうを見た。

「三分だけ待ってて。髪を梳《と》かして、温かい靴に履き替えるから」

メグが身支度に取りかかると、ハニーは置いていかれまいとするかのように部屋の入口へ移動した。

メグは赤いセーターとジーンズに着替え、茶色いムートンブーツを履いた。髪を後ろでひとつに縛ろうとして、やめた。おろしたままのほうが温かいのだ。ドレッサーの鏡をのぞき、完熟トマトという名前がついた口紅を、最後に軽くひと塗りした。ショルダーバッグを持ち、ハニーと一緒に廊下へ出た。コートを取り、セキュリティアラームをセットして外へ出る。

顔に吹きつける寒風が、冬がすぐそこまで来ていることを思いださせた。メグはポーチの端まで歩いて階段を一段とばしでおりると、車の後部座席のドアを開けた。

「乗って、ハニー」とたんにハニーが大きな声で吠《ほ》えたので、メグは笑った。「そうよね。わたしたち冬眠していたようなものだから、スーパーマーケットへ行くだけでも興奮しちゃうわね」

ハニーが座席に飛び乗ると、メグは運転席に座ってシートベルトを締めた。家を離れるというだけで、暗がりから脱出しようとしている気分になった。

走りだすと、リンクのことが頭に浮かんだ。いまごろ彼は何をしているのだろう。あの事件を調べはじめただろうか。これから彼が生きていく世界に、わたしの居場所はあるだろうか。それとも、もう彼は過去の人だと思うべきなのだろうか。

家から三キロあまりのところで、郵便配達中のジェイムズに行きあった。メグがクラクションを鳴らして手を振ると弟も手を振り、おどけた笑い顔をしてみせた。相変わらずのひょうきん者だ。おかげであとは楽しいドライブになった。ブーンズ・ギャップに着くころには、メグの気分はすっかり浮きたっていた。

小さな町はいつになく賑《にぎ》やかだった。みんな、天気が崩れて外出がままならなくなった場合に備えようとしているのだろう。バーニー食料品店の駐車場に車をとめると、メグはハニーに言い聞かせた。

「ここで待っていてね」

すぐさまハニーはシートに腹をつけ、揃《そろ》えた前足に頭をのせた。メグが外へ出てドアをロックするときにはもう、ハニーの目は閉じられていた。店へ向かうメグの足取りは弾み、それに合わせて長い髪も揺れた。傍目《はため》には、なんの屈託もない長身の女だろう。胸の内でさまざまな思いが渦巻いていることは、本人にしかわからない。

店へ入ったメグは、レジ係のルイーズに手を振った。

「メグ！　よかった、怪我《けが》はもう治ったのね？」

「ええ、ありがとう、ルイーズ」

「プリンス・ホワイトのやつ、まだ捕まらないの？」

「まだなのよ」

「気をつけてね。ああいう輩《やから》は何をしでかすかわからないから」

「そうね。こんなに何年もたってから恨みをぶつけられるなんて、わけがわからないわ」

ルイーズは肩をすくめた。「お酒でも飲んでるうちに昔のことが我慢できなくなったんじゃないの？　だけど、こうしてあなたが元気になってくれてよかった。さあ、買い物をしてちょうだい。今日はバナナが安いわよ。正直なところ、ちょっと熟れすぎなんだけどね、バナナブレッドとかバナナプディングを作るには最高よ」

「ありがとう。見てみるわ」メグは笑顔で売り場へ向かった。もっと大きな店なら天井から派手な垂れ幕がさがり、いたるところに大安売りの札が立っているだろう。でも、バーニー食料品店にはルイーズがいる。

買い物リストは作ってこなかったから、メグはじっくりと棚を見てまわりながらカートに品物を入れていった。三十分近くが過ぎて、車で待っているハニーのことを考えはじめたとき、耳元で誰かに名前を呼ばれた。

マーロウ保安官は、ボーとピートを保釈するにあたって書類の仕上げにかかっていた。ふたりはそれぞれ保釈金を支払い、妻に飲酒がばれないよう、帰宅前に教会へ侵入して洗礼盤にでもつかろうかと考える程度には反省していた。マーロウはサインした書類を保釈保証業者に手渡すと、看守に彼らを出してやるよう命じた。ほどなくふたりは、ぺこぺこしながら帰っていった。

二時間我慢してきた朝食に、これでようやくありつける。マーロウはハムエッグサンドイッチを手にすると、どさりと椅子に腰をおろした。大きな口を開けてかぶりつこうとしたそのとき、ドアが開いた。入ってきた男を見て、マーロウはサンドイッチを包み直した。

「きみが町へ出てくるとは思っていなかったよ」グレーのカウボーイハットやシープスキンのコートに目をやって、自分もああいう洒落《しゃれ》た格好をしてみたいものだと思いながらマーロウは言った。

リンクは返事を省いた。要件はただひとつだ。

「あの事件に関する詳しい記録のコピーが欲しいんです。どうすれば手に入りますか？」

リンカーン・フォックスがレベルリッジへ帰ってきた目的を考えれば、意外な問いではなかった。だがマーロウは、恨めしげにサンドイッチを見た。これでまた、食べられるのはずいぶん先になってしまう。

「あれから十八年もたっているんだよ」

「何年たったかなんて訊《き》いていません。教えてほしいのは事件の記録の入手方法です」

マーロウは目を瞬かせた。そうか、この男はわたしに対して腹を立てているのか。ストーカーがプリンス・ホワイトだという彼の言い分を、わたしがすぐに信じなかったものだから。

「倉庫に保管されているはずだが」

「待ちます」リンクはコートと帽子を脱ぐと、ドアのそばの椅子に腰をおろした。

マーロウはため息をついた。「うちには事務員や秘書はいないんだ。わたしが捜さなきゃならない」

リンクの目が険しくすぼまった。

マーロウはあきらめた。「時間がかかるよ。あとで取りに来たらどうかね?」

「待ちます」リンクは繰り返した。

マーロウは彼をにらむと、サンドイッチを取ってひと口かじってから部屋を出た。遠ざかる後ろ姿をリンクもにらみつけた。保安官が気を悪くしようが、かまってはいられなかった。

奥のほうから話し声が聞こえてきた。続いて、あちこちのドアが開け閉めされる音。そして、備品や箱が動かされる音。リンクは掲示板に貼られた指名手配ポスターに視線を据えたまま、腕組みをして椅子にもたれた。

十五分が経過した。

そのあいだに保安官を捜しに来た人間がふたりいたが、どちらもリンクに好奇の目を向けたあと、出直すかという意味の言葉をつぶやきながら帰っていった。

さらに五分たってからマーロウが戻ってきた。シャツとズボンを埃《ほこり》まみれにして、ファイルを握りしめている。

「コピーを取るから」マーロウはコピー機の前へ行った。

リンクは黙って見守った。

ようやくファイルの複製ができあがると、マーロウは一枚の書面を机に滑らせ、ペンを差しだした。

「きみのサインが必要だ。わたしがきみに写しを提供したという証明だ」

　リンクは立ちあがると、帽子をかぶりコートを着てから机の前へ行った。書面にサインをして、マーロウから渡されたホルダーにコピーの束を挟んだ。「裁判記録はどこへ行けば手に入りますか？」

マーロウは目を見開いた。この男は本気だ。

「マウント・スターリング裁判所だ。わたしなら前もって電話を入れておくね。捜しだすのに時間がかかるだろうから。なにしろ十八年は――」

「長いです。とくに、ぼくのような境遇で過ごせば」リンクは静かに言うと、保安官事務所をあとにした。ドアは風にあおられ勝手に閉まった。

その音にマーロウはぎくりとし、それから吐息をついた。

これは厄介なことになる。間違いない。

9

すぐにも目を通したいのをこらえてファイルを助手席に置き、リンクはガソリンスタンドへ向かった。トラックから降りたつと、顔にあたる風が冷たかった。

帽子を目深にかぶり直し、うつむき加減でノズルに手を伸ばした。給油機の向こう側から興味深げな視線を投げてくる男たちがいた。よそから来たカウボーイに見えるのだろう。そのほうがいい。なかのひとりは、リンクと目が合うと愛想よくうなずきさえした。誰も彼の正体に気づいていない――いまのところは。

店内で支払いをするときも釣り銭を受け取らずにすむよう、ちょうどの金を渡して、店員と目を合わすことなく立ち去った。リンクが次に向かったのはバーニー食料品店だった。わずかな品を買うだけだからすぐに出てこられるはずだが、二メートル近い背丈では、どこにいても人目を引かずにいることは難しい。

バーニーは小さな店で、扱う商品もかぎられているが、リンクにこだわりの銘柄などはなかった。パン、ミルク、卵、チーズ、ランチョンミート、クッキーが手に入ればよかった。それ以外のものは、今度マウント・スターリングへ出かけたときに買うつもりだ。彼はまず、肉と乳製品の売り場へ行った。四品目がここで片付いた。メグを見かけたのは、パン売り場へ移動しようとしたときだった。

「やあ、メグ」リンクはそっと呼びかけた。

メグはカウボーイハットを見あげた。商品棚の最上段より高い位置にある顔を見ると、にっこり笑った。

「何を食べさせてもらえるのかな?」リンクがおどけた。

突然、目の前に新しい世界が広がったようにメグには思われた。きっと、これで単調な日々が変わる。あとは思いきって一歩踏みだすだけ。だからメグは、踏みだした。

片方の眉をあげて尋ねる。「何が食べたいの?」

リンクはどきりとした。彼女はふざけているのか?「ええと……ポークチョップかな?」

「わかったわ。いつなら空いてる?」

リンクは信じられない思いだった。この前、あんな別れ方をしたばかりではないか。

「あ……今夜は?」

メグがうなずく。「いいわよ」

いよいよ尋ねずにいられなくなった。「本気なのか?」

「あなたがそのほうがよければ」

リンクはにっこりした。「六時でどうかな？」

メグはまたうなずいた。

「何か持っていこうか？」

「食欲とか」

「それなら任せてくれ。どこへ行くにも携帯している」

こうしてふたりのデートが決まった。

いきなりメグがカートを押して回れ右をした。

「どこへ行くんだ？」

「豚肉を買わないと」

「ああ、そうか。じゃあ、またあとで」

リンクが最後に見たメグは、にこにこ笑っていた。

彼はパンを取り、次に通路の端まで行ってオレオをふた箱カートに入れた。レジへ向かう足取りは軽かった。助手席にのっている謎だらけのファイルさえも、いまのリンクの気分を損ねることはなかった。

レジに並ぶメグの手は震えていた。自分の大胆さがまだ信じられない。バーで男性を誘う女の話は聞いたことがある。でも、バーニー食料品店のパン売り場でなんて。あのやりとりを誰かに聞かれていなければいいけれど。もし聞かれていたら、根掘り葉掘り詮索されるに決まっているのだから。

「最近、どうしてるの？」メグが買ったものをスキャンしながらルイーズが言った。

「ひたすらキルトを作ってるわ。相変わらずよ」

ルイーズはうなずき、二パックある豚肉のうちのひとつをスキャンした。もうひとつを取りあげると、彼女は手を止めた。

「これで足りるの？　あの人、ずいぶん大きいけど」

メグはそっとため息をついた。やはり聞かれていたのだ。「大丈夫、足りるはず」

「格好いいじゃない、彼」次々にバーコードをレジにかざすあいだもルイーズのおしゃべりは止まらない。

「そうね、格好いいわね。あ、待って、それはクーポンがあるの」メグはパイナップルの缶詰を指さすと、財布からクーポンを引っ張りだしてルイーズに渡した。

「デザートはパイナップルのアップサイドダウンケーキ？　うちの人も必ず最後に甘いものを食べるのよ。あら、そういえばあなた、彼の名前を呼んでなかったわね」

小切手に合計金額を書きこんでいたメグは、聞こえないふりをした。レシートを受け取ると、すぐさま逃げる体勢に入った。

「ちょっと、メグ、待ってよ」出口へ向かう友人をルイーズが呼び止めた。

「ごめんね、アイスクリームが溶けちゃうといけないから」メグは立ち止まらなかった。

新しいSUVの荷室に急いで買い物袋を積みこむと、お利口さんだったわねとハニーを撫《な》で、エンジンをかけた。ブーンズ・ギャップを出るころには、笑いがこみあげてきた。

ついに、昨日までとは違う日々が始まる。本当に長くかかってしまったけれど、やっとそのときが来たのだ。

自分は幸せな男だと、ウェスことウェスリー・ダガンは常々思っていた。妻はきれいだし、会社の業績は順調だ。マウント・スターリングにあるフォードの販売特約店でもともとセールスマンをしていた彼は、十年たってその店の経営者になった。

今朝からウェスは何度も妻に電話をかけていた。応答がないのは、買い物にでも出かけていて着信音が聞こえないのだろうと思っていた。だが昼休みになってもまだ連絡がつかない。ウェスは妻の様子を見がてら、自宅へ戻って食事をすることにした。出勤するとき彼女はまだ寝ていたから、ひょっとすると具合でも悪いのかもしれない。

庭内路を進み、リモコンでガレージのドアを開けて車を入れた。水曜の夜に食べたハムが残っていたはずだ。あれでサンドイッチを作ろうと考えながらウェスはキッチンへ入っていった。だが足を踏み入れた瞬間、異変を察知した。空になった酒瓶がシンクの脇に放置され、カウンターの上のボウルには、半分溶けた氷が入っている。

「何があったんだ?」

妻を捜して、家のなかを大股で歩きまわった。

「ルーシー!　ルーシー!　どこにいるんだ?」

ベッドルームから裸足《はだし》の妻が廊下へ出てきた。髪は乱れ、寝間着姿だが、手には氷とウィスキーが入ったグラスを持っている。ウェスが立っているところまで匂いが漂ってくる。

「どうしたんだ、ルーシー?」

乾杯するときのようにグラスを高く掲げて、彼女は笑い声をたてた。楽しさなどみじんも感じられない、うつろな笑い声だった。ウェスは妻の両腕をつかんで軽く揺さぶった。はずみでこぼれたウィスキーがズボンと靴にかかった。

「ルーシー!　酒とは縁を切ったんじゃなかったのか?」

「縁はね、切れないの。どんな縁も、切れないものなの」そうつぶやいたあと、ルーシーはわめきはじめた。「どんなにがんばったって無駄なのよ。必死にがんばって人並み以上の暮らしを手に入れたって、そんなもの続きはしないの」

ウェスは眉をひそめた。グラスを取りあげて脇へ置くと、彼は妻をしっかりと抱きしめた。

「話してくれ、ルーシー。何があった?　困ったことが起きたのならぼくが解決してあげるよ」

ウェスのスーツの胸元にルーシーが顔をうずめた。「無理よ。わたしの体には呪われた血が流れてるの。それはあなただってどうすることもできないわ」

血という言葉を聞けばじゅうぶんだった。「どっちが来た？　プリンスか？　それともフェイガン？」

「プリンスよ」ルーシーは泣きながら打ち明けた。「何をしでかしたのか知らないけど、警察から逃げてるらしいの。手元にあったお金を全部持っていかれたわ。渡さないと、そこらへんの店に強盗に入るって言うの。それで捕まれば、身内のわたしたちがご近所に顔向けできなくなるぞって、脅すの」

ウェスは怒りに目を細めた。「なんてやつだ。居場所はわかってるのかい？　きみを泣かせたらどうなるか、ぼくが思い知らせてやる！」

「どこにいるのかはわからない。とにかくあいつに六百ドル渡して、今度来たら撃ち殺すって言ってやったの。警察には正当防衛だと言うって」

赤ん坊をあやすように、ウェスは抱きしめた妻の体を揺すった。彼女がかわいそうでたまらなかった。そして、人でなしの義弟が憎くてたまらなかった。

「よしよし」ルーシーの背中をぽんぽんとたたいて、顔にかかった髪をそっと払った。「ほら、スウェットスーツに着替えたら、きっと温かいよ。ぼくがサンドイッチを作ってコーヒーをいれるから、そのあいだにその辺を片付けてもらえるかな？　大丈夫だよ、ルーシー。見ていてごらん。あいつはきっともう来ない。万一来たときには、ぼくが相手になる」

「ありがとう……ちょっとだけ待ってて。着替えてくるわ」ルーシーは髪をかきあげ、寝間着のしわを手で伸ばす仕草をした。

ウェスは妻の頬にキスをして彼女から離れた。グラスを持ち、残ったウィスキーはキッチンへ向かいながら自分で飲み干した。ルーシーがキッチンへ来たときには、サンドイッチができあがり、ポットにはコーヒーが入り、冷凍庫から見つけだしたココナッツケーキが解凍されつつあった。

戸口で足を止めたルーシーは、テーブルの上を見るなり、すすりあげた。

「ああ、ウェス……あなたはなんて優しい人なの」

振り向いた彼は、ルーシーの全身をしげしげと見た。ついさっきの彼女とは別人のようだった。ティファニーブルーのスウェットスーツを着て、ブロンドのロングヘアをうなじでひとつにまとめている。薄化粧で頬の青白さは隠れているものの、瞬《まばた》きを繰り返す目はまだ涙で潤んでいた。

「さあ、座って」彼は手を差し伸べた。

ルーシーは夫の顔に頬を寄せてキスをねだった。ウェスはちゃんとこたえてくれた。彼が引いてくれた椅子に、ルーシーは腰をおろした。実家での暮らしと、いまの生活とでは、天と地ほどの差がある。あんな惨めな思いは、もうしたくない。そのためにはどんな手段だって使ってやる。

「ハムとターキー、どっちがいい？　両方、作ったんだ」ウェスが大皿を差しだして訊《き》く。

「ターキーにするわ」ルーシーはそれを自分の皿に取った。「太りたくないもの」

ウェスがウィンクをした。「きみのスタイルは完璧だよ……きみという女性そのものもね」

わたしが完璧？　ルーシーは目を瞬かせた。ある記憶が頭をよぎったが、ほんの一瞬だったために、気のせいだったようにも思えた。彼女はサンドイッチにかじりつき、咀嚼《そしゃく》してのみくだしてから、口を開いた。

「会社のほうは、どう？　順調？」

「うん、順調だよ。ポテトチップスも食べる？」

「少しね」ルーシーは夫が持っている袋のほうへ皿を滑らせ、コーヒーをひと口飲んだ。

ウェスはじっくり妻を見て、彼女が落ち着いたのを確認した。仕事へ戻るのはためらわれた。彼女の飲酒癖が戻ったら困る。ふたりは幼なじみで、十四歳のときからずっと、ウエスはルーシーのことが好きだった。親友であるマーカスがルーシーと再婚したときは、ショックのあまり死にたくなったほどだった。だから、彼ら夫婦がうまくいかなくなりだすと、ここぞとばかりにルーシーに寄り添い、慰めた。そしてマーカスが死んだときには、親友を失った悲しみよりも、彼女が自由の身になったという喜びのほうを強く感じた。

サンドイッチをひと切れ食べ終えたウェスはもうひと切れ取り、さらにポテトチップスにも手を伸ばした。

「ぼくが仕事に戻っても、ひとりで大丈夫？」

ルーシーはうなずいた。「ええ。こんな状態で運転はできないから出かけるわけにもいかないし。心配してくれるのはありがたいけど、もう大丈夫。さっきあんなふうになったのは、ショックが大きかったからよ」

妻が身を震わせるのを見ると、ウェスの怒りが再燃した。

「今度あいつが来ても、なかへ入れるんじゃないよ」

「ええ、入れないわ。だけどたぶん、もう来ないと思う。今度来たら警察に通報するってはっきり言ってやったから」

「いったい何をやらかしたんだろう」

「知りたくもないわ」ルーシーは立ちあがった。コーヒーのおかわりを注《つ》ぎ、ウェスが冷凍庫から出してあったケーキの柔らかさを確かめた。「あなたも食べる？　もう切れるわよ」

「うん、もらおうか」

ルーシーはふたり分のケーキを皿にのせてテーブルに戻ると、最初のひと口を食べる夫をじっと見つめた。

「冷凍しても味は落ちてない？」

ウェスは目をぐるりと回した。「落ちてないどころじゃないよ、ルーシー。きみのケーキは最高だ」

ルーシーはにっこり微笑《ほほえ》んだ。褒められるって、なんていい気分なんだろう。


食料品の袋をテーブルに置いたリンクは、歩きながらソファにファイルをぽんと投げ、脱いだコートと帽子をベッドにのせた。キルトが目に入り、メグのことが頭に浮かんだ。食事に誘われたときの感激はまだ尾を引いていたが、彼女の申し出を深読みしないようにしなければ、と自分を戒めた。

コーヒーメーカーのスイッチを入れ、買ってきたものを片付けたが、クッキーだけは残しておいた。それを持ってソファへ向かい、一枚を口に入れてファイルに手を伸ばす。ここに何が記されているのかリンク自身は知らないのに、彼が刑務所に入ることになったきっかけがこのなかにある。考えてみれば妙な話だ。

記録は、月並みな文言の羅列だった。自分にとってはあれほど強烈だった体験が、こんなにも無機質な言葉で表現されうるとは驚きだった。

マーカス・フォックス宅にて、不審火発生との通報あり。
物置小屋の裏に空のガソリンタンクが放置されていた。
マーカス・フォックスと見られる男性の遺体が、勝手口のドア近くから発見される。
マーカスの息子であるリンカーン・フォックスが、本人所有のトラックの脇で気絶していた。仰臥位《ぎようがい》。皮膚露出部に爆風による熱傷あり。

リンクは顔をあげた。体が震えて読み進めなくなった。立ちあがってコーヒーをいれ、新鮮な空気を吸おうと外へ出た。

肌を刺す風が心地よかった。鷹《たか》が空を舞っている。レベルリッジの静謐《せいひつ》な美しさに対する感動は、いつまでたっても薄れることがない。冤罪《えんざい》を晴らすための帰郷だったが、そこには予想外の恩恵があった。この地で暮らすうちに、心のなかのうつろだった部分がしだいに満たされていくように思えるのだ。しばらくたたずんでいたリンクは、コーヒーが飲みごろにまで冷めると、きびすを返した。

事件を振り返ることはずいぶん前にやめたのだが、記録を読み進むうちに悪夢のような日々がよみがえってきて、客観的な見方を保つのが難しくなった。リンクはコーヒーを飲み、クッキーをもう一枚ほおばった。

八時三十七分、現場到着。
近隣住民が消火活動にあたっていた。氏名と電話番号は別途記載。

ページを繰ると、そのリストが出てきた。知っている名前ばかりだったが、彼らがあの場にいたことは思いだせない。誰かに大声で名前を呼ばれたのは覚えている。そのとき自分は仰向けになって満天の星を見あげていた。その空が誰かの影に遮られた。火は見えなかったが、熱は感じた。
起きあがろうとしたとき、また意識が遠のいた。目覚めたときは病院のベッドに寝かされていた。祖父がこの手を握っていた。ティルディが足元にいて、泣いていた。父の死は、彼女から聞かされて知った。
・リンクはリストの一部に目を留め、身を乗りだした。彼らの名前がひとかたまりになっていることに驚いた。ドリー・ウォーカー。マーガレット・ウォーカー。ライアル・ウォーカー。プリンス・ホワイト。ウェンデル・ホワイト。ややあって、リンクは納得した。アルファベット順に並んでいるのだ。
メグの名前を彼は見つめた。メグがあの場にいたとは、まったく知らなかった。
前へ戻って続きを読んでいくと、あるページの下のほうに走り書きがあった。文書ができあがってから、書き加えられたものらしい。

ウェイン・フォックスと孫のリンカーン・フォックスは午後いっぱい釣りをしていた。リンカーン・フォックスは午後七時三十分ごろまで祖父宅に滞在。

火事の通報は何時になされたのか。そう思いページを繰ると、午後八時十五分に保安官事務所に第一報が入ったという記述があった。次に、火災が発生した時刻を知るために消防署の記録を探したが、それはどこにも書かれていなかった。

無理もない。ここはダラスではなくレベルリッジだ。火災原因を追及する消防保安官は存在しない。物置の裏のガソリンタンクも、その場にいた誰かがたまたま見つけたものらしい。ひとつ、リンクが驚いた事実があった。保安官事務所に火事を通報した人物はフェイガン・ホワイトだった。しかし目撃者リストを見返しても、フェイガンの名前はない。現場にいない人物が通報した？　どういうことだ？　これは調べてみる必要がありそうだ。

リンクの継母ルーシーは、確かに彼ら三兄弟の姉ではあった。彼らがリンクの家を訪れたことも一度か二度はある。だがルーシーは弟たちが来るのをいやがっていた。そしてあの日、彼女は親族の葬儀のためにレキシントンへ出かけていたのだ。弟たちも、姉が留守なのは知っていたはずだ。親族の葬儀なのに彼らが出席しなかったのも妙だが、とにかく姉はいないとわかっているのだから、近くまで来たから立ち寄ったというのはあり得ない。あるいは、たまたま車で近くを通りかかって火事を目撃したのか？　あの家は道路からさほど奥まっていないところに建っていた。リンク自身、家へ帰り着く前に炎を見ている。

リンクはファイルを閉じて脇へ置いた。続きはまたあとで読もう。いまはほかのことをして気持ちを切り替えたい。メグの家へ出かけるまで、まだ数時間ある。リンクは作業着に着替えて外へ出た。ティルディのところへ薪《まき》を持っていきがてら、ファイルに書かれていたことについて話してみよう。

トラックに乗りこむ前に空を見あげると、確かに荒れ模様だった。あの雲から何が降ってくるにしろ、液体であってほしいものだと彼は思った。

伯母の家のそばまで来て、リンクはブレーキを踏んだ。前庭にピックアップトラックが三台とまっている。まさかパーティーでもないだろう。怪我人《けがにん》か病人が来ているのだ。ほかの車の出口をふさがないよう、リンクはトラックを裏へ回した。勝手口から入っていくと、キッチンのテーブルを取り囲むようにして伯母と三人の男が立っていた。

「伯母さん？」

ティルディが顔をあげ、立ち位置をずらした。テーブルにオイルクロスが広げられ、男が横たわっているのが見えた。有刺鉄線が巻きついた体をぶるぶる震わせている。

「お入り。ジョージが厄介なことになっちまってね。ひょっとして、ワイヤーカッターをトラックに積んでたりしないかい？　もうひとつあるとはかどるんだが」

「すぐ取ってくる」リンクはトラックへ取って返した。

走って戻ってくると、コートを脱ぎ捨て、革手袋をはめ、テーブルを囲む輪に加わった。

誰もが黙々と、ジョージの服や皮膚に食いこんだ鉄の棘《いばら》を切り、取り除いていた。

男たちはリンクにちらりと目をやってうなずいたが、友人を助けるのに精いっぱいで、彼に注意を払う者はいなかった。

ジョージは涙を流して痛がっている。

ティルディが、彼の頭と肩のまわりにかたまっている線を指さした。

「みんなでやってるうちに方法が決まってきたんだけどね。まず一箇所を切ったらそこを手で持つ。その線をたどっていって、できるだけ長く切り取る。切った線はそこの山に捨てておくれ」

リンクはジョージに声をかけた。「大変でしたね。できるだけ痛くしないようにしますから」

「どうやったって、これ以上痛くはできないさ」ジョージがうめいた。「二度と四輪バギーなんかに乗るもんか」

ティルディが手を止め、凝った首を回しながら説明を加えた。

「ジョージは狩りをしていたんだよ。バギーで茂みを突っ切ろうとしたんだが、実はそれは古い柵だった。支柱は腐ってなくなってたが、金網は茂みの奥に残っていたんだ。目とか大きな動脈に刺さらなくてよかったよ。もっとよかったのは、後ろから息子のトラックがついてきていたことだ。自分たちで取り除こうとしたんだが、首の太い血管のすぐそばにきつく巻きついてる線があったから、ここへ連れてきたというわけだ」

「ぼくも大きな事故に遭ったことがあるんですよ」リンクはそっと言い、鉄線を切断した。ジョージの体が激しく震えているために、絡みあう線をほぐすのは容易ではなかった。ショックと痛みから来る震えだ。少しでも彼の意識を痛みからそらそうと、リンクは話しつづけた。「建設業をやってるんですが、半年ほど前、仕事中に感電したんです。死にかけました」

ジョージが目を見開いた。「ほんとかい？」

「ええ、本当です」リンクはさらにもう一本切り取って、壁際の山に加えた。「電気がこの体を貫いて、ブーツの底から抜けていったんです。四分以上、心肺停止状態だったそうです。気がついたときには、ひどい火傷《やけど》を負って病院のベッドの上にいました」

ティルディの隣の男が手を止めた。「光を見たかい？　ほら……よく言うじゃないか。臨死体験っていうのか？」

リンクはまた一箇所を切り、そこをしっかり持って同じ線の端のほうを切った。

「いや、光は見ませんでしたね。でも、父親に会いました」

「親父《おやじ》さんは亡くなってるのかい？」ジョージが訊いた。

リンクはうなずいた。「ぼくが十七歳のときに」

みんなすっかりリンクの話に気を取られていた。ティルディはリンクと目が合うと、よくやったというようにうなずいてみせ、ジョージの気づかないうちに股周辺の線を手早く切った。

別の男が口を開いた。「親父さんはきみに何か言った？」

一瞬ためらってから、リンクは答えた。「レベルリッジへ帰れと。だからこうして帰ってきたんです」

「じゃあ、あんたはここの出かい？」と、ジョージ。

リンクはうなずいたものの、それ以上は言わなかった。

その後はみんな黙って手を動かしたが、ジョージはこの初対面の人物に親近感を抱きはじめていた。鉄線がすべて取り除かれたのは、それから一時間近くたったころだった。

「これで終わりだ」ティルディが短い一本を山に捨てた。

「これはおれが始末するよ」男のひとりが言い、鉄線の山をマスキングテープでまとめると、自分のトラックへ運んでいった。

ジョージはまだ震えていたが、大きな血管からの出血はなかった。

ティルディが彼に缶入りの軟膏《なんこう》を手渡した。

「家へ帰ったら、シャワーで傷口をよく洗い流してから、奥さんにこれを塗ってもらうんだ。そのあとお医者へ行って破傷風の予防注射をしてもらうこと。あんたが死んじまったら、わたしたちの苦労が水の泡だからね」

床に立ってもまだジョージは震えていた。「ああ、わかった」彼は財布を出すと、十ドル札を一枚ティルディに差しだした。「これっぽっちですまないが、いまは手持ちがこれしかないんだ。あんたはおれの命の恩人だよ。ありがとう」

ティルディは金を受け取ってポケットに入れた。「役に立ててよかったよ」

ジョージは歩きだそうとして、とたんに膝がくずおれた。倒れかけた彼をリンクが支えた。

「くそっ、なんてざまだ」ジョージはつぶやいた。

「アドレナリンが出過ぎただけですよ」リンクは彼の腰に腕を回した。「車まで一緒に行きましょう」

ジョージはばつが悪そうな顔をしながらも、彼の申し出を受け入れた。

「すまないな」リンクに支えられながら外へ出ると、ジョージは埃《ほこり》だらけの黒いダッジを指さした。「あれが息子のトラックだ。力を貸してもらえるとありがたい」

「いいですとも」助手席に乗りこむジョージの体を、リンクはしっかりと支えた。

彼がシートに落ち着くのを見届けて、リンクはドアを閉めようとした。だがその腕をジョージがつかんだ。「あんたの名前を聞いてなかった」

リンクは大きく息を吸いこんだ。いいチャンスかもしれない。

「リンカーン・フォックスです。みんなからは、リンクと呼ばれています」

はっとしたように目を見開くと、ジョージはリンクの大きな体をしげしげと見つめた。

「今日のこと、恩に着るぜ、リンク」ジョージは腕を伸ばして握手を求めた。

いくぶん驚きながらリンクはその手を握った。そして一歩さがるとドアを閉め、一行が出発するのを待った。

しかし、ジョージの質問はまだ終わりではなかった。彼は窓をおろしてもうひとつリンクに尋ねた。「あんたが死にかけたときのことだが……」

「なんでしょう？」

「レベルリッジへ帰れと親父さんが言ったのは、なんでだろうな？　あんたにはわかったのか？」

「はい。父は正義を求めているんです。殺人という罪を犯しながら、罰を逃れている者がレベルリッジにいる。その人物を突き止めるために、ぼくをここへ帰ってこさせたんです」

それだけ言うと、リンクはくるりと後ろを向いて歩きだした。マッチを擦ってしまったのは自覚していた。噂《うわさ》という名の炎はたちまち広がるだろう。おかしなものだ。いつ明かすべきかとあれほど思い悩んでいたのに、実際はこんなにも呆気《あっけ》なかった。もっと驚いたのは、明かしたとたんに、背負っていた荷物が急に軽くなった気がしたことだった。

キッチンではティルディが片付けに精を出していた。早々とオイルクロスを洗濯機に入れ、いまは消毒剤をまいてテーブルと床をこすっている。

「手伝おうか?」

「いや、それには及ばないよ。こんなのはしょっちゅうだからね」

リンクは手袋とコートを取りあげた。「じゃあ、裏で薪をおろしてる」

ティルディが顔をあげて微笑んだ。「おまえはいい子だね、リンク。帰ってきてくれてほんとによかった。嬉《うれ》しいよ」

「ぼくもだよ、伯母さん。帰ってきてよかったと思ってる。こっちはすぐ終わるけど、あとでコーヒーでも飲みながらちょっと話せるかな?」

「パイも食べながらね」

「よし、急ごう」

外の空気は湿っていた。これから大雨を降らすぞと腕まくりをしているかのようだ。天気が変わる前に家へ帰り着きたかったので、リンクは急いで薪をおろした。

作業を終えて戻ってみると、キッチンは暖かくて清潔な匂いがした。コーヒーメーカーが作動して、ポットにコーヒーが落ちている最中だった。カウンターには大きなチェリーパイがのっていて、その脇にはナイフと皿が二枚置いてあった。リンクがコートを脱いでシンクで手を洗っていると、ティルディが入ってきた。

「着替えていたんだよ。さっきまで着ていた服は血と錆《さび》でひどいことになってたからね。やれやれ、ジョージもえらいことをやってくれたもんだよ。ねえ？」

「まったくだ」リンクは後ろに控え、伯母がパイを切りコーヒーを注ぎ分ける様子を見守った。

「コーヒーを運んでおくれ。パイを持っていくから」ティルディはテーブルへ向かった。そこにはすでに赤と白のギンガムチェックのテーブルクロスがかけられている。

椅子に腰をおろしたリンクは、思いだしていた。こんなふうにくるくる働く伯母を、昔は当然のように眺めていたのだ。それが決して永遠に続く日常ではないのだと、いまならわかる。

フォークを出すためにティルディが食器棚の引き出しを開けると、木のこすれる音がした。

「滑りが悪くなってるね。石鹸《せっけん》をこすりつけないと」彼女は独り言のようにつぶやいた。

「伯母さんは丁寧に暮らしているね」

ティルディが笑顔で彼を見あげた。「嬉しいことを言ってくれるね。ほら、わたしを待ってなくていいんだよ。パイをお食べ。もっと食べたけりゃ、いくらでもあるからね」

リンクは最初のひと口を味わった。クラストがぱりぱりと音をたて、チェリーの甘酸っぱさが舌の上に広がる。

「最高においしいよ。まあ、食べる前からわかってたけどね」そう言ってリンクは、パイを食べつづけた。

ティルディが今日一日の出来事をあれこれとしゃべった。納屋に干してある薬草のことや、早めに収穫した朝鮮人参《にんじん》のことも。そうして最後に、おまえのほうはどうだいとリンクに尋ねた。

パイはすでになくなり、リンクは二杯目のコーヒーを飲んでいるところだった。椅子に背中を預けて、彼は朝からの行動を話しはじめた。

「今朝、保安官事務所へ行って記録のコピーをもらってきた。そのあと食料品店でメグ・ルイスと行きあった。今夜の食事に招待されて、受けることにしたよ」

ティルディが微笑んだ。「忙しそうだね。昔、あんたたちが仲睦《むつ》まじかったのはよく覚えてるよ。いまは彼女のこと、どう思ってる?」

リンクはため息をついた。「よくわからないんだ。あのころメグを愛していたのは間違いない。いまでもそれは断言できる。だけど、ぼくも彼女も、あのころと同じではなくなった。かつて少年と少女が愛しあっていた……だからといって、男と女になったふたりがそのころに戻れるものだろうか。そもそも、戻るべきなんだろうか。もう一度、最初から始めるべきなんじゃないだろうか。疑問だらけだけど、その答えを探すことには大いに興味があるね」

　ティルディがテーブル越しに腕を伸ばし、リンクの手をぽんぽんとたたいた。「うまいこと言うね。それがいい。ゆっくりおやり。まず目の前にあるものを見極めて、それから次の段階へ進むんだ」

「次の段階といえば、ファイルを読んでいたらまた疑問が湧いてきたんだ」

「どんな？　わたしにわかることなら教えるよ」

　リンクは身を乗りだしてテーブルに肘をのせた。「伯母さんとお祖父《じい》さんは火事の現場にいたんだね？」

「鎮火するころには、山のこっち側の住人、全員があの場にいただろうよ」

　リンクはうなずいた。「そうらしいね」

「覚えてないのかい？」

「近くまで帰ったところで家が炎に包まれているのを見た。トラックから降りて走りだしたとき、何かが爆発した。気がつくとトラックのそばの地面にひっくり返っていた。星を見あげていたら、誰かに何度も名前を呼ばれた。覚えているのはそれだけだよ」

「呼びかけてたのはお祖父さんだ」

「火事の通報をしたのがフェイガン・ホワイトだって知ってた？」

ティルディが驚いた顔になった。「いいや。初耳だね」

こつこつとテーブルをたたきながら、リンクはファイルに書かれていた文章を思い起こした。

「通報したのはフェイガンだけど、現場に来ていたのはウェンデルとプリンスだけなんだ。このふたりは目撃者リストに名前があった。ウォーカー家の三人……ドリー、ライアル、メグの名前も」

「そうそう、いま思いだしたよ。家がほぼ焼け落ちたころ、ウォーカーのとこの車が着いたんだ。飛びだしてきたメグは、おまえの名前を叫びながら走った。救急隊員がおまえをストレッチャーにのせてるところだった。一緒に病院まで行かせてくれとメグは泣いて頼んだんだが、断られた。救助活動の邪魔になりかねない姉を弟が引き戻し、救急車は走り去ったんだ」

リンクの背筋がぞくりとした。メグはどれほど慌て、心配したことだろう。立場が逆なら、彼女を失う不安で自分は気が狂うかもしれない。結局のところ、失ってしまったわけだが。ほかの大切なものや人もろとも。

「ホワイトの兄弟があの場にいたのが妙な気がするんだ。ほら……父さんに疎まれてるのは本人たちもわかっていたわけだから。ルーシーがレキシントンの葬儀に出かけていて留守だということも知っていたはずだ」

ティルディは眉をひそめた。「あそこの兄弟の考えてることは誰にもわからないよ。母親はいい人だったが、一緒になった相手が悪かった。その亭主が死んだあとには借金だけが残ってね。あれは、マーカスとルーシーが結婚して二、三年たったころだった。ルーシーが母親のことを心配しているとしょっちゅうマーカスから聞かされていたから、よく覚えてるよ。家も土地も差し押さえられることになって、マーカスはルーシーに言ったんだ。お母さんは自分たちが引き取ろう、でも弟たちの面倒までは見られないってね。ところが突然、借金は完済された。それからというもの、ミセス・ホワイトは家を塗り直したり、鶏が入りこまないように花壇をフェンスで囲ったり。大きな納屋も建てたし、タバコ畑まで作って、亡くなるその日まで手入れをしていた。とにかく、思いがけず大金が入ったのは幸運だったよ。もちろん、ろくでもない息子たちはそれを台無しにしちまったけれどね。長男のウェンデルがいなくなるとますますひどいことになった」

ルーシーにまつわるそういったごたごたを、自分は何も知らなかったとリンクは思った。ルーシーは単に父親の再婚相手であり、彼女にとっても、リンクは単に結婚相手の連れ子でしかなかった。

ティルディが身を乗りだした。「ホワイトの連中の話なら、もうひとつあるんだよ。おまえの父さんがまだ生きていた時分から、ルーシーが浮気をしているという噂があった。相手は地元の男のようだったが、誰なのかはわからなかった」

リンクは眉根を寄せた。「全然、知らなかった」

「無理もない。父親が息子にそんな話をするはずはないからね」

「父さんも噂を知ってたってこと?」

「そうだよ」

「ルーシーはいまどこに住んでるんだろう」

ティルディが目を見開いた。「あれまあ、おまえは知ってるものと思ってた」

「何を?」

「ルーシーはウェスリー・ダガンと一緒になったんだよ。マーカスの葬式の四カ月後に」

「ウェスおじさん? あの人がルーシーと結婚したの?」

ティルディは肩をすくめた。「そう。どっちもマーカスとは幼なじみだ。あのふたりが結婚したとき、みんな思ったものさ。ルーシーの浮気相手はウェスだったのかもしれないってね」


ウェスリー・ダガンが証言台に立ったときの様子を、リンクは何度思い返したことか。彼は、マーカスと息子が反目しあっていたと述べたのだ。すべてがめちゃくちゃな裁判のなかでも、リンクにはこれが最大のショックだった。血のつながりはないものの、実のおじのように慕っていたのだ。そのウェスがなぜ嘘《うそ》をつくのか、リンクにはあのときまったく理解できなかったし、いまも理解できない。どうやら、ウェスとルーシーのところへ話を聞きに行く必要がありそうだ。木を揺すったら蛇が何匹這《は》いでてくるか。これは見ものだ。

「ふたりはいまも別れていないんだね？」

「ああ。ウェスは羽振りがよくてね。マウント・スターリングでフォードの販売代理店をやっていて、高級住宅地の大きな家に住んでるよ」

「ありがとう、伯母さん。パイとコーヒーと、情報を。それから、ずっとぼくの味方でいてくれて」

ティルディがリンクの手をぎゅっと握った。

「身内なんだから当たり前だよ」伯母はウィンクをした。「メグ・ルイスにティルディ伯母さんからよろしく伝えておくれ」

「伝えるよ。じゃあ、そろそろ行くよ。メグとの夕食デートの前に片付けなきゃならない用もあるし」

皿とカップをシンクへ運んでから、リンクはティルディを抱きしめた。

「家の不具合で困ってるひとり暮らしの女性がほかにもいたら、ぼくに知らせてくれればいい。材木はあまってるし、力仕事はいっこうに苦にならないから」

ティルディが微笑んだ。「そのときは頼むよ。今夜は楽しんでおいで」それから伯母は顔を曇らせた。「おまえが帰ってきたこと、きっとジョージたちの口から広まるよ」

「うん、わかってる」

「気をつけたほうがいい」

「そうするよ。伯母さんも気をつけて。日曜日の十一時に迎えに来るから。忘れてないだろうね?」

「忘れるどころか、そのことばかり考えてるよ。楽しみだね」

「うん、それじゃ」

　手袋とコートを持ってリンクは外へ出た。帰りは、来たときよりもはるかにたくさん考えるべきことがあった。ウェスとルーシーはなぜ急いで結婚したのか。なぜフェイガン・ホワイトが火事発生の通報をしたのか。その兄たちは、なぜ早くから現場にいたのか。

　どのパズルのピースも、まだはまらない。

10

パイナップルのアップサイドダウンケーキは、カウンターの上で冷めつつあった。オーブンにはポテトが入っていて、フライパンのなかのポークチョップ第一弾はまもなく焼きあがる。次に焼く肉の余分な脂を削《そ》いでいるとき、電話が鳴りだした。メグはペーパータオルで手を拭くと、受話器を耳に当てて肩で押さえた。

「もしもし？」

「メグ、わたしだけど」

「あら、母さん。どうしたの？」

「どうしたのって、どういう意味？　母親がたったひとりの娘に電話をかけるのに、理由がなくちゃいけないの？」

メグは眉をひそめた。なんだか様子が変だ。いったい何が……。

ああ、あれだ。

「どうしてるのかと思ってかけてみただけよ。海の嵐は完成したの？　早く見たいわ」

そうくるわけね。

「完成したわ。いまは別のを作ってるところ。一昨日《おととい》、ルーイビルのお客さんから新しい注文が入ったの」

「へえ、よかったわね」

メグは顔をしかめた。「ねえ母さん、言いたいことがあるなら、はっきり言って」

「あなた、つきあってる人がいるなんてひと言も言ってくれなかったじゃないの。そりゃあ、あなたは大人なんだから口出しするつもりなんかないわ。だけど、なんにも知らせてくれないなんて、あんまりじゃ――」

「母さん、ストップ。山では噂《うわさ》がどれほどのスピードで広まるか、これでよくわかったわ。でもね、母さんに何も知らせなかったのは、知らせることなんてひとつもないからよ。わたしは誰ともつきあっていない。だけど今夜は、男の人に手料理をふるまう。事故を起こしたとき、助けてくれた人に。ただそれだけよ」

「そうなの？　お礼に招待するってわけ？　それじゃ、みんな誤解して――」

このままだと収拾がつかなくなるとメグは思った。それに、嘘《うそ》を重ねれば必ず破綻するときがやってくるのはわかっている。

「実は、話しておきたいことがあるの。黙って聞いて。事実だけを言うから」

沈黙がしばらく続いた。やがて母は吐息をついた。「リンカーン・フォックスがお祖父《じい》さんの家があった場所に帰ってきたってことを教えてくれようとしてるのなら、その必要はないわ。もう知ってるから。それから、事故のときに助けてくれたのが彼だってことをやっと話す気になったのなら、それも知ってる」

今度はメグのほうが言葉を失った。「どうして……」

「あのね、マーガレット・アン、わたしたちを甘く見ちゃだめ。ジェイムズは郵便を配達してるのよ。郵便物には宛名が書かれているの。誰がどこに住んでるかわからないと配れないわ。それからライアルは、病院の救急受付へ行って、あなたを運びこんだ人の名前を尋ねてくれた。待って、怒らないで。あの子がそうしたのは、あなたが命の恩人の名前を知らないと言ったからよ。わたしたちはその人にお礼を言いたかったの……いまだに言えていないわけだけど。彼の存在は重大機密のようだから」

「あのときわたしは、言いたくても言えなかったの」

「理解できないわ」

「そうでしょうね。わたしだってあまり理解できていないもの。だけど、リンクがなんのために帰ってきたかはわかってるわ」

「なんのため？」

「身の潔白を証明するためよ」

完全な沈黙が訪れた。

メグは息を凝らした。十八年前と同じだ。〝彼とはいっさいかかわりを持たないで〟という台詞《せりふ》は、もう聞きたくなかった。

ところが驚いたことに、母は穏やかな声でこう言った。

「そう。ずいぶん時間がたってしまったけれど」

「わたしも彼にそう言ったわ」

「でも、どうして、いまになって？」

メグは躊躇《ちゅうちょ》した。このまま話を続ければ続けるほど、リンクが明かしたがっていないあれやこれやを明かしてしまいそうだった。でも、相手は母だ。なぜメグが彼とふたたびかかわろうとしているのか、その理由を家族には理解しておいてもらいたかった。

「半年前、リンクは仕事中に感電事故に遭って死にかけたそうなの。心肺停止に陥ったあと息を吹き返したんだけど、それから同じ夢を繰り返し見るようになったんですって。お父さんが現れて、レベルリッジへ帰れと彼に言う夢。リンクはね、正義を果たすために帰ってきたのよ、母さん。レベルリッジの誰かが、殺人の罪を逃れて平然と暮らしている。あの事件を調べはじめれば厄介なことが山ほど出てくるのは彼も承知の上よ。当時、レベルリッジの人たちはリンクの敵味方に分かれて大変だった。あれがまた蒸し返されるでしょうね。でも彼はもう子どもじゃない。真犯人を突き止めるという目的を果たすまでは調べつづけるはずよ」

「危険な目に遭うかもしれないわ」

「それも彼はわかってる」

「心配だわ。巻きこまれてあなたの身に何かあったら――」

「母さん、忘れたの？　リンカーン・フォックスがいなかったら、それこそいまごろわたしはどうなっていたかわからないのよ。彼が通報してくれたおかげで、プリンス・ホワイトはもうすぐ捕まるわ。おかげで、弟たちのときみたいなことにはならずにすむ。殺し屋に狙われたベスをライアルが救おうとしたときも、クィンとマライアが炭坑跡で生き埋めになりかけたときも、ウォーカー一族は総出で立ち向かった。だけど今度ばかりは、そっと見守っていてもらえない？　リンクはわたしが初めて愛した人だけど、最後に愛した人も彼。そう言えるような結果になるかもしれないんだから」

ドリーは吐息をついた。「わかったわ。幸せになりなさい、メグ。くれぐれも無事でいて。それから、サンクスギビングのディナーには彼と一緒にいらっしゃい。あなたの展示会があるから木曜のお昼じゃなくて水曜の夜にするって、みんなには知らせてあるわ」

「ありがとう」

「もし彼が渋ったりするようなら、こう言うのよ。感謝祭だから、娘を危機から救ってくれた白馬の騎士に親として感謝したいんだ、って」

メグの視界が涙で曇った。「母さん」

「それから、ポークチョップは作り置きしないほうがいいわよ。焼きたてがいちばんおいしいんだから」

メグは泣き笑いをした。リンクに食べさせるために何を買ったかまで、噂には含まれているらしい。

「わかったわ。ありがとう」電話を切ると、メグはしばらく頭を垂れ、目を閉じた。

それから、焼きあがったポークチョップを取りだしたフライパンに、新たな二枚を並べた。塩と胡椒《こしょう》を振り火加減を調節してから、オーブンを開けてポテトの焼け具合を見る。ちょうど、肉と同時に焼きあがりそうだ。コールスローは冷蔵庫で冷えているし、コーヒーもいれた。あと必要なのは、一緒に食べる相手だけ。

ハニーが吠《ほ》えだした。

一瞬、うろたえたあと、メグは時計を見あげた。六時十五分前。

「いよいよだわ」

メグはエプロンをはずした。ブルーのセーターとジーンズに粉が飛び散ったりしていないことを確かめてから、玄関へ向かった。途中、廊下の鏡に自分の姿を映してみた。瞳がまだ涙で潤んでいるけれど、たぶんリンクには気づかれないだろう。

ハニーは吠えつづけている。

メグは急いだ。ハニーのせいで彼が引き返してしまったら大変だと思ったが、それは余計な心配だった。ドアを開けると、リンクの足元にぴたりとハニーがくっついていた。

「獰猛《どうもう》な番犬でびっくりしたでしょう」

メグを見たリンクは、とっさに浮かんだ言葉のほか、何を言えばいいのかわからなかった。

「やっぱりきみはきれいだ」彼はそっと言い、それからハニーを見おろした。「怒らないでやってくれよ。悪い人間とそうでない人間の区別がちゃんとできる、いい犬だ」

「ありがとう」呼吸が乱れそうになるのをこらえて、メグは彼を招き入れた。すぐ脇をすり抜けるようにしてリンクがなかへ入っていく。三十センチ近い身長差を際立たせて。

リンクがコートと帽子を取った。「この椅子の上でいいかな?」

メグはうなずいた。

そして、シャツ越しにわかる筋肉の盛りあがりと幅の広い肩に、しばし目を奪われた。

「うまそうな匂いだ。何か手伝おうか?」

これをきっかけに、ぎこちない空気が消えた。「ポークチョップをひっくり返して、もう少し焼かないといけないの。そのあいだにテーブルのセッティングをしてもらえる?」

「もちろん。案内してもらおうか」

目的の場所へ着くのが待ちきれないとでもいうように、長い脚ですたすたとメグの後ろをついてきたリンクは、デザートを見ると感に堪えないような声を出した。

「わあ、パイナップルのアップサイドダウンケーキだ。いったい何年ぶりだろう」

メグは笑いをこらえて食器のありかを手で示した。「お皿はサイドボードの上の棚。ナイフとフォークは引き出しのいちばん上の段よ」

「了解」リンクの動きは軽やかだった。「そうだ……あらためて礼を言うよ、あのキルト。おかげで毎晩、最後に思い浮かべるのはきみのことで、朝、最初に思い浮かべるのもきみのことだ」

メグの心臓が激しく鼓動しはじめた。首から頬にかけてがかっと熱くなるのが自分でもわかった。リンクがこの家へ入ってきてまだ二分もたっていないのに、この有様だ。

「寒さをしのぐ役に立ってるなら、嬉《うれ》しいわ」

「それだけじゃないよ」リンクは言った。「コーヒーも飲むのかな?」

メグはうなずいた。

「どのカップを使う?」

「白いマグを。いちばん冷めにくいの」

リンクはそれをふたつ出してテーブルにセットした。さらに、ナイフ、フォーク、スプーンを並べたが、ふとその手が止まった。

「これ、覚えてるよ」しみじみした口調だった。

メグは驚いた。ふたりの前に過去が立ち現れるのは予想していた。でも、リンクが彼女の祖母の持ち物まで覚えているとは思っていなかった。

「祖母が使ってたサービングスプーン。遺品よ」

リンクはメグを見た。独立記念日のピクニックディナーに招待されて、彼女の祖父母の家を訪れたことがあった。「お祖父さんも亡くなったのかい？」

「ええ。あの家も、もうないわ」

ベスを追ってきた殺し屋たちの手で爆破されたのだとは、言わずにおいた。レベルリッジで暮らしていれば、そのうち彼の耳にも入るだろう。

「こっちも同じだ。祖父はいないし、その家もない」リンクはそう言ってテーブルセッティングを終えた。

メグはポークチョップを皿に移してテーブルへ運び、オーブンからポテトを取りだした。

「次は何をすればいい？」と、リンクが尋ねる。

「ポテトに添えるバターとコールスローを冷蔵庫から出して。それで準備完了よ」

彼がそれらをテーブルに加えるあいだに、メグは焼きあがったポテト三個を浅めの大皿に盛り、コーヒーをマグに注《つ》ぎ分けた。

「これでいいね？　いいと言ってくれないと、飢え死にしそうだ」

メグはくすくす笑った。「いいわよ」

「やった」メグが座るのを待って席につくと、リンクは腕を伸ばして彼女の手を取った。

「お祈りをする習慣は変わっていない？」

「あ……ええ」リンクが食前の祈りを捧《ささ》げるあいだ、メグは目を閉じていた。けれど握りあった手の感触ばかりに気を取られて、言葉はひとつも耳に入ってこなかった。〝アーメン〟と彼が言ったので、終わったのだとわかった。

予想に反して食卓は終始、和やかで気軽な雰囲気に包まれていた。デザートに行き着くころには、メグはベウラ・ジャスティスの家のドアがはずれたことも、日曜日に彼がティルディをフランキーズ・イーツに連れていく予定であることも、全部知っていた。

リンクの話は尽きることがなかった。ダラスの彼の会社ではどんな人たちが働いているのか、彼らが今年に入って何軒の家を建てたか、彼がいちばん気に入っているダラスのメキシコ料理店はなんという名前か。さらには、会社の倉庫に迷いこんできた年寄りの雄猫を、チリと名付けてみんなで飼いはじめた話まで聞かせてくれた。

これまでのお互いのライフスタイルがいかに違っていたか、メグは思い知らされた。それなのにリンクは、便利さや快適さを望めないことなどものともせずに、この人里離れた土地へ帰ってきたのだ。メグは、リンクが二十一歳まで刑務所にいたことには触れなかった。彼も、夫が殺人犯となって終わりを告げたメグの結婚生活には言及しなかった。まるで、ふたりが懸命に足並みを揃《そろ》えようとしているかのようだったが、かつての関係を復活させようと思えば、もちろん、そうするしかないのだった。

リンクが皿を持ってカウンターへ行ったので、メグはケーキを切り分けてコーヒーのおかわりをそれぞれのカップに注いだ。

「きっとふたつ食べてしまうな」そう言ってケーキをほおばったリンクは、咀嚼《そしやく》しながら目をぐるりと回した。「いや……三つだ」

メグは声をあげて笑った。「どうぞお好きに」

フォークをケーキに刺したままリンクが手を止め、メグを見た。「ケーキを？」

「それは質問？　それとも確認？」

リンクはにやりと笑った。「だめもとで訊《き》いてみたんだ」

「一歩ずつ、よ」

「わかった」リンクはふたたびケーキを食べはじめたが、これで意思表示はできたと思った。少なくともメグはこれから考えることになるだろう。自分のほうは、ずっと考えてきた──何度もそれを夢想した。

ふた切れ目のケーキも残り少なくなったころ、風が強くなりはじめた。

メグがコーヒーを脇へ寄せて立ちあがり、窓辺へ様子を見に行った。「前線がついに到達したようね」

「液体が降る分にはかまわないさ」昼間考えたのと同じ言葉をリンクは口にした。

テーブルへ戻ろうと体を回したところで、メグは動きを止めた。そこにリンクがいる。

現実の光景だろうか。まだ信じられない。

メグの視線に気づいたリンクが、顔をあげた。

「何？　顔にケーキでもついてる？」

「いいえ。夢みたいだと思っただけ」

リンクが立ちあがり、メグのほうへ歩きだした。

近づいてくる彼を、メグは見つめた。

この瞬間を、わたしは十八年ずっと待っていたのかもしれない。

両手でメグの顔を包みこむと、リンクは親指でそっと唇をなぞった。

「きみにさよならと言えずじまいだったのを、ずっと悔やんでいた。でも、こうしてきみの近くへやってきたから、今度は言おうと思う。よろしく、と」

リンクはゆっくりと頭を低くした。メグが拒もうと思えばじゅうぶん拒めた。だが、彼女は顔を仰向け、目を閉じた。はじめは、ためらいがちなキスだった。それがあっという間に激しさを増して、ふたりは同時に身を引いた。

リンクが大きく吐息をついた。

メグは、久しく忘れていた欲望に身を震わせていた。

「……よろしく、マーガレット・アン」

メグは深く息を吐いた。「よろしく、リンカーン・ウェイド」

ポーチに雨が降りこみ、細かい弾丸のように窓をたたいた。だが、その音もふたりには聞こえない。

「それで……どうする？」

メグは深呼吸をひとつした。「正直に言うと、すごく抱きあいたいわ」

リンクの心臓が激しくあばらを打ったが、ほどなく元に戻った。

「〝だけど〟と続きそうな気がするのは、どうしてかな？」

「答える必要がある？」

まったく不本意だったが、リンクは首を横に振った。「いや、その必要はない。きみの気持ちがわかっただけでじゅうぶんだ」

メグの緊張がほぐれた。「ありがとう。あ……忘れるところだったわ。サンクスギビングのディナーに家族みんな母のところに集まるんだけど、あなたも招待されてるの。あなたが戻ったこと、もうみんな知ってるのよ。今夜、ここへ来ていることも」やれやれというようにメグは目を回した。「弟のジェイムズは郵便配達をしているし、ライアルは病院の救急受付へ行って訊いたらしいの。わたしを運びこんだのは誰かって。そんなことおくびにも出さないで、わたしから言いだすのを待っていたのよ。そうそう、ディナーは本当なら木曜のお昼のはずだけど、水曜の夜になったの。木曜はキルトの展示会のためにわたしがレキシントンまで行かないといけないから。ごめんなさい、あなたはまだ誰にも知らせたく――」

リンクは肩をすくめた。「気にする必要はまったくないよ。すでにぼく自身がばらしてる。いまごろはレベルリッジじゅうの人が知ってるさ。ぼくが帰ってきたことも、なぜ帰ってきたかも」

「じゃあ、いいのね？」

「ああ。お母さんには、喜んで伺うと伝えておいてくれ」彼は汚れた皿を指さした。「洗ってくれたら、ぼくが拭く」

「そんなの、あとでわたしが――」

「いや、ごちそうになったんだから後片付けぐらい手伝うよ。それに、片付けながらちょっと相談に乗ってもらえるとありがたい。事件の記録のコピーを手に入れたんだが、わからないことだらけなんだ」

「わたしで力になれるなら」

そのとき突然ハニーが吠えはじめたので、メグは驚いた。こんな時間に人が訪ねてくることはまずないし、あったとしても普通は前もって電話が入る。

リンクが眉根を寄せた。「誰か来ることになってた？」

「いいえ」

「見てくるよ」大股にキッチンから出ていくリンクのあとに、メグも続いた。

防犯ライトが煌々《こうこう》と光り、ハニーがポーチで吠えつづけていた。激しい雨だが、庭にトラックがとまり、そのそばに男が立っているのが見えた。メグは思わずリンクの腕をつかんだ。

「フェイガン・ホワイトよ。何しに来たのかしら？」

リンクは顔をしかめた。「しゃべらせればすぐにわかる。ただし、ぼくがいるのを知られないようにするんだ」

「あなたのトラックは見えてるわ」

「トラックの持ち主まではわからない。ここへ呼んで話してみるんだ。ぼくはそばで隠れている」

メグはリビングルームの明かりをつけて玄関のドアを開けた。とたんに冷たい風と雨が吹きこんできた。ポーチへ出て、ハニーの首輪をつかむ。

「もういいわ、ハニー」メグはフェイガンを手招きした。

走りだした彼が雨に濡《ぬ》れないところまで来ると、メグはストップをかけた。

「そこまでよ」

ポンチョから垂れる滴でズボンもブーツもびしょ濡れだ。フェイガンはそわそわと足踏みをしながら犬を見おろし、ポーチの屋根を見あげ――あちこちへ視線をさまよわせたが、メグの顔だけは見なかった。

「いきなり来て悪かった。怖がらせるつもりはなかったんだけど、そりゃ、警戒するよな。ばかな兄貴があんなことをしたあとなんだから」

メグはハニーを抱いたまま戸口から動かなかった。「何しに来たの?」

「今日はずっと出かけていて、いま帰りなんだ。ほんとはもっと早く謝りに来たかったんだけど、兄貴のこと。今日もこんな天気になったし、ちょっと気後れして、寄らずに帰っちまおうかとも思った。けどやっぱ気がとがめて、このままじゃ、もう夜も眠れないと思って、それで謝りに来たんだ」

「そう……わかったわ。わざわざ、ありがと」メグは家のなかへ入ろうとした。

「あ、待ってくれ、メグ。もうひとつ用事があるんだ」

「何?」

「ボビー・ルイスのこと、聞いてるかい? 別れてもうずいぶんたつから、聞いていないかもしれないけど」

「長くないというのは知ってるわ」

フェイガンはうなずいた。「だったら話は早い。実はおれ、だいぶ前からボビーの持ってる土地を買いたいと思っていたんだ。クロードにはちょくちょく言っていたんだが、それ以上、話は進んでなかった。それがこないだクロードが刑務所へ面会に行ったら、ちょっとなら売ってもいいってボビーが言いだしたらしい。いっぺん会いに来いって伝言をボビーからことづかって、クロードはおれんとこへ来た。けど、たまたまおれが留守だったから、クロードは兄貴に伝えた。そんなこんながわかったのは、兄貴が雲隠れしたあとのことだ。で、今日、おれはボビーに会いに行ったんだが、病状が重いんで面会はできなかった。そんなわけで、いったいどこを売ってくれるつもりなのかわからないんだ……自分の葬式代になる分だけってことらしいんだが」

長ったらしい説明を、メグはじっと聞いていた。フェイガンの口から出る言葉がことごとく嘘なのは明らかだった。まだ一度もメグの顔を見ないのだから。犬に向かってしゃべり、ポーチライトに向かってしゃべり、メグの左肩に向かってしゃべっている。こちらの目だけは決して見ようとしない。

「それがわたしとどんな関係があるの？」

「ボビーが売るつもりなのが、アイクを埋めたところに近い五エーカーだってことはわかってるんだ。アイクってのはボビーがかわいがってた猟犬なんだって？　ひょっとしてきみなら、その場所を知ってるんじゃないかと思ってさ。金の交渉に入る前に、見ておきたいんだ。気に入らないって可能性もあるし」

メグは息をのみそうになった。アイクを埋めた場所ならもちろん知っている――あのころ住んでいた家の納屋の裏だ。これで、フェイガンが嘘をついていることがはっきりした。なぜなら、あの土地はボビーひとりのものではないからだ。彼とクロードと妹のジェイン、きょうだい三人の共同名義になっている。

「申し訳ないけど、全然知らないわ。わたしたちが離婚したあとの話じゃないかしら」

フェイガンは眉根を寄せた。メグが嘘をついているのか、それともプリンスか。フェイガンは一歩、足を踏みだした。

「ほんとに？　でも――」

「本当だ」リンクが言った。

フェイガンはぴたりと動きを止めた。メグの背後から現れた男はとてつもなく大きかった。その体で家の明かりが遮られるほどだ。いったい何者だ？

フェイガンはしどろもどろになった。「いや、その……人が来てるとは知らなくて……おれは……」

リンクはメグの肩に手を置いて彼女をそっと脇へ押しやると、フェイガンの目の前へ進み出た。

「兄弟揃ってしつこいやつらだな」

「いや、おれはただ……もし彼女が知ってたら……もういっぺん刑務所まで行く手間が省けると……」

「しかし、彼女は知らないんだ。さっさと帰れ」

フェイガンは防犯ライトのまぶしさを手で遮って、相手を見つめた。

「どっかで見たような気がするな。どこでだったか――」

「リンカーン・フォックスだ。ほら、彼女におやすみを言え」

思わずフェイガンは後ずさりした。とたんにポーチの端で足を滑らせた。リンカーンに腕をつかまれていなければ、雨のなかへ転がり落ちていただろう。

リンカーンの手に異様なほど力がこもっているのは、よほどおれを助けたかったのか、それとも、この首をへし折りたいからか。フェイガンはおののいた。

急いで彼の腕を振り払ったが、心臓がどくどくと音をたてていた。

「久しぶりじゃないか、リンカーン。休暇か何かか？　それとも、ずっとこっちにいるのか？」

「目的があって帰ってきたんだ。それを果たしたあとのことはまだわからない」

「まさか、ティルディの具合が悪いんじゃないだろうな？　彼女がいてくれないと、おれたちみんな困るんだが」

「伯母は元気だ。ぼくが帰ってきたのは、冤罪《えんざい》を晴らすためだ。それで訊くんだが、父の家の火事を通報したのがおまえだったのは、いったいどういうわけだ？」

フェイガンは呆然《ぼうぜん》となった。何か言わないといけないのはわかっていた。しかし、必死に考えても何も思いつかない。犬のうなり声に、はっとわれに返った。

「ずいぶん昔の話だから、よく覚えてないな」

「家が燃えているのを目撃して保安官事務所に知らせた。そんな体験を忘れたか？」

フェイガンの思考力が吹き飛んだ。いったいなんなんだ、これは？

「いや、おれが直接、見たわけじゃないんだ。兄貴たちに頼まれたんだ。あのふたりはルーシーのところに行っていて」

「へえ、急に思いだしたんだな。だが実にお粗末なアリバイだ。ルーシーは親戚の葬式に出かけて留守だった。それはおまえたちも知っていたはずだ」

形勢が不利になりつつあるのをフェイガンは自覚した。メグを追及するために来たのに、これではまるで逆だ。早いところ退散したほうがよさそうだ。

「アリバイなんておれには必要ないから。さてと、そろそろ帰るとするかな。邪魔して悪かったな、メグ。じゃあ、おやすみ」フェイガンは一目散にトラックへ走った。走る口実を作ってくれた雨に感謝した。

テールライトが見えなくなると、メグがハニーをなかへ入れてドアを閉めた。それからふたりでキッチンへ戻って洗い物の続きに取りかかった。

メグがポークチョップの残りをホイルに包んでカウンターに置く様子を、リンクは手を休めて見ていた。

「あいつの言ったことが全部嘘に聞こえたのは、どうしてかな？」

「嘘だからよ。あなたが名乗ったとき、あの人まるで幽霊でも見たような顔をしていたじゃない。でもほんとに彼が火事を通報したの？」

リンクは肩をすくめた。「ああ、警察の記録にはそう書いてある。幽霊を見たような顔には、これから何度もお目にかかるだろうな。しかし、あいつが犬を埋めた場所にこだわる理由はなんだろう」

「さあ。でもあれを聞いて、彼の話は全部嘘だってわかったの。アイクを埋めた場所はわたしも知ってるけど、あの土地をボビーが売るはずはない。だって、彼ひとりのものじゃないんだから。確かに当時は彼とわたしが住んでいたけど、もともとはルイス家の子ども三人の土地なの。クロードとボビーとジェインの。だからボビーの一存で売ったりはできないのよ」

リンクはメグの顔を見つめた。もうひとりのホワイトにまで突然やってこられて、どう感じているのか、表情から読み取ろうとした。

「あいつはもう来ないと思うが、心配なら今夜ぼくが泊まりこもうか……もちろん、ソファで寝るよ」

「ソファはあなたには小さすぎるでしょう。それに、わたしなら大丈夫」メグはシンクに熱い湯をため、洗剤を入れた。

泡立つ湯を見ながらリンクは考えた。ベッドなら大きさはじゅうぶんだと、言うべきか否か。メグも同じことを考えているのは、ちらりと彼に向けた目の表情からして明らかだった。しかし彼女は、何も言わずにシンクの湯に手を突っこんだ。

メグが食器を洗い、リンクがすすいで拭いた。次は鍋を洗うというときになって、リンクはもうひとつの選択肢を提示した。

「今夜はきみひとり残して帰るにしても、電話番号は交換しておきたい。必要なときは電話してほしい。きみのいちばん近くに住んでいるのはぼくなんだから」

「そうね、それはいい考えだわ」

「ちょっと待ってて」リンクは携帯電話を出し、メグの言う番号を連絡先に加えた。そして、電話の横にあったメモパッドにさらさらと自分の番号を書き記した。「ぼくのはこれだ」

必要以上にふざけたり手を触れあわせたりしながら後片付けを終えたが、ふたりの緊張を映した空気は明らかにぎこちなかった。

最後に、ポークチョップと、ゆうに三分の一は残っているケーキを包んで、メグが言った。「持って帰って」

「じゃあ、遠慮なく」リンクは言った。「でも、帰る前にひとつ、きみに尋ねたいことがあったんだ」

「なあに？」

「火事の前の話だが、ルーシーが浮気をしているという噂を耳にしなかったか？」

メグは眉間にしわを寄せた。「さあ……聞いたような気もするけど……よく覚えていないわ。それに、他人の恋愛なんて気にしてる暇はなかったんじゃないかしら。自分の恋愛に夢中で」

その言葉はリンクの胸を突き刺した。自分たちが失ったものを思うと悔しさがこみあげた。

「ああ……ぼくも同じだった」

メグの緊張がまた高まった。さっきみたいにキスをされたら、今度は拒む自信がない。

「そんな顔をしないでくれ」リンクが両腕を広げた。

ためらうことなく歩を進めたメグを、彼はしっかりと抱き寄せた。

「お互い、自然にしていれば、きっと落ち着くべきところへ落ち着く」

メグは泣きたくなって、つぶやいた。「あなたのこと、心から愛していたの」

リンクの視界が涙で曇った。「ぼくもきみを愛していた。ごめん……つらい思いをさせて」

メグは背中をそらせるようにしてリンクの顔を見あげた。「あれから十八年もたったわ」

リンクがうなずいた。「ぼくたちは十八年という時間を失った。きみはいまのぼくを知らないし、ぼくも同じだ。ぼくはきみのすべてを知りたい。きみが何を見て笑うのか、どんな音楽を好むのか。きみが涙を流せばこの腕で抱きしめたい。そして、きみにはぼくを信じてもらいたい。本当のぼくを見てほしい」

メグの胸に熱いものがあふれた。彼はなんて頼もしい大人になったのだろう。

「わかってるでしょ？　わたしはずっと、あなたの無実を信じていたわ」

リンクは彼女の唇に指を当て、それから額と額をぴたりとつけた。首筋に彼女の柔らかな息がかかる。永遠にこうしていてもかまわないと彼は思った。

「世間にも信じてもらう必要がある。きみはすでに二度も、かかわった男のせいで肩身の狭い思いをしてきた。そんな苦しみはもう決して味わわせない」

メグは吐息を漏らした。「今夜は、これからやってくる幸せな日々の第一日だった……そう思っていいの？」

「そのとおりだ」

メグはリンクの腰を抱いて胸に頬をつけた。力強い心臓の鼓動と厚い胸板に、勇気づけられる思いがした。

「そろそろ行かないと」かすれた声でリンクが言った。

「来てくれて嬉しかった。ありがとう」

「メグ……ぼくのほうこそありがとう」

リンクがコートと帽子を身につけるあいだにメグが残り物の包みを持ってきて、ふたり一緒に玄関まで行った。

「運転、気をつけてね」

リンクは彼女の唇にキスをした。短い、けれど熱いキスだった。

「鍵をかけて、アラームをセットするんだよ。何かあったら必ず電話すること」

遠ざかるテールライトを見送ったあと、メグはアラームをセットして、家じゅうの戸締まりを確かめた。さほど遅い時間ではなかったが、急に疲れが襲ってきた。

「もう寝ましょう、ハニー」

名前を呼ばれて頭をもたげたハニーは、メグについて廊下をとことこ進み、ベッドの脇のラグで丸くなった。

まぶたを閉じるとリンクの顔が浮かび、メグは吐息をついた。愛犬だけでなく、彼もこうして、かたわらでいびきをかいていてくれたらよかったのに。

11

家へ向かってトラックを走らせるフェイガンはパニックに陥っていた。猛スピードでカーブを曲がって脱輪しかけたのも、一度や二度ではなかった。兄の指示に耳を傾けてメグ・ルイスを訪ねていった自分に、ほとほと嫌気が差していた。

うまくいかないのはわかっていたのに、行ってしまった。なぜだ？　なぜ、いつもこうなる？　子どものころから、ウェンデルとプリンスにいいように使われてきた。フェイガンに言えよ、フェイガンに行かせろよ、フェイガンにやらせろよ、と。

リンカーン・フォックスが帰ってきて、これからどうなっていくのか。それを考えるのもきっと自分の役目になってしまうのだ。とにかく、ホワイト家の面々が火薬樽《だる》の上にいて、フォックスがマッチを擦ったことだけは確かだった。

家へ帰り着くと涙が出てきた。土砂降りの夜に見るわが家は、ハリウッド映画に出てくる幽霊屋敷そのものだった。こんなに暗くても、その荒《すさ》みようははっきりわかる。母が生きていたときは小ぎれいな家だったのに、ずいぶん前にその母が死んでから、見る見るうちに荒れ果てた。

トラックが近づいてきてとまるのを見て、猟犬たちが吠《ほ》えたてた。フェイガンが飛び降り、ぬかるみに足を取られそうになりながらポーチを目指すあいだも、犬たちは吠えつづけた。

「うるさい！」

犬たちがこそこそと暗がりへ引っこむと、フェイガンはドアの鍵を開けた。明かりをつけながら奥へ進み、ストーブに点火して震えながら濡《ぬ》れた服を脱ぐと、青白い脛《すね》をあらわにしてバスルームへ駆けこんだ。一刻も早く熱い湯に打たれ、温かいものを腹に入れる必要があった。

しばらくたってバスルームから出てきたフェイガンは、一応洗濯ずみの乾いた服を着ているものの、ルームシューズは右がブルーのチェック、左が茶色の無地だった。犬がそれぞれの片方をかじってぼろぼろにしてしまったのだ。彼はテレビをつけ、キッチンにいても聞こえるようにボリュームをあげた。

棚や引き出しを探ったフェイガンは、買い物をしておくべきだったと後悔した。メグ・ルイスに会いに行く勇気が出るまで、バーでぐずぐず酒を飲んだりしなければよかった。コーヒーをいれ、缶詰のチリビーンズを鍋に空けて火にかけると、レベルリッジの現状を知らせるべくプリンスに電話をかけた。しかし相変わらず応答はなく、留守番電話に切り替わった。

「電話しろよ、兄貴！　やばいことになってるんだからな」

ベッドに入ってずいぶんたつが、メグは眠れずにいた。天井を見あげ、フェイガン・ホワイトとのやりとりを何度も思い返した。

なぜ彼はあんなことにこだわるのだろう。そして、プリンスのストーカーめいた行動は、どんな意味があるのだろう。死んだ犬が埋まっている土地が、彼にとって知りたがっていることと何か関係があるのだろうか。フェイガンが

ようやく眠りに落ちたメグは夢を見た。リンクとケーキが出てくる夢だった。メグ自身は雨に打たれながら泣いていた。去っていくリンクの車に向かって、戻ってきてと叫んでいた。目覚めたときはすでに外は明るくて、嵐は去っていた。メグは寝具をはねのけ、すぐに着替えた。

サンクスギビングの翌日からはクリスマスの買い物が始まる。さらにそれは、レキシントンでの展示会の初日でもあった。

今日は土曜日。木曜の朝にはすべての準備が整っていなければならない。金曜はまだ暗いうちから会場へ行き、自分のブースを設営するのだ。大変だが、同業者同士が交流できる楽しい時間でもある。

メグはストーブをつけてからキッチンへ行った。コーヒーを作っておけば、動物たちに餌をやったあと、戻ってきてすぐ飲める。コーヒーメーカーに水を入れるとき、メモパッドに書かれたリンクの電話番号が目に入った。これからの自分たちの日々を思うと、ひとりでに笑みがこぼれた。

リンクはメグを思いながらベッドに入った。彼女と交わした会話のひとつひとつを反芻《はんすう》していると、あの事件以来初めて、行く手に希望が見えてきたように思えるのだった。一生、家庭は持てないものとあきらめていたのに、いまは胸が高鳴って目を閉じるのも難しいほどだ。だが明日は重要な仕事が待っている。報告書を警察の視点から読み直すうちに、犯行現場へ行ってみたくなったのだ。父が死んだその場所へ、明日、行こう。

今夜は眠れそうにないと思っていたリンクだったが、いったん目を閉じたあとは、何カ月ぶりかで熟睡した。

翌朝、犬の激しい吠え声で目を覚ましたリンクは、犬など飼っていないのにと訝《いぶか》しみつつ窓の外を見た。

地表は霜に覆われて真っ白だった。かつて家が建っていたあたりで鹿が三頭、草を食《は》んでいる。やはり夢だったのか。やけにリアルな声だったが、もし本当に近くで犬が吠えたのなら、鹿がとどまっているはずはない。

気持ちを切り替え、リンクは手早く着替えをした。ストーブをつけ、コーヒーメーカーのスイッチを入れる。朝食はアップサイドダウンケーキにするつもりだった。コーヒーは、今日という日を乗りきるには最低一リットルは必要かもしれない。

それから一時間足らずのちには、もうトラックに乗って山道をのぼっていた。太陽はまだ低く、木々の影が長く伸びている。早朝には地表近くを漂っていた霧が、いまは人の頭の高さまで広がって、まるで神秘の世界を旅しているようだった。家々の煙突から灰色の煙が細く立ちのぼっている。リンクは、起床したばかりの住人たちや、テーブルに並ぶ朝食に思いを馳《は》せた。今日は土曜日だから学校は休みだ。土曜日の朝、テレビアニメに見入るリンクに、冷めないうちに食べなさいと母は言ったものだった。その母が他界したのは、リンクが九歳になってまもなくのこと。しかしその後も母を思いだすことはめったにないぐらい、彼は頼もしい父との暮らしに満足していた。父を崇拝していたと言ってもいい。そんなリンクが父親を殺したと世間は考えた。当時もいまも、リンクにはそれが信じられなかった。

ティルディの家を通りかかると、やはり煙突から煙が出ていた。きっとビスケットのハムサンドを作っているのだろう。その味をリンクははっきり思いだせる。伯母は粉を使った料理が得意だ。さらに先へ進むと、ベウラ・ジャスティスの家があった。煙は、なし。ベウラは朝寝をするタイプなのかもしれない。

そしてついに、かつての実家へ折れる角までやってきた。一度ブレーキを踏み、それから加速してハンドルを切った。いまでは通る人もいないのだろう、古い轍《わだち》は草で覆われ、あのころ若木だった並木は大きく育ち、葉のない枝を両側から長く伸ばしていた。道はさながら木の屋根を頂くトンネルだった。

ここを通るのは、救急車で運び去られたあの夜以来だ。リンクの心臓が早鐘を打ちはじめた。後ろの茂みから何かが飛びだす気配がして、ルームミラーに目をやった。大きな鹿が木立へ姿を消すところだった。鏡に映る自分の顔をちらりと見たリンクは、急いで視線をそらした。気持ちがあらわになっているはずの自身の顔を直視するには、まだ心の準備ができていなかった。

突然トンネルが終わり、かつて家が建っていた場所へ出た。もはや庭はなく、一面、草木が生い茂っていた。焼け落ちた建材は、長年の風雨にさらされ朽ち果てている。しかし、リビングルームの北側の壁を占めていた天然石の暖炉は、そのままだった。ここで生き、死んでいった者たちの、それはまるで墓石のようだった。

リンクはぎりぎりまで車を寄せて降りると、霜のおりた草を踏みしめて暖炉まで歩いた。途中で足を止め、東の空を振り仰いだ。太陽がいままさに、梢《こずえ》の上に顔を出そうとしている。その光に目を射られた瞬間、生々しくあの夜がよみがえった。

火事だ！　大変だ……うちが燃えてる！

父さん、父さん！　まさか、家のなかにはいないよね……？

リンクはトラックから飛びだし、必死に走った。犬が吠えている――猟犬だ――近くで、狂ったように吠えたてている。身の危険を察知したときみたいに。

うちは犬を飼っていないのに。

誰かが怒鳴った。「黙りやがれ！」

そうして、爆発が起きた。


リンクはよろめき、倒れこむ寸前に暖炉に手をついた。今朝、あんな夢を見たわけがこれでわかった。今日ここへ来ることがわかっていたから、潜在意識が記憶をよみがえらせ、リンクに見せたのだ。脳震盪《のうしんとう》を起こしたりその後逮捕されたりで、犬の吠え声を聞いたことはすっかり忘れてしまっていた。

しかし、これでなんとなくわかってきた。

レベルリッジの住民は自分の猟犬を放し飼いにしたりはしない。猟犬は大切な財産であり、盗まれたり捕獲されて売り飛ばされたりする恐れがある。だから普通は室内や檻《おり》に入れておくか、つないでおくかするものだ。もちろん、狩りをするときには伴っていく。当時、いちばん近い家でもここから八キロは離れていた。しかしあの夜、誰かがこのすぐ近くに存在した――猟犬がいたのだから間違いない。そいつは、自分が犯した罪の証拠が炎となって消えるのを見守っていた。犯人でなかったとしたら、間近な目撃者として名乗りでるはずではないか？　自分に後ろ暗いところがないのであれば。

「くそっ」

パズルのピースがまたひとつ出てきたというわけだ。これはどこにはまるべきピースだ？　謎が多すぎる。嘘《うそ》が多すぎる。そして、ある人物のついた嘘が、リンクの刑務所行きを決定づけた。彼がこれから会おうとしている、その人物の嘘が。

うつむいたままリンクはトラックへ戻って山をおり、まっすぐマウント・スターリングを目指した。途中のコンビニエンスストアでフォードの代理店の場所を聞き、そこへ向かった。

展示スペースに乗り入れてオフィス近くでエンジンを切ったものの、動けなかった。指の節が白くなるほど力をこめてハンドルを握りしめたまま、冷静に話せると確信できるまでじっとしていた。

車の出入りは頻繁だった。大勢のセールスマンが見込み客と一緒に歩きまわっている。ぴかぴか輝く車がずらりと並び、頭上で色とりどりの旗がはためいている。ウェスリー・ダガンの商売は繁盛しているらしい。

誰かを殴りつけたいという激しい衝動が治まると、リンクは建物のなかへ入っていった。

パーティションで仕切られた個別のオフィスが並ぶ通路を、裏切り者を捜して歩いた。そしてついに、奥の右側の小部屋にその姿を見つけた。そこへ向かって一歩踏みだしたとき、笑顔のセールスマンが手を差し伸べてきてリンクの行く手を遮った。

「いらっしゃいませ。わたくし、ケヴィン・コリンズと申します。今日はどのようなお車をお探しで？　トラックですか？　ＳＵＶ？　スポーツカー？　なんなりとお申しつけください」

「ウェス・ダガンと話したい」

その表情と口調から、彼が激しく立腹していることをコリンズは察知した。

「あ、ええと、かしこまりました。時間があるかどうか聞いてまいりますので、あちらでおかけになって――」

「ここで待っている」

見るからに屈強そうな大男相手に争う気はコリンズにはなかった。彼はきびすを返すと、社長のオフィスへ急いだ。

リンクが見ていると、ドアをノックしたコリンズは、なかへ入って何か言い、こちらを指さした。ダガンが顔をあげ、眼鏡越しにリンクを見た。彼のことがわからないのは無理もなかった。ここにいるのは、華奢《きゃしゃ》な十七歳の少年とは似ても似つかない大男なのだから。

呼ばれるのを待たずにリンクは歩きだした。ドアを開け、まずコリンズの目を見据えた。

「出ていってくれ」

ダガンが立ちあがった。「誰だか知らないが、いきなり入ってきて、うちの従業員にそんな口の利き方をする権利はないはずだ」

リンクは微笑《ほほえ》んだ。だが、目は笑っていなかった。「おや、ウェスおじさん、ぼくがわからないのか？」

ウェスリー・ダガンは息をのんだ。膝から力が抜けて立っていられなくなり、椅子にどさりと座りこんだ。それでも必死に平静を保とうとして、咳払《せきばら》いをした。

「大丈夫だ、ケヴィン。行ってくれ」

コリンズはまだそわそわしている。「いいんですか？　警察を呼びましょうか？」

リンクが目を険しくすぼめた。「そうだよ、おじさん。警察を呼んでもらえばどうだ？」

ウェスの顔から血の気が引いた。「いや、ケヴィン、その必要はない」

コリンズがそそくさと出ていくとリンクはドアを閉め、真っ青な顔をした男のほうへ向き直った。

必死に狼狽《ろうばい》を隠して、ウェスは彼に話しかけた。

「ちっともわからなかったよ、リンク。ずいぶん大きくなったものだね」

「父さんより大きくなった」リンクは静かに言った。

ウェスはうなずき、「ほら、座って」と、椅子を示した。

「いや、結構。長居はしない」

ウェスの心臓はすさまじい速さで脈打っていた。「帰ってきていたとは知らなかったよ。こっちにはいつまで――」

「お祖父《じい》さんの土地に越してきたんだ。春には新しい家が建つ」

「そいつはすごい。ついに帰ってくる気になったんだね。何かあったのかい？　ティルディは元気なんだろう？　あれからぼくは、レベルリッジの人たちとはすっかり疎遠になって――」

「うまいことぼくを刑務所に送りこんで、親友の奥さんを横取りしてから？」

ウェスは身震いをした。「そうじゃない。きみが考えているようなこととは違うんだ」

「ぼくが何を考えているか、あんたにはわからない」

「それはそうだが、あの件でぼくを恨むのは――」

「嘘の証言をした件で？　いや、恨んでるよ。深く恨んでいる。それもあってレベルリッジへ戻ってきたんだ。この身の潔白を証明するために戻ってきた。父さんが殺された事件について、ぼくなりの調べを進めている。ぼくが有罪になった最大の根拠は、あんたの証言だった。あれが偽証だったのは、お互いわかっている。だからこれは、いわば取り調べだと思ってくれてかまわない」

ウェスは電話のそばのコーヒーカップを取ろうとしたが、手が震えて持つことができなかった。彼はあきらめ、その手を膝に戻した。

「ぼくは偽証などしていない」

リンクは机に両手をついて身を乗りだした。そのとき視界の隅に、ウェス宛ての請求書が見えた。住所は自宅になっていた。

「いや、した。ぼくたち親子が揉《も》めていたとあんたは言った。とんでもない大嘘だ。ぼくは父さんを愛していた。尊敬していた。あんたもそれは知っていたはずだ。ぼくが知りたいのは、あんたが嘘をついた理由だ。なぜ嘘をついた？　誰をかばっている？」

ウェスはぎくりとした。「いや、ぼくは……だから……きみとマーカスは、ほら、ウォーカーの娘のことで――」

「それも大嘘だ。ぼくと〝ウォーカーの娘〟はあの三年前からつきあっていた。父も彼女をとても気に入っていた。もしぼくたちの交際に反対だったら、もっと早くにそう言っていたはずだ。卒業も近いあんな時期に言いだすわけがない」

ウェスの薄くなった生え際に汗が滲《にじ》んで額を伝った。彼はハンカチでそれを拭うと、立ちあがってうろうろと歩きだした。

「いや、リンク、それは違う。きみたちは揉めていた。ぼくは彼から聞いたんだ――」

「嘘だ。父さんはあんたに何も話していない。話すことなど何もなかったんだから。もう一度訊《き》く。誰をかばうために偽証した？」

ウェスはぶるぶると首を横に振った。動揺のあまり頭がまったく働かなかった。

「それについて真実を白状する度胸がないなら、次の問いに答える度胸もなさそうだな。だが、はるばるここまで来たからには尋ねないわけにいかない。あんたは父さんが生きていたときから、親友の妻と寝ていたのか？」

ウェスの顔が赤くなり、次に青くなって、また真っ赤になった。彼が自分の目の前で死んでしまうのではないかとリンクは思ったが、ウェスはかろうじて立ち直り、ドアを指さした。

「出ていけ」言ったとたんにウェスはたじろいだ。自分の声が、恫喝《どうかつ》でもなんでもない、単なる金切り声だったからだ。

リンクは怒りに目をすぼめた。「それがじゅうぶん答えになってる。いいか、警告しておく。あんたとルーシーが偽証したせいでぼくは刑務所に入った。明るかったはずの未来をあんたたちに奪われた。ぼくは必ず真犯人を突き止める。そしてもしあんたがかかわっていたとわかったら、そっちにもぼくと同じ目に遭ってもらう」

リンクがくるりと向きを変えた。すたすたと出ていく彼の背中を、ウェスはよろめきながら見つめていた。

数分後、トラックのハンドルを握るリンクの頭のなかでは、次の目的地が定まっていた。ウェスの自宅を知ってしまった以上、母だった人を表敬訪問しないのは甚だ失礼というものだ。

ルーシー・ダガンはヘアアイロンのコンセントを抜くと鏡に顔を近づけ、にっと笑って歯に口紅がついていないのを確かめた。大金を注ぎこんだ甲斐《かい》あって歯は真っ白だ。巻き髪を手で押さえて落ち着かせ、藤色のセーターとクリーム色のスラックスを入念に見た。大丈夫、染みも糸屑《いとくず》もついていない。ルーシーは微笑んだ。食べてしまいたいぐらいかわいいと、ウェスなら言うところだ。

腕時計に目をやった。十時四十五分。ルーシーは女友だちとランチの約束をしていた。町はずれにこぢんまりしたエスニック料理の店ができ、話題になっている。流行の先端を行くことがルーシーの生き甲斐だ。彼女はルブタンの藤色のパンプスに足を入れ、バッグを探って車のキーを取りだした。

クローゼットからコートを出そうとしていると、ドアのベルが鳴った。ふたたび時計を見たルーシーは顔をしかめた。誰なのか知らないけれど、早いところ帰ってもらわないと約束の時間に遅れてしまう。

また鳴っている。十センチヒールの靴音を響かせて、ルーシーは玄関へ向かった。

「はいはい、いま行きますよ」

ドアを開けると、体が並はずれて大きく、とびきりハンサムな男が立っていた。苛《いら》ついていたはずのルーシーは、たちまち笑顔になった。

「なんのご用かしら？」

「入ってもいいかな。外は寒いんだ」

ルーシーは男の馴《な》れ馴《な》れしさに驚き、警戒した。「悪いけど、それは――」

「おいおい、ルーシー、息子を忘れたわけじゃないだろう。毎晩、寝かしつけてくれたじゃないか」

「まさか……！」

ルーシーはあえぎ、ふらふらと後ずさりしたが、足がもつれて尻餅をついた。

リンクがなかへ入ってドアを閉め、彼女の腕をつかんだ。

「ほら」と声をかけて立たせる。

ルーシーは体の震えを止められず、頭のなかが真っ白になった。出ていってと言いたいけれど、たったいま彼に助け起こしてもらったのだ。いったいどうすればいい？

「あの……」

「〝ごめんなさい〟と言ってくれればそれでよかったんだが。何も床に這《は》いつくばってくれなくても」わざとゆったりした口調でリンクは言った。

目の前の大男を、ルーシーは険しい目で見つめた。かつて知っていた少年の面影を探したが、それはどこにもなかった。マーカスにちょっと似ているけれど、彼よりも大きい。

ずっと大きい。

ルーシーは顎をつんとあげた。「あなたに謝る必要なんてないわ。帰ってちょうだい」

「必要あるんだ、ルーシー。きみは嘘をついた。その嘘のおかげでぼくは刑務所に送られた。一応、きみたち夫婦には知らせておくが、ぼくは父さんを殺した真犯人を突き止めるためにレベルリッジへ戻ってきたんだ」

ルーシーの息が止まった。「おかしなこと言うのね……あなたが服役して罪を償ったじゃないの」

「だがぼくは犯人じゃない。レベルリッジの誰かが殺人の罪を逃れているんだ」リンクは一歩、足を踏みだした。「なぜ嘘の証言をした？」

「そんなこと――」

「ごまかしても無駄だ。ぼくはもう十七歳の子どもじゃない。きみが偽証したのはわかってる。知りたいのは、その理由だ。なぜだ？　真犯人をかばうためか？」

「わたしは――」

「なるほど、これじゃあ埒《らち》が明かないな。では、もうひとつ訊く。きみとウェスおじさんは、父さんが殺される前から寝ていたのか？」

みぞおちを思いきり殴られた。ルーシーはそう思った。ややあって、ただ言葉をぶつけられただけだったと気づき、さらに少ししてからようやく気を取り直した。

「出てって！」こぶしを固めて叫んだ。「よくもそんなひどいことを――」

リンクがさらに一歩、彼女に迫った。

ルーシーは言葉に詰まった。引きさがってはいけない。負けてはいけない。そう思うのに頭に渦巻く思いはただひとつ、周到に築きあげた世界が崩れ去るかもしれないという恐れだけだった。

リンクはルーシーの顔をまっすぐ見つめた。「毎晩、目を閉じたら自分のしたことを思うがいい。昼間はぼくに秘密を暴かれることを恐れて暮らせ。きみたち夫婦が取り繕ってきた世間体という名の岩をひっくり返して、その下に隠されているものを必ず突き止めてやる。ぼくが戻ってきたことも、その目的も、レベルリッジの警察はもう知っている。住人みんなが知るのも時間の問題だ」

「出てってちょうだい」ルーシーは声を震わせたが、煮えたぎる怒りを顔に出せば負けだと思った。

「出ていくさ。言うべきことはもう言った」

ルーシーにくるりと背を向け、リンクは唐突に出ていった。開けっ放しのドアから冷たい風が容赦なく吹きこんでくる。

ひどく寒い。六歩先のドアを閉めればすむのに、足が動かない。リンクがトラックに乗りこんで去っていく。目を離すのが怖い。じっと見ていないと、知らないあいだにまた忍び寄ってこられるような気がして、ルーシーは遠ざかるトラックを見据えた。それが小さくなればなるほど家のなかは冷えていく。やがて角を曲がって見えなくなった。われに返ったルーシーはドアに飛びつき、たたきつけるようにして閉めた。

胸が苦しかった。走ったあとのように呼吸が荒い。ルーシーはゆっくり向きを変えると、壁にかかる絵や部屋の高級家具をひとつひとつ眺めた。それから自分の服を見おろしてカシミアのセーターをそっと撫《な》で、その手を足元まで滑らせた。

鼻高々で選んだルブタンの靴。値段は、父の年収よりも高かった。あの惨めな生活から抜けだしてここまで来るのに、どれほどの努力と時間が必要だったか。

ランチなどしている場合ではなかった。戦略を練り、兵隊を集めなければ。ルーシーは床に落としたままだったバッグを拾いあげると自室へ急いだ。今度もヒールは高らかな音を響かせた。それをフラットシューズに履き替えて、まず最初の課題を片付けた。ランチのキャンセルだ。

次にウェスに電話することを考えた。けれど電話でできるような話ではない。そうなると、かけるべきところはあと一箇所。でもその前に、一杯飲まなければ。

12

最後の客の車を見送ると、フェイガンはにんまり笑って売りあげ金をポケットに入れた。一キロ近い大麻……しかも上物だ。いまの客はあれに混ぜ物をして嵩《かさ》を増やし、さらに高く売りさばくのだ。さぞかし大儲《おおもう》けするのだろうが、フェイガンは現状に満足していた。警察の目をかいくぐったり、ただで手に入れようとする常用者に痛めつけられたりしながら路上で商売するよりは、大麻を育てて密売人に売るほうがよほど安全だ。

今日の取り引きと先週の二件分を合わせて三千ドルと少しになったが、ホワイト家の人間は銀行には金を預けない。しかし、家のなかに現金があり、それをくすねることに良心の呵責《かしゃく》を感じない兄がいるというのは、なかなか厄介だった。大金を家のどこかに隠しておかなければならないが、いったいどこに？

プリンスのレーダーに引っかからない隠し場所を求めて、フェイガンは家のなかを二周した。そして、思いついた。兄は料理をしないのだ。

フェイガンはキッチンへ行き、ゴミ箱からコーヒーの空き缶を拾いあげた。三百ドルだけ残してあとの現金を缶に入れると、カウンターの下に収納してある鍋やフライパンを次々に取りだした。母が愛用していた古いホーロー鍋を見つけた彼は、缶をそのなかに入れ、上にフライパンをふたつ重ねてできるだけ奥へ戻した。

手元に残した金をポケットに入れ、フェイガンは車のキーを取りに行った。面倒でも食料品の買い出しには行かなければならない。このまま大雪に見舞われたら森で狩りでもするしかないが、射撃の腕には自信がない。

兄から連絡が入っていないかと携帯電話を見たが、入っていなかった。まったく、腹が立つ。こちらの状況を知らせようにも、勝手に雲隠れしてそれきりではとうてい無理だ。しかし携帯電話をポケットに戻したとたん、着信音が鳴りだした。

「やっと来たか」フェイガンはつぶやき、携帯電話をふたたび出して応答した。「もしもし？」

「フェイガン？　ルーシーだけど」

声も出ないほど驚いた。母が死んで以来、姉から電話がかかってきたことは一度もなかった。あれから何年もたつのに、一度もだ。

「ああ、おれだよ。ちょくちょく電話をくれていれば、弟の声ぐらいすぐわかっただろうに。どうした？」

「プリンスはどこ？」

「知らないよ。昨夜《ゆうべ》から連絡を取ろうとしてるんだけど、全然かかってこない。何かあったのか?」

ルーシーが笑い、その声にフェイガンはぞくりとした。ひどく気が立っているとき、姉はこんなふうになる。

「何かあったのか、ですって? 教えてあげるわ。たったいま、リンカーン・フォックスがうちへ来たのよ。わたしを脅しにね。身の潔白を証明するためにレベルリッジへ戻ってきたって言ってたわ。暴いちゃいけないことをあいつは暴こうとしてるのよ。この意味、わかるわね?」

「もちろんわかるけど、おれは巻きこまれるのはごめんだからな」フェイガンはきっぱり言った。

「ばかじゃないの? 家族なんだから、とっくに巻きこまれてるでしょうが。いい子ぶってるんじゃないわよ。いいから、わたしの言うとおりに……」

フェイガンは吐き気を覚えた。自分はなぜ、こんないかれた人間ばかりの家に生まれてきたのだろう? 姉はまだまくしたてていたが、彼は電話を切った。これ以上、ひと言も聞きたくなかった。車のキーをつかんで、フェイガンは戸口へ向かった。

ダイヤルトーンが耳に飛びこんでくると、ルーシーは電話口で叫んだ。雑言のかぎりを尽くして弟を罵った。夫がキッチンへ入ってきたことには気づかなかった。リンカーン・フォックスの訪問を受けてパニックに陥ったウェスは、愛する女に自分がだまされたのではないことを確かめるために帰宅したのだった。だが、妻の大声に思わず足を止め、彼女の口から止めどなく繰りだされる汚い言葉をしばらく聞いていた。

やがて、がっくり肩を落としてウェスは目を閉じた。人というのは、いくら金を持とうが着飾ろうが、生まれ育ちはどこまでもついてまわるのか。そう思ったとき、ガラスの割れる音がしたのでキッチンへ駆けこんだ。

「どうした？」

ルーシーが振り向いた。彼女は髪を乱し、目を泣き腫らし、そして酔っぱらっていた。またしても。

ウェスは早くも挫折感を味わっていた。「ぼくたちは話しあう必要がありそうだ」

ルーシーが頭をのけぞらせるようにして顎をつんとあげた。「いやな言い方するのね」

「ぼくも、こんな出迎えられ方はいやだ。家へ帰ってみたら、妻が泣きわめきながら皿を投げてるなんて。いったい誰に向かって怒鳴っていた？」

ルーシーは両手を宙に投げあげた。「なんでもないわ。なんでもないのよ」つぶやくように言うと、カウンターの上のウィスキーを取りに行こうとした。

それをウェスは遮った。「酒はもうやめないか」

していた。

ルーシーがぴしゃりと彼の頬をぶった。そして、息をのんだ。ぶった瞬間、すでに後悔していた。

「ごめんなさい、ウェス。わたし――」

彼は妻の胸に人差し指を押しつけ、ひと言ごとに突きながら言った。「今日、会社にある人物が現れた。その様子からして、どうやらきみもそいつの訪問を受けたようだな」

ルーシーは身を震わせた。「リンカーン・フォックスは無理やり入ってきて、わたしを脅したの」

「会社にも来た。ぼくが知りたいのは、きみが電話していた相手だ」

ルーシーは瞬《まばた》きをした。「そんなこと、どうでもいいじゃない。それよりリンカーンが――」

「彼は、ぼくが裁判で偽証したと思っている」

「お酒を飲まなくちゃ」

ウェスは妻の両肩を強くつかんだ。「嘘《うそ》をついたと言われたんだ。なぜだ？　リンクとマーカスは揉《も》めていたんだろう？」

「離して。よくもわたしにこんなことができるわね」

ウェスのみぞおちの塊が大きくなっていく。「答えるんだ！　リンクとマーカスは揉めていた。そうなんだな？」

ルーシーは彼を見ようとしなかった。「そうよ、もちろん。あのときわたし、そう言ったでしょう?」

彼は妻を揺さぶった。「こっちを見ろ!」

「痛いってば!」ルーシーは叫び、また夫を平手打ちした。

ウェスはルーシーの腰を抱えた。足をばたつかせわめく妻を引きずるようにしてリビングルームへ行き、彼女の靴が脱げ落ちるほど手荒にソファにおろした。そのあとしばらくふたりは押し黙ったままだったが、どちらもその静寂が怖かった。

ルーシーは理性を失いつつあり、ウェスは妻を失いつつあった。

「きみはぼくに、作り話を吹きこんだのか?」

ルーシーが顔を覆って泣きだした。

「くそっ……」ウェスはつぶやくと、部屋をあとにした。

「待って! ねえ、ウェスリー! 行かないで!」

夫が戻ってこないとわかると、ルーシーは悲鳴をあげた。何度も何度も叫び、金切り声をあげつづけて、しまいには喉が焼けついたようにひりひりしはじめた。夫を追いかけようと立ちあがったものの、酔いが回って足がふらつき、その場に倒れこんだ。そしてそのまま意識が遠のいていった。

ウェスはベッドルームで、衣類や洗面道具を手当たりしだいに鞄《かばん》に投げこんだ。これから何が起きるのかわからないが、それが起きたときにあの女とひとつ屋根の下にいるのはいやだ。家を出るとき彼女は気を失っていたが、ウェスはかまわず出発した。

会社の向かいにモーテルがある。しばらくそこに泊まって次の行動を考えよう。胸がふさがり、息をすることと歩くことを同時にするのが難しい。自分が芯まで汚れきってしまった気がする。母の声がありありとよみがえる。

〝自分でまいた種は自分で刈り取らないといけないよ、ウェスリー〟

ぼくは親友の妻を寝取った。ルーシーを愛するあまり理性を失っていた。いや、あれは単なる情欲だったのか？　とにかく、彼女の言うことはすべて信じた。マーカスが死んだときには、喜びさえ感じた。だが殺されたのだと知ると、積極的に犯人逮捕に協力した。そうすることで不倫の罪を償おうとしたのかもしれない。ところがその結果、ひとりの少年の一生が台無しになったという。

ぼくは何をしたんだ？　いったい、何をしてしまったんだ？

ルーシーから受け取った金をカードゲームですってしまったプリンスは、ガソリンスタンドに押し入ってガソリンタンクひとつとわずかな現金を奪ったが、ついにマウント・スターリングをあとにしてレベルリッジへ帰ることにした。結局のところ地元がいちばん安心できるし、絶対、警察に見つからない場所もたくさん知っている。必要なのは、食事面でのフェイガンの協力だ。

自宅の私道に入ったのは日付が変わるころだった。庭にフェイガンのトラックがとまっているが、家の明かりは消えている。犬が吠《ほ》えだした。フェイガンが酔いつぶれていなければ、この声で目を覚ますだろう。

プリンスは軽くブレーキを踏みながら敷地をひとまわりし、いつもと変わりないのを確かめてからトラックを納屋へ入れた。犬が四頭揃《そろ》って歯をむき、うなりをあげて突進してくる。

「黙りやがれ！」プリンスは先頭のレッドボーンに石を投げつけた。

飼い主の声だとようやく気づいた犬たちは、そそくさと森のなかへ姿を消した。

勝手口のドアに鍵はかかっていなかった。ということは、マリファナと酒、どっちのせいか知らないが、フェイガンは正体もなく眠りこけているのだろう。犬をつなぐのも忘れて。プリンスは明かりをつけて奥へ進みながら、弟の名を呼んだ。

フェイガンがベッドルームから飛びだしてきた。ズボン下だけという格好で、手にはライフルを持っている。

「誰だ？」

「その物騒なものを離せ」プリンスは言った。「おまえに話がある」

フェイガンは冷静さを取り戻したものの、今度は怒りがこみあげてきた。「やっと現れたと思ったら、いきなり人に命令するのか。何様のつもりだ？　なんで電話してこなかった？　おれたち、めちゃくちゃやばいことになってるんだぞ」

プリンスの顔色が変わった。「なんの話だ？」

「リンカーン・フォックスが戻ってきたんだ。親父《おやじ》を殺した真犯人を血眼になって捜してる。おれも問いつめられた。あの夜、なんでおれが火事を通報したのか知りたがっていた。事件をあいつが調べてることは警察も知ってて、黙認してる」

「ちくしょう！」プリンスはそわそわと歩きまわった。

「それだけじゃない。姉貴の家にも行ってる。あの姉貴がびびってうちに電話してきた。おれたちにああしろこうしろと命令するために」

「おまえはなんて言ったんだ？」

「なんにも言うもんか。すぐに電話を切ってやった。普段はおれたちを見下して他人面しているくせに、汚れ仕事が必要になったらこちらに押しつけてくる。もう、ごめんだね。おれは大麻を育てて売ってるんだ。誰ともトラブルは起こしたくない。とくに警察とは」

プリンスは呆気《あっけ》にとられて弟を見つめた。「おまえ、気でも狂ったか？」

「うんざりしてるだけだ。兄貴はメグ・ルイスにちょっかいを出して警察に追われてる。どうせ、ほかにもいろいろやってるんだろう。姉貴だって、何をしでかすかわからない。おれはあの女とはかかわりたくない。あんたもここから出ていってくれ。おれにはもう、あんたを匿《かくま》うつもりはない」

プリンスは呆然《ぼうぜん》となった。「実の兄を見捨てるのか？」フェイガンはライフルを反対の手に持ち替えた。「好き勝手やって次々に揉め事を起こして、そのくせ尻拭いはおれに押しつける」

「いや、そいつは違う。三人でちゃんと話しあえば――」

フェイガンは首を横に振った。「おれを兄貴や姉貴と一緒にしないでくれ。おれはあんたたちとは違う！　いままでもずっと違ってたし、これからも同類になる気はない」

プリンスはかっとなりかけたが、彼もばかではなかった。フェイガンは銃を持っているのだ。

「けど、おまえは全部知ってる。そしてそれをフォックスに明かさなかった。火事の通報のことを訊《き》かれたんだろ？」

「ああ。兄ふたりに言われて通報したと答えた」

もう我慢の限界だった。プリンスは足を踏みならして廊下を行ったり来たりしはじめた。腕を振りまわし、唾を飛ばしてわめいた。

「おまえは警察のイヌか？　きょうだいを売ろうってのか？　こんな日が来るとは夢にも思わなかった！」

「おれは望んで腐った家族の一員になったわけじゃない。さあ、出ていってくれ。二度とその顔を見ないですめばありがたい」

とうとうプリンスはフェイガンに飛びかかった。

とたんにライフルの床尾で顎を直撃され、床に倒れた。

なんとか体を起こして膝立ちになると、顎と唇から血が滴り落ちた。プリンスはよろよろと立ちあがった。

フェイガンがまた怒鳴った。「とっとと出ていけ。二度と戻ってくるな。おれは本気だ！　いいか、今度現れたら通報する。プリンス・ホワイトがここにいると警察に教えてやる」

プリンスの思考は停止した。さっきの一撃で、歯を一本と、なけなしの理性を失った。弟を思いきり罵倒したかったが、口を開いたときに出てきたのは、すすり泣きだった。

「そんなこと言うなよ、フェイガン。頼むから。金がないんだ。行くとこもない」

フェイガンは動じなかった。兄に振りまわされる日々の終わりが、生まれて初めて見えてきたのだ。彼は部屋へ引っこむと財布をつかんで戻ってきた。プリンスは一ミリも動いていなかった。

食料品を買うはずだった三百ドルを、フェイガンはプリンスの足元に投げつけた。

「ルーシーのところへでも行けばいい。おまえの居場所を知りたがってた。また手伝いがいるんだろう。行けば大歓迎してくれるさ」

プリンスは金を拾ってポケットに突っこんだ。

「疲れてるんだ。腹も減ってるんだよ、フェイガン」

「それでもここまで運転してきたじゃないか。同じようにして帰れ」

顎の血を拭ってから、プリンスはフェイガンの胸に指を突きつけた。

「きっとひどい目に遭うぞ」

フェイガンは兄の足に銃口を向けた。「ひどい目にはさんざん遭ってきた……家族がやらかしたことのおかげでな。もうたくさんだ。出ていけ」

プリンスはくるりと後ろを向いたが、勢いあまってふらついた。転ぶまいと壁に手をつくと、真っ赤な手形がそこに残った。

フェイガンは家の外までついていき、兄のトラックが納屋から出てきて走り去るのを見届けた。なかへ戻ると、表と裏の戸締まりをして明かりを消した。

暗がりで椅子に座ったフェイガンの膝にはライフルがのり、涙が頰を伝った。

帰宅後、夕方までひたすら薪《まき》を作りつづけ、ようやくリンクの気持ちは静まった。空気は冷たいが澄んでおり、チェーンソーやハンマーの音が山あいに大きくこだまして、薪の山は順調に高くなっていった。

過酷な経験を経てきたぶん、リンクには人の本性を見抜く力が備わっていた。ウェスリー・ダガンの今日の様子を思い返すにつけ、あれは誰かに吹きこまれた話を鵜呑《うの》みにした証言だったのかもしれないと思えてきた。

ティルディの話では、父はルーシーの浮気に感づいていたという。最後の数カ月、ふたりが互いによそよそしかったのはそれで説明がつく。しかしそれが殺人事件にまで発展するほどのこととは思えないし、ルーシーには確固たるアリバイがあった。彼女は犯人ではあり得ない。

あの弟たちは、姉が誰と寝ようが知ったことではないだろう。いやしかし、きっとどこかに見落としがある。自分は何を見落としている？

日暮れが近づき、リンクは作業を終えることにした。作った薪をシェルターへ運んで入口の脇に積みあげると、数本だけ持ってなかへ入った。手早くストーブの炭をかき混ぜて薪を足す。手を洗っていると腹が鳴ったので、朝食を食べたきりだったのを思いだした。メグが持たせてくれたポークチョップとポテトを冷蔵庫から出してきて、電子レンジで温めはじめる。

メグに会いたかった。訪ねていくには遅すぎる時間だけれど、せめて声だけでも聞きたい。リンクはリクライニングチェアに体を預けて電話を手にした。ストーブに入れた薪が燃えはじめ、鉄の腹にのみこまれたポップコーンのように勢いよく爆《は》ぜた。

ポークチョップの匂いとストーブの暖かさが、家庭的な雰囲気を作りだしてくれている。

留守番電話に切り替わるかと思われたとき、メグが出た。わずかに息を弾ませて、笑っているような声だった。彼女と笑いあった遠い日々を思いだして、リンクは泣きたくなった。

「もしもし？」

「やあ、ぼくだ。変わりはない？」

「リンク！　ええ、大丈夫よ。シャワーを浴びてたの。電話に出ようとしてベッドに腰かけたら、ハニーにつま先を舐《な》められたのよ。それで笑っていたの」

メグの濡《ぬ》れた体を想像するのは、心の平穏のためにならなかった。「きみはくすぐったがり屋だったね。いまどんな格好でいるのかは訊かないことにするよ」

メグはまた笑い、バスタオルをきつく巻き直した。

「今日は忙しかったわ。キルトを梱包《こんぽう》したり、値札やブースに飾るものを用意したりで」

「その展示会は大がかりなものなの？」

「ええ。わたしは十年前から参加してるんだけど」

「出発は、いつ？」

「木曜日の朝。会場近くのモーテルを予約してあるの。金曜はまだ暗いうちから会場へ行って準備を始めるのよ。開場は午前九時で、会期は日曜の午後三時まで。毎年、わたしの年収の半分ぐらいはここでの売りあげが占めてるわ」

「それは大事だ」

「わたしにとってはね。それで、あなたのほうはどんな一日だった?」

リンクはため息をついた。「くそだ」

「え?」

「いや、ごめん。でも実際、そんな一日だった」

リンクの落胆ぶりはメグにも伝わった。「何があったの?」

「ウェスリー・ダガンに会ってきた。会社まで行って、裁判で偽証したのはなぜだと問い詰めた」

メグは不安になった。リンクは真っ向から戦いを挑んだのだ。

「彼は……なんて答えたの?」

「それが、妙なんだ。もちろん、嘘などついていないと言い張ったが、どうも本気でそう思っているようなんだ」

「どういう意味?」

リンクは髪に手を突っこんだ。電子レンジの調理終了を知らせる音がしたが、放っておいた。

「誰かに言われたことを鵜呑みにして、そのまましゃべったんじゃないかな。噂《うわさ》ならそれでもいいけれど、これは聖書に手を置いて誓った上での証言だ」

「覚えてるわ。彼の証言にはみんなが驚いたのよ。あなたたち親子が争っているところなんて、誰も見たことがなかったから。だけど、マーカスといちばん仲のいいウェスリー・ダガンが言うんだから本当だろうって……」

「ところが、本当じゃなかった」リンクはさらに言った。「でも、今日は収穫もあった。大きな収穫だ。ウェスに、親友の妻と寝たのかと質問したんだ。そうしたら、心臓麻痺《まひ》を起こすんじゃないかと思うような反応を示した。そして急に、出ていけとわめきだしたんだ。こっちは言うべきことは言ったから、ウェスの会社を出て自宅へ回った。そしてルーシーを同じように問い詰めた」

メグはうめいた。ホワイト一家を怒らせると怖い。プリンスがどんな無茶をするかはすでに明らかになったし、フェイガンも似たり寄ったりだ。レベルリッジを離れたウェスとルーシーは、いまではずいぶんいい暮らしをしているらしい。それを失う事態になるかもしれないと彼女に思わせるのは、凶暴な犬をからかうようなものではないだろうか。どんな行動に出るか、わかったものじゃない。

「ああ、リンク、それは大変よ。ルーシーのことだから、何をしでかすか……。それで彼女、どう言ってた？」

「なぜ嘘をついたのか、誰をかばってるのかと訊いたら、とたんに怒りだして追い払われた」

「残念だったわね」

「ああ。しかし向こうもいまごろ、歯ぎしりしてるさ」

メグは眉根を寄せた。「もしルーシーが事件にかかわっているとしたら、あなた、背中に大きな的を背負ったも同然よ」

「わかってる。だが大丈夫だ。ぼくはそんなにヤワじゃない。ところで、明日はどうするんだ?」

「教会はお休みするわ。展示会までにやらなくちゃいけないことが山ほどあるから。水曜に母のところへ持っていくお菓子も作らないといけないし。忘れないでね。あなたも一緒に行くのよ」

「話を聞いていると、そのころにはきみの車は展示会用の荷物でいっぱいなんじゃないかな? 水曜日はぼくのトラックで迎えに行こうか?」

「わあ、嬉《うれ》しい!」

メグの弾んだ声を聞くだけでリンクまで嬉しくなった。メグと過ごすその日が大いに楽しみだ。家の人たちを戸惑わせることになるかもしれないが、堂々としていようと心に決めていた。

「メグ……きみと話すと気持ちが安らぐ。ありがとう」

メグはそっと目を閉じた。そうすると、柔らかくハスキーなリンクの声にすっぽりと包みこまれるような感じがした。これが声ではなくて彼の腕ならもっとよかったのにと、心から思った。

「電話してくれて嬉しかったわ。明日はティルディと楽しんできてね。わたしからもよろしく伝えて」

「わかった。それで明日なんだが、帰りに寄ってもかまわないかな？　きみの顔をどうしても見たいんだ」

「もちろん、かまわないわ」

「よかった。じゃあ、明日」

電話が切れるとメグはしぶしぶ受話器を戻した。腰をかがめてハニーの耳の後ろを掻《か》いてやるあいだも、顔はひとりでにほころんだ。

「リンクからだったのよ、ハニー。彼と話すと幸せな気分になるの。あなたといるときも幸せ。いまのわたしは幸せいっぱい。そうだ、外へ行きたいのよね？」

ハニーがメグの手を舐めた。

「じゃあ、ローブを着てくるわね。あなたが外へ出ているあいだに、わたしはホットチョコレートを作ることにするわ。なんだか急に、熱くて甘いものが欲しくてたまらなくなったの。だけどリンクは手が届かないところにいるから、ホットチョコレートで我慢しないといけないの」

日曜の朝、薪を補給しようと外へ出たリンクは、晴れ渡る空の美しさに思わず足を止めた。

澄みきった大気はアイスキャンディ並みの冷たさだが、霜のおりた草地が早朝の陽光を受けて、まるで氷のかけらが煌《きら》めいているようだった。空の彼方《かなた》で鷹《たか》が鳴き、まっさらな静寂が破られると、薪の山の陰からうさぎが跳びだしてきた。リンクは深々と息を吸い、そして吐いた。温かな呼気が顔の前で、ごく小さな雲になる。山に生まれたことは神からの贈り物だと思うのは、こんなときだった。

輝かしい朝をひとしきり心のなかで称《たた》えたあと、リンクは薪を抱えて部屋へ戻った。ストーブに何本か放りこむと、ヒマラヤスギの燃える匂いが、できたてのコーヒーの香《かぐわ》しい香りと溶けあった。

今日は、ティルディにフランキー・イーツのディナーをごちそうする日だった。もちろん楽しみだが、同時に不安でもあった。思い出に残る食事になるか、あるいはさんざんな結果に終わるか。リンクが店へ入っていったときの客たちの反応しだいで、どちらかになる。しかし何が起きても、ティルディ・ベネットがうまく対処してくれるのはわかっていた。

昼のディナーに備えて、朝はピーナツバターとジェリーのサンドイッチひとつだけにした。食べながらパソコンを開いてダラスからのメールをチェックした。珍しく差し迫った問題はなく、逆にジェラルドから喜ばしい知らせが入っていた。いま請け負っている物件が、当初予定されていた納期より二週間ほど早く完成しそうだという。つまり、契約書に盛りこまれていた二万五千ドルのボーナスを得られるのだ。

〝でかした〟のあとにエクスクラメーションマークを三つ連ねて送信してから、リンクはコーヒーをいれに立った。手を動かしながら、頭では真犯人を突き止めるために次に何をするべきか考えていた。そして思いだしたのが、あの火事の前にホワイト家に金が入ったというティルディの話だった。

差し押さえ寸前に借金が完済されたらしいが、ティーンエイジャーだったリンクがそんな噂に興味を持つはずもなかった。しかし、いまは首を捻《ひね》らずにいられない。金持ちの親戚が死んで遺産でも入ったのなら話は別だが、十中八九、違法な手段で手に入れた金だろう。伯母はもっと詳しい事情を知っているかもしれない。今日、会ったら訊いてみなければ。このことが父の死にかかわっているのかどうかわからない。だが自分と父の周囲にいた人物にまつわることなら、何ひとつ無視はできない。

パソコンの前に戻ったリンクは、もうひとりの現場監督であるトビーにメールを送り、その後は時計を気にしつつ仕事を続けた。最後に個人と会社それぞれの銀行口座をチェックして、電源を落とした。問題は何もない。つまり、心おきなく正義の追求に専念できるというわけだ。

出かける時間が近づくと、まず髭《ひげ》を剃《そ》った。上等なシャツとボロータイ、いちばん気に入っているウエスタンスーツを出してから、よそいきのブーツをぴかぴかになるまで磨いて、服を着替えた。みぞおちのあたりが重い気分は変わらなかった。ある意味、葬式に出かける準備をしているようでもあった。理由はわかっている。自分が地元の人々にどう受け入れられるか、わからないからだ。だが、臨戦態勢は整った。リンクはカウボーイハットを頭にのせて、戸締まりをした。

走りだすとすぐにヒーターのパワーを全開にした。こうしておけば、伯母が乗るころ車内はほどよく暖まっているはずだ。ハンドルを握るうちに心はしだいに軽くなっていったが、カーブを曲がったところでリンクは急ブレーキをかけた。コヨーテを轢《ひ》きそうになったのだ。鶏をくわえたそいつは、目の前を横切って森へ姿を消した。

思いがけない光景に、リンクは思わずかぶりを振った。こんな真っ昼間にコヨーテを見かけるとは。卵をよく産む雌鶏《めんどり》がいなくなったと、いまごろ誰かが騒いでいるだろう。

それ以後は何事もなくティルディの家に到着し、時計を見ると、まさに十一時ちょうどだった。

門をくぐるときに窓のカーテンが揺れるのが見え、リンクは微笑《ほほえ》んだ。ティルディはずっと外を見て待っていたのだ。リンクがポーチへあがると、ノックをする前にドアが開いた。

戸口に立っているのは、古ぼけたオーバーオールとワークブーツで山を歩きまわっている老婆とは似ても似つかない女性だった。長い三つ編みを巻いて頭頂部でひとつにまとめているのが、まるで銀色の王冠のようだ。ブルーのシャツドレスの丸襟は、白いレースに縁取られている。

「ティルディ伯母さん！　すてきだよ！」

「なんの。ただの古着さ」そう答えながらも、ティルディは嬉しそうに微笑んだ。

「準備はいい？」

「ああ。あとはコートを着てバッグを持つだけだ」

リンクは、ソファの背にかかっていたコートを取って伯母に着せかけると、腰をかがめてその頬にキスをした。花と白粉《おしろい》の匂いがした。薬草に毎日触れている女性はこういう匂いなのだと初めて知った。

「匂いまですてきだ」

ティルディはリンクの頬をぽんとたたいた。「ありがとう。そんなことを言われたのは、すごく久しぶりだ」

戸締まりを終えたティルディにリンクは肘を差しだしてトラックまで歩き、彼女が乗りこむのを手助けした。

「車のなかは暖かいね」

「きれいな靴を履いた、かわいい足を凍えさせるわけにいかないからね」

ティルディがにこにこした。「よそいきの靴を履いたのなんて何年ぶりだろう。歩き方を忘れかけてたよ。だけどね、わたしは今日をとても楽しみにしていたんだよ」

「ぼくもだよ、伯母さん。みんなにどんなふうに受け入れられるか、ちょっと心配ではあるけどね。険悪なムードの食事になったら、伯母さんに申し訳ない」

「まわりにどう思われようと、わたしは平気だよ。何が正しくて何が正しくないか、ちゃんと自分で判断できる」

「うん。それじゃ、出発だ」

13

「あれからどうなったか、聞いてもらえるかな」運転しながらリンクは言った。「昨日、ウェスとルーシーに会いに行ったんだ。ひどいやりとりになったけど、少なくとも、ぼくが戻ったこととその目的を知らしめることはできた」

「よかったじゃないか。昨夜《ゆうべ》はふたりとも悪夢にうなされたかもしれないね。いい気味だ」

リンクは小さく笑った。「そうだね。でも、ひとつ気になることが出てきたんだ。この前、伯母さんがしてくれたホワイト一家の話だよ。不動産を差し押さえられそうになったものの、間際に全額が返済されたんだよね？」

ティルディはうなずいた。「間違いないよ」

「もっと詳しいことはわからないかな？」

「わたしも、ミセス・ホワイトからお金が入ったと聞いただけで、それ以上はわからないねえ」

「ミセス・ホワイトはほかに何も言ってなかった？」

「ああ」

「それはどういう金なんだろう？」

ティルディは眉根を寄せた。「さあ……いくら入ってきたのか知らないけど、借金の額なら知ってるよ。リウマチの軟膏《なんこう》を取りに来たミセス・ホワイトが泣きながら言ったんだ。四百ドルだって無理なのに、四万ドルなんて返せるわけがないってね」

「四万ドル？　レベルリッジでそれだけ借金するというのは普通じゃないな。代々受け継いできた土地を担保にしてまで大金を借りたのは、なんのためだったんだろう」

「金遣いの荒い旦那だったんだよ。おまけに、前代未聞の怠け者ときてる。おおかた、ちびちび借りることの繰り返しだったんだろう。気がついたら、抵当に入っていない地面は一平方メートルもなくなってたってわけだ」

リンクはティルディの話に耳を傾けた。必要に応じて相槌《あいづち》を打ちながら、次のステップは、その金の出所を突き止めることだと考えていた。

だが、今日ではない。今日は、ティルディに喜んでもらう日だ。

「タイミングがよかったみたいだ。車が三台しかとまってない」リンクはフランキーズ・イーツの駐車場にトラックを入れた。

「みんな、まだ教会にいるんだよ。じきにいっぱいになる」

リンクはカウボーイハットをかぶると、ティルディを助手席から降ろし、自分の体を盾にして彼女を冷たい風から守った。彼の肘に手をかけたティルディは背筋を伸ばし、満足そうな笑みを浮かべて歩きだした。

スー・エレンが客のテーブルへ向かっていると、めかしこんだティルディ・ベネットが店へ入ってきた。老女と腕を組むハンサムな連れを見て、スーは足を止めた。噂《うわさ》になっているから彼の素性は知っている。でも、友人のメグが昔つきあっていた華奢《きゃしゃ》な少年の面影はどこにもない。なんて大きく、すてきになったこと。

「いらっしゃい、ティルディ！　ねえ、すごくすてきじゃない！」そしてスー・エレンはリンクに微笑《ほほえ》みかけた。「お好きな席へどうぞ。すぐ注文を聞きに行くわ」

メグの友人のスー・エレンだということは、リンクにもすぐわかった。その温かい笑顔に嬉《うれ》しい驚きを感じながら、リンクは壁際のブースへティルディを導くと、そっとコートを脱がせた。

「ここでいい？」

「もちろん」

ほかの客たちにじっと見られているのはわかっていた。だがリンクがそちらを見ると、彼らはそそくさと目をそらした。リンクはため息をつき、帽子を取ってかたわらに置いた。

スー・エレンがやってきた。笑顔はさっきと少しも変わらない。「ちょっと、リンカーン・フォックス、全然わからなかったわ。すごく大きくなったわね。すごくハンサムにもなった」

リンクは微笑んだ。「相変わらず調子がいいな、スー・エレン。旦那さんはそんなきみを操縦できる寛大な人なんだろうな」

スーは忍び笑いを漏らした。「まあね。ジェシーは、このままのわたしが好きだって言ってくれてるわ。それはそうと、日曜日はコースだけってことはご存じ？　今日はほかのものは作れないの」

「だからこの店にしたんだ。コースを二人前頼むよ。デザートは何かな？」

「ココナッツクリームパイよ。飲み物はコーヒー？　それともアイスティー？」

「わたしはコーヒーがいいね。今日は冷えるから」

「じゃあ、コーヒーをふたつ」

ふたりが食事をしているあいだに店は混みはじめた。誰もがティルディのことは知っており、彼女の連れの素性は容易に推測できた。地元には住んでおらず、ティルディ・ベネットと食事をする若い男といえば、リンカーン・フォックスしかいない。

そうした好奇の視線を浴びるのはリンクにははじめからわかっていた。どの客も、胸の内ではいろいろなことを思っているに違いないのだ。なかには、あからさまにいつまでもじろじろと見てくる男たちもいる。彼らが何を言いたいか、その顔に書いてある。

リンクとティルディが食事を終えかけたころ、ドアが開いてカップルがひと組入ってきた。鉄条網に突っこんだジョージだった。彼はこちらに気づくと、まっすぐ歩み寄ってきた。

「また会えてよかったよ。これは女房のロレッタだ。ロレッタ、ほら、彼がリンカーン・フォックスだ。ティルディの甥《おい》っ子の。リンカーン、山の向こう側のデュロイって家を知ってるかい？　女房はあそこの出なんだ」

紹介を受けてリンクは立ちあがった。とたんに、女性客の視線がリンクに集まった。

「ご実家のことは存じませんが、お目にかかれて光栄です」

ロレッタはリンクの手を握って大きく上下に振った。「あなたがジョージにしてくださったこと、一生忘れないわ。本当にありがとう」

「お役に立ててよかったです」リンクはジョージを見た。「だいぶよくなったみたいですね？」

「おかげさんでな。いやほんとに会えてよかった。うちのほうへ来ることがあったら、ぜひ寄ってくれ。おれの作るピーチワインはうまいぞ」

「いただきたいですね」

「そろそろ座らないとスー・エレンに怒られちまうな」ジョージは妻を伴って、ひとつだけ空いていたテーブルへ歩いていった。

それから、デザートを満載したトレイを持ってスー・エレンがやってきた。ココナッツクリームパイをふた皿リンクたちのテーブルにのせると、ウィンクをして立ち去った。

「面白い子だよ、まったく」ティルディは言い、パイをひと口ほおばった。「なかなかよくできてる。だけどバニラの風味が心持ち足りないかねえ」

リンクは密《ひそ》かににやりとした。「ほんとだね。うまいけど、伯母さんのにはとうていかなわない」

ティルディが相好を崩した。「嬉しいことを言ってくれるじゃないか。ありがとうよ」

「どういたしまして」

昔の思い出話などをしながらパイを食べ終え、リンクが財布を取りだしたときだった。年配の夫婦が店へ入ってきた。

妻のほうがティルディを見つけ、まっすぐこちらへ向かってきた。ジョージのときとまったく同じだ。彼女がしゃべりだすと、リンクは今度も立ちあがった。

「まあ、ティルディ、今日のあなた、なんてすてきなのかしら。こちらが甥御さんのリンカーンね……ベウラ・ジャスティスのところのドアを直したっていう。それに、薪《まき》やプロパンのお世話もしたんですって？」

ティルディが申し訳なさそうにリンクを見た。「こちらはお隣さんのサーグッド夫妻。エルヴィスとジュエルだよ」

「はじめまして、リンカーン・フォックスです」

ジュエルが目をすがめて彼を見あげた。「ほんとにあなた、大きいわねえ」

「はい」

ジュエルは深々と息を吐くと、しゃべりはじめた。「あのねティルディ、あなたも知ってると思うけど、わたしは運命というものを信じているの。とても困っているわたしたちがここでこうしてあなたたちに出会ったのは、運命だと思うのよ。エルヴィスは最近ます惚《ぼ》けちゃって……大工道具はもう使えないの。危なくてね。こんな人だけど、一応わたしのものでしょう？　わたしは自分のものは大事にするほうなのよ」

リンクは笑みを漏らしそうになるのをこらえた。エルヴィスは妻が言うほど惚けているようには見えないが、見た目だけではわからないのかもしれない。いまも彼は、妻を置いてひとりでスー・エレンのあとをついていこうとしている。

「どんなふうに困ってるんだい？」ティルディが訊《き》いた。

「裏のポーチが崩れそうなの。危ないから出ないでってエルヴィスには何度も言ってるんだけど、だめなの。このままじゃ、あの人、きっと脚を折るわ。そうなったら、あそこへ行ってもらうしかないじゃないの。わたしの手には負えないもの」

リンクは目をぱちくりさせた。「あそこって、まさか天国？」

甥の表情がおかしくて、ティルディは下を向いてにんまり笑った。

ジュエルが眉をひそめた。「まさか。違いますよ。それじゃあ犯罪じゃない。マウント・スターリングの老人ホームよ。だけどエルヴィスは他人とうまくやっていくことができないの。だからね、お願いできないかしら。ほら、汝《なんじ》の隣人を愛せよって聖書にもあるじゃない」

ティルディが顔をしかめた。「それはちょっと意味が違うと思うけどね」

ジュエルはじろりとティルディをにらみ、それからリンクに目を戻した。

「ベウラの家のドアを直したみたいに、うちのポーチも直してくださらない？」

「わかりました、おやすいご用です。伯母にお宅の場所を教わって、明日の朝いちばんで下見にうかがいますよ。そちらのご都合がよければ」

ジュエルが万歳の格好をした。「ああ、ありがとう！　あら、エルヴィスはどこ？」

リンクは離れたところのテーブルを指さした。エルヴィスはとっくに席に座り、いまはスー・エレンと楽しげに話をしている。

「まあ！　いい年をして鼻の下を伸ばしちゃって。お説教してやらなくちゃ」

つかつかと通路を進み、ジュエルもテーブルについた。

「すまなかったね。こんなことになるなんて思ってなかったよ」

リンクは笑った。「平気だよ。でも、伯母さんも一緒に来てくれないと困るよ」

ティルディはにやりとした。「まさか、あのちっこいばあさんが怖いわけじゃないだろうね？」

「ノーコメント。ほら、駐車場にまた車が入ってきた。新しいお客さんに席を譲ったほうがよさそうだ」

「おまえさえよければ、わたしはいつでもいいよ」コートを着るティルディにリンクが手を貸した。

かなりのチップを含めて金をテーブルに置き、リンクはカウボーイハットをかぶった。伯母とともに戸口へ向かう途中、男ばかりのテーブルの脇を通ったときだった。なかのひとりが、店内の多くの人間が思っているだろうことを口にした。

「やっとお帰りだ。人殺しと一緒じゃ、おちおち飯も食ってられなかったぜ」

ティルディがよろめいた。転びかけた伯母の腕を、リンクはつかんだ。ティルディが甥に代わって抗議するより早く、奥の席から声があがった。

「黙れ、ビル・ステイリー！　ウェイン・フォックスが証言しただろう、孫は何もやっちゃいないと。おれはあの言葉を信じたし、いまも信じてる。考えてもみろ、息子を殺されたんだぞ。その犯人をかばうわけがないだろう。それがわからないやつは、ばかだ」

枯れ葉の山に、火のついたマッチを投げこんだようなものだった。たちまち蜂の巣をつついたような騒ぎになった。本格的な争いが勃発する前に、リンクは声を張りあげた。

「やめてください、みなさん！　戦うべきなのは、このぼくなんです。みなさんには争ってほしくない。レベルリッジの誰かが人を殺して涼しい顔をしているんです。ぼくは自分の身の潔白を証明するために故郷へ帰ってきました。父のために冤罪《えんざい》を晴らし、正義を果たすつもりです」

「いまになってか?」誰かがぼそりと言った。

ティルディが声をあげたのはそのときだった。「もうたくさんだ! わたしはね、レベルリッジの住人全部のことを本人よりもよく知ってるんだよ。そのわたしが保証するよ。まったく後ろ暗いところのない人間なんてひとりもいない。人に石を投げる資格は誰にもない。噂話《うわさばなし》と陰口ほどいやなものはこの世にないね。ここにいる男はね……あんたちが訳知り顔で指さしてる男はね、わたしたちには想像もつかないような地獄を見てきたんだよ。今年の頭にいっぺん死んで、奇跡的に息を吹き返したんだ。そのとき父親が夢枕に立って、レベルリッジへ帰れと言ったんだ。正義が果たされていないから、この子の父親の霊魂は……わたしの弟の霊魂は、まだそのあたりをさまよってるんだ。いいかい? あんたたちのなかにはこの先、具合が悪くなってわたしのところに来る者がいるかもしれないけど、リンカーンのことを悪く言うなら、わたしは知らないからね。治療してくれだの軟膏をくれだの頼まれたって、追い払うよ。どんなにひどい怪我《けが》や病気でもだ!」

リンクはティルディの体に腕を回した。伯母は怒りのあまり、ぶるぶると震えていた。

「行こうか、伯母さん」

「ああ、そうだね……おなかもいっぱいになったし、帰ろうかね」

「うん、帰ろう」リンクは優しくうなずいた。

日曜の朝の酒場かと思うほど静まりかえった店を、ふたりはあとにした。駐車場を出るとリンクは言った。

「あんなことになって、残念だったね」

ティルディは鼻を鳴らした。「わたしは、ちっとも。おまえと一緒においしいものを食べられてほんとに嬉しかった。ちょっとばかりまわりが騒いだからって、嬉しい気持ちにまったく変わりはないよ。だけど眠くていけない。帰ったらすぐに昼寝をしよう」

リンクは微笑んだ。「車で寝てもいいよ。着いたら起こすから」

「いびきをかいてたら、つねっておくれ」

今度はリンクは声をあげて笑った。「何をされたらその人が怒りだすか、ぼくはわきまえてるつもりだよ。そのへんはちゃんと父さんに教育された」

ティルディも笑った。車内を満たす楽しげな笑い声は、リンクの胸にまで染み入った。


雲が広がりはじめた昼さがり、リンクはメグの家の前にトラックをとめた。外へ出ると、ポーチにいたハニーが鳴いた。

「やあ、ハニー、ぼくのことがわかるんだな」リンクが言うと、ハニーは長い脚でひょこひょこ近寄ってきた。リンクはしゃがんで耳の後ろを掻《か》いてやった。「よしよし、いい子だ。メグはどうしてる？　うん？」

ハニーの鳴き声を聞いたメグは、リンクが来たのを知って迎えに出た。庭にしゃがみこんでハニーと戯れる彼を眺めるうち、胸に熱い思いが広がっていった。

あんなにすてきな人はほかにいない。あの人を愛し、あの人に愛される一生を送りたい。メグは強くそう思った。

突然、冷たい風が吹きつけてきて彼女はわれに返った。「ちょっと、おふたりさん！」

リンクは顔をあげた。メグが笑顔で戸口に立っている。すらりとした長身にブルージーンズがよく似合う。立ちあがって歩きだしたリンクは、胸の高鳴りを覚えた。

「本当に来たよ」リンクはポーチへあがった。

「いらっしゃい。どうぞ」メグは彼を招き入れてドアを閉めた。

コートとカウボーイハットを脱ぎながらリンクは、メグのセーターと瞳の色がまったく同じグリーンだと気づいた。ロッキングチェアの背に帽子を掛け、座面にコートをのせて、軽く抱き寄せるつもりで彼女に両腕を回したが、声は低くかすれた。

「きみはきれいだ、メグ・ルイス」リンクはメグの首の曲線に顔をうずめた。「ああ、いい匂いだ。どんな香水をつけてる？」

ほろ苦い既視感《デジャヴ》だとメグは思った。リンクの腕に抱かれると、求めてしまう。

だったら、その欲望に素直に従えばいいのに——もうひとりの自分の声で、頭がいっぱいになる。ふと気づくと、彼が何か言っていた。メグはしどろもどろになりながら答えた。

「え？　ああ、香水は……つけてないわ。たぶん、バニラでしょう。クッキーを焼いてたの」

つかの間、リンクは体を離してメグの顔を見た。彼女の瞳はイエスと言い、唇は開いている。ぐずぐずしていると彼女の気持ちが変わってしまう。

リンクはそっと唇を重ねた。キスはしだいに激しくなっていった。

「クッキーか」頭をあげてひと言つぶやくとふたたび唇を寄せ、さっきよりも穏やかな長いキスをしたあと、リンクはまた顔を離した。「チョコレートチップクッキー？」

メグは頭が変になりそうだった。この人はわたしを抱きたいの？　それとも、クッキーを食べたいの？

「ええ……ペカンナッツも入ってるわ」

「欲しいな」彼はささやき、またしてもキスを始めた。「いい？」

メグは立っていられなくなりそうだった。この会話の行き着く先がわからない。

「欲しいって、何が？」

「きみが分けてくれるものならなんでも」

「クッキーはキッチンにあるわ。ベッドルームは廊下の突き当たりの左側。好きなほうを選んで」

「両方でもいいかな?」

耳の奥でどくどくと心臓が打っていて、メグはリンクの言葉がよく聞き取れなかった。けれどその表情から、彼がすべてを欲しがっているのはわかった。メグは吐息をついた。

「白状すると、あなたとベッドへ行きたいわ」

リンクは小さくうめくとメグの体をすくいあげ、横抱きにして歩きだした。部屋へ入ってドアを足で閉め、メグをベッドに横たえた。

ジーンズのファスナーもおろせないほどメグの手は震えていた。早々とシャツを脱ぎ捨てたリンクが、その手をそっと押しやった。

「ぼくがやるよ」

スナップがはずれる音。ファスナーの開く音。静かな部屋でそれはやけに大きく聞こえた。そして次の瞬間には、魔法のようにジーンズが椅子の背にかかっていた。あのころに比べて彼はずいぶん腕をあげた。メグがぼんやりそんなことを思っているあいだに、セーターが頭から抜かれ、リンクがブーツとジーンズを脱ぎ捨てた。

火傷《やけど》の痕があるせいで、胸や腕の筋肉の動きがひときわ目立つ。メグの隣にリンクが横たわった。ブラジャーのホックがはずされ、ショーツの縁に彼の親指がかかり、それがゆっくりさがりはじめると、メグは声をあげそうになった。長い時を隔てたあとも、ふたりのあいだにぎこちなさはなかった。かつてリンクは手取り足取りメグに教えてくれた。そして彼女は優秀な生徒だった。けれどこの人は、あのころメグが隅々まで知り尽くしていた少年とは違う。とびきり魅力的な、未知の人だ。彼とひとつになることを思うと、メグの体は喜びに震えた。

ふたりの視線が絡みあった。どちらの瞳も、それぞれの情熱と欲望をくっきりと映しだしている。リンクがメグの頭を抱えて唇を重ね、彼女の体にまたがった。柔らかなマットレスと固い肉体のあいだにメグは固定され、動けなくなる。だがその激しさも、これから始まる営みの序章でしかなかった。

自身の激しい動悸《どうき》がメグの耳をつんざいた。全身の筋肉をこわばらせて、それでもメグはリンクを求めて手を伸ばした。彼の腕に指を巻きつかせると、大きな手が両の乳房を包みこんだ。

先端を指で転がされ、メグはあえいだ。息をつく間もなく快感が押し寄せる。何年も忘れていたのに、たったひとりの男の指で、その感覚はよみがえった。夜ごとの孤独がこだまとなって、メグの喉の奥から漏れだした。

メグが高みへのぼりはじめた。リンクは身を起こし、脈打つものを一気に挿入した。彼女の湿った温かさがぴったりとまつわりつく。炎にガソリンがかけられたも同然だった。ふたりの未来のために、この女性にみずからを刻印しなければ。昔、大好きな少女にしたように。だからリンクは突いた。激しく、強く、繰り返し、突いた。あのころを思いだし、同時に、新しい思い出を作っていく。メグが達したのを見届けて、ようやくリンクはすべてを解き放った。

体がメグの上に崩れ落ちた。彼女のすすり泣きが聞こえる。首にメグの両手が回されたのがわかった。何も考えられない。動けない。十八年の空白がこれで埋まった。置き去りにした少女と、またひとつになったことで。

神の祝福を受けたとリンクは思った。

心の傷が癒えたと思った。

そして、メグを愛していると思った。

愛はずっと、この胸の内にあったのだ。それがいま、奔流となってほとばしるのをリンクには止められなかった。彼はメグの頬にそっと手を当てて涙を拭った。その手を首から胸へ、平らな腹部へと滑らせた。

「なんてきれいなんだ、マーガレット・アン」

新たな涙がメグの視界を曇らせた。初めてのときも、リンクは同じことを言った。答える声は涙声になった。

「ああ、リンク……この十八年のことを思うと、悲しくてたまらなくなるわ」

「過去を振り返るのはやめよう、メグ。ぼくたちには、いまがある。いま、こうしている。

ほかに大事なことがある？」

メグはリンクの体の傷跡を指でなぞった。「あのころのわたし、終わったあとのちょうどこういうとき……あなたを愛してるって、何度も繰り返し言ってた」

リンクは彼女の手を取って自分の胸につけた。「覚えてるよ」

メグの唇から柔らかな吐息が漏れた。「あなたはどう思っているかわからないけど、わたしの気持ちを正直に言うわ。こういうことをしたのは……あのころを懐かしんでとか、そういうのとは違う」

「それはぼくだって同じだ。これまでぼくが愛した女性はただひとり、きみだけだった。きみへの思いはずっと変わらなかったが、きみが独り身だとは思っていなかった。ぼくはいま、もう一度チャンスをもらいたいと思っている……しかし、父を殺したやつらに正義の裁きが下されるまでは、誰とも何も約束はできないんだ」

メグは、はっとした。「やつら？　ひとりじゃないの？」

リンクはうなずいた。「伯母の意見なんだ。父は大きな人だった。だから犯人は複数に違いないと。言われてみれば、確かにそうだとぼくも思う」

メグの声が震えた。「あなたの身がますます危険になったというわけね」

「ああ。でも、じゅうぶん気をつける」

それでもメグは安心できなかった。

リンクがメグの上からおりて横たわった。ふたりのあいだに真実以外のものが入りこまないよう、顔と顔を向かいあわせる。メグの髪に手を差し入れて、リンクは彼女の表情を探った。あまりにも早くこうなったことへの後悔が、そこに表れてはいないかと。

だが、それは杞憂《きゆう》だった。

「メグ……きみを失ったことは人生最大の悔いだった。いまの気持ちは言葉では表せない。二度目のチャンスを与えてくれた神様に感謝するばかりだ。ただ心配なのは、ぼくとかかわったためにきみまで危険にさらされることだ」

メグはリンクの頬を手で包んだ。「わたし、あなたの役に立ちたい。ふたりであなたの身の潔白を証明するの」

「きみを巻きこみたくないんだ」

「でも――」

リンクは彼女の唇に指を当てた。「これだけは譲れない」

メグはため息をついた。「しかたないわね。わかったわ」

「ありがとう。ところで、クッキーだけど……」

メグは苦笑した。「そろそろ冷めたころね」

首を伸ばしてリンクは素早くキスをした。「コーヒーをいれるよ」

「もう、できてるわ」

「だったら、こうしちゃいられない」リンクはベッドから出ると、脱ぎ捨てたふたりの服を拾いあげてマットレスに置いた。

そのなかから自分のものを選びだして、メグはバスルームへ行った。身支度をしてキッチンへ入っていくと、リンクはすでにクッキーをほおばっていて、ふたつ目をしっかり手にしている。

「コーヒー、用意しておいたよ」彼女にもクッキーを手渡して、リンクはウィンクをした。

「ありがとう」メグはテーブルについて熱いマグを手元に引き寄せた。「ティルディとのディナーはどうだった？　何か言ってくる人はいた？」

リンクは自分のマグを持って腰をおろした。「帰り際にちょっとした騒ぎになった。でも、ぼくが言うべきことを言ったあと、ティルディが大演説を始めたんだ。正義を果たすために父の霊魂がぼくを帰郷させた、ってね。聖書を引きあいに出して、他人に石を投げる資格は誰にもないとも言っていた。そして、ぼくを悪く言うなら具合が悪くなっても治療してやらないと脅したんだ」

メグは笑った。「聞きたかったわ！　レベルリッジの人たちは迷信深いから、霊魂がどうのと言われたら黙るしかなかったでしょうね」

不意に雷鳴がとどろき会話が途切れた。ハニーが激しく吠《ほ》えはじめた。

メグは眉をひそめた。「また降るのね。ハニーは雷が大の苦手なの。なかへ入れてやらなきゃ」

そう言って、メグは玄関へ急いだ。

ほどなく、くんくん鳴く声が廊下を近づいてきた。メグと一緒にキッチンに現れたハニーは、おやつをもらうとストーブのそばのラグに寝そべった。

リンクが窓辺で空を見あげていると、背後からメグがやってきて彼の脇の下へ入りこみ、胸にもたれた。

「これは荒れそうだ」そう言ってリンクがメグの肩を抱き寄せたまさにそのとき、激しい雨が降りだした。「外の用事があるんじゃないのか?」

「雲行きが怪しかったから、鶏には早めに餌をやったの。いままではデイジーの乳搾りもあったけど、もう出なくなったから。寒い冬に乳搾りをしなくていいのは助かるわ」

その後リンクはしばらく黙って雨を見つめていたが、突然、メグの肩から腕をはずすと両手をポケットに入れ、体ごと彼女のほうを向いた。

「ぼくの力になりたいって言ってくれたね?」

「ええ!」

「きみにやってもらいたいことがある……しかも、誰にも知られずに。パソコンは持ってる?」

「ええ。クインに設定してもらって、お客さんとやりとりするのに使ってるけど。わたしにできそうなことがあるの？」

「火事が起きたとき、ホワイト家の兄弟がたまたま現場にいたというのがどうも引っかかるんだ。それにもうひとつ妙なことがある。事件に関係あるのかどうかわからないが、ホワイト一家には四万ドルの借金があって、不動産を差し押さえられることになっていた。ところが父が殺される二週間前に、全額返済されている。おまけに家や庭のリフォームまでしているんだ。まともな方法で手に入れた金じゃないとぼくはにらんでる」

「わたしもそう思うわ。真相を調べる方法はないのかしら？」

「時間と手間はかかるかもしれないが、それをきみに頼みたいんだ。いまは忙しいだろうから、展示会が終わってからでかまわない」

「時間は取れるわ。どうすればいい？」

「父の事件と同じころにケンタッキーで起きた窃盗や強盗のうち、未解決のものをリストアップしてくれないか。被害金額が高額だった事件を」

「考えたわね」

　リンクはうなずいた。「そのことと父がどう関係してくるのかわからないけど、もし、そういうことがあって、それを父が知ったとしたら……警察に知らせようとするはずだ。それは犯人にとって殺す動機になりうる」

　リンクの役に立てるかもしれないと思うと、メグの気持ちは逸《はや》った。「条件に当てはまりそうな事件を片っ端からリストアップしてみるわ」

また雷が窓を揺るがして、ハニーがラグから跳ね起きた。メグは身を震わせた。

「寒くなってきたわね。暖房を強くしないと」

リンクがメグの頭に手を添えて引き寄せた。

「もう一度ベッドに潜りこむという手もある」

「もう一度ベッドに潜りこむという手も、確かにあるわね」

「それが賢明だと思うよ」リンクはささやいて、メグのほうへ顔を近づけた。

14

フェイガンに銃を突きつけられて退散したプリンスは、トラックで走りだしてからもしばらくはわめき散らしていた。それから次の作戦を考えはじめたが、やがて妙案を思いついた。追っ手をあきらめさせるのにいちばん手っ取り早い方法は、死ぬことだ。移動の唯一の手段を失うことになるが、これでうまくいけば逃げまわる必要ももうなくなる。

死んでいながら遺体が発見されない状況をどうやって作りだすかが問題だったが、明け方近くにケンタッキー川の長い橋を渡っているとき、その答えが出た。支流にかかる小さな橋を見つけると、プリンスは夜になるのを待ってそこへ戻った。トラックのアクセルをさげた状態でビールの空き缶をかませてギアを入れ、道路から橋へ折れる角の隙間をめがけて発進させた。欄干で運転席のドアをこすったあと、車体は宙を舞った。

トラックは頭から水に突っこみ、ゆっくりと沈んでいった。窓は開けたままにしてあった。コンソールボックスの財布も、床のスーツケースもそのままだ。ドライバーは溺れて流されたと警察は判断するだろう。

「安らかに眠れよ」プリンスは自分で自分の冗談に笑い、それからマウント・スターリングとは反対方向へ歩きだした。とてつもなく寒かった。帽子と手袋を残しておかなかったのが悔やまれた。

夜明け前に通りかかったトレーラーパークで車を盗むと方向転換をして、彼を受け入れてくれるであろうただひとりの人物、すなわち姉を訪ねることにした。マウント・スターリングまで来たプリンスは、とあるモーテルの駐車場であたりをうかがい、宿泊客の車のナンバープレートと自分のそれとをつけ替えた。そして、車の持ち主が何も気づかずに車に乗りこんで走り去るのを見届けた。これで、数週間とまではいかなくても、数日間は車を盗んだことはばれないだろう。次の手を考える時間はじゅうぶんある。

プリンスが姉の家の近くまで行ったのは、翌朝だった。それでも勇気が出ずに、さらに二日間、ぐずぐずしていた。昼間はモーテルにこもり、夜になると姉の家のまわりを車で走った。

そうこうするうち、ウェスが自宅にいないらしいのを知ってプリンスは驚いた。とあるモーテルの駐車場にウェスの車はとまっていた。彼の会社の真向かいだ。姉が置かれているであろう状況を想像して、プリンスはほくそ笑んだ。

その翌日の夜、テイクアウトしたブリトーをビールで流しこみながらニュースを見ていると、プリンス自身が画面に現れた。

ついにトラックが発見されたのだ。

フェイガンと保安官が川岸に立って、トラックがウインチで引きあげられるのを見守っている。弟は、あろうことか泣いていた。ボリュームをあげようとリモコンに手を伸ばした拍子に、ビールがシャツにこぼれた。

「おっと、しまった」つぶやいたあと、プリンスは高笑いをした。愉快でたまらなかった。

マイクを突きつけられた保安官がアップになる。

「マーロウ保安官、遺体はもう見つかったんでしょうか?」

「いや、まだです。このところ雨が続いたんで、流れが速くなっています。むろん捜索は続けていますが、トラックがいつ転落したのかも不明です」

「ご家族はなんと――」

「以上です。では、失礼」

カメラがフェイガンのほうへ振られた。

プリンスは笑った。阿呆《あほう》な弟はわんわん泣いている。

いい気味だ。おれをあんなふうに追いだした罰が当たったんだ。

ベッドからおりるとプリンスは着替えはじめた。ルーシーも弟が死んだと思っているはずだ。そこへ、実は生きていたんだと本人が現れれば、いままでのことは水に流される可能性が高い。プリンスは車に乗りこむと、裏道を選んで姉の家を目指した。

ボトルが並んでいたキャビネットはすっかり空になった。大晦日《おおみそか》に開栓するのを夫婦で楽しみにしていた冷蔵庫のシャンパンも飲んでしまった。ルーシーが数日ぶりに素面《しらふ》に戻ったのは、単に家のなかのアルコールが尽きたため、そして、買いに出ようにも二日酔いがひどすぎて運転できないためだった。なじみの酒屋に配達を頼んだものの、クレジットカードでの支払いができなくなっており、断られた。

驚きの次に困惑がやってきた。銀行に電話してみると、口座残高もゼロになっていた。そこでようやく、ウェスの仕業だと気づいた。正真正銘、ルーシーは無一文だった。このままではホームレスになるのは時間の問題だ。冗談じゃない。死んでもいやだ。ルーシーは必死になった。

フェイガンから電話がかかってきて、プリンスが死んだこと、トラックが川から引きあげられたことを聞かされても、まったくなんとも思わなかった。いまはそれどころではないのだ。

「フェイガン……助けて。わたし、どうすればいいの?」

「助けて?　きょうだいが死んだんだぞ。こんなときに自分のことしか考えられないのか?」

「ウェスにお金を取りあげられたの。次はたぶん離婚届が送られてくるわ。離婚なんて絶対いやよ。あんなに苦労してやっと手に入れたものを全部失うのよ」

沈黙が続き、ルーシーは慌てた。フェイガンがまた一方的に電話を切ったのだと思った。

「フェイガン？　フェイガン！　聞いてるの？」

「ああ、聞いてる。姉さんたち夫婦の問題をおれがどうこうできると思うか？　おれにはなんの関係もない」

一瞬ためらったが、ルーシーはぶちまけた。「このまま放っておくと、ウェスは弁護士のところへ行って離婚の手続きを進めてしまうわ。もう行ったかもしれない。だけどわたしはまだ書類を見てないんだから、何も知らないってことよね」

「だから？」

「だから……わたしを未亡人にしてよ。離婚する前にあの人が死ねば、全部わたしのものになるから」

今度こそ、本当に電話はぷつりと切れた。

この失敗がルーシーをますます追いつめた。

壁に掛かる絵をぼんやり見つめながら、ルーシーはこの数日間を振り返った。いったいどこでどう間違えたのか。こんな悲惨なことにならないためには、どうしていればよかったのか。

でも、まだ手は残されている。ウェスの同情を買えば、きっとなんとかなる。ルーシーは深呼吸をひとつして、夫の電話番号を押しはじめた。

テレビのやや上の壁に妙な汚れがある。どうやったらあんな高いところに靴の跡をつけられるんだ。視線はそこへ向いているのに、ウェスの目の前を次々によぎるのはこれまでの人生の断片だった。十歳のとき、ブーンズ・ギャップのバーニー食料品店でキャンディバーをくすねて以来、いろいろな間違いを犯してきた。

〝自分でまいた種は自分で刈り取らないといけないよ、ウェスリー。自分でまいた種なんだからね〟

母の声がこの数日間、耳にこびりついて離れない。

母は正しかった。情けないことに、この年になってようやくそれがわかった。テレビへ目をやると、知っている顔が映っていたのでウェスはボリュームを大きくした。なかのひとりはなんと、義理の弟だ。

「いったい何があったんだ？」

どうやら、プリンスの遺体の捜索が行われているらしい。いまのウェスには、プリンスの死が悲しむべきことであるとはどうしても思えなかった。保安官によれば、家族には連絡ずみだということだから、ルーシーもすでに知っているのだろう。

彼女とは二度と話をしたくないのが正直なところだが、そうもいかなさそうだ。と思ったとき、携帯電話が鳴りだした。

発信元を確かめて、ウェスはため息をついた。噂《うわさ》をすればなんとやら、か。

ルーシーからだった。

帰ってきてと泣きつかれるのかと思うとぞっとするが、ルーシーはそうするに決まっている。彼女にとって最も価値あるものをウェスは奪ったのだから。つまり、金を。

わざとしばらく待たせてから、ウェスはぶっきらぼうな声で応答した。自分のなかの闘争心を奮いたたせるためにはそうすることが必要だった。

「なんだ?」

ルーシーは夫の怒りを聞き取った。怒鳴りたいのはこっちのほうだと思ったが、いまは争うべきときではなかった。彼の同情を買うためにルーシーは泣きだした。泣きわめくのではなく、静かにすすり泣いた。

「ああ、ウェス、大変なことになったわ。プリンスが死んじゃったの」そう言って、大きくしゃくりあげた。

「聞いたよ」

「わたし、どうすればいいの?　つらくてつらくてたまらないわ。ねえ、帰ってきて。お願い、ウェス、わたしのところへ帰ってきて。あなたまで失うなんて耐えられない」

「だめだ」

泣き真似《まね》をしながらルーシーはむせそうになった。「どういう意味？」

「ぼくは帰るわけにいかない」

ルーシーは深呼吸をひとつして、涙を止めた。「ずっと？」

「ずっとだ。ぼくはきみのことがわからなくなった。そもそも、わかっていたのかどうかもいまとなってはあやふやだ」

「どうしてわたしのクレジットカードを解約したの？　あなたはこんなひどいことをする人じゃないはずよ。ねえ、教えて、ウェス……わたしの何が気に入らないの？」

「きみはずっとぼくを利用してきたんだ、ルーシー。しかし、もうこれまでだ。ぼくには償わないといけないことがある。そのあとはどうなるかわからない。たぶん、きみもぼくも服役することになるんだろうな。リンカーン・フォックスをあんな目に遭わせたんだから」

ルーシーは震えあがった。しおらしくして夫の同情を買うという当初の目的は吹き飛んだ。

「ばか言わないで！　冗談はやめてよ！　ウェス……だめよ。わたしを愛してるなら、それだけはやめて」

「ぼくたちは取り返しのつかないことをしてしまったんだ。なんの罪もない少年を刑務所へ送りこんでしまった」

「違うわ」

「この期に及んで嘘《うそ》をつくのか？　いつになったら懲りるんだ？」

「あなた、離婚したいの？」

「訊《き》かないとわからないのか？」

ルーシーは怒りに身を震わせた。「わたしにわかるのは、あなたが小心者だってことだけよ！　あなたは意気地なしよ、こんなふうにわたしを捨てるなんて絶対に許さないから！」

「なぜだ？　ぼくたちはリンクにひどいことをしたじゃないか」

それは、もう二度と聞きたくない名前だった。あいつも火事で死んでしまえばよかったのに。「ケンタッキーでいちばん腕利きの弁護士を雇うわ。離婚手当てをたんまり取ってやる！」ルーシーは金切り声で叫んだ。

ウェスは嘆息した。「わかってないな、ルーシー。ぼくたちは法廷で偽証をしたんだ。そして、あの事件がまた掘り返されようとしてる。そうなったら、いったい何が出てくると思う？」

ウェスが電話を切るときもまだルーシーはわめいていた。彼は携帯電話を置き、テレビを消して目を閉じた。すでに弁護士とは話をして、偽証をしたという正式な供述書がブーンズ・ギャップの保安官事務所と地方検事に送られている。ルーシーの怒りなど取るに足りないことだ。それよりもはるかに重大な事態が待ち受けているのは間違いないのだから。

プリンスはルーシーの家の裏の路地に車をとめた。降りたとたんに冷たい風が顔に吹きつけてきて、思わずコートの襟を立てた。盗んだ車に手袋がのっていたことに感謝しながら、姉の家の裏庭に滑りこむ。三メートル近い高さのフェンスが、近所の目を遮ってくれるはずだ。

キッチンの明かりがついている。姉がいるものと思って窓からのぞいたが、いなかった。代わりにそこには驚きの光景が広がっていた。汚れた皿がカウンターやシンクに積み重なり、酒の空き瓶がそこらじゅうに散乱している。昔のルーシーは大酒飲みだった。ウェスとのあいだで何があったのか知らないが、姉が酒で憂さを晴らそうとしているのは明らかだった。

勝手口のドアをノックしたプリンスは、姉が酔いつぶれていないのを願いつつ待った。しばらくしてもう一度、より強く長くノックした。ようやく足音が聞こえて、窓のカーテンがわずかに動いた。ドアが開いて、パジャマ姿のルーシーが現れた。

「よう、姉さん」

「嘘……」ルーシーは激しく瞬《まばた》きをしたあと、白目をむいて気絶した。

プリンスはため息をついた。まあ少なくとも、鼻先でドアをたたきつけられはしなかったわけだ。彼はするりとなかへ入ると、邪魔なところに横たわる姉の体を引きずってどかし、ドアを閉めた。

「姉さん！　なあ、姉さん！」

ルーシーは動かなかった。プリンスは、ブーツを履いたままの足で肩を押さえて揺さぶった。

うめきを漏らし、ゆっくりとルーシーは目を開けた。自分を見おろす弟に気づくと悲鳴をあげて顔を覆った。

「姉さん、どうしたんだよ？」

「だって、あんたは死んだんでしょ？　幽霊じゃないの？」

「そんなわけないだろ。いったいどんだけ飲んだんだ？」

ルーシーはもう一度うめくと、手を伸ばした。「起こして」

プリンスは姉に手を貸し、キッチンの椅子に座らせた。

「姉さんがおれと話したがってるってフェイガンに聞いたから来たんだ。何がどうなってるんだ？　ここはこんなありさまだし、ウェスの車はモーテルにあるし、姉さんはよれよれだし」

「リンカーン・フォックスがウェスのところに来たのよ。それであの人、真犯人は別にいるんじゃないかと思いはじめたみたいで、わたしを問い詰めた。あとはもう、ぐちゃぐちゃ。口座は空にされたし、クレジットカードも解約された。離婚を申し立てるつもりらしいから、このままじゃわたしはホームレスよ」

プリンスは顔をしかめた。こんなはずじゃなかった。姉に助けてもらうつもりで来たのに、そんな窮状を訴えられても。

「なんのためにおれに電話してきた？　夫婦喧嘩《げんか》の仲裁なんてごめんだ」

ルーシーが、ばしんとテーブルをたたいた。

「なんのためかって？　あんたは見た目もさえないけど、正真正銘のばかね。考えてみなさいよ、プリンス。リンカーンはあの事件をほじくり返してるのよ。そしてウェスは、あの証言は嘘でしたって警察に言うつもりなの。新たに調べが始まったら誰が真っ先に疑われる？」

「くそっ、そういうことか」

「そういうことよ」

「どうする？」

「まずは、ウェスが警察にしゃべるのを阻止しなきゃ」

「どうやって？」

ルーシーは用心深い目で弟を見つめた。フェイガンはここで尻込みしたのだ。プリンスも同じだろうか？

「前と一緒か」

「殺すのよ」

プリンスは顔色ひとつ変えずに言った。

「方法は？」

「そうだな……拳銃は質に入れちまったし、姉さんのためだけにモーテルの客全員を焼き殺すわけにもいかない」

「銃ならあるわ」

「はいはい。姉さんの旦那を殺《や》るのに姉さんの銃を使えって？　よくドラマでやってるだろ？　弾から銃が特定できるんだ。姉さんの銃でウェスが死んだ、けど姉さんは関係ない。そんな言い逃れができるか？」

ルーシーは目をすぼめた。「たぶん、できるわ」

「聞かせてもらおうじゃないか」

「わたしが被害者になるのよ。何者かが勝手口から押し入り、亭主はどこだと家じゅう捜しまわった。居場所を教えろと、わたしに殴る蹴るの乱暴を働いた。わたしが気を失うと、銃やら何やらを盗《と》って逃げた。あんたがウェスを襲ってるころ、わたしは警察の現場検証に立ち会っている。わたしにはわけがわからない。確かなのは、犯人がウェスリー・ダガンを捜していたってことだけ。あんたが追われる心配は絶対にない。だって、もう死んでるんだから」

プリンスは何か考えながら黙って聞いている。いやだと言うだろうか。ルーシーがそう思ったとき、彼はすっくと立ちあがった。

「警察を信用させようと思うんなら、すぐに風呂に入って頭を洗え。歯も磨け。そんで、この酒瓶をすっかり片付けるんだ。いまのここはおれとフェイガンのねぐらよりひどい」

ルーシーは目を見開いた。「あんたの言うとおりだわ。シンクの下にゴミ袋があるから、手伝って」そこで彼女は弟を振り返った。「さっき、手袋してたわよね。もう一回、はめなさい。警察は家じゅうの指紋を採るはずだから」

ふたりで片付けと掃除をし、家を元どおりにするのに一時間近くかかった。そのあと、ルーシーがシャワーを浴びているあいだにプリンスはゴミ袋を持ちだし、近所の数軒のゴミ箱に分けて捨てた。戻ってきた彼に、清潔なパジャマを着たルーシーが鞄《かばん》を差しだした。なかには宝石と銀食器数点とノートパソコンが入っている。いちばん上は拳銃だった。

「掃除したばっかりだが、また散らかさなきゃならない。争ったように見せかけるんだ。どこから始める？」

「わたしの部屋はそこそこやったわ。引き出しからいろんなものを引っ張りだしておいた。あと、ウェスの書斎も。警察には、ちょうど寝ようとしていたときに勝手口が開く音がしたって言うわ。銃を持って駆けつけたら、リビングルームで犯人と鉢あわせしたことにする。だからここの椅子やらいろんなものをひっくり返さなきゃ」

「姉さんが無傷だったらおかしいだろ。疑われるぞ。夫婦仲がうまくいっていないなら、なおさらだ」

ルーシーは眉をひそめた。「じゃあ、やってよ。わたしを殴りなさい。家具に押しつけたりとか。わたしは抵抗するわ。手にそれらしい跡が残るように」

「ただし、引《ひ》っ掻《か》くなよ。爪からＤＮＡが検出されるからな」プリンスは天井を仰いだ。「くそ。いろいろめんどくせえ」

「なんにもしないでいたら、もっともっとめんどくさいことになるんだからね」

「わかったよ」プリンスはいきなりルーシーの顎をこぶしで殴った。彼女は頭をのけぞらせて背中からソファに倒れこんだ。はずみでエンドテーブルのランプが宙を舞った。

唇から血を流しながら起きあがると、ルーシーは両手の指を鉤爪《かぎづめ》のように広げてプリンスの腕に飛びかかった。シャツをつかんだとき長い爪が二本、ひび割れた。

また殴られて、ルーシーの体は革製の椅子まで吹き飛んだ。椅子はぴかぴかの床を滑って暖炉にぶつかった。床にはくっきり傷が残った。

格闘は続き、しまいにルーシーは片目が見えなくなった。鼻からも口からも血が噴きでている。額がざっくり切れて、顔も腕も痣《あざ》だらけになった。パジャマで隠れた部分は自分でもわからなかったが、ひどいことになっているに違いなかった。痛くて痛くて涙が止まらないのだから。

「もういいだろ。これ以上やったら骨を折っちまう」プリンスはそう言うと、略奪品の入った鞄を持った。「携帯電話はどこにある？」

ルーシーは頭がくらくらした。足もふらつく。でも、これでいい。ここまでやれば信《しん》憑性《ぴょうせい》はぐっと増すはずだ。

「キッチンの、テーブルの上」

プリンスはそれを取ってくると、ソファの下に伏せて置き、それから時計を見た。「そこに寝っ転がれ。意識がないんだから顔は横に向けるんだぞ。十五分たったら、四つん這《ば》いで携帯電話のところまで行って通報しろ。泣き真似をして声を震わせるのを忘れるな」

「それは簡単。任せて」ルーシーは床に寝そべった。「ああ、痛い。顎の骨が折れてるかも」

「おれは勝手口から出る。ドアをロックしてから、蹴破っておく。風が入りこんで寒いと思うが、そのほうがほんとっぽく見えるからな。犯人の顔はよく覚えてないと言えばいい。ちゃんと見る前にいきなり殴られて、あとは逃げるのに必死だったってな。四十前後の白人で、白髪交じりで、後ろ髪が長いスタイル。体はでかかったってことにしよう。もっとでかけりゃよかったのにって、おれ、いつも思ってたんだ」

「年は四十ぐらい、体は大きい、白髪交じりで後ろ髪が長い」

「じゃあ、行くよ」プリンスは言った。「ウェスが死んだら、そのあと姉さんはどうするんだ?」

ルーシーは眉間にしわを寄せた。「気は進まないけど、暴漢に襲われた家にひとりで住みつづける女はいないでしょうね。それはまたそのとき考えるわ。あんた、携帯電話は持ってる?」

「プリペイドを買うさ」

「電話ちょうだいよ。次はリンカーン・フォックスだからね。それが終わったらわたしたち、自由の身よ」

「連絡する」

「プリンス」

「ん?」

「ありがとう」

「それを言うのはまだ早いだろ」プリンスはつぶやき、出ていった。

ドアが開け閉めされる音がした。そして激しい衝撃音が三回続いたあと、キッチンの壁にドアがぶつかった。

ルーシーはにっこり微笑《ほほえ》んだ。守りはこれで完璧。

さあ、プリンス、あとはあんたがウェスを殺すだけ。

ウェスは眠れなかった。リンクの声が頭から離れない。胸のなかの塊はどんどん重くなる。自分がリンクにしたことを思うと恐ろしくなる。

求めよ、さらば与えられんという聖書の文言を信じ、ウェスは祈った。許しを求めて必死に祈った。いや、リンクが許してくれるとはもはや思っていない。思っていないが、償おうとしているのは知っておいてほしい。だが電話番号もわからないのでは、知らせるすべがない。

隣の部屋のカップルが喧嘩を始めた。ますます眠れなくなった。彼らは酒に酔っているのか、それとも麻薬か。このごろは区別がつかなくなってきている。トイレへ行こうとベッドから出たウェスは、床のざらりとした感触に顔をしかめた。きれいな自宅が懐かしい。長いあいだ身を粉にして働いて、やっといい暮らしを手に入れたのだ。それがいまは、こんな安モーテルに身をひそめている。

ベッドへ戻っても寒さは厳しかったが、暑い部屋で眠るのは好きではなかったから、寝具を肩まで引っ張りあげて、しっかりとくるまった。ようやくうとうとしはじめたとき、誰かがドアをノックして、高い声で何かを言った。言葉は聞き取れないが、部屋を間違えたのだろうと思い、ウェスは無視した。

またノックの音。そして、同じ声。

ウェスは寝具をはねのけ、床を踏みならして戸口へ行った。「うるさいぞ！」怒鳴ってドアを大きく開けると、暗がりに人影が見えた。何かがこちらの胸に向いている。

次の瞬間、火花が弾《はじ》け、世界は暗黒に包まれた。


メグとリンクはまだベッドのなかにいた。雨は降りつづいている。大人になったふたりの営みは、かつてのような無我夢中の行為とは違っていた。成熟はそれぞれの体の線を変え、歳月は、再会に感謝する余裕をそれぞれの心にもたらした。愛という言葉を口にするのはまだためらわれたが、見交わす瞳にも触れあう手にも、それははっきり表れていた。リンクが将来の展望を語ってくれただけで、メグにはじゅうぶんだった。リンクの目的が果たされることと、彼の無事だけを、メグは祈った。

メグの腹部に腕をのせてリンクはまどろんでいる。メグはじっとしたまま、大人になった彼の顔を心ゆくまで眺めた。

貴族のよう、と祖母なら言っただろうか。上品な目鼻立ち。秀でた額。意志の強さを感じさせる顎。官能的な厚みを持つ唇。その唇を使って彼がする行為を想像して、メグは身もだえした。唇にかぎらず彼の何を目にしても、メグの思いはふくらむ一方だった。いつまでもこの人といたい、この人と生きたい、と。

15

夕闇が迫るころ、降りしきる雨のなかをリンクは自分の住まいへ戻ってきた。メグとの関係が復活したことで、身の潔白を証明するのだという決意はいちだんと強くなっていた。

家庭的なぬくもりに満ちた場所から穴蔵のようなところへ帰ってくると、気持ちが滅入《めい》った。まず明かりをつけ、ストーブのなかの灰を外へ運んだ。雨のおかげで、埋《うず》み火《び》が山火事を招く恐れはない。ストーブに新たな火をおこしてシャワーを浴びに行き、戻ったときには部屋はほどよく暖まっていた。リンクは冷蔵庫からビールとチーズとクラッカーを出すと、リクライニングチェアに座ってテレビをつけた。

クラッカーをかじりながらチャンネルを切り替えていると、ある映像が目に留まったのでボリュームをあげた。川岸に立っているのはマーロウ保安官だった。その先で、川からピックアップトラックが引きあげられようとしている。泣いているフェイガン・ホワイトが映り、警察がプリンス・ホワイトの遺体を捜索中であることが判明した。

リンクは急いでメグに電話をかけた。

「はい?」

「テレビをつけて」

メグは寝具をはねのけてリモコンをつかんだ。「何チャンネル?」

「二十二だ」

「わかったわ……あ、終わっちゃった。いまのはマーロウ保安官?」

「そう。ケンタッキー川からピックアップトラックが引きあげられている場面だったが、それがプリンス・ホワイトのトラックだったんだ。保安官のそばにはフェイガンがいて、ずっと泣いていた。遺体は、いま警察が捜索中らしい」

「ああ……なんてこと! それはわたしだって、ごたごたが早く終わってほしいと思っていたけど、まさかこんな形でなんて……」

「ぼくもこれには驚いた。起こしてしまったかな?」

「まだ眠ってはいなかったわ。知らせてくれてありがとう」

「話は変わるけど、高校生だったあのころ以降の人生で、今日がぼくにとって最高の日だった」

メグは枕にもたれて目を閉じた。「わたしも同じよ、リンク。こんな幸せな気持ちになれたのは、あのころ以来。そもそもの目的は別にしても、あなたが帰ってきてくれたのは本当に嬉《うれ》しいわ」

「帰ってきてよかったとぼくも心から思ってる。それじゃ明日、サーグッド家のポーチの修理が終わったらまた電話するよ」

メグはくすくす笑った。「ジュエルには気をつけてね。きっと彼女、あなたが作業してるあいだずっと監視してるわ」

「やれやれ。思いやられるな」

「いい人はつらいわね」

「おやすみ、メグ」

「おやすみなさい」

翌朝、リンクがサーグッド家で作業を終えたときには十一時近くになっていた。メグの警告どおり、材木の長さを測って切るまで、何度もジュエルのチェックが入ってやりにくかった。見かねたティルディが、外の寒さを口実に半ば強引に彼女を家のなかへ引き入れてくれて、それからは静寂のなか、ハンマーとのこぎりの音だけが長く続いた。ポーチにいるのはリンクとエルヴィスだけだった。

老人は風を避けて家の外壁に寄りかかり、じっと作業に見入っていた。何かを深く考えているまなざしだとリンクは感じた。エルヴィス・サーグッドは惚《ほ》けてなどいないのではないかとさえ思った。

最後の釘《くぎ》を打ちこむと、リンクは一歩さがって出来映えを見た。

「どうですか、ミスター・サーグッド？　これでいいでしょうか？」

「ああ、うまいもんだ。ありがとう」

「お役に立ててよかった」

ややあってエルヴィス・サーグッドは両手をポケットに入れ、咳払《せきばら》いをした。

「親父《おやじ》さんとは知りあいだったんだ。実にいいやつだった。息子自慢ばかりして。わしは、きみがやったと思ったことは一度もない」

まっすぐな言葉がリンクの胸を打った。「ありがとうございます。でも、レベルリッジの人たちはみんなぼくを悪魔のようなやつだと思ってるみたいです」

エルヴィスは首を横に振った。「マーカス・フォックスを知っていた者はそうは思っとらん。きみの汚名がすすがれることをわしは祈っておる。がんばってくれ」

「はい、ありがとうございます」ふたりが固く握手を交わして、会話は終わった。

リンクはティルディを送り届けてから自分の家へ向かった。かたわらには、手間賃代わりにと伯母が持たせてくれたアップルパイがある。彼はもう過去を振り返らなかった。考えるのはメグのことであり、ふたりの将来のことだった。

カーブを曲がると、三軒分の郵便受けの前に郵便配達の車がとまっていた。弟のジェイムズが郵便を配っているとメグが言っていたのをリンクは思いだした。驚いたことに、そのジェイムズがこちらを見ると手を振ってきた。

リンクは笑顔で手を振り返した。郵便受けを開けるときもまだ笑みは消えなかった。届いていた大型の封筒を引っ張りだした彼は、差出人の名前を見た。それは、待望の裁判記録だった。

父の死への嘆きと、その後わが身に起きたことへのショックが大きすぎて、リンクは事件当時のことをあまりよく覚えていなかった。はっきり思いだせるのは、青春の終止符となった、陪審員長の読みあげる評決文ぐらいだった。

トラックをとめると同時に、フロントガラスに雪片がひらひらと舞い降りてきた。室内で考え事に集中するのにちょうどいい日になりそうだ。

ストーブに火を入れてコーヒーを作っていると、携帯電話が鳴りだした。発信元を見ると保安官だったので怪訝《けげん》に思った。これまでリンクのほうから電話をかけて歓迎されたことはなかったのだ。いったい何があったのだろう。

「もしもし?」

「マーロウだが、きみに知らせておきたいことがあってね」

「なんでしょう?」

「たったいま、レキシントンの弁護士から書類が届いた。ウェスリー・ダガンがきみの裁判で偽証したことを正式に認めたよ。きみたち親子が揉《も》めているのを自分が直接見聞きしたわけではなく、当時、深い関係にあった女性から教えられたことをそのまま述べたと言っている。これを裁判で証言して、責任を取りたいそうだ」

リンクは呆然《ぼうぜん》となった。「本当ですか？」

「まだ続きがある。いまは妻となっているその女性に、あれは嘘《うそ》だったのかとダガンが問うたところ、彼女は否定しなかったというんだ」

心臓の鼓動が激しすぎて、考えがまとまらなかった。「法的に、これはどんな意味を持つんですか？」

「わたしは専門家じゃないから明言はできないが、事件を洗い直す根拠にはじゅうぶんなはずだ」

「ついに――」

「わたしもできるかぎり調べてみるつもりだ」

「そのとっかかりになるかもしれない事実があるんです」

「なんだね？」

「あの火事の第一通報者はフェイガン・ホワイトでした。そして、保安官にコピーしていただいた記録によれば、火災発生直後に彼の兄たち、つまりウェンデルとプリンスが現場にいました」

「それはべつにおかしくないだろう。姉の家なんだから」

「でも彼女は留守だったんです。泊まりがけで親戚の葬儀に出かけていました。そのことは弟たちも知っていました。ぼくの父は彼らを好きじゃなかったし、向こうも同様です。だから、姉のいないときに父を訪問するなんてあり得ない。それから、もうひとつ。この前ぼくは、うちがあった場所へ行ってみたんですが、そのときに思いだしたことがあるんです」

「ほう」

「あの夜、帰り着く少し手前でぼくは家が燃えているのを見ました。そのときはびっくりしたのと父のことが心配だったのとで、これについて考える余裕なんてなかったんでしょうね。さらにそのあと爆風を受けて気絶したりしたので、すっかり忘れていました。実は、トラックから降りた時点で、犬が激しく吠《ほ》えるのを聞いたんです。裏の森から聞こえてきました。いちばん近い家でも八キロ以上離れていたし、ハンターは自分の犬を放したままにはしません。もちろん、うちでは犬は飼っていなかった」

「うん。それで?」

「犬の声に続いて、誰かが黙れと怒鳴ったんです。その直後に爆発が起きました」

「確かかね? 夢でも見たんじゃなくて?」

「確かです。ぼくが父を殺していないのも、確かです」

「ウェンデルはこの世にいないし、プリンスも死んでしまった。もう彼らからは何も聞きだせないんだ」

「昨夜《ゆうべ》、ニュースで見ました。遺体は見つかったんですか?」

「いや、まだだ。あの川のことは知ってるだろう? 見つからないまま何キロも流されることもある。フェイガンが最後に本人に会った日時はわかっているが、そのあとどれぐらいしてトラックが転落したのかは不明だ」

「フェイガンとは話せるじゃありませんか。メグから聞いてらっしゃるかしれませんが、この前ぼくが彼女の家にいるとき、フェイガンが訪ねてきたんです」

マーロウは眉根を寄せた。「それは初耳だな。なんのために?」

「それがどうも妙なんです。最初はプリンスがしたことを謝ったりしていましたが、そのうち、ボビー・ルイスから土地を買いたいんだと言いだしたんです。何年も前からそれを考えていたところ、最近になって、売ってもいいとボビーから身内を通じて返事があった。ところがそれを聞いたのがフェイガンではなく、プリンスだった。詳しく聞こうとフェイガンが刑務所へ面会に行くと、ルイスは重病で会えなかった。だからメグのところへ来た」

「どうしてメグのところへ?」

「死んだ愛犬を埋めた土地をボビーは売るつもりらしいが、それがどこなのか教えてくれ、と」

「メグは教えたのかね？」

「いいえ。自分は知らない、犬が死んだのは自分たちが別れたあとだからと答えていました。それでもフェイガンがしつこく食いさがろうとするのでぼくが出ていったんです。そうしたらそそくさと帰っていきました」

「その場所をメグは知らないんだね？」

「本当は知っているんです。知らないふりをしたのは、ボビーが土地を売ろうとしているという話が嘘だからです。ルイス家のきょうだい三人の土地だから、彼の一存で売却を決められるわけはないんです」

マーロウは嘆息した。「まったく、どいつもこいつも……。じゃあ、それはわたしのほうで調べてみよう。そもそも、ボビー・ルイスがいまさらホワイトにかかわってくるのがおかしいじゃないか。ウェンデルを殺した償いでもするつもりなのか？　ボビーといいホワイト兄弟といい……気の毒なのはメグだ」

「これからどうします？」

「ボビー・ルイスに会って話を聞いてみよう。それから、弁護士から送られてきたこの書類だが、地方検事には正式な写しを送付ずみとのことだ。きみも読みたいだろうから、コピーを取って郵送するよ」

「ありがとうございます」

「礼を言うなら、相手はわたしじゃなくてウェスリー・ダガンだ」

「そうかもしれませんが、知らせてくれたことには感謝します」

マーロウとの通話を終えると、リンクはウェスの会社の番号を調べてかけた。二、三度、呼びだし音が鳴り、若い女性が応答した。

「ダガン・フォード・リンカーン・マーキュリーです」

「ウェスリー・ダガン社長をお願いします」

「あいにくダガンは入院しておりまして。代理の者におつなぎしますか？」

リンクは眉をひそめた。「入院？　どうしたんですか？」

「実は昨夜、銃撃されたんです。現在は集中治療室《ICU》に入っています」

「マウント・スターリング病院ですか？」

「いえ、ドクターヘリでレキシントンへ搬送されました」

「犯人は捕まったんですか？」

「いいえ」

「奥さんは？　彼女も負傷したんでしょうか？」

「社長は当社の向かいにあるモーテルに滞在中でした。奥さんについては、今朝、知らせが入ったんですが、社長が被害に遭う少し前に自宅で襲われたということです。詳しいことは警察のほうにお聞きになってください」

リンクは電話を切った。まさに青天《せいてん》の霹靂《へきれき》だった。ルーシーの状況を知りたいが、警察が教えてくれるとは思えない。リンクは保安官事務所の番号を押した。

三度目の呼びだし音でマーロウが出た。

「はい、マーロウ」

「ウェスリー・ダガンと話すために会社に電話したんですが、彼は昨夜、モーテルで銃撃されてレキシントンの病院へ運ばれたそうです。いまはICUにいて、ルーシーも同じころ自宅で襲われています。おかしいと思いませんか？　彼女がらみの真相をウェスが告白した直後にこれですよ。ルーシーの怪我《けが》の具合を知りたいんです。調べてもらえませんか？」

「わかりしだい連絡する」

電話は切れた。天国から地獄とはこのことだった。これがウェスの告白にどう影響してくるのか。本人が出廷できないとなると説得力に欠けるのではないか。リンクは絶望しかけたが、すぐに弱気を振り払った。ルーシーをこのままにして引きさがるわけにはいかない。十八年前の事件の裏には間違いなく彼女がいるのだ。そしておそらく、今回、ウェスが襲われた一件の裏にも。

誰かがこの世からいなくなって安堵《あんど》するなんて、不謹慎だとメグは思った。けれど、これでもうプリンス・ホワイトに煩わされずにすむのだ。このニュースを伝えるために母に電話をかけ、結局、一時間近くも話しこんでしまった。

展示会のための準備は着々と進んでいる。現地へ持っていくものは全部揃《そろ》えた。あとは、銀行で両替をして釣り銭のための小銭を用意すること。そう考えているとき、電話が鳴った。

「はい」

「いま忙しい？」

リンクの口調がいつもと違う。「大丈夫よ。どうしたの？」

「これからそっちへ行ってもいいかな？」

「もちろん」

「すぐ行く」

「心配だわ、リンク」

「いや、そういうんじゃない。会ってから話すよ」

電話が切れると、メグはリビングルームへ行って窓辺に立ち、リンクのトラックが現れるのを待った。しばらくするとハニーが立ちあがった。私道の先を見つめているから、彼はそこまで来ているのに違いなかった。

トラックが庭にとまるとハニーがまた吠え、駆けだした。リンクは足を止めてハニーをひと撫《な》でし、それからこちらへ向かって歩いてきた。顔がはっきり見えるようになっても、表情は読み取れない。

メグはポーチへ出ていき、熱烈なキスをした。リンクの頬は冷たいけれど、唇は温かい。そして、こうして無事に生きている。それだけでありがたかった。

「美女ふたりに歓迎されるとは、男冥利に尽きるよ」

家に入るなり、リンクはコートと帽子を取ってメグと向きあった。

「もったいぶるわけじゃないが、喜ぶべきか悲しむべきかわからないんだ」

「とにかく座りましょう」メグは彼をソファへいざなった。

リンクはメグの隣に腰をおろした。「まずはいいニュースからだ。マーロウ保安官から電話をもらった。ウェスリー・ダガンが弁護士に偽証を告白したそうだ。やはりルーシーの言葉を鵜呑《うの》みにしていたんだ。正式な書類が保安官のところへ送られてきた。もう一度裁判になれば、証言して責任を取ると言っている」

「リンク！　やったじゃない！」

彼は肩をすくめた。「次は悪いニュースだ。昨夜、ウェスがモーテルで銃撃された。どうやら、ぼくが夫婦それぞれを訪問した日以来、別居していたらしい。ウェスは真実だと信じて証言したのかもしれないと、ぼくが言ったのを覚えている？　きっとあのあと彼はルーシーを問い詰めたんだ。そして揉めたんだろう。とにかくウェスはドクターヘリでレキシントンの病院へ搬送された。ＩＣＵにいるらしいが、容態がどうなのかはわからない」

「そんな……じゃあ、偽証したという告白はどうなるの？　ルーシーは逮捕されたの？」

「いや。ルーシーは自宅で暴漢に襲われたと言っている。アリバイ工作じゃないかとぼくはにらんでるんだが……ウェスが撃たれたとき、ルーシーは警察の現場検証に立ち会っているというわけだ」

　メグは思わず立ちあがり、部屋のなかを行ったり来たりしはじめた。「暴漢に襲われたって……怪我の程度は？　犯人の人相をちゃんと警察に話したの？」

「まだ何もわからないんだ。保安官が調べてくれている」

「ちょっと待ってて」メグは足早に部屋から出ていくと、ノートパソコンを持って戻ってきた。「勝手なことをして悪いとは思ったんだけど、クィンに手伝ってもらったわ。インターネットで検索しても限界があるし、新聞記事をくまなくチェックしようと思えば何カ月かかるかわからない。クィンは国立公園のレンジャーだから、民間人には公開されていないデータベースにもアクセスできるの。一応、言っておくけれど、クィンはあなたの役に立てることを喜んでるし、得た情報を使ってあなたがどうしようとしているかなんて、誰にもしゃべらないわ」

「ぼくは何も気にしていないよ。ただ、クィンが手伝ってくれるなんて、思ってもみなかった」

「うちの家族はわたしのことを大事にしてくれるの。だから、わたしの大切な人のことも大事なの」

リンクはメグの腰に腕を回した。「そこまでぼくを信じてくれてありがとう、メグ」

メグは素早くキスをした。

「どういたしまして。あなたという人を知っていれば、信じないわけがないわ。ほら、これがそのリストよ。大金が盗まれて、いまもまだ解決していない事件の」

それを見たリンクは、笑いながら言った。「きみはすごい人だ。昔もいまも、ぼくは世話になりっぱなしだ」

メグも笑った。「重要度で言えば、高校生のときのテストより今回のほうがちょっと上だけど」

「いや、あのころのぼくたちにしてみれば、あれはあれですごく重要だった」リンクはリストに目を通した。「これはたぶん除外できるな。警備会社の現金輸送車が襲われ、五十万ドルが奪われた事件。ここまで大胆な犯行を成功させて逃げきるだけの知恵がやつらにあるとは思えない」

「わたしもそう思ったわ。でも金額が大きいから、一応、入れておいたの。これなんか、可能性が高いんじゃないからしら」メグが画面を指さした。

「ルーイビルで起きた銀行強盗か。奪われた額は十三万二千ドル。まだウェンデルが生きていたんだから、これならやれたかもしれないな」

「でも、それとあなたのお父さんの事件のあいだにどんな関係があるのかしら」

「それはまだわからないが、事件のわずか二週間前に大金が奪われてるんだ。無視はできない」

「どうするつもり？」

「やはり保安官に頼むしかないだろう。事件の詳細がわかれば、何か見えてくるものがあるかもしれない」

リンクはパソコンを脇へ置くと、笑顔でメグを膝に抱き寄せた。

彼女はリンクの首に両手を回して頬にキスをした。耳にも、唇にも。

「もうお昼よ。オーブンにキャセロールが入ってるけど、食べていく時間はある？」

「もちろん。でも、食べたらすぐにこのリストを保安官のところへ持っていくよ。少しでも早く調べに取りかかってほしいから。ルーシーに関する新しい情報が入ってるかもしれないし」

「いまのうちにルーイビルの新聞記事を検索しておけば？　その結果も持って保安官事務所へ行きましょう」

「行きましょう？」

メグはうなずいた。「わたしも行くわ。これからはふたり一緒よ」

リンクは声が出なかった。だから無言で強くメグを抱きしめた。

メグにとってその沈黙は、ベッドでの営みも同然だった。どちらも、彼の愛を心から信じられる瞬間だった。


病室のベッドで寝返りを打とうとしたルーシーは、激痛にうめきを漏らした。頭の傷は四針縫った。肋骨《ろっこつ》にひびが入り、顎は骨折していた。体じゅうに打撲の跡がある。まぶたが腫れあがって片方の目は見えず、唇の厚さはいつもの二倍になっている。一方の鼻腔《びこう》からはまだ血が染みでる。

顔の青痣《あおあざ》は刻々と濃さを増し、瞬《まばた》きするのも痛かった。まさに満身創痍《まんしんそうい》だが、心のほうは久しぶりに浮きたっていた。これでウェスが死んでくれていれば言うことなしだったのに。

夫の負傷を告げた刑事が、命は助かるでしょうと言い添えたのでルーシーはがっかりした。大声をあげて泣く彼女に、刑事は申し訳なさそうに言ったものだった。こんなニュースをお知らせするのは自分もつらいです、と。ルーシーの涙の本当の理由を彼は知るよしもなかった。

それでも、ウェスが銃撃された時間に自宅で現場検証が行われるようにするという計画は、見事に成功した。これほど完璧なアリバイはなかった。夫は夫婦喧嘩《げんか》のあと出ていったきりだったとルーシーは警察に話した。侵入者が拳銃のほかに何を奪っていったかはわからない、自分は気を失っていたから、とも言った。弟の死を知らされて間もないという事実と相まって、悲嘆に暮れる芝居はより本物らしく警察の目に映った。ただひとつだけ、犯人の容貌を尋ねられたときにルーシーは打ちあわせとは違うことをしゃべった。がっしりした中年男で、髪は後ろだけ長くて白髪交じり、と言うべきところを、小柄な中年男で髪は茶色、細面だったと言ってしまった。

髪の色を除けば、それは弟たちにぴったり当てはまる。いま考えても、なぜあんなことを言ってしまったのかわからない。だが、真実に近ければ近いほど、その嘘に人はだまされるというのがルーシーの持論だった。

彼女の部屋やウェスの書斎の荒らされようからして、物が盗まれたのは確かだと警察は見ているが、品目についてはルーシーがリストを作れるようになるのを待っていた。単なる物盗《ものと》りの犯行でないことは、高価なものがいくらでもあるのに残されていることから明らかだった。狙いのウェスが不在だったため、とっさに物を盗んで逃げたものと考えられた。

ルーシーは、痛みが和らぐのをじっと待っていた。しばらくするとノックの音がしたので友人が見舞いに来てくれたのだと思い、心の準備をした。しかしドアが開いて入ってきたのは、見知らぬ中年の女性だった。

「お取りこみのところ恐れ入ります。ウェスリー・ダガンの奥様、ミセス・ダガンでいらっしゃいますね？」

「ええ、そうですけど」起きあがろうとするルーシーのそばへ女性がやってきた。

「どうぞ、そのままで」女性はそう言って封筒を差しだした。

それを受け取るだけでも、痛みに声が漏れた。「なんですか？」

「ミスター・ダガンからの離婚申し立てが受理されましたので、書類の送達にまいりました」

女性はくるりと後ろを向くと、ルーシーがひと呼吸するよりも早く立ち去った。

「嘘でしょう」ルーシーは急いで封を切り、書類を広げた。

信じられない。あいつがこんなに素早く行動するなんて予想外だった。ルーシーはぶるぶる震える手で書類を持ち、片目だけで読み進めた。文字はぼやけたものの、五分前に考えていたほど事態が単純でないことだけはわかった。離婚関連の書類のほかに、手紙もあった。ダガン家が使っている弁護士からのものだった。

親愛なるミセス・ダガン
このたびの離婚手続きにおきましては、わたくしが旦那様の代理人を務めさせてもらうこととなりました。つきましては、奥様のほうでは別の弁護士を立てられますようお願い申しあげます。これまでわたくしはご夫婦の代理人として活動してまいりましたが、今後はかないませんこと、ご理解くだされば幸いです。また、離婚合意書が裁判所へ提出され正式に離婚が成立するまでのあいだ、奥様の資産を当方で預からせていただくこと、ご了承ください。

ミスター・ダガンが警察へ提出した申立書の写しを、ご本人のご要望により同封いたします。マーカス・フォックス殺害事件を管轄する保安官事務所と、リンカーン・フォックスの裁判を担当した地方検事宛に送付されたものであります。重ねて申しあげますが、奥様におかれましては早急に弁護士を立てられることをお勧めいたします。

敬具

ドワイト・B・シンプソン

ウェスの申立書を読み終えるころには心臓がすさまじい速さで脈打っていて、自分はこのまま死んでしまうのではないかと思った。息がうまく吸えずに咳《せ》きこんだ。ルーシーは完全にパニックに陥っていた。ウェスは、証言台で述べた内容は事実ではないと告白していた。マーカスとリンカーンが揉めていたというのは現在の妻から聞かされたことであり、彼女を問い詰めたところ真実ではなかったと認めた、とまで書いてある。いったいどうすればいい？　これまでの苦労がすべて水の泡になってしまうのだろうか？

逃げる？　それとも、しらを切る？　嘘のうまさには自信があるけれど、陪審員をだますのは簡単じゃない。いくらマーカスが殺されたときのアリバイがあっても、夫の親友との不倫関係がばれてしまったのだ。しかもそのウェスが、ルーシーに嘘を教えられたと告白しているのだ。

　貧しく卑しい生まれ育ちから抜けだそうと必死にがんばった。そして理想の暮らしを手に入れたのだ。人も羨む完璧な暮らしだったのに、リンカーン・フォックスが帰ってきたばかりに、こんなことになってしまった。

　ベッドのそばの電話が鳴りだした。出ようかどうしようかとルーシーは迷った。これ以上悪い知らせがもたらされたら、もう耐えられない。けれどいつまでも鳴りやまないので、とうとう受話器を手に取った。「もしもし？」

「おれだけど」

　プリンスの声を聞いたとたん、見えるほうの目から涙がこぼれて頬を伝った。ルーシーは声だけはひそめながらも、勢いこんでニュースを伝えはじめた。

「ウェスはまだ生きてる。でも、もう弁護士に偽証のことを白状してたのよ。離婚の申し立ても終わってた。ついさっき書類が届いたわ。ご丁寧に、偽証しましたって文書を作って保安官と検事のところに送ってるのよ」

電話の向こうから返ってくるのが沈黙だけとは、意外だった。

「ねえ、どうするつもりなの？」ルーシーはいきりたち、それから泣きだした。

耳元でぷつりと電話が切れたときには、心底驚いた。次の瞬間には、危機感が百倍にもふくれあがった。ルーシーは、マーカス・フォックス殺害事件の真相を知っている。元夫は、ある者たちの犯した罪を知ってしまったがために殺されたのだ。もしかしたらプリンスは、自分が刑務所行きを逃れるためなら、血のつながったきょうだいの口だってふさごうとするかもしれない。

なんのためらいもなく。

ルーシーは目を閉じて枕に背中を預けた。落ち着け、落ち着け、と懸命に自分に言い聞かせた。きっとまだ方法はある。考えるのだ。考えれば、必ず道は開ける。

刻々と時が過ぎていった。廊下からトレイのぶつかる音や話し声が聞こえてくる。みんな、何も変わらない日常を送っている。どうしてそんなことができるのだろう。わたしの世界は音をたてて崩壊しようとしているのに。

しかし、ルーシーは思いついた。痛みさえなければ、自分で自分の背中をぽんぽんたたいて褒めてやりたいほど、それはすばらしい思いつきだった。

彼女はナースコールのボタンを押した。たったいま、あの暴漢から脅迫電話があったことを警察に通報してもらうために。

二十分後、病室内の空気は緊迫していた。ドアの外には見張りの警察官が立ち、ウェスの銃撃事件を担当しているケネディ刑事とテイト刑事がベッドのかたわらにいた。

　昨夜の入院時より、さらに悲惨な見た目になっているのをルーシーは自覚していた。刑事たちの同情を引くには好都合だ。しかもナースコールを押してからずっと泣きつづけているのだから、見るからに痛ましい顔になっているはずだった。看護師に絶えず血圧を測られながら、ルーシーは事情聴取に応じた。

「ミセス・ダガン、最初から詳しく聞かせてもらえますか？」

ルーシーはこくりとうなずいてみせると、ティッシュをひとつかみ取って目元を拭った。

「何日か前、弟のプリンス・ホワイトがうちへやってきたのがすべての始まりでした。刑事さんたちもご存じのとおり、ケンタッキー川に彼のトラックが転落しているのが見つかって、いまも遺体の捜索が続けられています」

　刑事のひとりがルーシーを制した。「確かにおっしゃるとおりですが、それが今日の電話に何か関係でも？」

「これからお話しします。とにかく、プリンスはうちへ来ました。そしてお金を要求しました。マーガレット・ルイスという女性に対するストーカー容疑で警察に追われていて、逃亡資金が必要だと言うんです。出ていってとわたしは言いました。さもないと警察に通報するわよ、と。そうしたらあの子、自分に協力しないならウェスに危害を加えるぞと脅すんです。パニックに陥ったわたしは、持っていた現金を全部渡しました。六百ドル以上ありました。それを持ってプリンスは出ていき、その後、警察から転落事故のことを知らされました。それで終わったとわたしは思っていたんです」

泣き真似《まね》をしすぎたために体が震えてしかたなかった。ルーシーは言葉を切って水を飲んだ。そうするだけで唇からふたたび血が流れだし、被害の深刻さをくっきり際立たせてくれるのだった。すべては計画どおりに進んでいた。刑事たちの表情を見れば、彼らがルーシーの意のままになっているのは明らかだ。

「すみません」ルーシーはつぶやいて、顎の血をそっと押さえた。「昨夜はわたし、あんな目に遭って、ただもう恐ろしくて。そこへウェスが撃たれたと知らされたんですから、普通の精神状態じゃいられませんでした。だから昨日は、すべてをお話しすることができなかったんです。本当はわたし、わかっていました。わたしを襲ったのはプリンスです。弟は死んでいません。死んだように見せかけて、わたしにさらに大金をせびりに来たんです。そして、家を出たウェスがわたしのお金を取りあげたと知ると、激怒しました。ウェスはどこにいるんだと訊《き》かれても、わたしは教えませんでした。だからプリンスはわたしを痛めつけたんです。ウェスを撃ったのもプリンスだし、ついさっきここへ電話をかけてきて、殺すぞと脅したのもプリンスです。あの子は狂っています。こうしてわたしが刑事さんたちにすべてを話したと知ったら、わたしのことも殺すに違いありません」

ルーシーは身を震わせ、泣きじゃくってみせた。

「どうしてこんなことになってしまったのかしら。貧しい家庭に生まれたわたしは、あの環境と縁を切ろうと人一倍努力してきました。だけど、がんばってもがんばっても、家族が人様に迷惑をかけるようなことばかりしてわたしの足を引っ張るんです。いっそわたしも殺してほしかった。ウェスを失って、わたし、これからどうやって生きていけばいいのか……」

「しかし奥さん、ご主人は亡くなったわけじゃないんですから。ICUで懸命に生きようとしていらっしゃいます。最新の情報はわたしたちのところへもまだ入ってきていませんが、望みはじゅうぶんありますよ」

ルーシーは寝返りを打った。そのときうめきが漏れたのは本当に体が痛かったからだが、必要なら、悲しげなうめき声ぐらい簡単にあげられただろう。それから彼女は両手で顔を覆った。

「もう、このへんで」看護師が言った。「これ以上は、患者さんへの負担が大きすぎます。どうぞお引き取りください」

刑事のひとりが言った。「容疑者の身柄が確保されるまでは、廊下に見張りを立たせます」

看護師はうなずいた。「看護主任と主治医に伝えておきます」

静寂が戻った病室に、ルーシーのすすり泣きだけが残された。いったん出ていった看護師がふたたびやってきて、鎮痛剤と鎮静剤の点滴を開始した。ルーシーは、ドアの外の警察官に聞かせるためにもう少しだけ泣き、それから目を閉じると、心地いい薬の効き目に身を任せた。

16

リンクは銀行強盗事件についての検索結果を読むのに夢中で、メグがかいがいしく食事の準備をしているのにも気づかなかった。鍋敷きにキャセロールが置かれ、チーズの芳香が漂いだして初めて、手を止めて顔をあげた。

「なんてうまそうな匂いなんだ」

メグが彼の肩越しにパソコンの画面をのぞきこんだ。「何かわかった?」

「犯人はふたり。迷彩服に目出し帽。ひとりは拳銃、もうひとりはライフルを持っていた。自動小銃ではなかったということは、プロじゃない。十八年前だから自動小銃はさほど普及していなかったにしてもだ。それから……ほら、逃走に使った車がしっかり目撃されている。ナンバーまでわかってるんだ。ここまでの情報がありながらまだ解決していないとは驚きだ。しかしウィスコンシンのナンバーだから、はずれかもしれない。一応、ブックマークしておこう」

「保安官に読んでもらいましょう。もっと詳しいことがわかるかもしれないし」

「そうだね」パソコンを閉じて脇へ押しやりテーブルの上を見たリンクは、メグの手を握った。「この先、一生、こんなごちそうを食べさせてもらえるのかな?」

メグはリンクの耳にキスをして、腰に腕を回した。「あなたが望むなら」

リンクはメグを膝にのせ、首筋に唇を寄せた。

「きみは最高の女性だ」

「どうもありがとう」メグは彼の下唇を親指でなぞり、そのあと指で触れたところに唇をつけた。

喉元にこみあげるものがあって、リンクは言葉に詰まった。咳払《せきばら》いをして、彼は言った。

「ぼくの望みは幸せになることだ。長生きをして、大勢の子や孫に囲まれたい。そして、息を引き取るそのときまで、きみにそばにいてほしい」

「ああ、リンク……あなたったら、わたしを驚かせてばっかりね。昔もいまも」メグは涙ぐみ、彼の首筋に顔を埋《うず》めた。

シンクの蛇口から洗い桶《おけ》に、ぽたりぽたりと水が落ちている。静かで規則的なその音は、ふたりの命の時を刻むメトロノームのようでもあった。一度は愛を失ったふたりなのだ。ふたたび巡りあい、ともにゴールを目指して走りだしはしたものの、先にはまた何が待ち受けているかわからない。

ハニーがひと声、わんと鳴いた。張りつめていた空気がゆるんで、リンクが顔をあげた。

「一度だけ吠《ほ》えるのは何を意味してるのかな？」

メグはにっこり笑った。「鳥か、りすか、うさぎか。何かが自分のテリトリーに近づきつつあるという意味よ」

「たったひと声でそこまでわかってしまうのか。みだりにきみの前では吠えないようにしよう」

メグが声をたてて笑い、ふたりは明るい気分で食事を始めた。挽肉《ひきにく》のキャセロールをリンクが自分の皿に取り分けているとき、ハニーが本格的に吠えはじめた。

「これは鳥じゃないわね」メグが立ちあがって窓の外を見に行った。「クィンが来たわ。お皿をもう一枚出しておいて」

リンクはどきりとした。クィンの経歴や仕事についてはメグから聞いている。彼女の家族のなかで最もリンクを疑っているのは、おそらく彼だ。だが今回メグが調べものをするにあたっては協力してくれたという。リンクはため息をついた。初めて一対一で会うメグの家族が、よりによって最も手強《てごわ》い相手だとは。

男性の声がしてリンクが振り向くと、メグがクィンを伴って入ってくるところだった。微笑《ほほえ》んでいるものの、彼女もどことなく気遣わしげだ。しかし、逃げていてはいつまでたっても終わらない。リンクは覚悟を決めると、手を差しだしながらクィンに歩み寄った。

「久しぶりだな、クィン」

クィンは目をぱちくりさせ、それからにんまり笑った。「普通は子どもに言う台詞《せりふ》だけど、大きくなったとはこのことだ。さすがにもう成長は止まったんだろうな。さもないと頭が屋根を突き破るぞ」

緊張はたちまちかき消えた。「ああ、よく言われるよ」

クィンはリンクにファイルを手渡した。「メグにあのリストを送ってから思いついたんだが、これも参考になるんじゃないかな。犯罪記録のプリントアウトだ」

「ありがたい！　食事をすませたら早速リストを保安官のところへ持っていこうと思ってるんだ。きみのおかげで保安官もぼくたちも、どれだけ手間が省けるか」

「もっと早く、ぼくのほうが思いつくべきだったよ」

メグが新しいカップにコーヒーを注《つ》いでテーブルに置き、弟の皿に料理を取り分けた。

「ねえリンク、あのニュースを教えてあげて」

「いいニュースであることを願うよ」席に着きながらクィンが言った。

「三分ぐらいのあいだは、いいニュースだった。しかしいまは、そうとも言いきれないんだ」

クィンが訝《いぶか》しげな顔になった。「どういうことだい？」

リンクは、メグにした話を繰り返した。ウェスが偽証を告白したこと、その後、銃撃されていまはＩＣＵにいること、そして同じころルーシーも自宅で暴漢に襲われたこと。

「なんと……」クィンは信じられないというように首を振った。「大嘘《おおうそ》をついてきみをあんな目に遭わせておきながら、平然と暮らしていたとは」

リンクは肩をすくめた。「ウェスは、ぼくと会うまでは嘘をついたという自覚はなかったようだ。ルーシーのほうは、ウェスが銃撃された一件にも無関係ではないはずだ」

クィンはうなずいた。「彼女にしてみれば、偽証を告白することによってウェスは自分を裏切ったんだから動機はじゅうぶんだ。とにかく、十八年前の事件の捜査は振りだしに戻ったわけだな。警察はなんとかして真犯人を……」不意にクィンは目を見開いた。「ひょっとして、あのリストはそのために必要だったのか？　しかし、あの事件と銀行強盗が――」

「確証はまだないが、関係あるような気がするんだ。ホワイト一家には莫大《ばくだい》な借金があって、差し押さえが決まっていた。ところが、あの事件の二週間前に突然、全額が返済され、家の改修まで行われた」リンクはさらに、火事を通報したのがフェイガンだったことや、兄ふたりが現場で消火活動に加わっていたことを話した。

キャセロールをほおばっていたクィンが、それをのみこんでから言った。「しかし、ルーシーのきょうだいなんだから」

「だがあの日、ルーシーは留守にしていた。それを弟たちは知っていた」リンクは、亡き父とホワイト一家はそりが合わなかったことを明かした。

「なるほど。そういうことなら、話は変わってくるな」リンクはうなずき、キャセロールをひと口食べた。そうして目をぐるりと回した。「最高においしいよ、メグ」

メグはにっこり笑うと、自分の分を皿に取った。

「あんまりおだてないほうがいいよ」クィンがおどけた口調で言った。「それでなくても、料理の腕を鼻にかけてるんだから」

メグが弟をにらんだ。「そんなことないわ」

笑いながらリンクは思いだしていた。あのころも、彼らはこんなふうにやりあっていたものだ。「いつまでも変わらないものを見るのは、なかなかいい気分だ」

デザートを前にするころには、クィンは深く感動していた。刑期を終えてからのリンカーン・フォックスは、苦難を乗り越え人生を切り開いてきたのだ。ウェスリー・ダガンが偽証を告白したことを母たちが知ったらどれほど喜ぶだろう。それに、リンカーンが立派な会社の社長だと知ったら。

メグがクッキーを瓶ごとテーブルに置き、それぞれのカップにコーヒーのおかわりを注いだ。「糖蜜のクッキーよ。昨日焼いたの。どうぞ、お好きなだけ」

二枚つまんだクィンは、姉とリンクを横目でうかがった。

「で、このごたごたが片付いたらダラスへ帰るのかい？　それとも、このままこっちに？」

「祖父の土地に新しい家を建てようと思ってる」

「それじゃあ、答えになってない」

「クィン、あなたには関係ないでしょ」

「姉の先行きは気になって当然だろう？　もしリンクがダラスへ戻るのなら、ぼくたち家族は姉さんと遠く離れて寂しくなるわけだし」

メグはあきれたように目だけで天井を仰いだ。「何言ってるの、クィン！　余計なおしゃべりはやめなさい。ほら、クッキーを口に入れて、嚙《か》んで」

リンクが微笑んだ。「心配いらないよ、クィン。ぼくがどこにいても会社は回っていくから。きみの姉さんがホームシックにかかることはない」

クィンはクッキーを丸ごとほおばってうなずくと、「安心したよ」と、もぐもぐ言った。

メグは弟の後ろ頭をぽんとたたいた。「口にものを入れたまましゃべらないの」

リンクはにやりとした。今日は案外いい日になるかもしれない。

電話を切ったマーロウ保安官の表情は険しかった。もたもたしているうちに手遅れになってしまった。もうボビー・ルイスからは何も聞きだせない。いまの電話は、彼が癌《がん》のために昨夜、息を引き取ったという刑務所長からの知らせだった。家族にはすでに連絡ずみだという。ボビーとプリンスのやりとりについて、クロードやジェインに尋ねるにしても、葬儀が終わるまでは待たねばならない。

彼はマーカス・フォックス殺害事件のファイルを開くと、メモを取りはじめた。ほどなくドアが開いて男女が入ってきた。ファイルを閉じて立ちあがりながらマーロウは、元夫の死をどうやってメグ・ルイスに切りだそうかと考えていた。

「ふたりとも、かけてくれ。メグ、ちょうどよかった。きみに知らせたいことがあったんだ。きみがどう感じるかわからないが」

リンクがちらりとメグを見て、彼女の手を取った。

「なんでしょうか?」メグが尋ねた。

「ボビー・ルイスが服役していた刑務所の所長から、いましがた連絡が入った。残念だが、昨夜《ゆうべ》、息を引き取ったそうだ。話を聞きに行こうと思っていたんだが、それもできなくなってしまった。クロードとジェインには会うつもりだが、ボビーの葬儀が終わってからになる」

リンクは気遣わしげにメグを見た。彼女がどう反応するか、心配だった。

メグは顔を曇らせた。「彼が亡くなったのは気の毒だと思います。でも、それはわかっていたことだし、とくに悲しいとも感じません。わたしたちはとっくにそういう関係ではなくなっていましたから」

マーロウはほっとした。リンクも同じだった。ふたりはそれぞれの椅子に深く座り直した。

「それで、今日はどんな用件かな?」

リンクはクィンから渡されたファイルを保安官に手渡して、ホワイト家の臨時収入が父の事件に関係しているのではないかという推理を披露した。

マーロウは真剣な面持ちで耳を傾けていたが、率直に言った。「ちょっと考えすぎのようにも思うが、もちろん、これは見せてもらうよ。それから考えよう」

メグは身を乗りだすと、問題の強盗事件の部分を開いて見せた。「これを見てください。時期と金額が、リンクの考えにぴったり一致するんです」

ざっと目を通したマーロウが、驚いた顔でリンクを見あげた。「こいつは、もしかすると大当たりかもしれないぞ」

リンクは腰を浮かしかけた。「なぜです? なぜ、わかるんですか?」

マーロウは、車のナンバーが記載された部分を指さした。「まさにこのナンバープレートを、つい最近この目で見た」

リンクがさっと立ちあがった。「どこで?」

考えるより先に、マーロウは答えていた。「ホワイトのところの納屋だ。壁の穴をそのプレートでふさいであった」

リンクはメグの手をつかんだ。「行こう」

マーロウも立った。「待ってくれ。行くって、どこへ?」

「フェイガンのところです。白状させないと」

「それはいけない! そいつはわれわれの仕事だ」

「冗談じゃない。前回、警察に任せたばかりにぼくは刑務所行きになったんですよ」

マーロウはぐるりと目を回した。「わかった。しかたがない。ついてくるだけなら許可しよう。ただし、きみひとりだ。保安官補を呼びだすからちょっと待っていてくれ。いいか、ついてくるだけだぞ。わかったね?」

リンクはつかつかとマーロウの前へ戻った。苛立《いらだ》ちに体が震えた。あのときもこんな気持ちになった。決定的なアリバイになるはずの祖父の証言が、裁判で完全に無視された、あのとき。

メグが、なだめるように彼の手を取った。「リンク、焦らないほうがいいわ。フェイガンが何を白状しても、あなたに強要されたんだと裁判で申し立てたらおしまいよ。そうでしょう?」

リンクは深呼吸をひとつした。それでも、マーロウと話す口調は殺気立っていた。

「もしあなたがフェイガンに適切な質問をしないようだったら、ぼくがします。警察に人生をめちゃくちゃにされたのはあなたではなく、このぼくだ」

「いいだろう。では、きみはわたしたちと一緒にパトカーに乗るんだ。メグ、きみが彼のトラックを運転して帰ってくれ。こっちが終わったら、彼をきみの家へ送り届ける」

メグはリンクの手をぎゅっと握った。「わかりました。あなたもそれでいいわよね、リンク?」

車のキーを出してメグに渡すあいだも、リンクの目はマーロウをにらんだままだった。

「気をつけて帰るんだよ」と言ってからようやく向きを変え、彼女の肩に手を置いた。「すまなかった。神様に誓うよ。これが終わったら、もう短気は起こさない」

メグは彼の頬をそっと手のひらで包んだ。「守れない誓いは立てないほうがいいわ。いいのよ、短気を起こしても。わたしに対してじゃなければ」

マーロウが見ているのにもかまわず、リンクは彼女にキスをした。

「さっきも言ったが、気をつけて帰るんだよ」

「ええ。じゃあ、待ってるわね」

メグはひとりで保安官事務所をあとにした。

「いまロジャーを無線で呼び戻す」マーロウはリンクに言った。

「どこにいるんです?」

「パトカーに給油をしに行ってる。グッドタイミングだったわけだな、こうなってみると」

リンクは両手をポケットに突っこむと、大股にあたりを歩きまわりはじめた。マーロウはどこかへ電話をかけたあと書類棚をごそごそ探っているようだったが、リンクの知ったことではなかった。歩きつづけていると、裏口から保安官補が入ってきた。

マーロウは古いタイプライターから用紙を引きだすと、机の上の書類にそれを重ねてホチキスで留めた。「行くぞ」彼は保安官補に声をかけた。「詳細は行きながら話す」

リンクがあとに続こうとするのを見て、エディは足を止めた。「彼はどこへ行くんです？」

「われわれに同行するんだ。わたしが運転する」

エディは保安官にキーを渡した。

「まずアーリー判事のオフィスへ寄って、この捜索令状にサインしてもらう」

それぞれコートのボタンをしっかり留めて、三人は外へ出た。晴天だが風は冷たい。うさぎ狩り日和だなとマーロウは思った。だがもちろん、うさぎではなく犯人を捕まえられれば、それに越したことはなかった。

フェイガン・ホワイトは、やる気満々だった。兄の死を嘆く気持ちをバネに、家をきれいにしようと決めたのだった。昨日から、がらくたを運びだしては燃やすという作業を二十四時間続けている。裏の地面に掘った穴が焼却炉代わりだ。掃除をした暖炉では赤々と火が燃えていて暖かい。酒の空き瓶とビールの空き缶は、マウント・スターリングのリサイクルステーションに持っていけるようゴミ袋に入れてある。天井の蜘蛛《くも》の巣は古くなりすぎていて、払うと粉々になって飛び散った。

壁に掛かった獣の頭もきれいにした。窓枠やブラインドの埃《ほこり》を払って床を掃いた。ここから犬たちは立ち入り禁止だ。最後のゴミを炎に投げ入れると、フェイガンはモップとバケツを用意した。

母さんは確か、何かいい香りのするものを水に入れて拭き掃除をしていたはずだ。手元には石鹸《せっけん》しかないが、まあ、なんとかなるだろう。フェイガンはバケツのなかでモップをばしゃばしゃと振り、余分な水を絞って床を拭きはじめた。

バケツのなかはたちまち茶色くなったが、こまめに水を取り替え、隅々まで念入りにこすった。家じゅうの床がぴかぴかになり、松の香りがしはじめて、やっと気づいた。母さんは水に何かを入れていたわけじゃなかった。あれは、松材の床そのものの匂いだったのだ。フェイガンは満ち足りた気分で部屋を見渡した。ソファの生地がすり切れて詰め物が見えているのと、椅子の肘掛けがいまにも取れそうなのが気になった。少し考えたフェイガンは、クローゼットから古いキルトを二枚引っ張りだしてきて、ソファと椅子にふわりと掛けた。

部屋の見栄えはよくなった。けれどそれ以上に、気分がよくなった。もうちょっと金に余裕ができたら新しいソファと椅子を買ってもいいが、とりあえずこれでじゅうぶんだった。

座り心地を試してみようとしたフェイガンは、寒さのなかへ追いやったきりの犬たちのことを思いだしてため息をついた。生き物をきちんと飼育するというのは、なかなか面倒だ。フェイガンは作業用のコートと手袋をつかんで外へ出た。最後に犬小屋の寝藁《ねわら》を取り替えてやったのがいつだったか思いだせないが、納屋にはまだ新しいのが残っていた。

フェイガンは四つの犬小屋に新しい藁を敷きつめ、それぞれに餌を与え、ボウルの水を取り替えた。犬たちは嬉《うれ》しそうに彼にまつわりついてくる。フェイガンは恥ずかしくなった。プリンスにぞんざいに扱われた自分が、同じようにぞんざいに犬たちを扱っていたのだ。だがそれも、これからは変わる。彼は犬たちの頭を軽くたたいてやってから囲いの出入口を閉め、足早に家へ向かった。

朝、起きたときは雲ひとつなかったのに、空がだんだん暗くなってきた。数日後のサンクスギビングは雪だろうか。もし降れば、今年二度目の雪になる。まだ冬でもないのに、これでは先が思いやられる。

フェイガンは新しい薪《まき》をひと抱え運びこむと、暖炉の脇の山に加えた。脱いだコートを掛けるとき、いやな臭いがした。いま家のなかで臭いのは、自分の体と服だけだ。フェイガンは洗濯室へ行って素っ裸になると、脱いだものを全部、洗濯機に投げこんだ。たまっていた汚れ物も一緒に入れて、スイッチを押す。乾燥機から清潔なシーツと枕カバーを取りだして、裸のままベッドルームへ行き、ベッドを整えた。

真っ昼間からシャワーを浴びて髪を洗うのは妙な感じだったが、家だけをきれいにして終わりにはできず、わが身を徹底的に清めずにはいられなかった。体を拭いて、さっぱりした服を着るころには、腹がぺこぺこだった。

窓の外へ目をやると、焼却炉のなかのものはほぼ灰になったようだった。細い煙が立ちのぼり、木のてっぺんより高いところで消えている。フェイガンは隣の部屋のテレビをつけ、音声だけ聞きながら食事の支度に取りかかった。まずコーヒーメーカーのスイッチを入れ、スープ缶を鍋に空けて火にかけ、チェダーチーズをブロックから数切れスライスしてクラッカーを用意した。

それらをテーブルへ運んで腰をおろすと、スープにクラッカーを割り入れてチーズを口に放りこみ、スープがほどよく冷めるのを待った。

いまごろ兄は、ケンタッキー川のどこかを漂っているのだと思うと泣けてきた。小さいころは本当に仲のいいふたりだったのだ。プリンスが変わったのは、少し大きくなってからだった。ウェンデルと行動することのほうが多くなり、フェイガンをいじめはじめた。人はこんなに変われるものかとフェイガンは驚いたが、もしかするとプリンスはもともとこうだったのかもしれないとも思った。自分が幼すぎてわかっていなかっただけかもしれない、と。

遺体が見つかったら葬式を出さないとならないが、費用のことが気がかりだ。でもきっと、ルーシーが助けてくれるだろう。いくら仲が悪いと言っても、血のつながったきょうだいが死んだのだから、それぞれの役目を果たすのは当然だ。

使った食器を洗っているとき、犬たちが吠えはじめた。水を止め手を拭いて、フェイガンはリビングルームへ行ってみた。窓の外に保安官のパトカーが見えると、暗い気持ちになった。プリンスの遺体が発見されたのに違いない。頼むから、確認しろなどと言わないでくれ。そんな姿の兄を記憶に刻むのはいやだ。

ポーチに足音が聞こえるとフェイガンはドアを開けたが、すぐさま力任せにまた閉めそうになった。保安官と保安官補の後ろにリンカーン・フォックスがいる。フェイガンは逃げださずにいるのが精いっぱいだった。

「なんで彼が一緒なんですか？」

「入ってもいいかね？」マーロウが言った。

フォックスに視線を釘付《くぎづ》けにしたままフェイガンが脇へ寄ると、三人はなかへ入った。ついこのあいだここへ来たばかりのマーロウとエディは、家のなかのあまりの変わりように目を丸くした。ふたりで顔を見あわせたが、どちらも何も言わなかった。

「座ってもらっていいですけど」フェイガンが言うと保安官たちは腰をおろしたが、フォックスは立ったままだった。まるで出口をふさごうとしているかのように、ソファとドアのあいだに突っ立っている。ますます不安になって、フェイガンはちらりとフォックスを見あげ、すぐに目をそらした。

「話があるんだ」マーロウが切りだした。

フェイガンの目に涙があふれた。「兄が見つかったんですか？」

「いやいや、そうじゃない。遺体はまだ捜索中だ」

フェイガンは両手で顔を覆った。人前で泣くなんて恥ずかしいと思ったが、涙は止まらなかった。

「最後に会ったとき、おれたち喧嘩《けんか》したんです。兄さんが厄介事ばっかり持ちこむんで、おれ、追いだしたんです」

リンクはじっとしていられなくなり、窓と窓のあいだを行ったり来たりした。自分でフェイガンを問い詰め、さっさと終わりにしたかった。

その苛立たしげな足音を聞いたマーロウは、リンクの堪忍袋の緒が切れるのは時間の問題だと思いながら、捜索令状をフェイガンに手渡した。

「家宅捜索令状だ。われわれにはきみの家を調べる権利があるというわけだ。外まわりも含めて」

リンクはフェイガンの表情を観察したが、動揺しているようには見えなかった。あれから二十年近くたっているのだから、いまさらばれるわけはないと考えているのかもしれない。そしておそらく、フェイガンはきょうだいたちの犯行に直接は加わっていないのだ。それでも、すべてを知ってはいる。知っていて、黙っている。リンクに言わせれば、手を下した者もそれを見ていた者も、罪を犯したことに変わりはない。

「わかりました」フェイガンが言った。「調べてもらってかまいません。捜しているものがあるなら、言ってくれれば協力しますよ。片付けをしたばっかりだから、また散らかるのは、ちょっと」

「入ってすぐにわかったよ」と、エディ。「ずいぶんきれいになった」

フェイガンが笑顔になった。「おふくろがいたころみたいにね」

このチャンスをマーロウは逃さなかった。「おふくろさんといえば……ここが差し押さえられるという話があったね？」

フェイガンはうなずいた。「ええ。おふくろは毎日泣いてました。おれたちみんな、どうしていいかわからなかった」

マーロウは身を乗りだした。「だが、差し押さえは免れた。あんな大金がよく調達できたね？」

フェイガンは瞬《まばた》きひとつしなかった。「ウェンデルとプリンスのおかげです。ある日、ふたりで出かけたと思ったら、次の日、金を持って帰ってきたんです。ルイジアナのカジノで儲《もう》けたって」

「何を言ってる」リンクはつぶやいた。

フェイガンは思わず腰を浮かせた。フォックスといえども保安官の前では手出しできないだろうと踏んだのだった。「座ってくれ、フォックス。さもなきゃ、じっとしててくれ。うろうろされると落ち着かないんだ」

ついにリンクは彼に詰め寄った。「ウェンデルとプリンスはどうやって金を手に入れた？　保安官は、おふくろさんが息子たちにどうだまされたかを訊《き》いてるんじゃない。あの金の出所を訊いてるんだ」

フェイガンは目を瞬かせた。保安官のほうを見ると、確かに彼もカジノの話を信じていないようだった。だから彼は椅子に座り直すと、別の作戦に出た。

「盗んだのかもしれない。だけど、どこでやったのかはおれにもわからない」

マーロウはリンクに顔をしかめて見せたが、引きさがる様子はなかった。彼はため息をつくと、保安官補に指示を出した。「ロジャー……証拠を持ってきてくれ。はずす前に写真を撮るのを忘れるな。ほかにも参考になりそうなものがあれば集めておくんだぞ」

「了解しました」エディは外へ出ていった。

フェイガンが立ちあがった。「どこへ行ったんです？」

「納屋だよ。十八年前、きみの兄ふたりがレキシントンで銀行強盗を働いたという証拠が、納屋の壁に打ちつけられているんだ」

フェイガンは訝しげに眉根を寄せた。「証拠？」

「壁の穴をふさいでいるナンバープレートだ。犯人が逃走用に使った車のものと一致している」

フェイガンは呆然《ぼうぜん》とし、どさりと椅子に腰を落とした。

心機一転、やり直そうとしたのに、遅すぎたのか？　結局、何も変わらないのか？

「知らなかった」彼はつぶやき、頭をかきむしった。

「ひとり生き残ったばかりに、責めを一身に背負わなきゃならないな」リンクが言った。

「だが、おれはやってないんだ！」

「こっちだって同じだ。何もやっていないのに刑務所へ送られた」

フェイガンはうめいた。

「やっていないと証明するにはアリバイが必要だ」と、マーロウ。「あの年の四月十二日、きみはどこにいた？」

「そんなの覚えてるわけないでしょう！　みんな死んでしまって、残ってるのはおれと姉さんだけなんだ。その姉さんもおれに腹を立ててるから、おれに有利な証言は絶対しないだろうし」

リンクは顔をしかめた。「ルーシーがなぜきみに腹を立ててるんだ？」

フェイガンはリンクをにらみつけた。「あんたが姉さんを脅したからだよ」

リンクが微笑んだ。それがフェイガンには、かえって不気味に思えた。

「ぼくは脅してなどいないよ。しかしルーシーは脅しと取ったんだな? ぼくはただ、自分がこっちへ帰ってきた理由を教えて、ひとつだけ質問をしたんだ。父さんと結婚しているうちからウェスおじさんと深い仲だったのか、と」

フェイガンは、はっとした。姉の話を持ちだしたのは大失敗だったのだ。どうやって取り繕えばいい?

「姉さんの男関係なんか、おれの知ったことじゃない」

「だがきみは、兄さんたちが金を盗んだことは知っていた」マーロウが言った。

フェイガンは肩をすくめた。

「ほかに誰か、知っている人間はいたのか?」リンクが質問した。

フェイガンはどきりとした。くそっ、そういうことだったのか。この男がここにいる理由がやっとわかった。

「言ってる意味がわからないな」彼はぼそりとつぶやいた。

とうとうリンクは我慢できなくなった。

「もういいでしょう、保安官。のらりくらり言い逃ればかりしているが、きょうだいが盗みを働いたことをこいつが知っていたのは確かなんですから」

「知ってたから、どうだっていうんだ？　おれは罪を犯しちゃいない」

「窃盗幇助《ほうじょ》という罪もあるんだぞ」マーロウが言った。

フェイガンはまた立ちあがったが、一歩も動かないうちにフォックスが目の前に立ちはだかった。

「どこへも行かせないぞ。そして、おまえが白状するまでこっちも動かない。ウェンデルとプリンスの犯行を父はどうやって知ったのか、おまえたちのうちの誰が父の口を封じたのか、さあ、保安官に話すんだ」

後ずさりしたフェイガンは、コーヒーテーブルに体をぶつけてよろめいた。

「こんなのって、あるかよ！」フェイガンは叫びだした。「兄さんが死んで悲しんでるところへみんなしてずかずかあがりこんできて、兄さんたちふたりのやったことでおれを責めるって。あいつらの弟ってだけで、なんでこんな目に遭わなきゃならないんだよ！」

そこへ保安官補が戻ってきた。問題のナンバープレートはきちんと証拠品袋におさまっている。

「取ってきました。それから、納屋の裏で廃車を発見しました。犯人が逃走に使った車の特徴と一致しています」

「あれは親父《おやじ》が昔、乗ってた車だ」

マーロウが立ちあがった。「きみのコートはどこだ？」

「廊下のクローゼットのなかだけど、どうして――」

保安官補がクローゼットからコートを出した。「着るんだ、フェイガン。われわれと一緒に来てもらう」

「いやだ、行くもんか！　おれは生活を変えるんだ。ほら、見てくれよ。家もきれいにした。犬小屋も掃除した。それにまた教会へも通おうと思ってる。おふくろが生きてたころみたいに」

「家のゴミや埃は消えたかもしれない」リンクが言った。「だがな、嘘はそう簡単に消えはしないんだ。おまえたちのついた嘘がぼくの人生を踏みにじった」

「あの事件のことはおれはなんにも知らないんだ！　誓ってもいい！　あれは全部、姉さんと兄さんたちがやったことだ。おれは火事を通報しただけだよ。通報者がとがめられるなんてばかな話があるか？　それでもおれを連れてくなら、犬小屋の柵を開けておいてやってくれ。おれがいないあいだずっと閉じこめられるんじゃ、かわいそうだ」

マーロウに目顔で促され、エディが外へ出ていった。

「ところで、きみはどうやって火事の発生を知ったんだね？」

フェイガンはまだ、なんとか切り抜けようとしていた。「ウェンデルとプリンスは狩りに出かけていたんだけど、車で近くを通りかかって火事に気づいて、通報するためにうちへ戻ってきたんです」

犬の吠《ほ》え声《ごえ》と、それを叱りつける声をリンクは思いだした。やはりあのとき犬を連れていたのはプリンスとウェンデルだったのだ。「だが通報したのはあのふたりじゃなく、おまえだった。おまえが電話をかけているとき、ふたりはどこにいた？」

フェイガンはぶるぶる震えだした。ここは正念場だ。ちょっとやそっとではごまかせない。

「それは……消火を手伝うためにまた戻ったんだろう。おれは一歩も外へ出なかった。あの晩はおふくろの具合が悪かったんだ。それで、おれがついてなきゃならなかった」

マーロウがフェイガンに手錠を掛け、リンクは彼の胸に人差し指を突きつけた。

「死人に口なしだ。おまえにとっては好都合というわけだな。おまえが金を盗んで、それを知ったぼくの父に、警察に突きだすとでも言われたんだろう？　だから殺したんじゃないのか？」

フェイガンは泣きだした。「絶対に違う！　おれは関係ないんだ！　やったのは兄さんたちだ。あんたの親父さんがそれを知って、警察へ行くと姉さんに言ったんだ。姉さんはウェンデルに電話してきて、自分の足を引っ張るなって、かんかんだった。こうなったらマーカスの口を封じるしかない、おまえたちがやるんだよ、って。姉さんに命令されてあのふたりがやったんだ。おれじゃない。ウェンデルとプリンスなんだ」

「やっと白状したな。だがおまえだって、法廷でやつらが嘘をつくのを黙って見ていた。

すべてを知りながら、十七歳の子どもが濡《ぬ》れ衣《ぎぬ》を着せられるのを見ていた。いいか、おまえはやっぱり盗みを働いたんだ。ぼくの人生を、大事なものを、奪った。おまえは泥棒だ、フェイガン・ホワイト――最低最悪の泥棒だ」

リンクは怒りに身を震わせながら外へ出ると、パトカーの助手席に身を投げだすようにして座った。フェイガンとのあいだに距離を置かなければ、自分が何をしでかすかわからなかった。これでも近すぎるが、後部座席で隣りあうなど論外だった。

手錠姿のフェイガンが連れてこられて、エディとともに後ろに座った。運転席に乗りこんだマーロウがリンクを見て言った。

「途中で暴れださないでくれよ。事故は起こしたくないからな」

胸の内とはほど遠い冷静さを装って、リンクは言った。

「このなかで暴れだすのがいるとしたら、それはぼくじゃありませんよ。いま思えば、あのとき暴れればよかったんだ。子どもだったから、そんなことは思いもよらなかった」

マーロウがドアをロックした。「誰も暴れてくれるなよ」そうつぶやいてエンジンをかけた。

後ろを向いたリンクがフェイガンを指さした。「せいぜい刑務所行きを祈るがいい。もしもおまえが無罪放免になったら、この手で制裁を下してやる」

フェイガンは息をのんだ。「保安官！　こんなこと言わせていいんですか？」

エディが肘で彼を小突いた。「大声を出すんじゃない。何も聞こえなくなるじゃないか」

フェイガンはドアに張りついて身を縮めた。窓の外へ目をやったが、後ろを振り返る勇気はなかった。今度この山の風景を眺められるのは、たぶんずっと先のことになるだろう。

マーロウにはリンクの悔しさがよくわかった。十七歳の若者の未来を奪った者たちは断じて許されるべきではない。そのために自分ができることがあるなら全力を尽くそうと、彼は心に誓った。

17

ルーシー・ダガン襲撃事件についての報告書が仕上がるまで、あとひと息だった。キーボードをたたくあいだも、ケネディ刑事の脳裏には彼女の声が繰り返しよみがえった。些《さ》細《さい》なことで口論をして、夫婦は別居中だったという。その夫が銃撃されたとなれば、普通なら彼女が第一の容疑者となるところだが、彼女自身がひどい怪《け》我《が》を負っている上に、アリバイも完璧だった。それでもケネディは、自分たちが何かを見落としているような気がしてならなかった。

何かに追いたてられるようにケネディは手を伸ばすと、ウェスリー・ダガンが入院している病院に電話をかけた。何度か待たされて、ようやく事務室につながった。身分を明かした上で患者の緊急連絡先を尋ねると、弁護士の名前を告げられた。

彼は礼を述べて電話を切った。緊急連絡先は妻ではなかった。それはつまり、夫婦喧《げん》嘩《か》がルーシー・ダガンの言うほど些細なものではなかったということだ。彼女はほかにも何か隠しているかもしれない。そう考えたケネディは、くだんの弁護士に電話をかけてみることにした。

「シンプソン・アンド・コイル法律事務所です」

「マウント・スターリング警察のケネディといいますが、シンプソン弁護士はいらっしゃいますか？」

「お待ちください」『明日に架ける橋』をまるまる一曲分聞かされたころ、ようやく声がした。

「ドワイト・シンプソンです」

「はじめまして、ミスター・シンプソン。マウント・スターリング警察で刑事をしていますケネディといいます。実は、ダガン夫妻のことでちょっと伺いたいことがありまして。あのふたりはあなたのクライアントですね？」

「正確には、ミセス・ダガンのほうはもう、そうではありませんが」

ケネディは苦笑いを浮かべた。どうやらルーシーの言う〝別居〟は、実際にはもう少し重い意味を持つもののようだ。試してみよう。「離婚がらみで、ですか？」

「そうです。わたしはミスター・ダガンの代理人になるので、奥さんのほうには別の弁護士を雇うようお願いしてあります。いや、失礼。お聞きになりたいのは、あっちの件ですね？」

あっちの件？　ほう、面白いことになってきた。「ああ、そうでしたか。あの件もあなたの担当でしたか」

「ええ、再審が決定しましたからね。けれどミスター・ダガンは、ご自身も奥さんも有罪になると覚悟していますよ。その上で、あの少年の汚名がすすがれることを願って偽証を告白したのです。彼ももはや少年ではありませんがね――十八年は実に長い」

「なんてことだ」思わずつぶやきを漏らしたケネディは、驚愕《きようがく》を察知されたかとひやりとした。だが、案ずる必要はなかったようだ。シンプソンは少しも口調を変えずに先を続けた。

「そう、わたしも初めて聞いたときは、なんてことだと思いましたよ。正直に言いますと、ミスター・ダガンが銃撃されたと知って、まずわたしの頭に浮かんだのは奥さんでした。しかし彼女も暴漢に襲われたとなると、どう考えればいいのか」

「ところで、ミスター・ダガンの容態はどうなんでしょう?」

「主治医からの最新の情報によると、なんとか持ちこたえているそうです。奥さんのほうは?」

ケネディは眉根を寄せた。「いまの段階ではなんとも言えませんが、わたしとしては、この電話をかける前に比べれば彼女に同情する気持ちは薄れましたね。すみませんが、ミスター・ダガンに面会が可能になった時点で連絡をいただけますか? 会って話を聞きたいので」

「承知しました」

「それと、その無実の罪を着せられた少年ですが……いまはどうしているんですか？」

「ああ、リンカーン・フォックスなら、少し前にレベルリッジへ戻ってきました。わが身の潔白を証明するためにね。確か、ブーンズ・ギャップのマーロウ保安官と一緒に動いているはずです」

「そうですか。では、詳細は保安官から聞くことにしましょう。ご協力ありがとうございました」

「どういたしまして。それでは」シンプソンは電話を切った。

ケネディは作成中だった報告書をしばし見つめたあと、保存のキーを押した。これはまだまだ完成にはほど遠い。とりあえず保留だ。彼はふたたび電話に手を伸ばすと、番号案内にかけ、ブーンズ・ギャップ保安官事務所の番号を問いあわせた。

フェイガンのところへ行ったリンクがどんな行動を取るか、メグは心配でたまらなかった。こんなふうに心がざわつくときは、体を動かすにかぎる。家へ帰り着いたメグはまずハニーを外へ出してやると、枕をたたいてふっくらさせ、暖炉のまわりの灰を掃いた。そのあと机に向かうと、支払期限の迫った請求書を出してきて小切手を書いた。

それが終わると、意味もなく家のなかを歩きまわった。リンクのこと以外、何も考えられない。食事の支度をしようと思いついてキッチンへ行き、食材の在庫をチェックしても、メニューが決まらない。しばらくして軽く何かつまもうと思ったときも、自分の食べたいものがわからず、結局やめにした。

ようやく気持ちが落ち着きはじめたのは、仕事部屋へ入ってキルト作りに取りかかったときだった。細かい目で一針一針縫い進め、単なる布から作品を生みだす作業は、心を安らかにしてくれた。

手を動かしながらメグは、偽りに満ちたホワイト家のこれまでに思いを馳《は》せた。もしもリンクの推理が当たっていれば、彼らは取り返しのつかない罪を犯したことになる。

作業に没頭するうちに首が痛くなってきて、よくやくメグは手を止めた。このごろはずいぶん日が短くなってきたから、鶏とデイジーに早めに餌をやっておくことにした。コートを着て赤いマフラーを首に巻き、ニット帽をかぶると、作業用の手袋をはめながら外へ出た。

空の青がなんとなく灰色がかって見える。またしても荒れ模様だ。空気は冷たくて、深呼吸すると喉が痛くなるほどだった。風もしだいに強まっている。メグは思わず早足になりながら、ハニーを従えて鶏小屋へ向かった。鶏たちに餌と水を与えて卵を集め、それをいったん家に置いてから、今度はデイジーの世話をしに納屋へ行った。今日は干し草を多めに入れてやろう。食べるものがたっぷりあれば、寒気がやってきても動物たちは凍えずにすむ。

メグが納屋へ入っていくと、老いた雌牛はモーと鳴いて頭をぶつけてきた。やめろとでもいうように、ハニーがひと声、わんと吠《ほ》えた。

メグは笑い声をあげ、デイジーを押しやった。

「遅くなったわけじゃないんだから、意地悪はやめて。ほら、自分の部屋に入りなさい。今夜は干し草をたくさんあげるから。それに、もう頭突きをしないと約束するなら、粒々のごちそうもつけるわよ」

ねずみでも探しているのか、ハニーは鼻をくんくんさせてあたりを嗅ぎまわっている。

メグは大袋から配合飼料をバケツですくって餌入れに移し、干し草を牛房に運んだ。水はまだたっぷり残っていたが、表面に薄く氷が張っていた。それを割ったあと、飼料置き場に熊手を忘れてきたのに気づいて取りに戻った。たくさんある飼料袋の隙間を縫うようにして、ハニーは相変わらず這《は》いまわっている。その様子がおかしくて、メグはまた笑った。

熊手とバケツを左右の手に持って、メグが納屋を出たそのときだった。背中に銃が突きつけられた。

「熊手を捨てろ」

メグは悲鳴をあげた。

ハニーが納屋の奥から出口めがけて走ってきた。

「扉を閉めろ。さもないと犬を撃つぞ」

急いで扉を閉めると、閉じこめられたハニーが死にものぐるいで鳴きだした。

「こっちを向け」

メグは深呼吸をひとつした。パニックはおさまり、怒りがむくむくと湧いてきた。こぶしを握りしめて、ゆっくり振り返る。そこにあったのは、プリンス・ホワイトの顔だった。

プリンスはにやりと笑った。「あんたがもうちょっと優しくおれを迎えてくれていたら、こんな手荒な真似《まね》をせずにすんだのにな」

「死んだんじゃなかったの？」

プリンスはますます面白そうに笑った。「おれにかかれば、警察を出し抜くなんて朝飯前だ」

「撃つならさっさと撃ちなさいよ。こんな寒いところで世間話なんてしていたくないわ」

プリンスは目をぱちくりさせた。彼女がこんな態度をとるとは予想もしていなかった。泣いてわめいて、命乞いをするんじゃないのか？　プリンスは足を踏み替え、銃を握る手に力をこめた。思ったほど簡単にはいかなさそうだ。

「訊《き》きたいことがある。おとなしく教えれば、手出しはしない」

メグは必死に考えを巡らせた。「ウェスリー・ダガンにも同じことを言ったの？　彼を撃つ前に」

プリンスはまた目を瞬かせた。「あんたには関係ない。あんたはボビー・ルイスが犬を埋めた場所をおれに教えればいいんだ。車に乗っけてくから、案内しろ」

メグは彼をじっと見据えた。幸せになりかけたところへこんな爆弾を落とすなんてと、運命を呪った。

「フェイガンにも言ったけど、わたしは知らないわ。だから、さっさと撃つか帰るかしなさい」

いつ銃の台尻が顔に打ちおろされたのかわからなかった。気がつくとメグは地面に倒れ、口から血を流していた。

プリンスは飛び跳ねるように足を踏み替え体を揺らしている。舞いあがる土埃《つちぼこり》で姿がよく見えない。

「口ほどにもないな、おい」

メグは片足をあげた。起きあがろうとするかに見せかけながら、渾身《こんしん》の力をこめてプリンスの股間を蹴りつけた。

プリンスは、いつもより数オクターブ高い叫び声を放つと、銃を取り落として股を押さえた。

メグはすぐさま立ちあがった。銃はプリンスの足のあいだにあって奪えそうになかったから、走った。納屋の裏から山の上へと、全速力で走った。

プリンスはなんとか銃を拾いあげると、あとを追おうとしたが、あまりの痛みに思うように走れなかった。立てつづけに三度発砲したものの、当たらなかったのは明らかだ。最後に見たメグは、飛ぶように駆けていた。

「ちくしょう！」プリンスはうめき、体をふたつに折った。手はまだ股間を押さえていた。さらにしばらくしてからようやく動けるようになると、メグのあとを追いはじめた。犬が埋められた場所をなんとしても突き止めてやる。ボビー・ルイスがウェンデルから奪った二万ドルを手に入れたら、あとは逃げるだけだ。ルーシーになどかまっていられない。たまには自力でなんとかしろ。なんとかできなくても、こっちの知ったことじゃない。

メグは全速力で走った。プリンスが歩けるようになったらすぐに追いかけてくるのはわかっている。

足跡が残るのが気がかりだったが、濃い下生えをかき分けずにすむよう山道を走った。できるだけプリンスを引き離してから進路を変え、リンクの家へ行くつもりだった。安全な場所といって思いつくのは、そこしかなかった。

地面を蹴る自分の足音が、プリンスから着実に遠ざかっていることを教えてくれる。しかしすぐにそれも心臓の鼓動にかき消された。傾斜はどんどん急になる。メグは途中で立ち止まり、ニット帽を取って耳を澄ました。しばらく何も聞こえなかったが、突然、大きな牡鹿《おじか》が飛びだしてきて目の前を横切った。何かに驚いたのだ――おそらく、プリンスに。納屋の前ではあれほどの負けん気を発揮したメグだったが、いまやすっかり弱気になっていた。帽子をポケットに突っこむと、ふたたび走りはじめた。暗くなる前にリンクが戻ってくることをひたすら祈った。トラックを取りに来てメグがいないとわかったら、異変が起きたことを察するはずだ。そして、捜しに来てくれる。必ず、来てくれる。でも、それがいつになるかわからない。間に合わないかもしれない。

だからメグは走った。走りつづけるうちに脇腹と胸が痛くなってきて、涙で行く手がぼやけはじめた。

どうか神様、守ってください。どうかわたしを死なせないで。呪文のようにメグは繰り返した。

一度だけさっと後ろを振り返ったあと、道を離れて森へ入った。日没まであと一時間もないはずだ。もう少しだけ時間を稼げば助かる。暗くなれば、見つかる心配はきっとなくなる。

メグはスピードをゆるめた。できるだけ音をたてないようにしなければならなかった。それでなくても山では音が遠くまで届くのだ。むやみに枝を折ったり枯れ葉を蹴散らしたりすれば、プリンスを引き寄せてしまう恐れがある。

息を整えようと松の木にもたれたときだった。まるで神様が明かりのスイッチを切ったかのように空が真っ暗になった。星ひとつない闇だった。

「なんなの、これ」メグはうめいた。どちらへ向かうにしても、先がまるで見えない。

この木の根元にうずくまってプリンスに見つからないことを祈るか、それとも走りつづけるか。メグは迷ったが、プリンスと拳銃を前にしたときの恐怖を思いだして、後者を選んだ。

手探りで進むうちに少しずつ目が暗さに慣れてきた。すると今度は暗さのありがたみがわかりはじめた。身をひそめる場所を求めて、さらに進んだ。

頬に何やら冷たいものが触れた。続いて、唇にも。まぶたにも。ついに雪が降りだしたのだ。目にかかる髪を片手で払うと、メグは空を見あげた。

次に踏みだした一歩は、地面をとらえなかった。足の下に、何もなかった。

メグは悲鳴をあげた。

そして、意識を失った。

山の上のほうで悲鳴があがり、いきなり途切れた。プリンスは悪態をついた。崖から落ちたかクーガーに襲われたか、メグ・ルイスがどうなったのか知らないが、これで望みは絶たれた。こんなはずではなかったが、とにかくこっちにはまだ命も銃もある。あの女とは違って。

プリンスは安定した足取りで山道を下っていった。常に身につけているペンライトの光が、しっかり行く手を照らしてくれた。

夕暮れが迫るころ、マーロウの運転するパトカーはメグの家の前にとまった。確かにフェイガンを震えあがらせたあと、リンクは誰ともしゃべらなかった。そしてそれを、ふたりの法執行者が聞いていた。それでも彼は、裁判を経て正式な書面を見るまでは何もあてにできないと思っていた。

リンクのトラックはメグの車の後ろにとめられていた。たぶん彼女は家から出てくるだろう。それともそのへんの物陰から、ハニーがわんわん吠えながら走ってくるか。

しかし、どちらも現れなかった。

ハニーもメグと一緒になかにいるのだ。そう思って車から降りようとしたリンクを、マーロウが引き留めた。

「また連絡するよ。きみの名誉を挽回《ばんかい》するため、わたしも全力を尽くす」

「その男を逮捕するときには、権利の読みあげを忘れないでください。最近は容疑者の人権尊重とやらでいろいろうるさいですからね。くれぐれも弁護士に隙を突かれることのないように」

リンクは車から降りた。だが、とたんに背筋がぞくりとした。どこかで犬が吠えている。父が殺された夜と同じだ。足の下で地面が波打ち、リンクは思わずパトカーに手をついて体を支えた。

マーロウはぎょっとしてドアの取っ手をつかんだ。「どうした？　気分でも悪いのかね？」

リンクは顔をあげた。頭をはっきりさせようと、冷たい空気を深く吸いこむ。ここは昔の自分の家じゃない。メグの家だ。吠えているのはハニーだ。

「メグの犬です！　何かあったんだ！」

マーロウがエディに命じた。「ここにいろ。容疑者から目を離すんじゃないぞ。すぐ戻る」

リンクはすでに家へ向かって走っていた。表のドアには鍵がかかっていたが、裏へ回ると勝手口は開いた。床に卵の籠が置きっぱなしになっている。

「メグ！　メグ！　いるのか？」

答えが返ってこないということは、まだ外にいるのだろうか。ハニーのけたたましい鳴き声は納屋から聞こえてくる。駆けだす彼の後ろにマーロウも続いた。リンクの不安が高まっていく。納屋に何があるのか。手遅れなのか。

目に飛びこんできたのは、地面に転がるバケツと熊手だった。

「メグ！　メグ！　どこにいるんだ？」叫ぶリンクの足がぴたりと止まった。地面に人の形の跡がついている――バケツと熊手の持ち手には、血の跡が。突然、背後の扉に何かがぶつかる音がした。次いで、狂ったように吠えたてるハニーの声。

リンクは力任せに納屋の扉を開いた。

ハニーが飛びかかってきた。歯をむき、耳を倒して、完全な戦闘態勢だ。

リンクが身をかわしたときには、ハニーはすでに地面に鼻をすりつけ、ぐるぐると円を描くような動きをしていた。それから急に頭をもたげ、うなり声をあげた。

駆けつけたマーロウが言った。「何かの匂いを嗅ぎつけたんだな」

「きっとメグだ」

リンクが捕まえる間もなく、ハニーはメグの匂いをたどりはじめた。吠えながら、不自由な足で飛び跳ねるようにして、必死に走っていく。

「こいつは大変だ」と、マーロウがつぶやいた。「フェイガンの留置はロジャーに任せるしかないな。わたしは応援を要請して、すぐにきみを追う。ほら、拳銃と懐中電灯を持っていきなさい。わたしはいい。パトカーに予備がある。何が起きているのかわからないが、丸腰で行ってはだめだ」

拳銃とライトをポケットに入れると、リンクは駆けだした。ハニーの姿を見失ってはならなかった。

ほどなくしてリンクは、自分のほかにもメグを追っている者がいるのを知った。地面についている靴跡はどれも新しい。メグのワークブーツの跡はすぐにわかったが、ところどころで、別の跡がそれに重なっていた。小さめの男物のブーツだ。これと、納屋の前で見つけた血痕とを考えあわせると、恐ろしい想像がふくらんだ。リンクは走りながら携帯電話を引っ張りだし、この前教えられたクィンの番号を表示した。何が起きているにしても、彼女の家族には知らせておかなければ。

呼びだし音が鳴りはじめると同時に、顔に雪が舞い降りた。くそっ。最悪だ。うろたえかけたときクィンの声がして、リンクはわれに返った。

「はい、クィン・ウォーカー」

「リンクだ」

クィンの耳に、地面を蹴って進む足音と、息を切らした声が飛びこんできた。リンクは走っているらしい。

「何があった？」

「まだわからない。ぼくが保安官と行動をともにすることになって、メグはひとりで先に帰った。さっき彼女の家まで戻ってきたんだが、いないんだ。勝手口に鍵はかかっていなくて、ハニーが納屋に閉じこめられていた。そして争った跡があった。血痕も」リンクは足を止め、前かがみになって息を整えた。「ハニーを納屋から出してやったら、いきなり山の上へ向かって走りだした。何かが起きたのは間違いない。いまハニーを追いかけているんだが、あたりは真っ暗だ。雪も降りだした。もしメグが怪我をしてどこかに身をひそめているのなら、一刻も早く助けださないと凍えてしまう」

クィンは愕然《がくぜん》とした。「どういうことだ？　プリンス・ホワイトが死んで、すべては終わったんじゃなかったのか？」

「遺体があがったわけじゃない」

クィンは、はっと息をのんだ。「ああ、くそっ……。いいか、きみはそのままハニーを追いかけるんだ。マライアと一緒に犬を連れてすぐそっちへ向かう。モーゼは優秀な追跡犬だ。きみに追いつくのは簡単だ。メグのことも必ず見つける。それまでメグは持ちこたえてくれるさ。信じよう」

携帯電話をポケットに戻すと、リンクはふたたび走りだした。小休止したおかげでまた力が湧いてきた。夢中で走りながら、自分の帰郷が彼女に危険をもたらしたのではないことをひたすら祈った。

山道の勾配はしだいに急になっていく。マーロウがどこまで追いついてきているのかわからなかったが、足を止めて待とうとは思わなかった。いまのリンクはハニーの鳴き声を追いかけるのと、メグの無事を神に祈るのとで精いっぱいだった。

18

顔に雪が降りかかるのがわかった。ひどくなる前に山をおりてしまおうと、プリンスは足を速めた。のぼりよりもはるかに速いスピードで下りながら、これからのことを考える。どこか暖かい土地へ行って出直そう。途中で酒屋かコンビニエンスストアに押し入ればいい。あの手の店は造作ない。髭《ひげ》と髪を伸ばして、強盗をやりながら南へ向かい、やがては国境を越えてメキシコへ入る。この計画はうまくいきそうだ。ちょっとは運が向いてきてくれないと。ここひと月ばかりはさんざんだったからな。

さっきからどこかで犬が吠《ほ》えている。本気で獲物を追っている声だ。プリンスは顔をほころばせた。昔はよくウェンデルとふたりで狩りに出かけた。たき火のそばで親父《おやじ》特製のワインを飲んだ。あのころは楽しかった。ウェンデルのことが懐かしい。親父のことは、そうでもない。

物思いにふけりながら小さな峠まで来たときだった。不意に闇のなかを何かが走る気配がした。足を止め、首を傾けて耳を澄ませると、荒い息遣いと鼻を鳴らすような声が聞こえて、ぞくりとした。

「何がいるんだ？」プリンスはつぶやき、ライトであたりを照らしてみた。小さな光がとらえたのは、ぎらつくふたつの目だった。次の瞬間、毛むくじゃらの生き物がうなりをあげて向かってきた。狼《おおかみ》か？　プリンスが慌てて銃に手を伸ばすのと、それが彼に飛びかかるのとが同時だった。

凶暴なうなり声。熱い息。プリンスは悲鳴をあげて地面にひっくり返った。追い払おうともがくうちに銃が飛んでいった。顔を攻撃され、プリンスは手足をばたつかせた。喉を裂かれたらおしまいだ。

全身を痛みが貫いた。頬を咬《か》まれたのだ。「助けてくれ！　おおい、誰か……助けてくれ！」

手を振りまわし、転げまわっても、それは離れなかった。背中にのり、首を咬み、コート越しに体を咬んだ。

思いきり足を蹴りだすと一瞬だけ離れたが、それでもまだ正体はわからない。突然、何かが裂ける音がした。と、腿から股間へかけて激痛が走った。そいつは股のあいだにうずくまってジーンズに歯を立て、がっちりと肉に食らいついていた。

痛みとそいつの重みとで、身動きできない。プリンスはただ叫ぶしかなかった。いくら蹴ろうが殴ろうが、それは頑として離れなかった。

リンクはハニーの鳴き声を頼りに進んでいたが、その声がぴたりとやんだ。直後に男の悲鳴があがり、人と獣の争う声が続いた。

ハニーだ。ハニーが死にもの狂いで戦っている。リンクは走った。足元を照らすライトが役に立たないぐらいの速さで、彼は走った。

犬と人間が地面に転がり格闘していた。懐中電灯の光をさっと巡らせると、プリンスの股間に歯を立てているハニーが見えた。プリンスはハニーの背中や頭をめった打ちにしている。うなりと叫びが交錯するなか、どちらが優位に立っているのかわからなかったが、リンクが割って入らなければ決着はつきそうになかった。

リンクはハニーの首元をつかんで、付けと命じた。やっとのことでプリンスから離れたハニーは血にまみれ、ぶるぶる全身を震わせていた。どちらがよりひどく出血しているのか判別できなかったが、放っておけばハニーは、どちらかが死ぬまで戦ったに違いなかった。

「よくがんばったな」リンクは何度も褒めてやった。

プリンスが気絶してくれたので、その隙にハニーの怪我《けが》の程度を確かめた。伸びている男のかたわらに膝をつき、リンクはハニーの体にライトを向けた。不自由なほうの足の裏はずるりと皮がむけて血まみれだった。ここまでになりながら走りつづけていたのかと思うと、プリンスへの新たな怒りが湧いてきた。

意識を取り戻したプリンスがうめきを漏らした。「もうだめだ。そいつのせいで死にそうだ。出血多量で死んじまう。顔も……脚も……血だらけだ。おれは死ぬんだ」

「ハニーのせいで死ぬんじゃない。おまえの息の根を止めるのは、おれだ」そう言うと、リンクはハニーの頭に手を置いた。「動いちゃだめだ。じっとしてるんだぞ」

ハニーはその場に伏せると、震えながらも前足を舐《な》め、傷口をきれいにしはじめた。

懐中電灯であたりを照らしたリンクは、拳銃を拾いあげポケットにおさめてから、プリンスの襟首をつかんで頭を木の幹に打ちつけた。

プリンスの頭がバウンドした。

その口からうめきが漏れる。

「メグはどこだ？」

「知るか」

「そんなはずはない」リンクはもう一度、プリンスの頭を木にぶつけた。そうして、さらにもう一度。

「やめろ、死んじまう！　ほんとに知らないんだ！」

リンクはプリンスの首に両手を回した。「ちょっとでも動いたら、首をへし折るぞ」

「こんなひどい怪我をしてるんだ。立つのだって無理だ」半泣きになってプリンスは訴えた。

「だったら首でも吊《つ》るか？　もう一度、訊《き》く。今度はちゃんと答えたほうが身のためだ」

プリンスが涙を流して命乞いを始めた。そのときようやく、マーロウがリンクに追いついた。息が切れ、足はふらついているものの、左右の手にはしっかりサーチライトとライフルを持っている。彼の目の前では信じられない光景が繰り広げられていた。

「殺すんじゃない、フォックス！　やめろ！　フェイガンは逮捕した。今度はこうしてプリンスの身柄も確保できた。警察に任せるんだ。頼む……われわれにも、やり直すチャンスをくれ！」

リンクは手を離さなかった。「最後にもう一度だけ訊く。メグ・ルイスはどこだ？」

しかしプリンスの意識はほかへ向いていた。「フェイガンが捕まった？　あいつが何をしたんだ？」

リンクの指に力がこもった。

「何もかも白状したんだ。おまえはぼくの父親を殺した。メグには何をした？」

「彼女には逃げられた。おれはどうしても追いつけなかった」プリンスは情けない声を出した。「あの長い脚で、飛ぶように走るんだからな」

自分が恋に落ちた日のことを、リンクは思いだした。両手を掲げ、空を仰いでゴールテープを切るメグ・ウォーカー。プリンスが初めて本当のことを言ったとリンクは思った。

「最後にメグを見たのはいつだ？　山のどのあたりだ？」

プリンスは泣き叫び、顔と腿の傷をまさぐった。「保安官……助けてくれ。このままじゃ出血多量で死んじまうよ。あの犬ころにずたずたにされたんだ」

「助けがこっちへ向かっている。それより、彼の質問に答えるんだ」

プリンスはうめいた。「山のどのあたりかなんて、わかるもんか。真っ暗だったからな。おれがあきらめて山を下りはじめたのは、たぶん十五分ぐらい前だ」プリンスはリンクを見あげると、残忍な目をしてにんまり笑った。血に濡《ぬ》れた真っ赤な歯がむきだしになった。「その前にメグの悲鳴が聞こえたんだ。そりゃ、恐ろしげな声だった。長く続いて、ぴたりとやんだ……まるで息が止まったみたいにな。死んだに違いない」

リンクはプリンスの顎を殴りつけた。

プリンスはぐったりと地面に伸びた。

「あとは任せます」リンクはマーロウに言った。「救援はあとどれぐらいで到着しますか？」

マーロウは自分の腕時計にライトを向けた。「十五分……いや、そこまではかからないかもしれない。なぜ？」

リンクが答える前に携帯電話が鳴りだした。

「もしもし？」

「クィンだ。いま向かってる。そっちのライトは見えている。メグは見つかったか？」

「いや、プリンス・ホワイトだけだ」

「くそっ……くそっ」クィンは何度もつぶやいた。自分では声に出しているつもりはなかった。

電話の声が女性のものに変わった。クィンの妻だろうと、リンクは察した。

「メグはまだ見つからないのね？」マライアが尋ねた。

「ああ、プリンスはメグの悲鳴を聞いて引き返してきたと言ってる。本当かどうかわからないが、これからどっちへ向かうべきか考えてるところだ。メグの犬はひどい怪我を負ってるから動かせない」

「十分だけ待って。あと十分で着くから。モーゼも一緒よ。だからメグは見つかるわ。モーゼがメグを必ず見つけてくれる」

通話が終わって携帯電話をポケットに入れると、リンクはプリンスの銃をマーロウに手渡した。自分が彼から借りていた銃も返した。

「もう必要ありませんから」

マーロウはそれらをポケットにおさめると、プリンスの体をうつぶせにして背中で手錠をかけた。

「手間をかけさせやがって」呼吸が楽になるよう横向きにしてやってから、マーロウはプリンスの靴底を忌々しげに蹴った。「エディに連絡を頼んだから、じきに予備保安官と救急隊が到着するはずだ」

重い塊が胸から喉へとせりあがってきて、リンクは叫びたくなった。感情を爆発させたかった。だが、それをすればプリンスの言い分を認めたことになる。代わりにつぶやいた。

「メグが死ぬわけない」

マーロウはこれ以上立っていられないほどの疲労を覚え、その場に座りこんだ。あまりにもいろいろな出来事が、立てつづけに起こりすぎた。

リンクは横たわるハニーのそばへ行くと、地面に座り、その痩せた体を膝に抱きあげた。重さはおそらく十キロぐらいだろう。普通の半分ほどしかないのではないか。こんな小さな体で男をひとり倒したのだ。ハニーは苦しげな声で鳴きながらもリンクの指をぺろぺろ舐めた。どこかの骨が折れていないか、傷が開いてはいないかと、リンクはハニーの全身に手を這《は》わせた。

その手があばらに触れたときハニーがうなった。マーロウのライトがこちらに向いているので、片方の耳から流れる血がよく見えた。血にまみれた前足も悲惨だが、何よりリンクの胸を締めつけたのは、ハニーの目に浮かぶ表情だった。

「きみは勇敢な女の子だ」リンクはそっとささやいた。「今日はお手柄だったね。きみのおかげで悪者が捕まったんだ。もうすぐ助けが来る。メグだって見つかる。必ずだ。ぼくたちのメグは、必ず見つかる」

やがて、クィンとマライアが近くまで来た気配がした。到着を知らせるかのように、犬のモーゼがひと声、わんと鳴いた。リンクは居ても立ってもいられなかった。雪が激しさを増したようだ。時間がない。すべてはモーゼにかかっている。

「ここだ！　ここにいる！」マーロウが大声で叫び、立ちあがってサーチライトを向けた。まず犬が光のなかへ飛びこんできて、その後ろからマライアとクィンが現れた。リンクはハニーを抱いたまま立ちあがった。腕のなかのハニーはぐったりしている。涙で頬を濡らし、あちこちに血をつけた巨人――それが、マライアの初めて見るリンクの姿だった。クィンの姉を愛しているのは、この人なのだ。胸には、彼以上に血まみれの犬をしっかりと抱いている。モーゼが犬の臭いを嗅ぎつけ、まっすぐそちらへ向かっていった。そのあとにマライアも続いた。

「怪我はひどいの？」

「わからない。ぼくが駆けつけたときにはプリンスにこっぴどく殴られていた。それでもやつに咬みついたまま離れないんだ。前足がひどいことになってる。それ以外の傷の程度はわからないが、この小さな体でプリンスを倒したんだ」

クィンは硬い表情を浮かべて、全身に殺気をみなぎらせていた。バックパックを背負い、登山用のザイルを肩にかけ、捜索の準備は万端だ。

「くそっ、この暗さが気に入らないな」

マライアはクィンの腕をつかみ、励ますように力をこめた。炭坑跡に閉じこめられ、落盤事故に遭って以来、クィンは暗いところが苦手になった。日ごろはなんとか折りあいをつけながら暮らしているが、完全に克服するにはまだ時間がかかりそうだった。

クィンは、手錠をかけられ木にもたれかかっているプリンス・ホワイトを見やったあと、マーロウとリンクに目を移した。

「あいつは死んだものと決めつけて、誰もが油断していた……あいつの思う壺《つぼ》にはまってしまったんだ。リンク、きみが電話で、遺体は見つかっていないと言っていたのはそういう意味だったんだな。ぼくももっと警戒するべきだった」

「起きてしまったことはしかたがない。これからのことを考えよう」リンクはマライアのほうを向いた。「それで、どうすればいい？　犬はどうやってメグの匂いを嗅ぎ分けるんだ？」

「彼女のシャツを持ってきてるわ。あなたのほうは、準備はいい？」

「きみたちを待っていた十分は、これまでの人生で最も長い十分だった。いつでも出発できる」彼はハニーをマーロウに託した。「よろしく頼みます」

クィンがマーロウに言った。「ジェイク・ドゥーレンと息子たちがぼくたちの少し後ろにいました。あと五分もすれば到着するはずです。救急隊らしい四輪バギーのエンジン音が聞こえるとジェイクが言っていました」

「わたしが要請したんだ」マーロウはハニーの頭をそっと撫《な》でてリンクのほうを向いた。「この子も大至急、獣医のところへ連れていってもらおう」

「お願いします」

マライアがモーゼの鼻先にシャツを近づけた。「これよ、モーゼ。さあ、行きなさい」

モーゼが飛びだし、マライアの持つリードがぴんと張った。クィンとリンクも彼女に続いた。

「雪はモーゼの鼻に影響するかな?」リンクはマライアに尋ねた。

「ええ、たくさん降れば」

「やっぱり、そうか」リンクはつぶやいた。「もっと急ぐわけにはいかないか?」

「モーゼを放してもいいけど、これだけ暗いとわたしたちがこの子を見失う恐れがあるわ」

「ぼくはハニーの吠え声を頼りにここまでのぼってきたんだ。モーゼも吠えてくれればいいんだが」

一刻の猶予もならないことはマライアも承知していたから、躊躇《ちゅうちょ》はしなかった。「モーゼ。止まれ!」

モーゼがぴたりと足を止めると、マライアは首輪からリードをはずした。

「モーゼ、行け！」

犬が軽やかに駆けだすと、リンクもほかのふたりの前へ出た。懐中電灯で前方を照らしつつ、長い脚で着実に地面を蹴って走った。後ろとの間隔が徐々に広がっていく。山道をのぼるにつれて闇は濃さを増し、雪も激しくなってきた。行く手がほとんど見えなくなった。

五分が過ぎ、さらに十分が経過した。モーゼはときおり吠え声をあげながら追跡を続けている。リンクは脇腹に痛みを感じはじめた。足も思うように動かない。肉体の限界がくるのをリンクは恐れた。この道のどこかにいてくれと念じつづけているのに、メグの姿はいっこうに見つからない。

不意にモーゼが右手へそれた。

リンクは声を張りあげた。「東へ向かってる！」

「明かりはちゃんと見えてる！」クインの声が返ってきた。

木の枝をよけ、茂みをかき分け、リンクは森のなかを進んだ。と、モーゼが激しく吠えだした。リンクのうなじの毛がざわりとなった。あれは、彼女を見つけたという意味なのか？

懐中電灯の光を巡らせると、モーゼがいた。地面に座り、みんなが追いつくのを待つかのようにこちらを振り返っている。だが、メグはどこにもいない。

リンクの心臓があばらを激しく打った。あの闇に包まれているものはなんなのか。取り返しのつかないことになっているのではないか。

リンクは走った。するとモーゼが、いきなり立って突進してきた。戻れというように何度も吠える。どういうことなのか。

もう一度、懐中電灯であたりを照らしてみる。そうしてようやく納得した。前方には何もないのだ。見えるのは降りしきる雪だけだ。木も草もない。

地面がない。

「まさか……嘘《うそ》だろう」リンクはうめいた。

二歩だけ進んで、彼はモーゼのそばに立った。クィンとマライアが後ろから走ってくるのがわかったが、待ってはいられなかった。見ないではいられなかった。たとえ懐中電灯の光が届かなくても、確かめずにはいられなかった。

リンクは崖の下へ光を向けた。だが、何も見えない。渦を巻いて闇へ落ちていく雪片のほかは、何も。

直視できない現実に打ちのめされて、リンクは膝を折った。そして天を仰いだ。喉の奥からせりあがった悲痛な咆哮《ほうこう》が、谷に大きくこだました。

マライアがクィンの手を握りしめた。だがクィンは走りつづけた。リンクの叫びにこめられた絶望を、彼は認めたくなかった。

まず見えてきたのはモーゼだった。それから、地面にひざまずいたリンク。クィンが大きく一歩踏みだそうとした瞬間、マライアが腕をつかんだ。

「だめ！　ここから先は、だめよ！」

クィンはくるりと振り向いた。「どういうことだ？」

「崖よ！　リンクは崖の上に座ってるの」

クィンは凍りついた。「メグが落ちたのか？　まさか！」

マライアが泣きながらバックパックをおろして夫に言った。

「サーチライトを貸して」

クィンが自分のバックパックからライトを取りだした。

マライアはそれを握りしめると、リンクの背後から崖の縁まで這い進み、スイッチを入れた。蝋燭《ろうそく》百万本分の光が闇を切り裂き、十五メートルほど下の岩棚を照らした。何か赤いものが見える。降り積もった雪の下から靴底がのぞいている。人が横たわっているのは間違いなかった。

マライアはリンクの肩をつかんで揺さぶった。「メグは岩棚にいるわ！　谷底に転落したわけじゃなかったのよ！　ほら、リンク、足が見えるでしょう？　赤いマフラーも見えるでしょう？」

リンクはマライアの手からライトを奪い取った。腹這いになって谷を照らすと、確かに岩棚にブーツの一部と赤い色が見えた。後ろへさがると、彼はさっと立ちあがった。

「クィン！　メグは岩棚の上だ！　どうやって助ける？」

クィンは少し考え、電話をかけようとした。だが、すぐに荒々しく携帯電話をポケットに戻した。

「電波が入らない。救急隊の到着を待つしかないな」

「冗談じゃない！　きみたちふたりを待つのさえやっとだったんだ。雪はどんどんひどくなる。風も出てきた。もう待つのはたくさんだ。彼女が生きてる可能性があるなら、いますぐ救出しないとだめだ。いますぐだ！」

「しかし――」

リンクはクィンの肩にかかるザイルを指さした。「それの長さは？」

「六十メートルはある」

さらにリンクは彼のバックパックを指さした。「登山用の道具は入ってるのか？」

クィンは後ずさりした。「いや、それはだめだ。この雪のなかで崖をおりるなんて無茶だ」

リンクはクィンの腕をつかんだ。「きみはわかっていない。メグがいなくなったら、ぼくは生きていてもしかたないんだ。みすみす彼女を死なせるぐらいなら、どんな危険を冒してでも助けに行きたい。見てくれ。ぼくは図体《ずうたい》もでかいが、それだけじゃない。体力もあるんだ。岩場を素手でおりたこともある。あの岩棚まではたいした距離じゃない。だから、ザイルを持っててくれるだけでいい。だめと言うなら、ぼくひとりでやる」

マライアがふたりのあいだに入ってクィンの胸に手を当てた。

「だめって言わないで。あなたを助けに行こうとしたわたしを、ライアルも止めたわ。もし何もしないであなたを死なせていたら、わたしはこうして生きてはいなかった。あなたにリンクを止める権利はないのよ。これはリンクが決めることなの」

もはや議論の余地はなかった。

クィンがチェストハーネスを取りだすと、リンクは素早くコートを脱いだ。ハーネスは彼の大きな体にもかろうじてつけられた。そのほかにも、崖を伝っておりるための準備が手早く進められた。

リンクの気持ちは逸《はや》ったが、メグの状態を思うと恐怖がよぎった。いや、谷底への転落を阻止しておきながら死なせるなど、神様がするはずはない。絶対に、あり得ない。

装備が整うと、その上からふたりの手を借りてふたたびコートを着こんだ。クィンがニット帽を脱いでリンクにかぶせた。登山用の革手袋も渡して、コートの左右のポケットにはトランシーバーと懐中電灯を入れた。

「ザイルを少しずつ繰りだす。こっちもトランシーバーを持ってるから、岩棚に着いたら知らせるんだ。マライア……ブランケットをリンクに渡してくれ」

自分のバックパックのところへ駆け戻ったマライアは、なかからブランケットを引っ張りだした。

クィンはそれをリンクのハーネスにくくりつけると、彼の肩をぴしゃりとたたいた。

「成功を祈る」

目にすべての思いをこめてクィンを見つめ返したあと、リンクは歩きだした。断崖の上に立ち、何度かザイルを強く引いてクィンの準備が整っていることを確認すると、谷に背を向けた。

「万一のときの連絡先は、うちに一覧がある。ティルディがちゃんとやってくれるはずだ」

ふたりが何も言えずにいるうちに、リンクの姿は闇に紛れた。

「神様、どうかお守りください」マライアはつぶやくと、サーチライトを下へ向けた。メグが横たわる岩棚を照らしつづける役目を、完璧に果たすつもりだった。リンクは無謀なことをしようとしている。でも、そうしないではいられない気持ちはよくわかる。自分もまったく同じことをしておきながらリンクを止めるなんて、偽善でしかない。

クィンはゆっくりとザイルを繰りだした。しかしリンクの重さは予想以上だった。ようやくジェイク・ドゥーレンたちの足音が聞こえてくると、クィンは声を張りあげた。「ここです！　犬はつないできて！」

すぐに一行が姿を現した。モーゼはジェイクとも犬たちともなじみがある。嬉《うれ》しそうに尾を振るモーゼの隣に、その犬たちもつながれた。

「どうなった？　メグはどこだ？　リンカーンは？」ジェイクが訊いた。

「メグは崖から落ちたんです。十五メートルほど下の岩棚で倒れてます。リンクが救助に向かってます」クィンは息子たちに言った。「一緒にザイルを持ってくれ。ここまで重いとは思ってなかった」

ジェイクの背筋が凍った。大切なメグが……もしもプリンス・ホワイトが終身刑にならなければ、塀の外でこの自分が待ちかまえていてやる。そう心に誓ったジェイクは、リンクの無事を祈る言葉をつぶやいてから、マライアのそばへ行った。サイラスとエイヴリはすでにクィンの後ろについてザイルを握っている。

おりるに従って風が強くなってきた。山に囲まれているために風は渦を巻き、氷のかけらのような雪が四方八方から吹きつけてくる。

次の一歩と、握りしめたザイルのこと以外は考えなかった。ザイルは、リンクをこの世にとどめ、メグのもとへ導いてくれる命綱だった。靴は登山用ではなかったが、きちんと岩をとらえてくれた。が、一度だけ足が滑って体が崖に打ちつけられた。

その瞬間、マライアは息をのんだ。

「どうした？」クィンが叫ぶ。

「足を滑らせたみたい。でも、大丈夫。なんともない！」

「疲れないか？　いつでも交代するぞ」ジェイクがマライアを気遣った。

「平気よ」

ここから動くつもりはマライアにはなかった。起きていることが見えていなければ、とうていまともな精神状態ではいられない。うなじの毛が逆立つようなこの緊張感は、現役兵士だったころとまったく同じだ。いまもすぐ近くに敵がいるような気がする。

マライアとジェイクの眼下で、白い竜巻のような雪がリンクに襲いかかる。

「目方のあるやつでよかったよ。これだけ風が吹いてもびくともしない。メグはちょっとは動いたか？」

「いいえ」

ジェイクは顔に吹きつける雪を避けて横を向いた。「救急隊はこっちへ向かってるんだな？」

「ええ。保安官が連絡してくれて」

リンクから目を離さずにジェイクはうなずいた。

「頼む……ふたりとも無事でいてくれ」

リンクは下降するあいだ、上も下もほとんど見なかった。メグを直視するのが怖かった。

ついに片足が岩棚に触れたときには、心臓がどきりと跳ねた。

よし！　無事にここまで来た！

素早く二度ザイルを引いてクィンに到着を知らせると、リンクは膝をついた。ザイルを持ったまま視線を巡らせてみたところ、岩棚は上から見るよりも広かった。奥行きのいちばん深いところで三メートル五十はありそうだ。

リンクは横たわるメグに這い寄って、顔の雪をそっと払った。

まるでマネキンを見ているようだった。肌は真っ白で、ぴくりとも動かない。髪の生え際に、凍った血がこびりついている。

手袋を取って首筋に手を押し当てると、ひどく冷たかったが、皮膚のしなやかさは失われていなかった。そして、脈はあった。崖の上を見て――マライアの持つサーチライトをまっすぐに見あげて――リンクは親指を立てた。

マライアが叫んだ。「生きてるって！　メグは生きてるって！」

クィンがザイルを離し、ジェイクの息子たちと一緒に駆け寄った。

リンクは、メグの意識があることを確かめようと必死だった。吹雪のなかで、どんな小さなサインも見逃すまいと、彼女の顔をライトで照らした。彼の大きな体が多少は壁の役目を果たしたが、それでも雪は払うそばからまた降り積もっていく。致命的なダメージを与えてしまうのが怖くて彼女を動かすのはためらわれた。リンクは彼女の耳元に口を寄せると、風のうなりにかき消されないよう大声で呼びかけた。

「メグ……メグ、ぼくだ。リンカーンだ。聞こえるか？　きみは崖から落ちたんだよ。痛いところがあったら教えてくれないか？」

答えは返ってこない。

リンクはもう一度ライトをメグの顔に向けると、髪をよけて傷の深さを確かめようとした。髪は半ば凍りつき、ごわごわしている。彼女のコートのポケットからニット帽を発見すると、慎重にそれをかぶらせた。人は頭頂部から多くの熱を奪われるという。救急隊が到着するまで、できるかぎり体温を保っておかなければならなかった。

体内の状態までは知りようがなかったが、腕、脚、そして全身に手を這わせて骨折の有無を調べた。そしてトランシーバーを取りだしてボタンを押すと、風に負けないように声を張りあげた。

「こちらリンカーン、どうぞ」

クィンが応答した。「こちらクィン。メグの容態は？」

「頭に傷があるが、血は止まっている。気温の低さが幸いしたんだろう。目に見える骨折はない。内臓を損傷しているかどうかはわからないけれど、落ち方から考えて、肋骨《ろっこつ》にひびぐらいは入っているはずだ。呼吸は安定しているから、肺は無事だと思う。しかし呼びかけに反応しない。どこに痛みがあるのかがわからない。体温を保つためにふたりでブランケットにくるまるつもりだ。彼女の意識が戻れば、また連絡する。どうぞ」

「了解。救急隊が到着したら、こちらから連絡する。それと、リンク……ありがとう」

「礼には及ばない。愛していれば、これぐらい当然だ。以上」

リンクはトランシーバーを地面に置くと、ハーネスからブランケットをはずして広げにかかった。熱を逃がさないよう、片面に特殊なフィルム加工が施されている。風にさらわれそうになるそれを強い力でつかんだまま、リンクはメグのそばへ戻った。彼女をブランケットですっぽり覆って自分もなかへ潜りこみ、一辺を体で押さえ、反対側をメグの背中の下へたくしこんだ。頭の部分を右手でつかみ、足元は両足で押さえた。間に合わせのシェルターにこもってからも、片方の手は常にメグの脈をとっていた。

吹きつける風や、そのうなりまでは遮れなくても、内部にふたり分の体温がこもって、メグは凍えずにすむはずだった。ひとまず安全が確保されると、リンクは懐中電灯のスイッチを入れ、メグが意識を取り戻したとき最初に彼の顔が目に入るよう、光の角度を調整した。

19

明るい兆しがないままに、貴重な時間は刻々と過ぎていった。よく見ると、メグの頬にある青痣《あおあざ》は、プリンス・ホワイトから取りあげた拳銃の床尾と同じ形をしていた。彼女が味わった苦痛を想像すると、リンクは胸をかきむしられる思いがした。転落以前に口から出血していたのは明らかだ。唇は、しゃべれないのではないかと思うほど腫れがひどい。納屋の前にあった血痕の原因はこれだったのだ。

血流を促すためにメグの両手を懸命にこすりながら、リンクは救急隊到着の知らせをひたすら待った。

トランシーバーの沈黙が長引くにつれ、不安がふくらんでいく。

本当なら、とうに救急隊は到着しているはずではないか？　道に迷ったのか？　不安を紛らわせたい一心で、リンクはメグに話しかけた。あたかも彼女がそれを理解しているかのように。

「聞いて驚くなよ、メグ。ハニーがたったひとりでプリンス・ホワイトをやっつけたんだ。

ぼくが駆けつけて彼女を引きはがしたときには、もうプリンスはぼろぼろさ。あんなに勇敢な犬は見たことがない。納屋の扉を開けたとたんに飛びだしてきて、プリンスを追いかけはじめた。ぼくたちはついていくだけで精いっぱいだった。ハニーはきみを待っている。みんなきみを待っているんだ。頼む……目を覚ましてくれ。きみに話したいことが山ほどあるんだ」涙声になりながらも、リンクはしゃべりつづけた。「フェイガン・ホワイトが何もかも白状したよ。ウェンデルとプリンスが、ルーシーに命令されて父さんを殺したんだ。保安官と保安官補がちゃんとそれを聞いていた。フェイガンもプリンスも逮捕された。ぼくの身の潔白が証明される。あいつらが刑務所に入るんだ」

突風が吹きつけてブランケットが飛ばされそうになり、リンクは握る手に力をこめた。相変わらずメグは死んだように動かない。リンクは涙を流しながら彼女の頬に手を当てた。最初に比べれば、温かくなっていた。

「戻ってこい、メグ。きみのいないこの世なんて、ぼくには無意味だ」

それにこたえるかのように、メグのまぶたがぴくぴく動いた。唇からはうめきが漏れた。ついに希望が見えてきた。リンクはメグの手を強く握った。

「目を開けてくれ、メグ。頼む、目を開けてくれ」

メグの五感が徐々によみがえってきた。寒い――すごく寒い――キルトをもう一枚かけないと。それともストーブをつけようか。すさまじい風の音がするのはどうしてだろう。誰かの声も聞こえるけれど、何を言っているのかわからない。

意識が戻るにつれて痛みは強くなり、やがてそれは耐え難いほどになった。メグは苦痛の叫びをあげたつもりだったが、自分の耳に聞こえたのはうめき声でしかなかった。何かが頰を撫《な》でている。誰かがそばで泣いている。

なんだか悲しくなってきたけれど、頭のなかで轟音《ごうおん》が響き渡っていて何も考えられない。音はどんどん大きくなる。寝ている場合じゃない。何かが起きている——何か、よくないことが。

リンクは固く握ったメグの手を決して離さなかった。意識が戻りそうな兆しが見える。これでこちらの声が届けば、メグはきっと目を覚ます。

「起きてくれ、メグ。もう起きる時間だぞ。どこが痛むか教えてほしいんだ。きみは崖から落ちたんだ。そろそろ目を覚ましてくれ」涙で声が詰まりそうになった。「頼むから、こっちの世界へ戻ってきてくれ」リンクは彼女の手のひらに頰をすり寄せた。正面からメグの顔をのぞきこむ形になった。いま彼女のまぶたが開きさえすれば、ふたりはしっかり見つめあえる。

そのまぶたがふたたび震えだした。メグが深く息を吸おうとしている。同時に、うめきを漏らした。

リンクは眉をひそめた。肋骨《ろっこつ》が折れているのか？　内臓のどこかを損傷しているのか？

ああ、まさか。

風にあおられたブランケットがばたばたと大きな音をたて、自分のつぶやきさえ聞こえないほどだった。メグに声が届くのだろうか？

リンクは夢中で叫んだ。「目を開けてくれ」

ついに、まぶたが開いた。

リンクは嗚咽《おえつ》をこらえた。「やあ……メグ。ぼくだ。リンカーンだよ」

メグはゆっくりと瞬《まばた》きをした。

「ぼくの声が聞こえる？」

彼女はまた目を瞬かせた。「寒い」

「そうだね。とても寒い。雪が降っているんだ。きみは崖の上から落ちて、いまはこの岩棚で救助を待っている。落ちたときのことは覚えている？」

メグはふたたび目を閉じたが、眉根を寄せたところを見ると、意識を失ったのではなさそうだった。「逃げていた」

「うん、プリンス・ホワイトに追われていたんだね。だが、やつは捕まった。もう痛い思いはしなくていいんだよ」

メグの目から涙があふれて鼻の脇を伝った。

「痛い」

リンクの胸が締めつけられた。待っていた言葉だったが、具体的なことを聞くのは恐ろしかった。

「プリンスに痛めつけられたんだろう？　だが、それもうおしまいだ」

またひと粒、彼女の目から涙がこぼれた。

「メグ……教えてほしいんだ。痛いのは、どこ？　頭？」

「ええ」

「背中は？　脚は動かせる？」

「腰……」

「わかった。腰が痛いんだね？」

「痛い」

少しずつ聞きだした結果、メグの容態をおおよそ把握できた。リンクはトランシーバーをつかむと、ボタンを押した。メグの意識はまた薄れそうになっている。

「こちらリンカーン、どうぞ」

「クィンだ、どうぞ」

「メグの意識が戻った。頭と腰が痛むと言っている。脚の感覚はあるが、痛みが強くて動かせない。腰骨が折れているのかもしれない。麻痺《まひ》はどこにもないようだ。指も動くが、腕は持ちあげようとしなかった。背中か肩を怪我《けが》しているかもしれないから、下手に体勢を変えさせたくない。救助隊はまだ来ないのか？　どうぞ」

「さっき到着した。いま、メグを引きあげるための籠にロープをつけているところだ。どうぞ」

「籠だって？　冗談じゃない！　この風だぞ。どんなにしっかり彼女を結わえつけたところで、籠が傾いたら、あの体重なら簡単に飛びだしてしまう。どうぞ」

クィンはトランシーバーに当たる風を体で遮りながら話していたが、それでも大声を張りあげる必要があった。

「そういう籠じゃない。ちゃんと全面が囲われている、金属製のケージのようなものだ。バックボードとネックカラーを一緒におろす。まずネックカラーで首を固定して、次にバックボードを背中にあてがい、仰向けにする。そしてストラップで体をボードに固定して、ケージのなかへ入れる。ブランケットが入っているから、頭からつま先まで、それですっぽり覆うんだ。最後にケージの蓋を閉めてロックする。合図をくれたら、引きあげを開始する。どうぞ」

　寒さのあまり、リンクは眠気を覚えはじめた。このままメグの隣で眠りに落ちてしまえたらどんなに楽だろうか。いや、ふたり一緒に低体温症にかかってしまう前に、救助を終わらせなければ。

「了解。早いところすませよう。どうぞ」

トランシーバーをポケットに入れ、リンクはメグの手をそっとたたいた。彼女のまぶたがかすかに揺らぐ。

「メグ……救助隊が到着したよ。これからきみを崖の上へ引きあげて病院へ搬送する。ぼくを信じて任せてくれるね？」

メグの鼻腔《びこう》がわずかにふくらんだ。そうして彼女は目をうっすらと開け、一瞬、リンクを見つめた。

「愛してる」メグは弱々しくささやいて、すぐにまた目を閉じた。

リンクの喉に塊がこみあげた。「ああ、メグ……ぼくも愛してるよ」リンクはそっと彼女の額にキスをした。

動かすことでメグの状態が悪化するのではないかと気が気ではなかったが、最悪の事態を恐れていたときのことを思えば、これしきで動じるわけにはいかなかった。

トランシーバーからクィンの声が聞こえてきた。

「ケージをおろしはじめる。どうぞ」

「了解。準備はできている。どうぞ」

ブランケットから顔を出したとたんに突風が吹きつけてきたが、雪の勢いは弱まっていた。それだけでもありがたい。しばらく見あげていると、ケージがおりてきた。右へ左へ大きく揺れている。あれのなかにメグが入るのだ。そんな目に遭わせたくない、ほかに方法はないのか、と強く思ったが、もはやどうしようもなかった。

「愛してるよ、メグ。ぼくたちには神様がついてる」リンクはブランケットをめくると、飛んでいかないよう膝で押さえた。

猛烈な寒風に息も止まるかと思われた。これがメグに悪い影響を与えないわけがない。リンクは自分の体を盾にして彼女を風から守った。

ついにケージが岩棚に届いた。リンクは頭を空にして、指示されたとおりに体を動かすことだけを考えた。現場で、設計図に従って作業を進めるときのように。まず、ネックカラーをつける。次に、バックボード。

メグの体を裏返そうとすると、彼女がうめきを漏らした。

「ごめんよ、ごめん」リンクはつぶやきながら、できるかぎりゆっくりとメグを仰向けにし、その体をストラップで固定した。それはまさに、時間と自然を相手にした闘いだった。メグは涙を流していたが、完全に意識が戻っているわけではなさそうだ。さっきまでは早く目覚めてくれと祈っていたリンクだが、いまはむしろ、気を失ってくれることを願っていた。

「さあ、行くぞ」声をかけ、メグの体をすくいあげてケージに移した。彼女が苦痛の声をあげた。風のうなりにもかき消されない鋭い叫びだったが、リンクは敢《あ》えて手を止めずに動きつづけた。早く動けば、それだけ早くメグが楽になるのだ。

ケージに入っていたブランケットを重ねてかけた上に、さっきまでかぶっていたフィルム加工をしてある一枚ですっぽりと全身を覆った。ケージの蓋をおろしてロックをかけ、何度か手で揺すって開かないのを確認した。そして、トランシーバーをつかんだ。

「こちらリンカーン。引きあげてくれ。どうぞ」

「了解。メグをおろしたら、次はきみの番だ。どうぞ」

「了解」

リンクはケージから手を離さなかった。届かないところまでそれが上昇してからも、目で追いつづけた。それがサーチライトの光のなかへ消えていくときには、メグの魂が光に吸いこまれるのを見ているようで、背筋がぞくりとした。彼女が天に召されたと錯覚して、パニックに陥りかけた。

永遠とも思える時間が過ぎた気がしたが、トランシーバーから声が聞こえてくるまで、実際にはわずか数分だった。

「こちらクィン。無事、収容した、どうぞ」

心底ほっとしたのもつかの間、次はリンク自身がここから脱出しなければならないのだった。メグとてまだ病院へ運ばれないうちは、負傷の程度さえわからない。

トランシーバーがまたガーガーと音を発した。

「立て、リンク。ザイルの準備ができた、どうぞ」

「了解」

リンクは立ちあがり、身構えた。ハーネスにつながれたザイルがぴんと張ると、猛《たけ》る風と氷のような雪をついて、彼は岩に挑みかかった。

半ばまで来たときだった。突風にあおられた体が山肌にたたきつけられ、頰が切れた。唇も嚙《か》み、口のなかに血の味が広がる。それでもリンクは反動をつけて体勢を立て直すと、一歩、また一歩と、最後の力を振り絞って地上を目指した。

崖の上に引きあげられたときには足が震えていた。地面に這《は》いつくばって、ようやく顔をあげると、二台の四輪バギーのヘッドライトが見えた。山道をおりていこうとしている。

クィンが暗がりから現れた。彼はリンクを支えて立たせると、その体に両腕を回して背中をたたいた。

「やったな、リンカーン・フォックス！　うちの家族はこの恩を一生忘れないぞ！　どんな礼でもする。何が欲しい？」

「欲しいのはメグだけだ」リンクはクィンにトランシーバーを返すと、寒風が吹きすさぶのにもかまわずコートを脱ぎ、ハーネスをはずした。

クィンがそれをバックパックに入れるあいだに、マライアは急いでリンクにコートを着せた。

　吹きつける風にリンクは目も開けていられないほどだったが、崖の上にいたふたりが自分たちよりはるかに楽だったわけでないのは見て取れた。フード付きのコートを着て、顔の下半分は厚いマフラーで覆われているにもかかわらず、マライアの髪もまつげも雪で真っ白だった。

「怪我したのね！」彼にコートを着せながらマライアが声を張りあげた。

　リンクは頭と頬に手をやった。出血しているのがわかったが、自分のことはどうでもよかった。「メグは？　メグはどうした？」

「もう病院へ向かってるわ。あなたはあれの後ろに乗って」マライアは、待機している四輪バギーを指さした。

　リンクはうなずいた。もはや立っていられないほどだったが、そうとは認めたくなかった。「ジェイクは？」

「メグと一緒に行ったわ。あなたに伝言をことづかってる。獣医をたたき起こしてでも今夜のうちにハニーの手当てをしてもらうから、安心するようにって。クィンとわたしはもう一台のバギーで病院へ向かうわ。あっちで会いましょう」

　棒のような足を引きずって、リンクはバギー目指して歩きだした。

　ドライバーはエンジンをかけて待っていた。リンクが乗ると同時にバギーが走りだす。

リンクはニット帽を深くかぶり直してしっかりと押さえた。山道は険しく、体が大きく弾んだが、もう一歩も歩かなくていいのだと思うと、それだけでありがたかった。

ロジャー・エディがメグの家で待機していると、保安官が容疑者を連行して戻ってきた。その時点ですでにプリンスはぐったりしていて動くこともままならない様子だったが、暖房の効いたパトカーの後部座席に乗せると、とたんに気を失った。

町へ戻る車中で、エディは最新の情報をマーロウに伝えた。

「マウント・スターリング警察のケネディ刑事から連絡がありました。ルーシー・ダガンが、プリンスは死んでいないと認めたそうです。自分を襲ったのも、夫のウェスリー・ダガンを殺そうとしたのもプリンスだと言っています。逃亡資金をせびりに自分のところへ来たものの、夫が妻の金を取りあげたと知るや、逆上して彼女に襲いかかり、拳銃を奪い、ウェスリーを銃撃した、と」

マーロウは顔をしかめた。「眉唾だな」

「ええ。ケネディ刑事も同じ意見です。まだ調べは終わっていないですが、プリンスが生きていることだけでもこちらに知らせたかったということです」

「もうちょっと早ければ、メグ・ルイスを救えたかもしれないのにな」

エディは息をのんだ。「彼女、だめだったんですか?」

「わからん。わたしが最後に聞いたのは、崖から十数メートル下の岩棚に落ちたということだけだ」

「ああ……助かってほしいです。本当にいい人ですから」

プリンスが後ろでうめいた。振り向いたマーロウは、パトカーのシートが血だらけになっているのを見て顔をしかめた。「ブーンズ・ギャップには寄らなくていい。まっすぐマウント・スターリングへ行くんだ。こいつを医者に診せて、ケネディ刑事に狙撃犯確保を知らせないといけない。ぶちこんでからも、検事は頭を悩ませるだろうな。最初にどの罪状で起訴するかで」

リンクがマウント・スターリング病院に到着したとき、メグはすでに手術室に入っていた。彼自身も背中と肩のレントゲンを撮られ、頭と頬の傷を縫われたが、解放されるやいなや外科病棟の待合室へ飛んでいった。

メグの家族一同との再会がこんな場所でなされようとは夢にも思っていなかったが、これが現実だった。ドリーとジェイク。ライアルとベス。ジェイムズとジュリー。そして、重装備のままのクィンとマライア。

全員が、リンクを見るなり椅子から立ちあがった。まだひと言も発していない彼を取り囲み、抱きしめ、手を握り、いっせいにしゃべりはじめた。

しまいにジェイクがみんなに言った。「おいおい、座らせてやろうじゃないか。さぞかし疲れてるだろうに」

「メグの容態は？　医者はなんと言ってましたか？」リンクは急《せ》きこんで尋ねた。

「ジェイクの言うとおりだわ。ほら、ここにかけて」ドリーが彼の手を取って椅子へ導いた。

リンクはありがたく従い、コートを脱いだ。頭はずきずきと痛み、時間がたつにつれて体の左半分が凝り固まっていくようだった。

ドリーが隣に腰をおろしてリンクの手を握りしめた。涙を流しているが、口調はしっかりしている。

「股関節の脱臼、肩腱板《かたけんばん》の断裂、脳震盪《のうしんとう》。腕の骨にひびが入って、肋骨も何本か折れているわ。でも大事な臓器は無事ですって。一時間ほど前に手術室へ入ったわ」

「脳や脊髄はやられていないんですね？」

「心配いらないって」

「よかった」リンクはつぶやきを漏らした。「彼女を動かすとき、それが何よりも怖かった」片手で顔をつるりと撫でて目を閉じた。懸命に涙をこらえるリンクの手を、ドリーがまたぎゅっと握った。

「メグは最初からあなたを信じていたわ。この十八年間、それはずっと変わらなかった。

あのとき、わたしたちはあなたのためにもっと力を尽くすべきだった。どうかリンカーン、わたしたちを許してちょうだい……真犯人が捕まっても捕まらなくても、わたしたちの家に、わたしたちの心に、いつだってあなたの居場所はあるのよ」

リンクはジェイクを見た。「まだ話していないんですか?」

ジェイクは肩をすくめた。「噂《うわさ》を流すに足る事実を、まだじゅうぶん聞かされていないからな」

リンクはため息をついた。「あの当時、あなたみたいな人がもっといればよかった。とにかく、フェイガン・ホワイトが白状したんです。ルーシーの指示で兄ふたりがぼくの父を殺したと。こみ入った話なんですが、要は口封じです。父は、あいつらが強盗を働いたのを知って警察に知らせようとした。しかしルーシーは身内の恥をさらしたくない。だから弟たちに夫を殺せと命じた。彼女は自分かわいさに殺人を犯したんです。もしケンタッキーに絞首刑がまだあったら、この手でレバーを引いてやるのに」

「ああ、なんてひどい人たちなの……」ドリーが泣きだした。「だけど、わたしたちもいけなかったのよ。ルーシーたちの言い分をもっと疑うべきだった。あなたのお祖父《じい》さんとティルディは、あなたではあり得ないとあれほど力説していたのに。ごめんなさい……本当にごめんなさい。いまは無理でも、いつか許してもらえる日が来るかしら」

リンクは肩をすくめた。「許すも何も、あなたは何も悪くない、ミセス・ドゥーレン。

ウェスとルーシーの偽りの証言がぼくを刑務所へ送りこんだんです」

ドリーが顔をしかめた。「わたしのことをミセス・ドゥーレンと呼ぶのはこれきりにしてちょうだい。これからはドリーか、母さんよ。ほかの家族と同じようにね」

リンクはまた泣きそうになった。ずいぶん長く、ひとりで生きてきた。だから、見捨てられたと思っていた家族にふたたび受け入れてもらえる幸運が、にわかには信じられなかった。しかしそれとて、メグが無事、生還してくれなければ意味はないのだ。

「手術はいつごろまでかかるか聞いていますか？」

ドリーが首を横に振った。

ライアルは時計を見た。もう午前二時近い。リンクが疲労困憊《ひろうこんぱい》しているのは、傍目《はため》にも明らかだった。

「なあ、リンク、最後にまともなものを飲み食いしたのはいつだ？」

「さあ……昨日の昼かな。メグと一緒に食べたあれがたぶん最後だ」今度はもう、涙をこらえきれなかった。「昨日のことなのに、はるか昔だったような気がする」

「コーヒーにミルクか砂糖は？」

「いや、いつもブラックだ」

「ちょっと待っててくれ」ライアルはベスと一緒に出ていった。

しばらくして戻ってきたふたりは、人数分のコーヒーと、ポテトチップスや甘いパンを調達してきていた。

「少しは疲れが取れるだろう」ライアルはリンクにそう言って、コーヒーとパンを手渡した。

リンクはそれをありがたく受け取ると、少しだけくつろごうと決めた。誰もがうつむき加減でコーヒーをすすり、廊下に足音がしたときだけさっと顔をあげた。足音が遠ざかって執刀医でなかったとわかると、またそれぞれの考え事に戻っていく。リンクは待つのが苦手だった。どっちつかずのこの状態は、真綿で首を絞められているようなものだった。

また足音がして彼らが顔をあげると、マーロウ保安官が待合室へ入ってきて、まっすぐリンクとドリーのところへやってきた。

「メグの様子は何かわかったかね？」

ドリーがかぶりを振った。

「プリンスはいま、どこにいるんですか？」リンクが訊《き》いた。

「ここの救急治療室だ。腿の傷がかなりひどくて手術が必要らしい。あの犬の根性はたいしたものだ。もし子を産ませるのなら、ぜひ一匹分けてもらいたいね」

ジェイクが胸を張った。「血統が上等だからね」

「それで、プリンスはまずどの容疑で起訴されるんですか？」リンクはさらに尋ねた。

「ぼくの父を殺した容疑、メグへのストーカー容疑、ウェスリー・ダガンに対する殺人未遂容疑。このうちのどれなんです？」

「それは地区検事しだいだ」

リンクは険しく目をすぼめた。納得できる答えではなかった。

「それはおかしいでしょう。あなたには、管轄内で起きた冤罪《えんざい》事件を正す義務がある。それができるだけの証拠も揃《そろ》った。これだから警察は信用できないんだ。なんならぼくが弁護士を雇って、メディア経由であなたを強制的に動かしましょうか？　保安官に再選されない恐れが出てくれば、いやでも動くんじゃないですか？」

リンクはすっと立ちあがると、待合室をあとにした。これ以上、誰とも口をききたくないと思うぐらい腹が立ってしかたなかった。

マーロウが眉根を寄せた。「怒らせるつもりはなかったんだが」

クィンが小さく鼻を鳴らした。「でも保安官、彼の身に起きたことを考えれば、リンクには怒る権利があると思いませんか？」

「確かにそうだ。地区検事に直談判《じかだんぱん》するよ。今回のことは断じてうやむやにはさせない」

「わたしたちもちゃんと見ていますからね」ドリーが言った。

全面的に信じてもらえないのが不本意でマーロウは渋い顔になったが、すぐに気づいた。リンカーン・フォックスも十八年前、まさにこんな気持ちだったのだ。

「では、わたしはこれでブーンズ・ギャップへ戻るとしよう。フェイガンを放っておけないのでね。あの男は直接犯行に加わってはいないが、幇助《ほうじょ》という罪は犯している。姉や兄とともに起訴されるのは間違いない」

　リンクは廊下を何度も往復して気持ちを静めようとしていた。簡単に自制心を失う自分が驚きだった。建設業に携わっていれば、毎日のように人とぶつかり、苛《いら》ついてばかりだが、こんなふうにかっとなったことは一度もない。こうなったのはレベルリッジへ帰ってきてから——つまり、かつて自分を見捨てた人々と再会してからだ。まったく、どうかしている。子どものころにつらい目に遭わされたといっても、いまはもう大の大人なのだ。これではまるで、執念深い復讐鬼《ふくしゅう》ではないか。

　マーロウが背後からやってきた。「さっきはすまなかった、リンカーン。決してこの件を軽んじてるわけじゃないんだ。ただ、いろいろとこみ入った事件だから、検事がどう優先順位をつけるか定かではないというだけだ」

　リンクは吐息をついた。「ええ、わかっています。ぼくのほうこそ、冷静さを欠いてしまって申し訳ありませんでした。今日はちょっと疲れました」

「無理もない。人間業とは思えない大活躍をしたんだからな」

「ひとつだけ腑《ふ》に落ちないことがあるんです。なぜプリンス・ホワイトはメグにつきまとったんでしょうか？　それが事件全体のなかでどんな意味を持つのか、依然として謎なんです」

マーロウは眉根を寄せた。「うん、言われてみれば、確かにそうだ。明日、ケネディ刑事と会うことになっているから、何かわかるかもしれない」

頭をかきむしろうとしたリンクは、縫ったばかりの傷に手を触れてしまい顔をしかめた。

「たまらないんです……ルーシーとプリンスとメグ……三人が同じこの病院にいるかと思うと。あのふたりの近くにいるかぎり、メグの安全は保証されないような気がしてならない」

「念のために知らせておくと、ルーシーの病室には見張りがついている。最初は護衛のためだったが、いまは逃亡を阻止するのが目的になった。彼女自身はまだ知らないがね。プリンスの病室も見張られているし、やつは手錠でベッドにつながれている」

立ち去る保安官を見送り、リンクが待合室へ向かっていると、手術着姿の男性が向こうから歩いてきた。

「ドクターが来ます」待合室へ入りながらリンクはみんなに告げた。

医師が現れると全員が立ちあがった。

「マーガレット・ルイスのご家族ですね？」

「はい」ドリーが答えた。

「手術は無事、終わりました。患者さんにはひと晩、ＩＣＵで過ごしてもらいますが、何も問題が起きなければ明日からは一般病棟です」

「いつ、会えますか？」リンクが訊いた。

「ＩＣＵの場合、毎時零分から十分までが面会時間になっています。一度にふたりまでです。ご家族が多いようですから、うまく調整してください」

「彼女のお母さんが最初に行きます」リンクが言った。

ドリーの目に涙があふれた。真っ先に会いたいのは自分だろうにと思うと、たまらなかった。「リンク、あなたも一緒に行くのよ」

リンクは後ずさりするようにしてそばの椅子に腰を落とした。ほかの面々はまだ医者にいろいろと尋ねているが、彼にはもう聞くべきことはなかった。

手術が終わり、メグは生きている。それでじゅうぶんだ。

20

午前九時、リンクはＩＣＵ専用待合室のソファで眠っていた。未明からここで横になり、腕時計の長針が十二を指してアラームが鳴るたびに目を覚まし、メグの様子を見に行った。

弟たちやその連れあいも面会できるように、途中で三度、リンクは遠慮した。やがて、ひと組またひと組と彼らは帰っていき、リンクとドリーとジェイクが残った。ドリーが二度目の面会を終えたところで、少しは休まないととジェイクが言い、ふたりで近くのモーテルへ引きあげた。そうして最後にリンクひとりになったのだった。

またアラームが鳴り、目が完全に開くより先にリンクは立ちあがった。全身の痛みに顔をゆがめながら、ふらつく足でトイレへ行った。自分のひどい姿を見るのがいやで、鏡をのぞくのはとっくにやめていた。縫合した頬の傷は紫に変色し、岩肌に打ちつけた片方のまぶたは腫れあがっている。メグが目を覚ましても彼だとわからないのではないか。心配になるほど、その顔はひどかった。顔を洗い、手櫛《てぐし》で頭をざっと整えてから、リンクはＩＣＵへ向かった。

看護師たちはすでに、六番ベッドの患者が負傷した経緯を知っていた。そして彼女を救助したのが、面会時間になるたびに現れるセクシーな大男だということも。入室を許可されたリンクは、静かにメグのかたわらへ行き、たたずんだ。

一見、何も変化はないようだった。相変わらずピーピーと音をたてる装置につながれ、肩と腕を包帯でぐるぐる巻きにされ、股関節を脱臼した側の脚を牽引《けんいん》されている。リンクはベッドサイドのスツールに腰かけて彼女の手をそっと握った。

「おはよう、メグ。朝だよ。お日様が輝いてる」

メグが身じろぎをしたので、リンクの脈が速くなった。彼の声にすぐ反応するのは初めてだった。

通りかかった看護師が足を止めた。

「ちょっと前から、ときどき意識が戻りそうになるんですよ。患者さんが目を開けてお話しなさったら知らせてくださいね」

看護師はそのまま行ってしまったが、リンクは目の前が明るくなった気がした。

「お母さんとジェイクはモーテルで休んでるよ。昼には戻ってくるそうだ。ほかのみんなは明け方、帰っていった。いまはきみとぼくのふたりきりだ」

メグが吐息をついてまぶたを震わせた。岩棚で彼女が初めて目を開けたときのことをリンクは思いだした。

鼻腔《びこう》をわずかにふくらませて、体勢を変えようとしている。どこかが痛いのかもしれない。

「痛む、メグ？」

彼女は唇を舐《な》め、リンクの手を握り返した。彼の声が聞こえているのは、それだけでじゅうぶんわかった。

「痛いんだね、メグ。かわいそうに。ちょっと待っててくれ。すぐに看護師さんを呼んでくる」

メグの手に力がこもった。行かないでほしいと言っているのだ。だからリンクはとどまった。

まぶたがまたぴくぴく動き、やがて開いた。ほんの少し持ちあがっただけだったが、それでも緑の瞳が確かに見えた。

「おはよう」リンクはささやいた。

メグの眉間にしわが寄った。彼女はリンクの顔に向けて腕を伸ばすと、頬の傷のすぐ下に手を触れた。

「これは……？」

「戦いで、ちょっとね。たいした傷じゃない」

まぶたは閉じられたが、今度は下唇が震えだした。不意にメグの頬を涙が伝い、リンクはうめいた。

「泣かないで、メグ。ぼくのために泣くことなんかない。きみが助かって、これからどんどん元気になる。それでじゅうぶんだ。いやなことはすべて終わったんだ」

「終わった？」か細い声でメグが訊《き》いた。

「そう、終わったんだ。あとはきみの回復を待つだけだ。きみは崖から転落したとき怪我《けが》をして、手術を受けたんだよ。プリンス・ホワイトは捕まった。きみの家族はさっきまで全員がここに集まっていた。お母さんは昼ごろまた戻ってくる」

わかった、というようにメグは瞬《まばた》きをした。

「転落？」

「崖からね。谷底へ落ちたかと思って、ぼくたちは生きた心地がしなかった。だが、途中の岩棚で止まっているのをマライアが見つけたんだ」

メグがまた眉根を寄せた。「どうやってあがってきたの？」

リンクは人差し指の背で彼女の頬をなぞった。「ぼくが迎えに行ったんだ」

メグはリンクの手をぎゅっと握った。

「あなたはわたしのヒーローね。愛してる」

リンクの目に涙があふれてメグの顔が滲《にじ》んだ。「ぼくも愛してる。待っててくれ、メグ。きみが目を覚ましたら知らせてくれと看護師さんに言われてるんだ。いろいろ調べなきゃいけないらしい」

リンクが手招きをすると看護師たちがやってきて、メグにあれこれ話しかけはじめた。脳の機能や、手足の運動能力を確かめているのだろう。

それが終わるとすぐまたリンクはスツールに座った。メグの意識は薄れたり戻ったりを繰り返していた。それでもかまわない。ふたりのあいだの大事な話はもうすんでいる。愛していると彼女は言ってくれた。

これ以上、何を望むことがあるだろうか。


プリンスの腿の手術は成功したものの、術後に予想外の問題が持ちあがった。菌に感染したために、大量の抗生剤を投与する必要が生じたのだった。

子どものころには夢遊病の気があったプリンスだったが、今回も高熱に浮かされ、ぶつぶつつぶやいたり、ときには大声で叫んだりもした。おかげでケネディ刑事は、興味深い話をいくつも仕入れることができたが、問題は、正気に戻ったプリンスが同じことを言うかどうかだった。

ルーシーは、弟が同じ病院の同じ階にいることをまだ知らない。ケネディにとってはそのほうが好都合だったから、看護師たちにも口外しないようにと言い含めてあった。

今日は、マーロウ保安官がもうひとりのホワイトをマウント・スターリング警察へ移送することになっている。その前にこの病院に寄ってほしいと、ケネディは保安官に依頼してあった。きょうだい三人を一緒にしたら何が起きるか、見てみたかったのだ。

最後にもうひとり、忘れてはならない関係者がいる。リンカーン・フォックスだ。きょうだいの顔合わせに彼を同席させたらどうなるだろうか。彼の存在がきっかけとなって、ホワイト一家の陰謀が暴かれはしないだろうか。


ライアルとベスはメグの鶏と牛の世話をすませると、頼まれた着替えを取りにリンクの家へ行き、彼のピックアップトラックと一緒にモーテルへ届けた。

ジェイクとドリーはすでに病院へ戻り、シャワーを浴びて髭《ひげ》を剃《そ》ったリンクがひとり待っていた。

「ありがとう。助かったよ」ライアルからトラックのキーを受け取って、リンクは言った。

「そんなことより、あれには恐れ入ったよ。大昔のシェルターをあそこまで見事に変貌させるとはね。ぜひ仕事にするべきだ」

リンクはにやりと笑った。「考えてみるよ」

「そうだ、サイラスから電話があったんだ。ハニーの治療は無事すんだ。あばらが何本か折れていて、頭と背中の打撲がひどかったらしい。悪いほうの前足はかなりの重傷だが、元どおりになると獣医は請けあったそうだ。しばらくサイラスのところで預かると言ってる。犬のことならあの兄弟に任せておけば間違いないし、ハニーも懐《なつ》いてる」

「よかった、心配していたんだ。ハニーがあそこまでやったとは、いまだに信じられないよ。体は小さいしハンディキャップもあるが、ライオン並みに勇敢な心の持ち主だ」

ライアルが笑った。「飼い主に似たのかもな。じゃあ、ぼくたちはその飼い主のところへ行くとするか。また、あっちで会おう」彼はベスの待つ車へ駆け戻った。

リンクは急いで身支度をした。汚れた服をまとめ、持ってきてもらったコートとブーツを身につけると、雪を踏みしめてトラックへ向かった。町は雪に覆われていたが、凍結防止剤のまかれている幹線道路は楽に走行できた。病院の駐車場に入ったところで、ライアルからメールが届いた。


〈三三五号室に移った〉


いい知らせだった。もう、一時間に一度の短い面会時間を待つ必要はないのだ。リンクは足早にロビーを横切ってエレベーターで三階へ行き、三三五号室へ続く廊下を急いだ。

大勢がベッドを取り囲んでいたために、最初はメグの姿が見えなかった。やがてベスが一歩さがり、メグが入口のほうへ顔を向けた。

ふたりの目と目が合った。

微笑《ほほえ》んだメグは、唇の痛みに顔をゆがめた。

リンクはコートを脱いで隅の椅子の背に掛けた。

娘の表情に気づいたドリーは、自分の出番だと思った。

「じゃあ、わたしたちはそろそろ行くわね、メグ。そうそう、あなたさえよければ、ベスとわたしとで展示会の会場までキルトを運ぶわよ」

「お願いするわ。ありがとう」

「お礼なんて言わないで。わたしたちみんな、あなたのことを愛してるのよ、マーガレット・アン。だけど、しょっちゅうこうして大勢で押しかけていたら、治るものも治らないわね。これからはほどほどにするから、安心して」

一同を引き連れて病室を出ながら、ドリーはリンクに向かってウィンクをした。

しんがりのライアルが後ろ手にドアを閉めると、リンクとメグのふたりきりになった。

リンクは椅子をベッドのそばへ寄せて座ると、彼女の手に自分とメグの手を重ねた。

「遅くなってごめんよ。ライアル夫婦に着替えとトラックを取ってきてくれるよう頼んであったから、待ってたんだ。病室の移動は大変だった？」

「かなりね」メグは指と指を絡ませた。「母さんから聞いたわ。あなたがわたしの命を救ってくれたって」

「みんなで救ったんだよ……でも、ハニーがいなければそれもかなわなかった。彼女がプリンス・ホワイトを追いつめて、とっちめたんだ。そしてマライアとモーゼがきみの匂いを追跡した」

「ジェイクが言ってたけど、ハニーはひどい怪我をしたんですって？」

リンクはうなずいた。「うん。だが、ちゃんと治ると獣医が保証した。ぼくに言わせれば、いちばん褒められるべきなのはハニーだ」

メグは声を震わせた。「だけどあなたは、崖を伝って助けに来てくれた……吹雪のなかを」折れた肋骨《ろっこつ》の痛みをやりすごすために、彼女はゆっくりと息を吸った。どうしてもリンクに伝えなければいけないことがある。「思いだしたわ。すごく寒かった……そして、目を開けたらあなたの顔が見えた」

「二度と目を覚まさないんじゃないかと、はらはらしたよ」

メグはまぶたを閉じた。意識がまたぼんやりしてきた。

移動の疲れが出てきたのをリンクは察した。「眠るといい。ゆっくりおやすみ。ぼくはどこへも行かないから。この先、ぼくがきみから離れることはもうないよ」

「リンク……」

「なんだい？」

瞬きのあと、メグはほんの一瞬、目を開けた。「愛してるわ。これからも、ずっと」そしてまた、うとうとしはじめた。

リンクはメグの手をぽんぽんたたくと、上掛けのなかへそっと戻した。それから身を乗りだして頬にキスをして、最後に耳元でささやいた。「ぼくも愛している。死ぬまでずっと、きみだけを」

唇の端に笑みを浮かべたあと、メグは眠った。

リンクはそのままじっと座っていた。もう、この先何が起きようとも乗り越えられる。そう確信できた。

小一時間したころ、携帯電話が震えた。リンクは立ちあがり、待合室まで行ってから応答した。「もしもし?」

「リンカーン・フォックスですか?」

「ええ。どちら様?」

「マウント・スターリング警察のケネディといいます。いま、いいですか?」

リンクは眉をひそめた。「かまいませんが、なんでしょう?」

「マーロウ保安官にこの番号を教えてもらいました。実は、あなたにお願いしたいことがありましてね」

「はい」

「ルーシー・ダガンと弟たち、つまりプリンスとフェイガンですが、この三人の事情聴取の場に立ち会っていただけませんか?」

リンクに異存のあるはずがなかった。「飛んでいきますよ。いつですか？」

「いま、どちらにいらっしゃいます？」

「マウント・スターリング病院です」

「ちょうどよかった。わたしはプリンスの病室の前にいます。彼は歩けませんから、ルーシーのほうをここへ呼ぶつもりです。ひとつ約束してもらいたいんですが、やつらの首をへし折るのだけは我慢してください。たとえすぐそばに、無理もないと思う人間がいたとしても」

リンクは笑みを漏らした。ケネディという刑事にすでに好感を抱いていた。「指一本触れないと約束しますよ。ただし、ぼくが現れただけで向こうが震えあがるかもしれませんが、それは勘弁願いたい」

「実のところ、それがわたしの狙いなんです。三人の言い分が食い違っているかぎり、誰が糸を引き、誰が実行したのか判断がつきません。ウェンデルがやったんだと異口同音に言うものの、この男はとうの昔に死んでいるというじゃありませんか。罪を着せるにはこれほど好都合なことはない」

リンクはあることを思いついた。「ぼくの考えを聞いてもらえますか？」

「もちろん」

「最初にルーシーとプリンスを対面させて、そのやり取りをこっそりフェイガンに聞かせるんです。真相を明らかにするにはそれがいちばんの近道じゃないでしょうか」

「それは、どういうわけで？」

「おそらくフェイガンは、きょうだいの犯行に直接はかかわっていません。もちろん、何が起きているか知ってはいた。知っていながら、口を閉ざしてきた。しかしマーロウ保安官とぼくの前で、ほとんどの悪事はルーシーが企《たくら》んだのだというようなことをほのめかしたんです」

「つまり、フェイガンが引き金となってすべての嘘《うそ》が暴かれるというわけだね？」

「ぼくがその場にいて、なおかつフェイガンに詰め寄られたら、プリンスもルーシーも真実を白状しないわけにいかなくなるはずです」

「では、来てもらえますね？」

「どこへ行けばいいんですか？」

「四階の四一六号室。廊下で待っていてくれれば、わたしが迎えに行きます」

「すぐ向かいます。あの、ケネディ刑事……ありがとうございます」

「いや、礼など言わないでください」

痛み止めをくれとプリンスが看護師に懇願しているところへ、ケネディ刑事が現れた。刑事は確か、高熱に苦しんでいるときもこの男が病室にいたのをプリンスは思いだした。

ドアの外で見張りの警察官と言葉を交わしてから、なかへ入ってきた。

続いて入ってきたもうひとりが、病室の隅で三脚を広げはじめたのでプリンスは驚いた。ビデオカメラがセットされ、レンズがベッドに向けられると、内心で慌てふためいた。いったい何が始まるんだ？

メグ・ルイスへのストーカー容疑で逮捕されるのは覚悟しているし、この刑事から、マーカス・フォックスの事件に関して話を聞きたいとは言われている。しかし、それだけのはずじゃないか？　ルーシーが、自分と夫を襲ったのはプリンスだなどと言うわけもないし。そんなことをしたら、すべてはルーシーの企みだと、逆にこっちがしゃべるのはわかっているはずだ。ふたりで協力しあってこそ、逃げきれるんじゃないか。

「彼の容態はどうですか？」ケネディが、騒ぎを聞きつけて様子を見に来た看護師に尋ねた。

「熱はさがりました」

「それはよかった。少しでも早く回復してもらって、こちらへ引き取らないといけませんから。ところで、このあとしばらく誰もここへ入らないようにしていただけますかね」

プリンスは焦った。いやな予感がする。

ケネディは看護師が立ち去るのを待って、メールを送信した。

「いったい何を始めようってんだ？」プリンスが言った。

「きみはこの先ずっと刑務所暮らしだ。最後に家族みんなが集まったところを記念に残しておいてやろうと思ってね」

プリンスは目をむいた。家族といったらフェイガンとルーシーしかいない。あのふたりが、最後にプリンスに会っておこうなどと思うわけがない。こっちだって同様だ。「なんでそんなことを?」

ケネディは肩をすくめた。「きみがマーガレット・ルイスを殺そうとしたからに決まってるじゃないか」

プリンスはケネディをにらみつけた。「殺すなんて一度も言ってない」

「言ったか言わないかなんて関係ない。きみは彼女の家に侵入した。彼女に向けて発砲した。彼女を襲った。きみに追いかけられて彼女は崖から転落した。一歩間違えれば死んでいたんだ」

つまり彼女は死ななかったのだ。プリンスは顔をしかめた。「そいつは違う」

「しらを切っても無駄だぞ。証拠は挙がってるんだ」ケネディは戸口へ歩いていった。

廊下の向こうからルーシーの車椅子がやってくるのが見えた。反対側へ目を転じると、並はずれて大きな男がひとり、歩いてきた。リンカーン・フォックスは大柄だと聞いているから、彼がそうなのだろう。

「もう帰るのか?」プリンスが尋ねてきた。

「いいや。お客さんたちの到着を待っていたんだが、いよいよお出ましだ」

病室を出るにあたってルーシーは何も聞かされていなかったが、どうせまた検査だろうと思っていた。洗っていない髪はべたつくし、素顔だと裸でいるようで落ち着かない。けれどこんなに顔の腫れがひどくては、化粧などできるわけはない。ルーシーの化粧についてて、まるで先住民の出陣化粧だねとウェスが言い、ふたりで笑いあったことが何度もあった。しかし夫に死んでもらおうと決めたときからは、夫婦で過ごした楽しい時間を振り返らないよう気をつけてきた。

季節が移ろうように、人も変わるものだ。ウェスはわたしを裏切った。あんなに愛してあげたのに。

車椅子を押す看護助手はきびきびした足取りで進んだが、エレベーターの前を通り過ぎたのでルーシーは言った。

「あら、エレベーターに乗るんじゃないの？　検査室へ行くんでしょう？」

「いいえ、違いますよ」彼は歩みをゆるめない。

「じゃあ、どこへ――」

少し先の病室からケネディ刑事が出てくるのを見て、ルーシーは言葉をのみこんだ。待たれているのがわかり、緊張した。そして、廊下の向こうから濃い色の髪をした大男が歩いてくるのに気づくと、パニックに襲われた。

リンカーンが、なぜここに？　しかもケネディが彼を呼び止め、ふたりで握手なんか交わしている。奇襲攻撃に遭ったような気がするのは、どうして？

ルーシーはリンカーンを見ないようにしていたが、向こうがこちらをじっと見ているのはわかっていた。殺気に満ちた視線だった。車椅子は彼らの脇を通って病室へ入っていった。ベッドに横たわる患者を見て、ルーシーは息をのんだ。

姉の様子から、プリンスはただならぬ事態を察知した。ケネディに続いてリンカーン・フォックスが入ってきたときには、もう絶体絶命だと思った。ただ、どこまで罪を認めるべきなのかわからない。

ケネディは姉と弟それぞれの表情や仕草を観察していた。互いに目も合わせようとしないところが何よりも怪しかった。むろん、言葉などひと言も交わさない。そこへ彼の携帯電話が鳴りだした。

メールを読んだケネディは廊下へ出た。マーロウと保安官補が手錠姿の男を両側から挟むようにしてこちらへ歩いてくる。最後のメンバーが到着した。いよいよパーティーの始まりだ。彼らがドアのそばまで来ると、ケネディは自分の唇に人差し指を当て、黙っているようにと無言で指示をした。それからひとりで室内へ戻った。

「さてと、プリンス、ルーシー……これはちょっと、わたしが考えていた再会の場面と違うようだ。プリンス、てっきりきみはお姉さんに謝るものと思っていたよ。彼女とその旦那さんを殺そうとしたんだからね」

ルーシーはぎくりとした。

プリンスがしかめ面で彼女を見た。「なんだって？　おれは姉さんのことは殺そうとなんてしてないぞ。それは姉さんだって先刻承知だよな？」

リンクはケネディに目をやった。この刑事はどんな作戦を考えているのだろうか。たったいま、プリンスはウェスを殺そうとしたことは否定しなかった。つまり、認めたのだ。ほかにどんな真相が暴かれるか、これは見ものだ。

「お姉さんはおまえに殺されかけたと言っていたぞ」と、ケネディ。

プリンスは呆気《あっけ》にとられた。信じられないという顔でルーシーを見た。

「姉さん！　ほんとにそんなこと言ったのかよ？　おれに殺されかけたなんて！」

逃げきるなら、チャンスはいまだ。失敗は許されない。ルーシーは即座にそう判断した。涙腺のスイッチを入れ、車椅子の背に張りつくようにして身を縮こまらせた。弟が飛びかかってくるのではないかと恐れている図だ。

「確かに、警察には嘘を教えろとあなたに言われたわ」ルーシーは震えだした。これは、子どものころからの特技だった。癇癪《かんしゃく》を起こした父親が誰彼かまわず殴りはじめると、こうして難を逃れた。「がっしりした中年男で、白髪交じりで後ろ髪が長かったってことにするんだったわよね。だけどわたし、嘘はつけなかった。警察の人相手に、嘘はつけない」

プリンスは鼻を鳴らした。「笑わせるなよ。姉さんの人生、嘘だらけじゃないか」

ルーシーはしゃくりあげた。「ああ、プリンス。あなたって人は、ウェスを殺そうとした上に、わたしのことをそんなふうに言うのね。こんなにつらいことはないわ。わたしの心はずたずたよ」

プリンスはわれを忘れてケネディにぶちまけた。「まったくのでたらめだ、刑事さん。違うんだ。姉さんがおれに命令したんだ。ウェスをやれって。あいつが離婚を申し立てる前にやれって。フェイガンだって知ってる。姉さんは最初、フェイガンにやらせようとしたんだからな。そうだ、やったのはフェイガンじゃないのか?」

リンクの心臓が跳ねた。ついにきた。

ルーシーが大声で泣きだした。

プリンスが姉を罵る。

しかしフェイガンが入ってくると、ふたりとも声を失った。

リンクの思惑どおり、フェイガンは激怒していた。ここでもまた彼は、自分が実際の犯行にかかわっていないことを主張するだろう。

「よくそんなでたらめばかり並べられるな。あきれるよ」フェイガンは言った。

ルーシーが鼻をすすって涙を拭った。「ほんとよね、フェイガン。プリンスの嘘にはわたしも驚いたわ」

フェイガンは鼻で笑った。「おれは姉さんのことを言ってるんだ」

ルーシーは息をのんだ。「いったい何を――」

フェイガンは姉に向かって人差し指を突きだすと、「あんたは黙ってろ」と一喝した。

そしてプリンスをにらみつけた。「兄さんは卑怯《ひきょう》で嘘つきでろくでなしだ。この先どうなろうと、自業自得だ」

「黙りやがれ！」プリンスが怒鳴った。

リンクは、はっとした。この声、この台詞《せりふ》。家が爆発する直前に聞いたのと同じだ。

彼はベッドの足元へ歩み寄った。「そのフレーズがお気に入りなんだな？」

プリンスが顔をしかめた。「どういう意味だ？」

「いやなに、前にもおまえがそう言うのを聞いたものだから。相手は弟じゃなくて犬だったが、ぼくの家が爆発する直前だ。確かに聞こえた」

「聞こえるわけないだろう。あんたはあのときすでに意識を――」

プリンスは口をつぐんだ。牛追い棒を尻に突き刺されたみたいな顔をしている。

「どうした？　言いかけたことは最後まで言ったらどうだ。ぼくはあのときすでに意識を失っていたはずだって？　くそっ！　やっぱりおまえだったんだな。あそこで家が燃えるのを見ていたんだな。誰が父を殺した？　おまえか、それともウェンデルか？　いや、待てよ……どっちも真正面から父と対決するほど度胸があるとは思えない。どうせおまえが何かで父の気を引いてる隙に、後ろからウェンデルが忍び寄ってぼくのバットを振りおろしでもしたんだろう」

口もきけずにいたプリンスだったが、やがて失言を取り繕うためにぺらぺらとしゃべりはじめた。

「なんでおれたちがあんたの親父《おやじ》さんを殺さなきゃならない？　おれたち、身内じゃないか」

マーロウ保安官は戸口に立って成り行きを見守っていたが、いまこそ、リンカーンとの約束を果たすときだった。彼は咳払《せきばら》いをして、進みでた。

「残念だが、プリンス、それは嘘だな。ひとつ教えてやろう。われわれはおまえとウェンデルを、十八年前にレキシントンで発生した銀行強盗事件の犯人と断定した。釈明のしようはないぞ。確たる証拠が挙がっている上に、フェイガンも白状した。犯行をマーカス・フォックスに知られたというのも聞いた。弟たちが捕まって自分の体面に傷がつくのを恐れ、ルーシーは、ウェンデルに電話をかけた。警察に通報するとマーカスから告げられたルーシーは、ウェンデルに命じたんだ。彼女にしてみれば、未亡人になったって痛くもかゆくもない。後釜はちゃんと確保してあるんだからな。実家へ帰らなくても、ウェスリー・ダガンのところへ行けばすむ」

突然、ルーシーが叫び声をあげた。何度も何度も叫んで、リンクが近寄ると顔を覆って嗚咽《おえつ》しはじめた。

プリンスはあんぐり口を開けていたが、ようやく声を出せるようになると、怒鳴った。

「フェイガン！」

ぎらつく目でフェイガンは兄をにらみつけた。「なんだよ？　言ったじゃないか。兄さんたちのごたごたに巻きこまれるのは、もうたくさんだって。姉さんにも同じことを言った。これでおれが本気だったってわかっただろう？　何もかも保安官にしゃべった。いままで黙っていたのがどれぐらいの罪になるのか知らないけど、罪は罪だ。おれはちゃんと罰を受ける。家をきれいにしたら、次はおれ自身をきれいにしなきゃならない。母さんが生きてたら、そう言うに決まってる」

「自分だけいい子ぶるんじゃねえよ、このちび。マリファナ育てて売って、それ以上に自分が吸ってやがるくせに。そんなおまえをおれは守ってきてやった。サツに密告なんかしなかった。なのにおまえは、おれを売ったんだ！」

「そっちはそれだけひどいことをやったんだ。自分でもわかってるくせに」フェイガンはつぶやくように言うと、ケネディのほうを向いた。「おれとプリンスがお互いに愛想を尽かしてるのは見てのとおりですけどね、念のために言っておくと、ルーシーとのあいだっておんなじです。この女は魔女だ。店でコーヒーを頼むみたいに、人に殺人を頼むんだ。直接、引き金を引かないかぎり、自分は清廉潔白でいられると思いこんでる。プリンスとウェンデルはルーシーの指示どおりにマーカスを殺した。そしてついにリンカーン・フォックスがウェスが気づいたのが悲劇の始まりだった。ウェスはルーシーに離婚を宣言して、警察にウェスがウェスの前に現れた。偽証しただろうと迫られ、ルーシーにだまされていたことには偽証を告白した。もちろんルーシーは激怒して、夫その二にも消えてもらうことにした。〝わたしを未亡人にして〟と頼まれたけど、おれは冗談じゃないと答えた」

ケネディは、ルーシーがどう申し開きをするのか興味津々で彼女を見た。「弟さんはこう言ってるが、どうだい、ミセス・ダガン？」

ぎくりとしたルーシーはリンクを見あげ、すぐに目をそらした。「わたし、そんなこと頼んでないわ」

フェイガンが鼻を鳴らす音がした。

プリンスは深くため息をついた。「公選弁護人はつけてもらえるんだな？」

「ああ。しかし、この場でしゃべってしまったらどうだ」ケネディが答えた。「結局は、そのほうが罪は軽くなるんだぞ」

「わかったよ、全部しゃべる。姉さんについてフェイガンが言ったことは本当だ」

「でまかせ言わないで！」ルーシーは金切り声をあげて車椅子から立ちあがり、ケネディの腕をつかんだ。「嘘よ、プリンスは嘘をついてる」

ケネディは彼女の手を振り払った。「落ち着きなさい、ミセス・ダガン」

ルーシーは車椅子に腰を落とした。

プリンスがげらげら笑った。

「フェイガンに断られたもんだから、おれにやらせたんだ。そのときにはもう、ウェスは離婚手続きを進めていたし、リンカーン・フォックスの裁判で嘘の証言をしたことも白状したあとだったんだが、そんなこと姉さんは知らなかったんだ。おれが家へ行ったときには飲んだくれてぼろぼろだった。で、おれがきれいに片付けてやったわけさ。酒の空き瓶をご近所のゴミ箱に入れて歩いたりして。そのあと、話の辻褄《つじつま》を合わせるために喧嘩《けんか》の真似事《ねごと》をしたんだ。ウェスを殺すのに姉さんの拳銃を使わなきゃならなかったから。けど、ウェスは死ななかったんだから、おれは殺人の罪には問われないよな？」

「だがマーカス・フォックス殺害の容疑では起訴される。まだ何か言い足りないか？」と、ケネディ。

プリンスはがっくりと肩を落とした。「一緒に暮らしてたころ、おれと姉さんはもっと些細《ささい》なことでもっと派手にやりあってた。今度はおれがウェスの心臓を狙いそこねたのが原因だ。それで姉さんは頭にきてるのさ」

ルーシーがうめいた。

ふたたびフェイガンが口を開いた。明かされたのは、最後まで残っていたリンクの肩の荷が一掃されるような事実だった。

「そうだ……まだ完全にはきれいになってなかったぞ。兄さんがメグ・ルイスにつきまとってたのを忘れちゃいけない。あれはマーカスの事件とはなんの関係もないんだ。メグの元旦那のボビー・ルイスはウェンデルを殺してずっと刑務所に入ってた。癌《がん》にかかって、もう長くないとわかると、弟のクロードにプリンスを呼んでくれと頼んだ。絶対、損はさせないから来てほしい、と。金のためならなんだってやるのがプリンスだ。相手が自分の兄貴を殺したやつだろうが関係ない。のこのこ刑務所まで出かけていった。それでわかったのは、ボビーがウェンデルを殺したとき、ポケットにあった二万ドルを盗《と》って、かわいがってた犬と同じところに埋めたってことだ。正確な場所は別れたかみさんに訊いてくれとボビーは言った」フェイガンは怒りのために身を震わせた。「ところが、どうだ？　このばかは、メグに普通に尋ねて終わりにしたか？　とんでもない。彼女のまわりをうろつき、家に忍びこみ、震えあがらせた。金のありかを聞きだしたあとは襲って、それから喉を掻《か》き切ってやるとまで言ってた。おれの身内はこういうやつらなんだよ。普通じゃない。狂ってる！」

リンクは呆然《ぼうぜん》としていた。メグが狙われた理由がようやく明らかになった。そしてそれは、自分がレベルリッジへ帰ってきたこととは無関係だった。

ルーシーは大声で泣きつづけている。フェイガンはそちらへ向いた。

「いまのうちにせいぜい泣いておくがいいさ。これから行くところじゃ、誰も姉さんの思いどおりには動いてくれないんだからな。マーカスを殺したくなったらウェンデルがやってくれた。ウェスリーを殺したくなったらプリンスががんばってくれた。いい加減にしないと、そのうち誰かが姉さんを殺したくなるぞ」

まわりが止める間もなく、ルーシーが金切り声をあげてフェイガンに飛びかかっていった。

「あんたたちと同類のままでいたくないから、必死にがんばってきたのよ。悪いのはわたしじゃない、あんたたちだ！　あんたたちが働いた悪事を警察に知らせるってマーカスに言われたとき、やめてって、わたしは一生懸命頼んだ。だけど彼は聞き入れてくれなかった。働きもしないで金に困ったら盗みを働くなんて人の道にもとる、とかなんとか言ってた……身内が銀行強盗を働いたなんてことが世間にばれたら、わたしの面目は丸つぶれじゃないの！」

我慢できなくなったリンクは、ルーシーの脚の後ろへ車椅子を押しつけた。はずみでルーシーが腰をおろすと、リンクは車椅子を自分のほうへ向けた。

「あんたは殺人犯だ、ルーシー・ホワイト」わざと旧姓で呼んだ。「しかも、弟たちより質《たち》が悪い。面目をつぶされただのなんだのと言うが、所詮あんたも同じ穴の狢《むじな》だ。あんたは殺人犯で、その上臆病者だ。銃で狙いをつけておいて誰かに引き金を引かせ、挙げ句の果てになんの罪もない人間を犯人に仕立てあげた。自分がぬくぬくと暮らしていくために、父さんを殺し、まだ十七歳だったぼくの人生を犠牲にしたんだ」

リンクはこぶしを固く握りしめ、体をぶるぶると震わせた。

「ケネディ刑事、ぼくの役目が終わったのなら、失礼したいんですが」

「こっちも終わりました。すべて、しっかりとビデオにおさめましたよ。ご協力、感謝します。きみが経てきた苦しい日々を思うとたまらないが、司法制度も捨てたもんじゃありません。少し時間はかかるかもしれないけれど、必ず再審できみの汚名は晴らされますよ。犯罪歴の削除については、わたしが責任を持ちましょう」

胸に思いがあふれて声にならなかった。リンクは黙って一度だけうなずくと、病室をあとにした。暗い過去はもう振り返らない。

これからは愛する女性とふたり、明るい未来だけを見据えて生きていく。

エピローグ

三週間を病院で過ごしたあと、メグはすっかりクリスマスの装いになった家へ帰ってきた。表のポーチで、ひとりと一匹が熱烈に彼女を出迎えた。

それからは、長い冬のあいだにいろいろな出来事があった。

プリンス、ルーシー、フェイガンの三人が、偽証、窃盗、放火、殺人の罪で起訴された。

メグが歩行器なしで歩けるようになった。

ウェスリー・ダガンは一命を取りとめ、偽証罪で有罪となった。

リンクが初めてティルディやウォーカー一家とクリスマスを過ごした。

メグとリンクは、海の嵐にくるまって愛を交わしながら新年を迎えた。

マーカス・フォックス殺害事件の再審理が行われ、リンクは晴れて潔白の身となり、犯罪記録が抹消された。

町の古い教会でふたりが結婚式を挙げた。

これから建てる家の設計図を、リンクがメグに見せた。

メグの体内に小さな命が宿った。

家を建てる土地の測量が行われた。


レベルリッジに春が訪れるころには、ふたりは安らぎと幸せに満ちた新婚生活を送っていた。

メグはときどき思うのだった。ひとりで生きてきた歳月があったからこそ、いまがいっそう幸せで、これからがいっそう楽しみに思えるのかもしれない、と。

リンクとふたりで人生の計画を立てたのは、はるか昔、十八年も前のことだった。スタートこそずいぶん遅れてしまったけれど、計画実現のスピードはめざましい。

初めてダラスを訪れたときには町の大きさと賑《にぎ》やかさに圧倒されたメグだったが、幾度となく通ううちに、辛いメキシコ料理とビールがすっかり好きになった。

新しい家へは、初雪が降る前に移れそうだった。広い仕事部屋には、織機と生地の収納棚と、大きな裁断テーブルを入れることになっている。その隣が子ども部屋で、廊下を挟んで向かい側が夫婦のベッドルームだ。

メグにとって最も大切な三つを象徴する部屋が、三角形を描いているのだ。キルトのモチーフさながらの、きれいな三角形を。

ふたりが九死に一生を得た過酷な体験はたまにしか話題にのぼらなかったが、どちらもそれを思いだすたびに、自分たちは理由があって生かされているのだという思いを強くするのだった。

メグのおなかが大きくなるにつれて、家も完成に近づいている。

そして引っ越しを翌日に控えた夜、リンクはメグを新居へ連れていった。

メグは建物をぐるりと囲むポーチにたたずみ、夜空を仰いだ。リンクは妻の肩を抱き、その頭に顎をのせている。

「見て、流れ星よ！」メグが東のほうを指さした。濃い藍色の空を、銀の煌《きら》めきがさっとよぎった。

「ここへ帰ってきた最初の夜も、流れ星を見た。そのときは、自分の信用もあんなふうに地に落ちたんだとしか思わなかった」

「いまは何を思う？」

リンクは妻の大きなおなかをさすり、首筋にキスをした。

「これからきみと過ごす、たくさんの夜のことを思うよ。ふたりでここに立って流れ星を見る夜のことを。この土地で生きた先人たちはみんなそうしてきたんだ。ぼくたちが生まれるずっと前から、人々は流れる星を見てきた。そう、いまのぼくが流れ星を見て思うのは、無限ということだ、マーガレット・アン。きみはぼくにとって、かぎりない存在だから」

夫への愛が胸にあふれて、メグはすぐには口をきけなかった。涙で星がかすんで、消えるところがよく見えなかった。それでもかまわない。これからも星は流れる。ふたりの命があるかぎり。いいえ、そのあとも、ずっと。

なぜなら、わたしたちの愛は永遠に続くのだから。

訳者あとがき

初恋の人も結婚相手も刑務所へ入ってしまって以来、異性とのかかわりを避け、ひっそり生きてきたウォーカー家の長女メグ。親族が近くに住んでいるとはいえ、人里離れた山の上でのひとり暮らしには孤独と危険がつきまとう。さすがに心細さが募りはじめたある日のこと、冤罪《えんざい》を晴らすためかつての恋人が前触れもなくレベルリッジへ帰ってくる。一度は深く愛しあい、ともに生きる未来を夢見ていながら、何者かの陰謀によって引き離されたふたり。失われた十八年は、はたして取り戻せるのか。命が時間の集積であるならば、時間を奪うことは命を奪うことに等しいのではないか。彼の父親を殺し、十七歳の若者にその罪をなすりつけたのは、いったい誰なのか……。

家族の絆《きずな》。男女の愛。人の運命。普遍的とも言える題材を扱いながら、まったく観念的でも平凡でもない作品を次々に生みだすシャロン・サラ。そんな彼女の本領が存分に発揮されたレベルリッジシリーズも、これが完結編となりました。なってしまいました、と書きたいぐらい、本シリーズの一ファンとしては名残惜しいのですが。

ひとときわサスペンス色豊かな、大人の愛の物語に仕上がっている本作。集大成と呼ぶにふさわしい力作です。ケンタッキーの山奥という舞台設定も、家族が次々に犯罪や事故に巻きこまれるというプロットも、現代の日本に住むわたしたちにしてみれば決して身近なものではないはずなのに、臨場感も真実味もたっぷりなのが不思議です。ああ、こういう人いるいる、とか、いかにもいそう、と思わせてくれる緻密な人物造形のおかげでしょうか。とくに今回は、悪人たちの描かれ方が通り一遍でないことが、物語に厚みを加えているようです。

もちろん、優しくも勇猛な弟たちは今回も大いに活躍してくれます。彼らを主人公にした第一話『マイ・ラブレター』と第二話『マイ・スイートガール』、まだお読みでない方は、ぜひどうぞ。その存在感の大きさからして脇役と呼ぶのは憚《はばか》られる犬たちや、レベルリッジのあの人やこの人と、いっそう親しくなれること請けあいです。

あなたの時間、あなたの命が、すてきな物語を読むことで、より輝きますように。

二〇二四年十月

新井ひろみ

訳者　新井ひろみ

1959年生まれ。徳島県出身。代表的な訳書にアレックス・カーヴァのＦＢＩ特別捜査官マギー・オデール シリーズがあるほか、シャロン・サラの『マイ・ラブレター』『マイ・スイートガール』（以上、ＭＩＲＡ文庫）など多数の作品を手がける。

★　★　★

マイ・ファーストラブ

2014年10月15日発行　第1刷

著　　者／シャロン・サラ

訳　　者／新井ひろみ（あらい　ひろみ）

発 行 人／立山昭彦

発 行 所／株式会社 ハーレクイン

東京都千代田区外神田3-16-8

電話／03-5295-8091（営業）

0570-008091（読者サービス係）

印刷・製本／大日本印刷株式会社

装 幀 者／居郷遥子

ISBN978-4-596-91611-2

マイ・ラブレター
シャロン・サラ
新井ひろみ　訳

ベスは理由もわからないまま、両親に恋人ライアルとの仲を引き裂かれた。10年後、ある事件の目撃者になり狙われるベスは、彼のいる故郷へ向かう。

マイ・スイートガール
シャロン・サラ
新井ひろみ　訳

マライアは戦時下の異国でクィンと出会い恋に落ちるが、クィンの帰国を機に離れ離れに。3年後、再度めぐり逢った二人につらい現実が襲いかかる。

泣きやむまで抱きしめて
シャロン・サラ
皆川孝子　訳

スレイド家3姉妹は血の繋がりのない養女だと判明。父の遺言と日誌を頼りに、次女マリアは出自を探る旅に出る。シャロン・サラ渾身の3部作、第1話。

微笑むまでそばにいて
シャロン・サラ
皆川孝子　訳

実父の謎の死、莫大な財産の相続人であること…。スレイド家三女サヴァンナの人生が一変していくなか恋人ジャッドだけが確かな存在だった——第2話。

目覚めるまでキスをして
シャロン・サラ
新井ひろみ　訳

養父の遺言状で、実父が連続殺人犯と知ったホリー。真実と向きあうため、密かに想いを寄せる牧場の共同経営者バドに見送られ旅立つが…。3部作最終話。

エターナル・スカイ
シャロン・サラ
新井ひろみ　訳

竜巻で家族を亡くしたうえ、幼なじみに命を狙われるキャリー。悲しみを抱えながら、身を隠すため他人になりすますが、ある男に正体を気づかれて…。